KB000443

12

STEPHEN KING

'Salem's Lot

스티븐 킹 | 살렘스 롯 (하)

12

STEPHEN KING
'Salem's Lot

스티븐 킹 ｜ 살렘스 롯(하)

한기찬 옮김

황금가지

SALEM'S LOT
by Stephen King

Copyright © 1975 by Stephen King
All rights reserved.

Korean Translation Copyright © 2005, 2011 by Minumin

Korean translation rights arranged with The Knopf Doubleday Publishing Group,
a division of Random House, Inc. through KCC.

이 책의 한국어판 저작권은 KCC를 통해
The Knopf Doubleday Publishing Group과 독점 계약한 ㈜민음인에 있습니다.
저작권법에 의해 한국 내에서 보호를 받는 저작물이므로 무단 전재와 무단 복제를 금합니다.

차 례

2

SALEM'S LOT

아이스크림 황제 (하)

이 원기둥에는
구멍이 있군. 저승의 여왕이
보이느냐?

— 게오르기아스 세페리아데스 —

롯 (3)

　마을은 어둠을 잘 알고 있었다.

　마을은 지구의 자전으로 인해 태양으로부터 대지가 숨을 때 그 대지에 덮이는 어둠에 대해서, 그리고 인간 영혼의 어둠에 대해서 알고 있었다. 모두 세 부분으로 이루어진 마을은 부분들을 한데 합해 놓은 것보다 크다. 마을은 그곳에 사는 사람들이며, 사람들이 살거나 장사를 하려고 세운 건물들이자 대지이기도 하다. 마을 사람들은 대부분 스코틀랜드계 영국인과 프랑스계다. 물론 다른 종족도 있지만, 그들은 소금 단지에 후추 한 움큼을 뿌린 것처럼 드문드문 있을 뿐이다. 이 도가니는 그렇게까지 잘 섞인 것은 아니었다. 건물들은 거의 모두 순전히 목재로만 건축되었다. 오래된 주택 대부분은 소금 통 모양을 하고 있고, 상점들 대부분은 전면을 따로 갖다 붙인 형태였지만 그 이유를 아는 사람은 없다. 사람들은 로레타 스타처의 가짜 가슴이 그런 것처럼 이 가짜 전면의 뒤쪽도 별 볼일 없다는 사실을 잘 알고 있다. 대지는 화강암이 기반으로, 그 위에 쉽게 떨어지는 얇은 표토가 덮여 있을 뿐이다. 그 땅에서 농사를 짓는다는 것은 수지도 맞지 않을 뿐더러 땀 빠지고 고통스러우며 미친 짓이다. 게다가 땅 밑에 있는 거대한 화강암 덩어리를 뒤집다 보면 써레가 부서지기 일쑤다. 5월이 되면 땅이 건조해지므로 사람들은 트럭을 갖고 와서 자식들과 함께 10여 차례씩 돌을 실어, 맨 처음 잠자는 호랑이를 건드렸던 1955년 이래 잡초가 빽빽이 우거진 돌무더기에 가져다 부리곤 한다. 그리고 손을 씻을 때 손톱 밑에서 더 이상 흙이 나오지 않고 손가락이 크고 얼얼하며 털구멍이 이상하리만큼 커 보일 때까지 돌을 골라 내면 트럭에다 써레를 매달지만 채 두 줄의 땅을 고르기도 전에 미처 보지 못했던 바위에 써레 날을 부서뜨리고 마는 것이다. 그리고 날을 갈 수 있도록 맏아들을 시켜 연결 부분을 잡고 있게 하고 새로 날을 갈아 끼울 때 그해의 첫 번째 모기가 피에 굶주린 소리를 내며 귓전을 스친다. 그때 그 눈물 날 것 같은 소리를 들으면 언제나 자기 자식들을 모조리 쏴 죽이거나, 고속도로에서 눈을 질끈 감고 액셀러레이터 페달을 끝까지 밟거나, 발가락으로 조금 전까지 꽥꽥거리는 자식들에게 방아쇠를 당기기 직전에 저 미치광이들이 듣는 소리라는 생각이 든다. 그러다 다음 순간 맏아들의 땀에 젖은 손가락이 미끄러지면서 다른 쪽 써레 날이 팔뚝을 훑고 지나가고, 자포자기하고 맥 풀린 그 시간의 명멸 속에서 두리번거리는 순간이면, 당장이라도 모든 것을 때려치우고 술을 퍼 마시거나 아니면 저당권을 잡고 있는 은행에 가서 파산 선고를 할 수 있을 것 같다. 대지가 증오스러운 바로 그 순간, 그리고 이어서 당신을 붙잡는 저 중력의 부드러운 당김을 느낄 때면, 당신은 그 대지를 사랑하게 되고, 대지가 어둠을 알고 있다는 것, 또 늘 그래 왔다는 사실을 이해하게 되는 것이다. 대지는 당신을 단단히, 꼼짝도 못하도록 붙잡아 왔으며, 그리고 집도, 그리고 당신이 고등학교에 들어가서 사랑에 빠졌던 그 여자도(그때 그 여자는 아직 어렸고, 당신은 여자에 대해 아무것도 몰랐다. 당신에게 여자가 생기고 그 여자에게 매달리게 되었으며 그녀가 책 표지마다 온통 당신 이름을 적었다는 것. 그리고 처음에는 그녀가 당신을, 다음에는 당신이 그녀를 길들였고, 그런 다음에는 두 사람 중 어느 누구도 더 이상 그런 혼란스러운 상황에 대해 걱정하지 않게 되었다는 것만 빼놓고는 말이다.), 그리고 아이들도, 머리 판이 부서진 삐걱거리는 2인용 침대에서 인생을 시작한 아이들도 당신을 잡고 있었다. 당신과 그녀는 어둠이 내리고 나서 아이들을 만들었다. 여섯, 아니면 일곱, 아니면 열 명을. 은행, 자동차 판매상, 루이스튼의 시어스 백화점과 브룬스윅의 존 디어 농기구 회사가 당신을 소유하고 있다. 마을 대부분이 당신을 소유한 셈인데, 그것은 당신이 당신 아내의 젖가슴 모양을 알고 있는 그런 방식으로 이 마을을 잘 알고 있기 때문이다. 당신은 낮 시간에 냅 슈 구두 공장에서 해고된 작자가 크로슨 상점에서 얼쩡거리게 될지 알고 있고, 당사자보다 먼저 누가 여자 문제를 갖고 있는지도 알고 있다. 이를테면 레지 소여가 여자 문제를 안고 있는데, 그의 아내 보니 소여가 전화 회사의 젊은 녀석과 정을 통하고 있었던 것이다. 당신은 도로들이 어디로 나 있는지도 알고 있으며, 금요일 오후 당신과 행크와 놀리 가드너가 차를 대 놓고 맥주 몇 상자를 마실 만한 곳이 어디인지도 잘 알고 있다. 지형이 어디서 어떻게 달라지는지도 알고 있으며, 4월에 장화 끝을 적시지 않고 늪지를 지나는 방법 등 그 모든 것을 다 알고 있다. 그리고 마을도 당신에 대해서, 하루의 써레질이 끝나고 나면 트랙터 안장 때문에 가랑이가 욱신거린다는 것, 등허리에 난 혹이 낭종에 불과하며 의사가 처음 말했던 것처럼 크게 걱정할 일은 아니라는 것, 그리고 그 달 마지막 주에 날아드는 청구서 때문에 고심한다는 것도 알고 있다. 마을은 당신의 거짓말을, 그것이 설혹 당신이 당신에게 한 거짓말일지라도 꿰뚫어 보고 있다. 이를테면 내년이나 그 다음 해에 아내와 아이들을 디즈니랜드로 데려가겠다거나, 오는 가을 에 땔감을 벌목하면 새 컬러 텔레비전 할부금을 갚을 수 있다거 나, 만사가 잘 풀릴 것이라거나 등등. 그 마을에 있다는 것은 일상적이고 완벽한 성교 행위, 그것도 너무나도 완벽해서 마치 삐걱거리는 침대에서 아내와 하는 그 짓이 악수로 여겨질 정도로 완벽한 성행위다. 그 마을에 있다는 것은 지루하면서도 감각적 이고 술에 취한 것과도 같다. 그리고 어둠 속에서 마을은 당신의 것이고, 당신은 마을의 것이며, 그 둘은 죽은 자같이 북쪽 들판의 비석들처럼 나란히 잠든다. 이곳은 생명은 없고 나날이 느린 죽 음만이 있을 뿐이어서, 마을에 악이 덮칠 때면 그 일은 거의 예정 된 것, 혹은 달콤하고 마춰된 듯이 보일 정도다. 흡사 마을에 악 이 다가오고 형태를 갖추는 일을 알고 있기라도 한 것처럼.

마을은 그것 나름의 비밀을 갖고 있고 그 비밀을 철저히 간직 하고 있다. 하지만 사람들은 그 비밀을 모두 알지는 못한다. 그들 이 아는 것이라고는 늙은 올비 크레인의 아내가 뉴욕 출신의 외 판원과 눈이 맞아 달아났다는 것, 혹은 자신들이 그렇게 알고 있 다고 여기는 것뿐이다. 그러나 올비는 외판원이 그녀에게 흥미를 잃고 난 후 아내의 머리를 까부순 다음 발에 돌덩어리를 매달아 오래된 우물 속에 팽개쳤으며, 그로부터 20년 후 자신은 심장마비 로 침대에서 평화로이 눈을 감았는데, 훗날 그의 아들 조 역시 이 이야기의 말미에서 같은 방식으로 죽는다. 그리고 아마도 언젠가 무성한 검은 딸기 덩굴에 감춰진 오래된 우물에 발이 걸린 아이가 하얗게 변색되고 풍화된 나무판자를 젖히다가 돌 구덩이 밑바닥에서 자신을 멍하니 바라보는 부스러져 가는 해골을, 흉곽 위로는 아직도 푸른 이끼로 덮인 다정했던 외판원의 넥타이가 늘어뜨려져 있는 해골을 발견하게 될 것이다.

사람들은 허비 마스튼이 자기 아내를 죽인 것은 알고 있지만, 그가 죽기 전에 아내에게 시킨 일이 무엇인지, 또는 그가 아내의 머리를 날려 버리기 바로 얼마 전, 흡사 납골당 문을 열었을 때 풍기는 메스껍고도 달착지근한 냄새처럼 인동덩굴 냄새가 떠도는 그 무더운 부엌에서 어떤 일이 있었는지는 모른다. 그들은 그녀가 남편에게 제발 그것을 해 달라고 애원했다는 사실도 모른다.

메이벌 워츠나 글리니스 메이베리, 오드리 허시 같은 마을의 나이 든 여인들은 래리 맥리오드가 위층 벽난로에서 숯덩이가 된 종이 몇 장을 발견했던 사실을 기억하고 있다. 그러나 그들 중에서 그 종이가 12년 동안 허버트 마스튼과 놀랄 만큼 나이가 많은 브라이헨이라는 오스트리아 귀족 사이에 오간 서신 뭉치라는 사실, 그리고 그 두 사람 사이의 편지 교환은 1933년 아주 추악하게 죽음을 맞이한 좀 독특한 보스턴의 서적상을 통해 시작되었다는 사실, 또는 허비가 목을 매달기 전에 편지를 한 장씩 불 속에 집어넣고 불꽃이 그 두툼한 크림색 편지지를 까만 숯덩이로 만들며 우아하고 거미처럼 가느다란 필적을 지우는 광경을 지켜보고 있었다는 사실을 아는 사람은 없다. 그들은 그가 편지를 태우면서, 지금 래리 크로켓이 포틀랜드 은행 안전 금고에 들어 있는 저 엄청난 등기부 등본을 보고 그러고 있는 것처럼 미소 짓고 있었다는 사실도 모른다.

사람들은 점핑 시몬즈의 미망인 코레타 시몬즈가 끔찍하게도 대장암에 걸려 서서히 죽어 가고 있다는 사실은 알지만, 초라한 거실 벽지 뒤에 모아 들이기만 했지 쓰지 않은 3만 달러가 넘는 현금이 고스란히 숨겨져 있으며 그녀가 임종 직전에 처한 지금은 완전히 잊고 있다는 사실도 모른다.

사람들은 연기가 자욱했던 1951년 9월 산불로 마을 절반이 타 버렸다는 사실은 알고 있지만, 그것이 고의적인 방화라는 사실은 모른다. 그 불을 놓은 아이가 1953년 졸업식에서 고별사를 읽었으며 10만 달러를 벌기 위해 월스트리트로 갔던 그 아이라는 사실을 모르는데, 설혹 알았다고 하더라도 그로 하여금 산불을 내도록 만든 강박 충동의 정체, 또는 그 일이 이후 20년간 그를 괴롭히다가 결국 뇌 색전증에 걸려 마흔여섯 살의 나이로 죽고 말았다는 사실까지는 알지 못한다.

사람들은 존 그로긴스 목사가 이따금 끔찍한 악몽 때문에 한밤중에 깨곤 했다는 사실을 알지 못하는데, 잠을 깨고도 머리 한쪽에 여전히 생생하게 남아 있던 그 악몽이란 그가 벌거벗고 섹시하며 언제든 목사와 잠을 잘 만반의 준비가 되어 있는 목요 소녀 성경반 앞에서 설교하는 꿈이었다.

사람들은 또 플로이드 티비츠가 바로 그 목요일에 하루 종일 병적으로 몽롱한 상태에서, 태양이 이상하리만큼 창백해진 자신의 피부에 증오를 품고 있다는 느낌에 사로잡혀 사방을 배회했다는 것, 흐릿하게 자신이 앤 노튼에게 가고 있다는 것만 기억하고 있을 뿐, 벤 미어스를 공격했던 일은 전혀 기억하지 못하고, 해가 넘어가자 정말 고마워했다는 것, 그 고마운 마음과 함께 뭔가 엄청나고도 좋은 일을 예감하고 있었던 일은 기억한다는 사실을 알지 못한다.

또는 할 그리펜이 옷장 안쪽에 음란 서적 여섯 권을 숨겨 놓고는 기회가 있을 때마다 자위를 한다는 사실은 알지 못한다.

또는 조지 미들러가 실크 슬립^{여성용 속옷}, 브래지어, 팬티, 스타킹을 가방 하나 넣어 두고는 이따금씩 철물점 너머에 있는 자신의 아파트 차양을 내리고 걸쇠와 고리까지 이중으로 문을 잠근 다음 침실 전신 거울 앞에 서서 숨을 헐떡거리다가 무릎을 꿇고는 자위한다 사실은 알지 못한다.

또는 칼 포어맨이 시체 안치소가 있는 금속 작업대 위에서 차갑게 몸을 떠는 마이크 라이어슨을 보고 비명을 지르려고 했으나 그럴 수 없었으며, 곧 이어서 마이크가 눈을 번쩍 뜨고 일어나 앉는 것을 보았을 때도 그의 비명이 흡사 목에 유리가 걸린 것처럼 보이지도, 들리지 않았다는 사실도 알지 못한다.

또는 대니 글릭이 열 달배기 랜디 맥두갈의 침실 창으로 몰래 들어가 요람에서 아기를 들고 아직 엄마한테 맞은 멍 자국이 남아 있는 목에 이빨을 박았을 때 몸부림조차 치지 않았다는 사실은 알지 못한다.

이런 것들이 이 마을의 비밀인데, 나중에 알려지는 것도 있고 영원토록 알려지지 않을 것도 있을 것이다. 마을은 저 영원한 포커페이스를 한 채 이 모든 비밀을 간직하고 있다.

마을은 하느님의 일이나 사람의 일 이상으로 악마의 일에 신경 쓰지 않는다. 마을은 어둠의 존재를 잘 알고 있었다. 그리고 어둠은 충분할 정도로 자욱하게 마을을 덮고 있었다.

샌디 맥두갈은 눈을 뜨면서 뭔가 잘못되었다는 사실을 알았지만 그것이 무엇인지는 알지 못했다. 그녀의 침대 옆자리는 비어 있었는데 그날은 비번인 로이가 친구들과 낚시를 갔기 때문이다. 아마 정오쯤에나 돌아올 것이다. 뭔가 타는 것도 없었고 통증도 없었다. 그렇다면 대체 뭐가 잘못된 것일까?

태양이었다. 태양이 문제였다.

햇살이 벽지 위로 높이 올라와, 창밖 단풍나무가 드리운 그림자 사이로 춤을 추고 있었다. 하지만 랜디는 언제나 해가 높이 올라와 벽에 단풍나무 그림자가 드리우기 전에 일어나곤 했다.

그녀는 놀란 눈으로 화장대 위에 놓인 시계를 보았다. 9시 10분이었다. 갑자기 불안감이 목구멍 안쪽에서 솟구쳤다.

"랜디?" 그녀가 이렇게 소리치며 이동 주택의 좁다란 통로를 뛰어가자 실내복 자락이 뒤로 물결쳤다. "랜디, 아가야?"

아기 방에는 아기용 침대 바로 위쪽에 난 조그만 창으로 쏟아져 들어온 햇살이 가득했는데…… 문이 열려 있었다. 하지만 그녀는 자기 전에 분명히 그 문을 닫아 놓았었다. 언제나 아기 방 문은 닫아 놓았던 것이다.

요람이 비어 있었다.

"랜디?"

그녀가 조그만 소리로 속삭였다.

다음 순간 아기가 보였다.

색 바랜 유아용 잠옷을 입은 조그만 몸뚱이가 방 한쪽 구석에 무슨 쓰레기처럼 박혀 있었다. 느낌표를 거꾸로 해 놓은 것처럼 한쪽 다리를 괴상한 모양으로 치켜든 자세였다.

"랜디!"

그녀는 충격 때문에 온통 주름살을 지은 얼굴로 랜디 곁에 무릎을 꿇었다. 그러고는 아기를 안아 올렸다. 몸이 차가웠다.

"랜디, 아가, 잠을 깨. 랜디, 랜디, 눈을 떠 봐……."

멍든 자국은 보이지 않았다. 멍은 모두 없어졌다. 멍 자국이 밤새 안 보이게 되어, 그 조그만 얼굴과 몸뚱이는 흠 하나 없이 깨끗했다. 혈색도 좋았다. 그 애가 생기고 나서 처음으로 그녀는 아기가 아름답다고 생각했다. 그녀는 그 아름다운 아기를 보고 비명을 질렀다. 그것은 오싹하고도 어두운 소리였다.

"랜디! 일어나! 랜디? 랜디, 랜디!"

그녀는 아기를 안고 복도로 달려 나갔다. 실내복 한쪽 어깨가 벗겨졌다. 부엌에는 높다란 의자가 있었고, 접시에는 랜디가 전날 저녁 먹다 남은 음식 찌꺼기가 눌어붙어 있었다. 그녀는 아침 햇살이 비치는 의자에 랜디를 앉혔다. 랜디는 고개를 가슴 쪽으로 늘어뜨렸다. 흡사 죽은 사람처럼 끔찍하면서도 천천히 옆으로 비스듬하게 기울어지더니 결국 접시와 높다란 의자 팔걸이가 직각을 이룬 부분에 몸이 끼었다.

"랜디?" 그녀가 미소를 지으며 아이를 불렀다. 그녀의 두 눈이 마치 흠집 난 푸른 공깃돌처럼 안구 밖으로 불거져 나왔다. 그녀는 아기의 뺨을 토닥거렸다. "이제 일어나렴, 랜디. 아침 먹자. 배고프지 않니? 오, 제발…… 맙소사, 제발……."

그녀가 아기로부터 몸을 빙글 돌리고는 스토브 위 찬장 문을 열고 마구 뒤적거리는 바람에 라이스 첵스_{시리얼 상표 이름} 상자와 셰프 보이-알-디 라비올리_{상표 이름. 이탈리아 만두의 일종} 통조림, 웨슨 오일_{식용유 상표 이름} 병이 사방으로 흩어졌다. 식용유 병이 깨지면서 스토브와 바닥에 끈적거리는 액체를 끼얹었다. 거버 초콜릿 커스터드_{거버 사의 이유식 이름} 병을 찾은 그녀는 이번에는 접시 건조대에서 데어리 퀸_{아이스크림 전문점}의 플라스틱 스푼을 집어 들었다.

"자, 이거 봐라, 랜디. 네가 좋아하는 거야. 눈을 뜨고 이 맛있는 커스터드를 좀 보렴. 초카야, 랜디. 초카, 초카란다." 다음 순간 그녀는 어두운 분노와 공포감에 휩싸였다. "눈을 뜨라니까!" 그녀는 아기의 반투명한 이마와 뺨에 침을 튀기면서 악을 썼다. "일어나, 눈을 떠, 이 빌어먹을 놈아!"

그녀는 병뚜껑을 열고 초콜릿 향이 나는 커스터드를 스푼으로 떴다. 이미 진실을 알고 있는 손이 너무 떨리는 바람에 커스터드를 대부분 흘리고 말았다. 그녀는 스푼에 남은 것을 느슨하게 벌어진 조그만 입술 사이로 밀어 넣었지만 대부분 메스꺼운 소리를 내며 접시에 떨어졌다. 스푼이 아기의 이에 닿는 소리가 났다.

"랜디, 제발 엄마를 놀리지 마."

그녀가 애원했다.

그녀는 다른 한 손을 뻗어 손가락을 구부린 다음 아기의 입을 벌리고 남은 커스터드를 입 속에 밀어 넣었다.

"자."

샌디 맥두갈이 말했다. 그녀는 이미 깨져 버린 희망을 어떻게

든 되살려 보려고 노력했지만 모든 것이 물거품처럼 느껴지자 헛된 미소만 입가에 떠올랐다. 그녀는 식탁 의자에 털썩 주저앉았다. 마치 근육 하나하나가 풀어지는 느낌이었다. 이제 잘될 거야. 이제 저 애도 엄마가 여전히 자기를 사랑한다는 것을 알고 이 못된 장난을 그만둘 테지.

"맛있어?" 그녀가 중얼거렸다. "초카가 맛있니, 랜디? 엄마를 위해서 방긋 웃어 줄래? 엄마의 착한 아기, 엄마한테 웃어 보렴."

그녀는 떨리는 손가락으로 랜디의 입 가장자리를 밀어 올렸다. 초콜릿이 철썩 하는 소리를 내며 음식 접시 위로 떨어졌다.

그녀는 비명을 지르기 시작했다.

토니 글릭이 토요일 아침 일어나 보니 그의 아내 마조리가 거실에 쓰러져 있었다.

"여보?" 그가 두 발을 침대 아래로 내리며 불러 보았다. "마지?"

그러고 나서도 한참이 지나서 그녀가 대답했다.

"난 괜찮아요, 여보."

그는 침대 가장자리에 걸터앉아 멍하니 자신의 발을 내려다보았다. 상체는 벗고 아래는 파자마 바지 차림이었는데 두 다리 사이로 끈이 늘어져 있었다. 머리는 까치집처럼 곤두서 있었다. 두 아들도 아버지처럼 숱이 많은 검은 머리였었다. 사람들은 그를 유대인으로 여겼지만, 남유럽 사람 특유의 그 검은 머리를 보면 그의 태생이 이탈리아임을 금방 알 수 있을 텐데 그런다고 그는 생각하곤 했다. 할아버지의 이름은 글리쿠치였다. 누군가가 미국에서는 미국식으로 좀 짧고 딱 부러지는 이름을 사용하는 것이 사람들과 어울리기 쉬울 거라고 말하자 할아버지는, 그렇게 하면 소수민족의 성을 또 다른 소수민족의 성으로 바꾸는 것임을 의식하지 못한 채 호적상의 성을 글릭으로 바꿨다. 토니 글릭의 몸은 떡 벌어지고 거뭇했으며 근육질이었다. 얼굴은 마치 잔뜩 얻어맞고 술집을 나서는 사람처럼 몽롱한 표정이었다.

그는 직장에서 휴가를 받았고, 지난 한 주 동안을 거의 잠으로 보내다시피 했다. 잠을 자면 잊을 수 있었다. 그리고 꿈도 꾸지 않았다. 그는 저녁 7시 30분에 잠자리에 들어서 다음 날 아침 10시가 돼서야 일어났으며, 오후 2시에서 3시 사이에 낮잠도 잤다. 대니의 장례식에서 소동을 벌인 때와, 그로부터 거의 일주일이 지나 화창한 토요일 아침이 된 오늘 사이에 흐른 시간은 몽롱하기만 했을 뿐 전혀 현실감이 없었다. 사람들은 끊임없이 먹을 것을 가져다주었다. 찜 냄비 요리와 조림 식품, 케이크, 파이 등등. 마지는 그 음식들을 어떻게 해야 좋을지 모르겠다고 했다. 두 사람 다 배가 고프지 않았다. 수요일 밤에는 아내와 사랑을 나누려다 말고 둘 다 울음을 터뜨렸다.

마지는 조금도 괜찮아 보이지 않았다. 그녀가 슬픔을 잊기 위해 선택한 대처법은 집 안을 꼭대기에서부터 바닥까지 청소하는 것이었는데, 다른 모든 생각을 잊기 위해 거의 광적인 열의로 청소를 했다. 매일같이 청소용 물통이 부딪치는 소리와 진공청소기가 웅웅 소리를 내며 울려 퍼졌고, 공기 중에서는 언제나 코를 찌르는 암모니아수와 리졸_{소독약} 냄새가 풍겼다. 그녀는 아이들 옷과 장난감을 몽땅 상자에 담아 구세군 교회와 굿윌 재활용 판매점으로 보냈다. 목요일 아침 그가 일어나 보니 현관에 하나하나 단정하게 딱지를 붙인 상자가 일렬로 늘어서 있었다. 그는 평생 살아오는 동안 그 말 없는 상자들만큼이나 끔찍한 것을 본 적이 없었다. 그녀는 양탄자도 모조리 뒤뜰로 갖고 나가 빨랫줄에 넌 다음 인정사정없이 두드려서 먼지를 털어 냈다. 흐릿한 의식 속에서도 토니는 아내가 지난 화요일이나 수요일쯤부터 급격하게 창백해졌다는 것을 알아차렸다. 입술도 원래의 빛깔을 잃은 듯이 보였다. 눈 밑에는 갈색 그림자가 자리 잡고 있었다.

이런 생각들이 한꺼번에, 그리고 순식간에 그의 뇌리를 스쳐 지나갔다. 그가 막 침대 위로 벌렁 누우려는 순간 아내가 다시 쓰러졌는데 이번에는 불러도 대답하지 않았다.

그는 자리에서 일어나 거실로 간 다음, 바닥에 누운 채 얕은 숨을 쉬며 멍한 눈으로 천장을 올려다보고 있는 아내를 바라보았다. 그녀가 거실 가구를 바꾸던 중이어서 거실 안은 어수선하기 짝이 없었다.

무엇이 잘못됐는지는 몰라도 그 일은 전날 밤 사이에 일어났으며, 그녀의 모습은 날카로운 칼날처럼 그의 몽롱한 의식을 헤집고 들어올 만큼 나빠 보였다. 그녀는 아직 실내복 차림이었는데, 허벅지 부분까지 찢어져 있었다. 다리는 대리석처럼 새하얬다. 그해 여름휴가 때 일부러 볕에 태웠던 흔적은 깨끗이 사라지고 보이지 않았다. 두 손은 마치 유령처럼 흐느적거리며 움직였다. 그러곤 폐에 공기가 충분치 않은 듯 입을 뻐끔거렸다. 그는 아내의 이가 이상하리만큼 튀어나온 것을 알았지만 대수롭지 않게 여겼다. 빛 때문에 그렇게 보일 수도 있었기 때문이다.

"마지? 여보?"

그녀는 대꾸를 하려 했지만 그럴 수 없었다. 그는 겁이 더럭 났다. 그는 의사에게 전화를 걸려고 일어섰다.

그가 전화기 쪽으로 향하는데 그녀가 말했다.

"아니…… 그러지 말아요."

헐떡이는 숨 사이로 그녀는 같은 말을 반복했다. 그러고는 힘겹게 몸을 일으켜 자리에 앉았다. 햇살이 가득 찬 고요한 집 안에서 그녀의 헐떡이는 숨소리만 들려왔다.

"나를…… 일으켜…… 도와 줘요…… 햇살이 너무 뜨거워……."

아내를 안아 일으키던 그는 문득 아내가 너무나 가볍다는 사실에 깜짝 놀랐다. 겨우 나뭇가지 한 단 정도의 무게밖에 돼 보이지 않았던 것이다.

"……소파로……."

그는 팔걸이로 등을 받칠 수 있도록 아내를 소파에 앉혔다. 이제 전면 유리창으로 들어와 양탄자에 쏟아지던 네모난 볕의 경계를 벗어나게 되자 숨 쉬는 것이 조금 편해진 것 같았다. 그녀는 잠시 눈을 감고 있었는데, 토니는 다시 한 번 그녀의 치아가 입술과 선명한 대조를 이룰 만큼 새하얗다는 사실을 알아차렸다. 그는 문득 아내에게 키스를 하고 싶은 충동을 느꼈다.

"의사를 부를까?" 그가 말했다.

"아뇨. 이제 좀 괜찮아요. 해 때문에…… 타 죽는 줄 알았어요. 그것 때문에 기절할 것 같았죠. 이젠 훨씬 나아졌어요."

그녀의 안색도 약간은 좋아졌다.

"정말 괜찮겠소?"

"그럼요. 괜찮아요."

"너무 열심히 일만 해서 그러오, 여보."

"그래요."

그녀가 순순히 대답했다. 그녀의 눈에는 생기가 없었다.

그는 한 손으로 자신의 머리카락을 잡아당겼다.

"우린 기운을 내서 이 일을 헤쳐 나가야 하오, 마지. 그래야 한다고. 당신은 꼭……."

그는 그녀에게 상처를 줄까 봐 입을 다물었다.

"제 모습이 엉망이죠? 나도 알아요. 어젯밤 자기 전에 욕실 거울을 보았는데 전혀 딴사람 같았어요. 한순간……." 그녀의 입가에 미소가 스쳤다. "내 몸을 투과해서 등 뒤에 있는 욕조가 보인다는 생각이 들었어요. 마치 나라는 것이 이제는 거의 남아 있지 않아서…… 아, 전 너무 창백해졌어요……."

"리어든 박사에게 진찰 좀 받아 봐요."

하지만 그녀는 토니의 말을 듣는 것 같지 않았다.

"지난 3, 4일 밤 동안 아주 기분 좋은 꿈을 꾸었어요, 여보. 아주 실감이 났어요. 꿈속에서 대니가 내게로 왔어요. 그러더니 '엄마, 엄마, 집에 와서 너무 좋아!' 하고 말하는 거예요. 그러고는 또…… 말하기를……."

"그 애가 뭐라고 했소?"

그가 부드러운 어조로 아내를 재촉했다.

"그 애 말이…… 다시 내 아기가 되었다고 했어요. 아기가 되어 다시 젖을 빨겠다고요. 그래서 그 애한테 젖을 물렸죠. 그러자 슬픈 가운데서도 달콤한 느낌이 들었어요. 그 애가 이가 나서 젖을 깨물기 시작한 뒤로 젖을 뗐을 때 그랬던 것처럼 말이에요. 오, 이 얘기가 웃기게 들릴 거예요. 무슨 정신병에 걸린 사람처럼 말이에요."

"아니, 그렇지 않소." 그가 말했다.

그가 아내 옆에 무릎을 꿇자 그녀는 남편의 목을 안고 힘없이 울었다. 그녀의 팔은 차가웠다.

"의사를 부르지 말아요, 여보. 제발요. 오늘 좀 쉬면 괜찮을 거예요."

"알겠소."

토니는 자신이 그렇게 아내에게 몸을 맡기고 있는 일이 거북하게 여겨졌다.

"정말 기분 좋은 꿈이었어요, 여보." 그녀가 그의 목 언저리에 대고 말했다. 그 아래로 입술 안쪽에 있는 치아의 단단함이 느껴지는 상태에서 그녀가 입술을 움직이자 몹시 관능적인 느낌을 자아냈다. 그의 성기가 발기되기 시작했다. "오늘 밤에도 그런 꿈을 꿀 수 있었으면 좋겠어요."

"그렇게 될 거요. 바로 그런 꿈을 꾸게 될 거요."

토니가 그녀의 머리카락을 쓸어 주며 말했다.

"맙소사, 당신 꼴이 말이 아니로군." 벤이 말했다.

사실상 온통 순백과 핏기 없는 녹색으로 덮여 있다시피 한 병원

에서 수잔 노튼은 아주 좋아 보였다. 그녀는 까만 세로줄이 들어
간 밝은 노란색 블라우스와 짧은 청색 데님 스커트 차림이었다.

"당신도 마찬가지예요."

수잔이 병실을 가로질러 그에게 다가왔다.

그는 그녀에게 진한 키스를 하면서 한 손을 뻗어 자극적인 곡
선을 그리고 있는 엉덩이를 쓰다듬었다.

"이봐요, 이러다 쫓겨 나겠어요."

수잔이 키스를 하다 말고 말했다.

"난 아니오."

"아니, 내가 말이에요."

두 사람은 서로를 바라보았다.

"사랑해요, 벤."

"나도 당신을 사랑하오."

"지금 당장 당신 곁에 뛰어들 수만 있다면……."

"잠깐만, 커튼을 좀 치고."

"이 일을 10대 자원 봉사자들에게는 뭐라고 설명하죠?"

"환자용 변기를 쓰는 중이라고 하면 되오."

그녀는 미소를 지으며 고개를 젓고 의자를 당겨 앉았다.

"마을에 많은 일이 일어났어요, 벤."

그 말에 벤이 정색을 하며 물었다.

"이를테면 어떤 일 말이오?"

수잔은 잠시 망설였다.

"그 얘기를 어떻게 해야 좋을지, 나 자신은 과연 그 말을 믿는
건지 모르겠어요. 줄잡아 말해서 전 지금 머리가 혼란스러워요."

"그럼 어서 말해 보구려. 내가 구분해 줄 테니 말이오."

"당신 상태는 어때요, 벤?"

"수선 중인 상태라, 그렇게 심각하지는 않소. 코디라는 매튜의 주치의가……."

"아니, 당신 마음 말이에요. 당신은 이 드라큘라 백작 얘기를 어느 정도까지 믿고 있는 거죠?"

"아, 그거. 매튜 선생님이 당신에게 이야기를 다해 주었소?"

"매튜 선생님은 지금 이 병원 1층 중환자실에 계세요."

"뭐라고?" 벤이 팔꿈치를 받치고 몸을 일으켰다. "무슨 일이 일어난 거요?"

"심장마비예요."

"심장마비라고?"

"코디 박사 말이 상태는 안정되었대요. 현재 중환자 명단에 있기는 하지만, 처음 48시간 동안에는 의무적으로 명단에 올려야 한다더군요. 선생님이 심장마비를 일으켰을 때 제가 그 자리에 있었어요."

"기억나는 것을 모조리 말해 봐요, 수잔."

그의 얼굴에서 즐거운 표정이 사라졌다. 대신에 경계와 집중, 섬세한 표정이 자리를 잡았다. 하얀 병실, 하얀 시트, 하얀 환자복 속으로 사라졌던 그는 다시 예전의 팽팽한 모습을 한, 어쩌면 한쪽 날이 닳고 있을지는 몰라도 날카로운 사내로 비쳐졌다.

"당신, 아직 내 질문에 대답하지 않았어요, 벤."

"내가 선생님의 이야기를 어떻게 받아들였냐는 거요?"

"네."

"당신이 무슨 생각을 하고 있는지 말하는 것으로 대신 답을 하겠소. 당신은 마스튼 저택이 내 머리를 엉망으로 만들어 놓았다고 생각하고 있소. 굳이 표현하자면 내 머릿속에 박쥐가 들어 있다고 여길 정도로 말이오. 내가 제대로 본 거요?"

"그래요. 그런 것 같아요. 하지만 그런 식으로…… 험하게 생각해 본 적은 없어요."

"그건 알아요, 수잔. 그럴 수 있다면 당신을 위해서 내 생각이 어떻게 진행된 것인지를 추적해 보겠소. 그러면 나도 정리가 될지 모르니까. 당신 얼굴을 보니까 무엇인가가 당신을 어느 정도 당황하게 만든 것 같소. 내 말이 맞아요?"

"그래요…… 하지만 난 믿어지지가 않아요. 믿을 수가 없다고요……."

"잠깐 기다려요. '그럴 수 없다'는 말은 모든 것을 차단하는 단어요. 나도 바로 거기서 궁지에 몰렸었소. 절대적이고 강제적인 단어란 말이오. 그럴 수 없다는 말 말이오. 나도 선생님의 말을 믿지 못했소, 수잔. 그런 일이 사실일 수가 없으니까 말이오. 하지만 어떤 식으로 그 문제를 보든 그의 이야기에서 허점을 찾을 수가 없었소. 분명한 것은 그가 어딘가에서 비약했으리라는 거요. 그렇잖소?"

"그래요."

"당신 보기에 그가 미친 것 같았소?"

"아니, 그렇지 않았어요. 하지만……."

"잠깐." 그가 손을 들어 제지했다. "당신은 지금 '그럴 수 없다'는 방식으로 생각하고 있소. 그렇잖소?"

"그런 것 같아요."

"그는 내가 보기에도 미쳤다거나 불합리해 보이지 않았소. 그리고 편집증적인 망상이나 박해 콤플렉스 같은 것이 하룻밤 사이에 나타나는 것이 아니라는 것은 우리 둘 다 잘 알고 있는 일이오. 그런 것들은 오랜 시간을 두고 서서히 자라나는 거요. 조심스럽게 물을 주고 보살피고 먹이를 줘야 하는 것들이란 말이오. 마을에서 매튜 선생님의 머리가 돌았다는 소문이 나도는 것을 들은 적이 있소? 선생님이, 누군가가 자기를 노렸다는 말을 하는 것을 들은 적이 있소? 그가 미심쩍은 운동과 연루된 적이 있었소? 불소가 뇌종양을 일으킨다든지 애국자의 후손들이나 민족 해방 전선 같은 일 말이오. 또 그가 강령 회라든가 유체 이탈이나 환생 따위에 과도한 관심을 보인 일이 있었소? 체포된 일은 있었소?"

"아뇨. 그 모든 물음에 '아니요.' 예요. 하지만 벤…… 매튜 선생님에 대해서 아무리 가정이라고 해도 이런 식으로 말하기는 마음이 아프지만, 겉으로 드러나지 않게 미치는 사람들도 있어요. 내면에서 미쳐 버리는 거라고요."

"난 그렇게 생각지 않아요. 징후들이 있게 마련이오. 때론 그런 징후를 놓칠 수 있지만 결국 나중에는 알게 되는 거요. 당신이 배심원이라면 자동차 충돌 사고에 대한 매튜 선생님의 증언을 신뢰하겠소?"

그가 조용히 말했다.

"그래요……"

"만일 그분이 당신에게 마이크 라이어슨을 살해한 좀도둑을 봤다고 말했다면 그의 말을 믿었을까?"

"아마 믿었을 거예요."

"하지만 이 말은 믿지 못한다는 거로군."

"벤, 난 다만 그럴 수가……."

"또다시 그 표현을 쓰는군." 벤은 수잔이 항의하려는 것을 알고 미리 손을 들어 제지했다. "난 그의 경우를 가지고 입씨름을 하려는 게 아니오, 수잔. 난 단지 내 생각의 꼬리를 전개하고 있는 것뿐이오. 알겠소?"

"알았어요. 계속해 봐요."

"그 다음으로 생각한 것은 누군가가 그를 모함했다는 거요. 악감이나 원한을 품은 누군가가 말이오."

"네, 나도 그런 생각을 했었죠."

"매튜 선생님은 적이 없다고 했어요. 난 그분의 말을 믿어요."

"적이 없는 사람은 없어요."

"정도의 차이는 있을 거요. 가장 중요한 사실을 잊지 말아요. 이 소동에 죽은 사람이 관련돼 있다는 것 말이오. 누군가가 매튜 선생님을 곤란하게 만들려고 한 거라면, 그러기 위해서 마이크를 살해했어야 했을 거요."

"이유는 뭐죠?"

"이 앞뒤가 맞지 않는 이야기는 그나마 시체가 없으면 연결이 되지 않기 때문이오. 게다가 매튜 선생님의 말에 따르면 그가 마이크를 만난 것은 순전히 우연이었소. 지난 목요일 밤에 선생님을 델 주점으로 끌고 간 사람은 아무도 없었소. 익명의 전화나 메모 같은 것도 없었소. 두 사람이 우연히 만났다는 사실 때문에 사전 설정을 배제시킬 수 있소."

"그렇다면 합리적인 설명으로 남는 것이 뭐죠?"

"선생님이 창문 올라가는 소리, 웃음소리, 뭔가를 빠는 소리를 꿈으로 꾸었다는 거요. 마이크는 자연적인, 그러나 알 수 없는 원인으로 죽은 것이고."

"당신도 그 일을 믿지 않는 거로군요."

"내가 믿지 않는 것은, 그분이 창문 올라가는 소리를 꿈꾸었다는 거요. 창문은 열려 있었소. 그리고 바깥 망창은 잔디밭에 떨어져 있었소. 나도, 파킨스 길레스피도 그것을 보았소. 한데 나는 한 가지를 더 보았소. 그것은 선생님의 집에 있는 망창이 걸쇠 타입인데, 안쪽이 아니라 바깥쪽에서 잠그게 되어 있다는 사실이었소. 안쪽에서는 드라이버나 페인트 긁개로 억지로 떼어 내기 전에는 망창을 떼어 낼 수 없소. 설혹 그런다 해도 몹시 힘이 들 거요. 게다가 자국도 남게 될 것이고 말이오. 그런데 거기에는 아무런 자국도 나 있지 않았소. 그리고 또 한 가지가 있소. 창문 아래 지면이 비교적 무르다는 거요. 2층에 있는 망창을 떼어 내려면 사다리를 사용해야 하는데 그 어디에도 사다리를 쓴 자국이 전혀 없었소. 바로 그 점이 가장 신경이 쓰이는 점이라오. 2층 망창이 바깥쪽으로부터 제거되었는데, 그 아래 사다리를 놓았던 자국이 없다는 것 말이오."

두 사람은 침울한 얼굴로 서로를 바라보았다.

벤이 다시 입을 열었다.

"나는 오늘 아침 이 문제를 검토해 보았소. 그런데 생각하면 할수록 선생님의 이야기가 그럴 듯해 보였소. 그래서 운에 맡겨 보았소. '그럴 수 없다.'는 논리를 잠시 쓰지 않기로 한 거요. 이제,

간밤에 선생님의 집에서 일어난 일을 말해 주시오. 그 얘기가 이 문제를 무마시켜 준다면 나로서는 그 이상 바랄 나위도 없으니까."

"그런데 그렇지 않아요." 그녀가 유감스러운 듯이 말했다. "오히려 사태를 더 악화시킬 거예요. 매튜 선생님이 내게 막 마이크 라이어슨에 대한 이야기를 모두 해 주었을 때였어요. 선생님은 위층에 누군가 있는 소리를 들었다고 했어요. 선생님은 겁을 내기는 했지만 위층으로 올라갔죠." 그녀는 이제 무릎에 놓인 손을, 마치 그것들이 금방 날아가기라도 할 것처럼 단단히 쥐었다. "잠시 동안은 아무 일도 일어나지 않았어요. 얼마 후 초대를 취소한다는 그런 내용을 소리친 것 같았어요. 그러더니…… 이것을 어떻게 이야기해야 할지……."

"어서 말해 보구려. 그것 때문에 괴로워하지 말고 말이오."

"누군가…… 선생님이 아닌 다른 누군가가 섬뜩한 소리를 낸 것 같았어요. 그리고 뭔가가 넘어지는 것처럼 쿵 하는 소리도 났고요." 그녀는 두려워하는 듯한 눈으로 그를 쳐다보았다. "그런 다음에 누군가 이렇게 말하는 소리를 들었어요. '당신이 죽은 듯이 자는 것을 보러 올 거야, 선생.' 하고 말이에요. 그 말 그대로예요. 그리고 나중에 매튜 선생님을 덮어 줄 모포를 가지러 그 방에 들어갔다가 이것을 발견했어요."

수잔이 블라우스 주머니에서 반지를 꺼내 벤의 손에 놓아 주었다.

벤은 반지를 뒤집어 보더니 안쪽에 새겨진 글자를 읽으려고 창문 쪽으로 기울였다.

"M.C.R. 이것이 마이크 라이어슨이오?"

"마이크 코리 라이어슨의 머리글자죠. 나는 반지를 떨어뜨렸다가 다시 집어 들었어요. 당신이나 매튜 선생님이 보려고 할지 모른다고 생각했죠. 이것은 당신이 갖고 있어요. 내가 갖고 싶지 않으니까."

"이것 때문에……?"

"기분이 나빠요. 그것도 아주 많이요." 그러면서 그녀는 저항하듯 고개를 곧추세웠다. "하지만 합리적인 모든 생각이 이 반지와 어긋나고 있어요, 벤. 차라리 매튜 선생님이 마이크 라이어슨을 죽이고 무슨 이유 때문인지는 몰라도 말도 안 되는 흡혈귀 이야기를 꾸며 낸 것이라고 믿고 싶어요. 망창도 속임수를 써서 떼어 놓은 것이고 말이에요. 그리고 내가 아래층에 있는 동안 객실에서 복화술을 부려서 이야기를 한 것이고, 마이크의 반지를 거기다 놔둔 거라고 말이에요……."

"그런 다음 이 모든 이야기를 좀 더 그럴 듯해 보이게 하려고 스스로 심장마비에 걸린 것이고?" 벤이 냉담한 어조로 말했다. "나는 합리적인 설명이 가능하다는 희망을 아직 버리지 않았소, 수잔. 이 일을 합리적으로 설명할 수 있었으면 좋겠소. 거의 기도하는 심정으로 그러기를 바란다오. 영화에 나오는 괴물들은 재미있을지 몰라도 그것들이 실제로 밤중에 배회하고 다닌다고 생각하면 결코 재미있지 않을 거요. 어쩌면 망창이 조작된 것일 수도 있다고, 지붕에 밧줄 하나만 고정시키면 간단히 속임수를 부릴 수 있다고 할지 모르겠소. 한 걸음 더 나아가 봅시다. 선생님은 학식이 대단한 사람이오. 마이크가 보인 것 같은 증상을 일으킬 만한 독이…… 어쩌면 탐지되지 않는 독약 같은 것이 있을지 모르오. 물론 마이크가 음식을 거의 먹지 않았기 때문에 독약은 별로 신빙성이 있는 얘기는 아니지만……."

"그것은 선생님이 한 얘기일 뿐이잖아요."

수잔이 지적했다.

"선생님이 그 문제로 거짓말은 하지 않을 거요. 희생자의 위를 검사하는 일이 모든 검시에서 중요한 부분이라는 사실은 알고 있을 테니까. 만약에 피하주사를 썼다면 자국이 남을 테고. 아무튼 논의를 진행시키기 위해서 그 일이 가능하다고 가정합시다. 선생님 정도라면 심장마비를 위장할 만한 방법을 찾아낼 테니까. 하지만 대체 동기가 무엇일까?"

그녀가 난감하다는 듯 고개를 저었다.

"우리가 짐작하기 어려운 어떤 동기가 있다고 쳐도, 어째서 이렇게 복잡한 술수, 아니 이런 터무니없는 얘기를 꾸며 낸 것일까? 엘러리 퀸미국의 추리 작가로 동갑이고 사촌 간인 프레더릭 대니와 맨프레드 리의 공동 필명이라면 어떻게 해서든 이 문제를 설명할 수 있을 테지만, 인생은 엘러리 퀸의 소설 줄거리와는 다르오."

"하지만 이것은…… 그 다른 쪽에는 광기가 있어요, 벤."

"그렇소. 히로시마처럼 말이오."

"제발 그만해요!" 그녀가 갑자기 그를 몰아붙였다. "시시한 인텔리 시늉은 그만해요! 그러는 건 당신과 어울리지 않아요! 우리는 지금 말도 안 되는 미신, 악몽, 사이코 얘기를 하고 있는 거라고요……."

"그저 헛소리일 뿐이오. 서로 연결해 봅시다. 세상이 바로 옆에서 돌아가고 있는데 당신은 지금 흡혈귀 따위에 구애되고 있는 거요."

"살렘스 롯은 내가 사는 마을이에요." 그녀가 고집스러운 어조로 말했다. "여기서 무슨 일이 벌어지고 있다면 그건 이론이 아니라 현실이라고요."

"나도 거기에는 절대로 동감이오." 벤은 그러면서 서글프다는 듯이 머리에 맨 붕대를 만져 보았다. "당신의 전 애인은 오른쪽 주먹이 굉장히 세군."

"죄송해요. 플로이드에게 그런 면이 있는 줄 몰랐어요. 지금도 이해가 가지 않아요."

"그 친구는 지금 어디 있소?"

"취객 보호실에 있어요. 파킨스 길레스피가 엄마에게, 플로이드를 주 경찰에게, 다시 말해서 맥카슬린 보안관에게 넘겨야 한다면서, 당신이 혹시라도 고소하고 싶어 하는지 기다려 볼 생각이라고 했대요."

"그 일에서 당신이 꺼림칙한 점이 있소?"

"어떻게 되든 상관없어요. 그는 이제 내 인생과 무관한 사람이에요."

그녀가 차분한 어조로 말했다.

"난 그 친구를 고소할 생각이 없소."

그 말에 그녀가 눈썹을 곤두세웠다.

"하지만 그와 얘기를 하고 싶소."

"우리들에 대해서요?"

"어째서 그런 코트와 모자, 선글라스…… 게다가 플레이텍스 고무장갑까지 끼고 왔는지 말이오."

"뭐라고요?"

"아무튼 그때 해가 나와 있었소. 햇살이 비치고 있었지. 그는 해가 싫었던 것 같소."

그들은 말없이 서로를 바라보았다. 그 문제에 대해서는 뭐라고 할 말이 없어 보였다.

놀리가 엑설런트 카페에서 주문한 아침 식사를 가져갔을 때 플로이드는 깊이 잠들어 있었다. 폴린 디킨스가 만든 딱딱한 달걀 프라이와 기름에 전 베이컨 대여섯 조각을 먹으라고 그를 깨운다는 것이 야비한 짓 같다고 생각한 놀리는 사무실에 앉아서 그것을 먹어 치웠고 커피도 마셔 버렸다. 폴린은 커피를 정말 맛있게 끓였다. 그것만은 알아줘야 했다. 그러나 점심 식사를 가져갔을 때도 플로이드가 여전히 아까와 똑같은 자세로 잠을 자고 있자 약간 겁이 난 놀리는 음식 쟁반을 바닥에 놓고 스푼으로 창살을 두드렸다.

"이봐! 플로이드! 일어나! 식사를 가져왔단 말이야."

그래도 플로이드가 잠을 깨지 않자 놀리는 취객 보호실 문을 열기 위해 주머니에서 열쇠 꾸러미를 꺼냈다. 그는 열쇠를 꽂으려던 손길을 멈추었다. 지난주 '건 스모크'에서 아픈 시늉을 하고 있다가 간수에게 달려든 악당 얘기가 나왔는데 불현듯 그 장면이 생각났기 때문이다. 놀리는 플로이드 티비츠가 특별히 악당 같다고 여긴 적은 없었지만, 그가 벤을 살살 달래서 잠들게 했던 것도 아니었다.

더운 날 정오 무렵이면 언제나 목을 튼 하얀 셔츠의 겨드랑이 부분이 땀으로 얼룩지는 덩치 큰 사내가 한 손에는 스푼을, 다른 한 손에는 열쇠를 든 채 머뭇거리고 있었다. 그는 애버리지 151의 리그전 볼링 선수였고, 주말에는 지갑 속 루터교 성직자 휴대용 캘린더 바로 뒤에 포틀랜드의 음란 술집과 러브호텔 명단을 갖고 다니며 술집을 전전하는 술꾼이었다. 붙임성 있고, 무골호인으로 타고났지만 반응이 늦을 뿐 아니라 열 받는 것도 더뎠다. 그렇게 하찮은 이점이라고 할 수 없는 이 모든 이점에도 불구하고 머리 회전이 특별히 빠른 편이 아니었던 그는 몇 분 동안, 스푼으로 창살을 두드리고 큰 소리로 플로이드를 부르면서 제발 뒤척이든 코를 골든 움직이기를 바라면서 다음에 할 일을 궁리하고 있었다. 그가 막 민간 통신망^{근거리 통신 주파수}으로 파킨스를 불러 지시를 받아야 겠다는 생각을 하고 있던 참에 파킨스가 사무실 문 앞에 나타났다.

"대체 뭘 하고 있는 건가, 놀리? 돼지라도 부르고 있나?"

놀리가 얼굴을 붉혔다.

"플로이드가 꼼짝도 하지 않아요, 치안관님. 혹시…… 어디 아픈 건 아닌지 모르겠어요."

"그 빌어먹을 스푼으로 창살을 두드리면 아픈 것이 낫는다고 생각하나?"

파킨스가 다가오더니 유치장 문을 열었다.

"플로이드?" 그는 플로이드의 어깨를 흔들었다. "자네 괜찮……"

그 순간 플로이드가 사슬로 고정시켜 놓은 간이침대에서 바닥으로 굴러 떨어졌다.

　"이런, 죽은 거죠? 그렇죠?" 놀리가 말했다.

　그러나 파킨스는 그 말을 듣지 못한 것 같았다. 그는 기분 나쁠 정도로 평온한 플로이드의 얼굴을 빤히 들여다보고 있었다. 놀리의 머릿속에 서서히, 파킨스의 저 표정이 흡사 누군가한테 한 대 호되게 얻어맞은 사람의 표정 같다는 생각이 떠올랐다.

　"무슨 일이에요, 치안관님?"

　"아무것도 아냐. 그냥…… 여기서 나가자고." 그러고 나서 그는 거의 혼잣말처럼 이렇게 덧붙였다. "맙소사, 저 친구를 건드리지 말걸 그랬군."

　플로이드의 몸뚱이를 내려다보던 놀리의 얼굴에 서서히 공포감이 어렸다.

　"정신 차리게. 아무래도 의사를 불러와야겠네."

　프랭클린 보딘과 버질 래스번이 하모니 힐 공동묘지 너머 3킬로미터 지점에 있는 번즈 로 갈림길 끄트머리의 너덜거리는 판자문 앞에 차를 댄 시각은 이른 오후였다. 두 사람은 프랭클린 소유의 1957년형 시보레 픽업에 타고 있었는데, 아이크아이젠하워 대통령가 재선된 첫해만 해도 우아한 아이보리 색이었던 트럭이 이제는 온통 칙칙한 갈색과 군데군데 초벌로 칠했던 빨간색이 여기저기에 드러난 상태였다. 트럭 뒤 칸에는 프랭클린이 '크래피'라고 부르는 것이 가득 쌓여 있었다. 한 달에 한 번 꼴로 그와 버질은 크래

피를 한 짐씩 쓰레기 처리장으로 실어 날랐는데, 크래피의 대부
분은 빈 맥주병, 빈 맥주 깡통, 빈 맥주 통여기서는 약 50리터짜리를 말함, 빈
포도주 병, 빈 포포프 보드카 병들이었다.

"문이 닫혔군." 프랭클린 보딘이 눈을 가늘게 뜨고 정문에 못
질해 놓은 표지판을 읽으며 말했다. "젠장, 똥물에 빠지겠군." 그
는 불룩한 가랑이에 놓아두었던 도슨스 맥주병에서 한 모금을 마
신 다음 팔뚝으로 입가를 닦았다. "오늘이 토요일이지?"

"그래."

버질 래스번이 말했다. 그러나 사실 버질은 오늘이 토요일인지
화요일인지 감이 없었다. 너무 술에 취한 상태여서 지금이 몇 월
인지도 알지 못했다.

"쓰레기장은 토요일에 문을 닫지 않잖아, 안 그래?"

프랭클린이 물었다. 표지판은 하나밖에 없었지만 그의 눈에는
세 개로 보였다. 그는 다시 눈을 가늘게 떴다. 표지판 세 개 모두
'닫혔음'이라고 적혀 있었다. 불그죽죽한 그 페인트는 분명, 더드
로저스의 관리소 문 안쪽에 놓여 있던 페인트 통에서 나온 것이
었다.

"토요일에 문을 닫은 적은 한번도 없었어." 버질이 말했다. 그
는 팔을 크게 돌려 맥주병을 입으로 가져갔으나 제대로 대지 못
하고 왼쪽 어깨에다 맥주를 쏟고 말았다. "제기랄, 정말 멋지게도
했군."

"문을 닫았단 말이지." 프랭클린은 점점 화가 치밀었다. "그 빌
어먹을 자식이 술에 취해 뻗어 버린 거야. 좋아, 그렇다면 내가
그 자식을 닫아 주겠어." 그는 1단 기어를 넣고 밟고 있던 클러치

를 탁 놓았다. 그 바람에 다리 사이에 놓인 맥주병에서 부글거리
며 올라온 거품이 바지 위로 흘러넘쳤다.

"밟아, 프랭클린!"

버질이 소리쳤다. 그는 트럭이 충돌하면서 깡통이 널린 길가로
문짝을 밀어붙이는 순간 요란한 소리로 트림을 했다. 프랭클린은
기어를 2단으로 바꾸고 바퀴 자국과 구멍투성이인 길로 뛰쳐나갔
다. 스프링이 낡은 트럭은 미친 듯이 튀어 올랐다. 짐칸에서 병들
이 떨어져 박살났다. 갈매기들이 날아올라 선회하며 날카롭게 울
어 댔다.

정문에서 400미터쯤 들어오면 번즈 로의 한 갈래(이제는 '쓰레
기 로'로 불리지만)가 끝나면서 널찍한 개간지가 나오는데 그곳이
바로 쓰레기장이었다. 울창한 오리나무와 단풍나무 숲을 지나면
나오는 널찍하고 평탄한 맨 흙 지대는 현재 더드의 관리소 옆에
서 있는 구형 케이스 불도저를 시도 때도 없이 쓰는 바람에 사방
이 파였으며 그 파인 자국마다 물이 흘렀다. 이 평지 저편에는 쓰
레기 처리장으로 바뀌어 가고 있는 자갈 채취장이 있었다. 각종
폐기물과 음식물 쓰레기, 번쩍이며 빛을 반사하는 병과 알루미늄
깡통 따위가 거대한 더미를 이룬 채 멀리까지 뻗어 있었다.

"빌어먹을 꼽추 같으니라고. 꼬박 일주일 정도는 쓰레기를 갈
아엎지도, 태우지도 않은 것 같군." 프랭클린이 말했다. 그가 두
발로 브레이크를 밟자 요란한 소리를 내면서 페달이 바닥까지 닿
았다. 잠시 후 트럭이 멈춰 섰다. "그 자식, 분명히 술을 상자째
껴안고 뻗어 있을 거야."

"더드가 술고래인 줄은 몰랐는데." 버질이 빈 병을 창밖으로

던지고 바닥에 놓인 갈색 봉투에서 또 한 병을 꺼내면서 말했다. 그가 문손잡이에 걸어 병 뚜껑을 따자 요동치는 차 안에서 잔뜩 끓어올랐던 맥주 거품이 손으로 흘러넘쳤다.

"꼽추는 모두 술고래라고." 프랭클린이 아는 체하며 말했다. 그는 창문으로 침을 탁 뱉고 나서야 창이 닫혔다는 사실을 알았다. 그는 긁히고 흐린 창유리를 셔츠 소맷자락으로 쓱 문질렀다. "가서 보자고. 저 안에 뭔가 있을지 몰라."

그는 어설프게 큰 원을 그리며 트럭을 후진시킨 다음 짐칸 문이 최근 롯에서 모아 버린 쓰레기 바로 위에 부릴 수 있도록 차를 댔다. 그러고는 시동을 끄자 갑자기 정적이 그들을 짓누를 듯이 다가왔다. 쉼 없이 들려오는 갈매기 울음소리만 없었다면 완벽한 정적이 됐을 것이다.

"정말 조용하군." 버질이 중얼거렸다.

두 사람은 트럭에서 내려 뒤로 돌아갔다. 프랭클린이 짐칸 문짝을 고정시켰던 S자 모양의 빗장을 벗겨 그대로 땅에 떨어뜨리자 쨍그랑 하는 요란한 소리가 났다. 쓰레기장 저쪽 끄트머리에서 먹을 것을 찾아 열심히 먹고 있던 갈매기들이 일제히 날아오르며 화가 잔뜩 난 듯 큰 소리로 울어 댔다.

두 사람은 말없이 짐칸으로 올라가 크래피를 들어냈다. 녹색 비닐 자루들이 허공을 날아가다가 요란한 소리를 내며 떨어졌다. 두 사람에게는 익숙한 일이었다. 그들은 마을에 속해 있었음에도 관광객들은 그들을 거의 보지(아니면 신경 쓰지) 못했는데 그것은 무엇보다도 마을에서 그들을 암묵리에 무시했으며, 둘째로는 그들이 나름대로 보호색을 쓰고 있었기 때문이다. 설혹 도로에서 프랭클린의 픽업과 마주쳤다고 해도 백미러에서 사라진 순간 잊어버리고 만다. 또 희뿌연 11월의 하늘로 작은 굴뚝을 통해 가느다란 연기를 피워 올리는 그들의 다 낡은 집을 본다 해도 거기에 눈길이 멎는 법은 없다. 혹시라도 갈색 봉투에 자선용 보드카 한 병을 담고 컴벌랜드 원호 협회에서 나오는 버질과 맞닥뜨린다면 인사말을 건네고 나서도 방금 그 사람이 누구였는지 전혀 기억하지 못할 것이다. 얼굴은 낯이 익었지만 도무지 이름은 떠오르지 않는 것이다. 프랭클린의 형은 바로 리치(최근에 스탠리 스트리트 초등학교의 왕좌에서 하야 했다.)의 아버지 데렉 보딘인데, 데렉은 프랭클린이 아직 그 마을에 살고 있다는 사실조차 거의 잊고 있었다. 집안의 두통거리조차 되지 못한 프랭클린은 거의 존재하지 않는 것이나 마찬가지였다.

이제 트럭의 짐을 모두 비우게 된 프랭클린은 마지막 남아 있던 깡통을 걷어찬 다음(쨍그랑!) 녹색 작업 바지를 추켜올렸다.

"더드에게 가 보자구."

그들은 트럭에서 내렸다. 버질은 자기 가죽 구두끈에 발이 걸려 넘어지면서 호되게 엉덩방아를 찧었다. "맙소사, 이런 물건도 제대로 못 만드는군." 그는 딱히 누구에게라고 할 것도 없이 투덜거렸다.

두 사람은 타르지를 씌운 더드의 집으로 향했다. 문은 닫혀 있었다.

"더드!" 프랭클린이 버럭 소리를 질렀다. "이봐, 더드 로저스!"

그가 주먹으로 문짝을 한 번 치자 판잣집 전체가 흔들렸다. 그 바람에 문 안쪽에서 조그만 고리가 딸깍 하고 벗겨지더니 덜컥거리며 문짝이 열렸다. 판잣집 안은 비어 있었으나 토할 것처럼 역한 냄새로 가득 차 있었다. 두 사람은 온갖 부패한 냄새에 숙련되어 있었음에도 불구하고 그 냄새 때문에 서로 쳐다보며 얼굴을 찡그렸다. 프랭클린은 그 냄새에서 언뜻, 컴컴한 항아리 안에서 여러 해 동안 삭한 끝에 스며 나온 즙 때문에 하얗게 절여진 오이 냄새를 연상했다.

"망할 자식. 살이 썩는 것보다 더 지독한 냄새가 나는군." 버질이 말했다.

하지만 판잣집 안은 엄격하다고 할 정도로 깔끔하게 정돈되어 있었다. 침대 바로 위 옷걸이에는 더드의 여분 셔츠가 걸려 있었고, 거의 망가진 식탁 의자는 식탁에 바짝 붙여져 있었으며, 간이 침대도 병영에서 하듯 잘 정돈되어 있었다. 옆구리에 새로 흐른 자국이 나 있는 빨간 페인트 통은 문 바로 안쪽 접어 놓은 신문지 위에 놓여 있었다.

"여기 더 있다가는 토하겠어."

버질이 말했다. 그의 얼굴은 핏기 없는 녹색을 띠었다.

그 역시 별로 기분 좋을 것이 없었던 프랭클린도 뒷걸음질로 집을 나와 문을 닫았다. 그들은 흡사 달의 분화구처럼 인적도 없고 황량하기 그지없는 쓰레기장을 살펴보았다.

"그 친구는 여기 없어. 잔뜩 취해서 숲 속 어딘가에 있을 거야."

프랭클린이 말했다.

"프랭크?"

"왜?"

프랭클린이 퉁명스럽게 대꾸했다. 그는 잔뜩 기분이 상해 있었다.

"저 문은 안쪽에서 걸려 있었어. 그가 집에 없는 거라면 어떻게 밖으로 나온 거지?"

그 말에 깜짝 놀란 프랭클린이 고개를 돌려 판잣집을 유심히 쳐다보았다. 그는, 창문을 통해서, 라고 말하려다 말고 입을 다물었다. 창문이라고 해 봐야 타르지에 네모난 구멍을 내서 그 위에 다시 내수성 비닐을 씌우고 단추를 달아 놓은 것에 불과했기 때문이다. 게다가 그 크기 또한 더드가 아무리 용을 써도(등에 붙은 혹은 감안하지 않더라도) 지나갈 수 없을 만큼 작았다.

"신경 쓸 거 없어. 우리와 어울리고 싶지 않다면 그러라지. 여기서 나가자고."

프랭클린이 퉁명스럽게 말했다.

트럭을 세워 둔 곳으로 돌아가는 사이에 프랭클린은 뭔가가 취기의 보호막을 스며드는 느낌을 받았다. 얼마 뒤에는 기억하지 못할, 아니 기억하고 싶지 않은 그 섬뜩한 느낌은, 이곳에서 뭔가가 아주 잘못돼 가고 있다는 것이었다. 그것은 마치 쓰레기장에 맥박이 있어서 그것이 느리면서도 확고부동한 생명력으로 고동치기 시작한 것과 같았다. 그는 문득 어서 그곳을 벗어나고 싶어졌다.

"그런데 쥐가 전혀 보이지 않는군." 버질이 불쑥 말했다.

정말 쥐가 한 마리도 보이지 않았다. 온통 갈매기뿐이었다. 프랭클린은 크래피를 실어 나르면서 쥐를 보지 못한 적이 언제였는지를 기억해 보았다. 그런 기억이 없었다. 그는 그 점도 마음에 들지 않았다.

"아무래도 더드가 쥐약을 뿌린 모양이야, 프랭크."

"자, 어서 가자. 빨리 이 빌어먹을 쓰레기장을 나가자고."

저녁 식사 후, 병원에서는 벤이 매튜 버크를 면회할 수 있게 해주었다. 짤막한 방문이었다. 매튜는 자고 있었다. 하지만 산소 텐트는 걷은 상태였고, 수간호사는 벤에게, 매튜가 내일 아침에는 의식을 차릴 것이며 잠깐 동안 면회도 가능할 것이라고 말했다.

벤은 매튜의 얼굴이 잔뜩 주름진 데다 몹시 나이가 들어 보인다고, 처음으로 그것이 노인의 얼굴이라는 생각이 들었다. 병원복 밖으로 목 부위의 느슨한 살을 내보이면서 꼼짝 않고 누워 있는 그는 너무나도 연약하고 무력해 보였다. '만약 그 모든 일이 사실이라면 병원에서 당신에게 해 줄 것이 없어요, 매튜.' 하고 벤은 생각했다. 만약 그 모든 일이 사실이라면 우리는 말뚝과 성경과 야생 산 백리향을 대신해서 리졸 소독약과 외과용 메스와 화학요법 따위로 악몽을 제거하는 불신의 성채에 있는 셈이죠. 이곳에서는 생명 유지 장치와 피하주사와 바륨 용제로 채워진 관장기만 있으면 만족해요. 설혹 진리의 기둥에 구멍이 나더라도 이곳에서는 알지도 못하고 신경도 쓰지 않는다는 말입니다.

벤은 침대 머리맡으로 가서 조심스럽게 매튜의 머리를 돌려 보았다. 목에는 아무 자국도 나 있지 않았다. 그곳 피부는 깨끗했다.

그는 잠시 망설이다가 옷장으로 가서 문을 열었다. 거기에는 매튜의 옷이 걸려 있었으며, 옷장 문 안쪽 손잡이 장식에는 수잔이 찾아갔을 때 매튜가 걸고 있던 십자가가 걸려 있었다. 십자가 줄이 병실 안의 부드러운 빛으로 인해 가느다랗게 빛났다.

벤은 십자가를 가져다 매튜의 목에 걸어 주었다.

"뭘 하시는 거죠?"

물 주전자와, 타월로 입구 부분을 가린 환자용 변기를 들고 들어서던 간호사가 물었다.

"십자가를 목에 걸어 주고 있소."

"그분이 가톨릭 신자세요?"

"지금은 그렇다오."

벤이 울적한 목소리로 대꾸했다.

디프커트 로에 있는 소여네 집 부엌문에서 나지막하게 노크 소리가 났을 때는 이미 날이 어두워지고 난 뒤였다. 입가에 살짝 미소를 머금은 보니 소여가 문을 열어 주러 갔다. 그녀는 프릴을 단 짤막한 에이프런을 두르고 하이힐을 신었을 뿐 아무것도 입지 않은 상태였다.

그녀가 문을 열자 코리 브라이언트는 눈을 휘둥그렇게 뜨고 입을 딱 벌렸다.

"버…… 버…… 보니?"

"무슨 일이지, 코리?"

그녀는 드러난 젖가슴이 가장 자극적인 각도가 되도록 일부러 한 손을 문설주에 댄 자세를 취했다. 그러면서 두 다리가 그에게 잘 보이도록 발을 살짝 엇갈려 놓았다.

"이런, 보니. 이러다가 만약……."

"전화국에서 나온 사람이면 어쩔 거냐고?" 그녀는 킬킬거렸다. 보니는 코리의 손을 잡아 단단해진 오른쪽 젖가슴 위에 올려놓았다. "저의 계량기 좀 읽어 주실래요?"

자포자기가 느껴지는 신음 소리(지푸라기 대신 유방을 움켜쥐면서 세 번째로 버둥거리며 익사하는 사람의 신음 소리)와 함께 코리는 그녀의 몸을 끌어당겼다. 그가 양손으로 그녀의 엉덩이를 감싸 쥐자 풀 먹인 에이프런이 바삭거렸다.

"오, 이런." 그녀는 몸을 비틀며 그에게서 빠져나왔다. "저희 집 수화기 좀 시험해 봐 주실래요, 전화국 아저씨? 온종일 중요한 전화를 기다리고 있었단 말이에요……."

코리는 그녀를 번쩍 안고는 발길질로 문을 닫았다. 침실로 가는 길을 일러 줄 필요는 없었다. 그는 그 길을 잘 알고 있었다.

"그가 돌아오지 않는 게 확실해?" 그가 물었다.

어둠 속에서 그녀의 눈이 반짝였다.

"대체 누구 말씀이시죠, 전화국 아저씨? 우리 잘생긴 남편 말씀이라면…… 그이는 지금 버몬트 주 벌링턴에 있는데요."

그는, 다리는 아래로 늘어뜨리도록 놔둔 채 그녀를 침대에 대각선으로 눕혔다.

"불을 켜." 그녀의 음성은 갑자기 느리고 탁해졌다. "네가 하는 짓을 보고 싶어."

코리는 침대 곁에 놓인 스탠드를 켜고 그녀를 내려다보았다. 에이프런은 한쪽 옆으로 젖혀져 있었다. 그녀의 눈꺼풀은 무거우면서도 따뜻해 보였으며, 큰 눈동자는 반짝거렸다.

"그것도 벗어."

그가 손으로 가리키며 말했다.

"네가 벗겨 줘. 당신은 매듭을 풀 수 있을 거예요, 전화국 아저씨."

그가 허리를 숙이고 매듭을 풀었다. 그녀는 언제나 그로 하여금 난생 처음 음식 접시를 향해 걸음마를 하는, 입 속이 바싹 마른 어린애가 된 것 같은 기분을 느끼게 만들었다. 그녀에게 갖다 대려고 할 때면 그의 손은 마치 그녀의 살에서 사방으로 강한 전류가 방전되고 있기라도 하듯 언제나 떨렸다. 이제 그녀는 단 한 순간도 그의 머릿속을 떠나지 않았다. 마치 언제나 혀로 이리저리 찔러 보고 건드려 보는 입 안의 치통처럼 아예 그의 머릿속에 눌어붙어 있었다. 심지어 그녀는 빛나는 금빛 피부를 하고 그의 꿈속까지 뛰어 들어와 어두운 흥분을 불러일으키곤 했다. 그녀의 창의력에는 끝이 없었다.

"그게 아냐. 무릎을 꿇어. 무릎을 꿇고 해 줘." 그녀가 말했다.

코리는 어설프게 무릎을 꿇고 기는 자세로 에이프런 매듭을 더듬었다. 그녀가 하이힐을 신은 발을 그의 어깨에 하나씩 얹었다. 그는 고개를 숙여 그녀의 허벅지 안쪽, 단단하고 따뜻한 살에 입술을 댔다.

"바로 그거야, 코리. 바로 거기야. 계속해 줘. 계속……."

"이거 정말 멋진 풍경이군, 응?"

보니 소여가 비명을 질렀다.

코리 브라이언트는 고개를 들고 혼란스러운 얼굴로 눈을 껌벅거렸다.

레지 소여가 침실 문간에 몸을 기대고 서 있었다. 그는 한쪽 팔에, 총신을 바닥으로 향한 채 느슨하게 엽총을 올려놓고 있었다.

코리는 방광이 풀리면서 오줌이 쏟아져 나오는 뜨거운 느낌을 받았다.

"결국 그게 사실이었군." 레지가 감탄했다는 투로 말했다. 그는 방 안으로 들어섰다. 얼굴에는 여전히 미소가 어려 있었다. "정말 놀랍군. 덕분에 술고래 미키 실베스터에게 버드와이저 한 상자를 빚지게 됐잖아. 제기랄."

두 사람 중에서 먼저 보니가 겨우 입을 열었다.

"여보, 들어 봐요. 이건 당신이 생각하는 그런 일이 아냐. 이 사람이 뛰어든 거야. 이 사람이 미친놈처럼 달려들어서는……."

"닥쳐, 이녀아."

레지는 여전히 웃고 있었다. 부드러운 미소였다. 그는 정말 덩치가 컸다. 그는 아직도, 두 시간 전 보니가 작별 키스를 해 주었을 때 입고 있던 스틸 컬러 양복을 입고 있었다.

"이것 보세요." 코리가 죽어 가는 목소리로 말했다. 입 속이 침으로 가득 찬 느낌이었다. "제발 부탁이에요. 살려 주세요. 죽을 짓을 했지만 죽이지는 마세요. 그 때문에 감옥에 가고 싶지는 않으실 테죠? 이런 일로 말이에요. 저를 때리세요. 맞아도 싸죠. 하지만 제발 부탁이니……."

"일어나게, 페리 메이슨 선생^{페리 메이슨은 명 변호사로 활약하는 같은 이름의 텔레비전 시리즈 주인공}." 레지 소여가 여전히 부드러운 미소를 띤 채 말했다. "바지 앞자락이 열렸군."

"그런데 말입니다, 소여 씨……."

"아, 그냥 레지라고 부르라고." 레지가 부드러운 미소를 지으며 말했다. "우린 거의 친구라고 할 수 있는 사이니까. 심지어 난 자네가 쓰다 버린 지저분한 두 번째나 차지하고 말이지, 안 그래?"

"여보, 이건 당신 생각과는 달라요. 이 사람이 나를 강간한 거예요……."

레지는 부드럽고 다정해 보이기까지 한 미소를 지으며 그녀를 쳐다보았다.

"한마디만 더 하면 이걸 네 몸속에 쑤셔 넣고 아예 하늘로 보내 버릴 거야."

보니는 끙끙대기 시작했다. 그녀의 얼굴은 마치 상한 요구르트 빛깔을 띠고 있었다.

"소여 씨…… 레지……."

"자네 이름이 브라이언트지, 응? 네 아버지가 피트 브라이언트고 말이야."

코리가 그렇다는 뜻으로 고개를 미친 듯이 끄덕거렸다.

"네, 그렇습니다. 바로 그래요. 그런데 말이죠……."

"난 짐 웨버 밑에서 기사로 일할 때 네 아버지에게서 기름을 사서 넣곤 했었지." 레지가 여전히 부드러운 미소를 지으며 추억에 잠긴 어조로 말했다. "그게, 내가 여기 있는 이 계집애를 만나기 4, 5년 전 일이었어. 자네 아버지는 자네가 여기 있다는 걸 알고 있나?"

"아뇨, 선생님. 이 일을 알면 아버지는 크게 실망하실 겁니다. 차라리 나를 때리세요. 맞을 짓을 했으니까요. 하지만 당신이 나를 죽였다는 사실을 알게 되면 아버지는 죽어 버릴지도 몰라요. 그러면 당신은 결국 두 사람을 죽이는 셈이……."

"아니, 네 아버지는 모를 거야. 잠깐 거실로 좀 나오게. 이 문제로 얘기를 좀 해야겠으니까. 자, 어서." 그는 코리에게 해칠 의도가 없다는 뜻으로 다시 한 번 부드러운 미소를 지어 보이고 나서, 휘둥그레진 눈으로 자기를 빤히 바라보고 있는 보니 쪽을 힐끗 쳐다보았다. "넌 여기 꼼짝 말고 있어. 그렇지 않으면 '시크릿 스톰' 1954년부터 방영된 텔레비전 시리즈 물이 어떻게 끝나는지도 모르게 될 테니까. 자, 어서 나오라고, 브라이언트."

그러면서 그가 엽총으로 재촉하는 시늉을 했다.

코리는 약간 비틀거리면서 앞장서서 거실로 나갔다. 두 다리가 후들거렸다. 갑자기 어깨뼈 사이가 미친 듯이 기려웠다. 그가 총을 쏜다면 바로 어깨뼈 사이일 거야 하고 그는 생각했다. 나는 벽에 흩어진 내 창자도 보지 못하고 즉사해 버리고 말 거야…….

"돌아서."

레지가 말했다.

코리가 돌아섰다. 그는 흑흑거리며 울기 시작했다. 그렇게 울고 싶은 생각은 없었지만 어쩔 도리가 없었다. 그는 울든 안 울든 그런 것은 아무래도 좋다고 생각했다. 어차피 이미 오줌을 싼 마당이었다.

이제 엽총은 레지의 팔에 아무렇게나 걸려 있지 않았다. 엽총의 2열 총신이 똑바로 코리의 얼굴을 겨누고 있었다. 그 두 개의 구멍이 점점 커지면서 입을 벌리더니 마침내 끝도 없는 우물처럼 보였다.

"네가 무슨 짓을 하고 있었는지는 알고 있겠지?"

레지가 물었다. 이제 미소는 보이지 않았다. 그의 얼굴은 아주 엄숙했다.

코리는 대답하지 않았다. 그것은 바보 같은 질문이었으니까. 하지만 그는 계속 흐느끼며 울고 있었다.

"넌 남의 아내와 잠을 잔 거야, 코리. 코리가 네 이름이냐?"

코리가 뺨으로 줄줄 눈물을 흘리면서 고개를 끄덕였다.

"그런 짓을 하다가 잡힌 놈들이 어떻게 되는지는 알고 있지?"

코리가 고개를 끄덕였다.

"엽총 총신을 잡게, 코리. 아주 쉬운 일이야. 이 방아쇠는 5파운드짜리고, 난 지금 3파운드쯤 당기고 있지. 그러니…… 내 아내의 젖을 잡는 시늉을 해 보란 말이야."

코리가 떨리는 손을 뻗어 엽총 총신에 얹었다. 뜨거운 손바닥에 차가운 금속이 닿았다. 그의 목에서 고통스러운 신음 소리가 길게 새어 나왔다. 이제 더 이상 해 볼 일은 없었다. 애원도 할 만큼 했다.

"그걸 네 입에 집어넣어, 코리. 총신 두 개 모두. 그래, 괜찮아. 쉬운 일이라고!…… 괜찮다니까. 자네 입은 아주 크군. 그걸 거기다 집어넣어. 집어넣는 일은 잘하겠지, 안 그래?"

코리는 턱을 있는 대로 벌렸다. 엽총 총신이 입천장에 닿을 정도로 깊숙이 들어오자 겁에 질린 뱃속에서는 구역질이 나려고 했다. 쇠붙이가 미끈거리며 이빨에 닿았다.

"눈을 감아, 코리."

코리는 찻잔 접시만큼이나 휘둥그레진 채 눈물이 가득한 눈으로 상대방을 빤히 바라보기만 했다.

레지가 다시 부드러운 미소를 지어 보였다.

"그 귀여운 파란 눈을 감으라고, 코리."

코리가 눈을 감았다.

그의 괄약근이 풀렸다. 코리는 어렴풋하게 그렇다는 사실을 의식했다. 레지가 방아쇠 두 개를 동시에 당겼다. 공이치기가 찰칵 찰칵 하면서 두 차례 빈 약실을 때렸다. 코리는 그대로 기절해서 바닥에 쓰러졌다.

레지는 부드러운 미소를 지은 채 그런 그를 잠시 내려다보다가 개머리 부분이 위로 가도록 엽총을 거꾸로 들었다. 그러고는 침실로 들어갔다.

"내가 왔어, 보니. 각오는 돼 있을 테지?"

보니 소여는 비명을 지르기 시작했다.

코리 브라이언트는 비틀거리는 걸음으로 전화국 트럭을 세워둔 곳을 향해 디프커트 로를 걸어가고 있었다. 그에게서는 악취가 풍겼고, 충혈된 눈에는 생기가 없었다. 기절할 때 마룻바닥에 부딪치는 바람에 뒤통수에 큼직한 혹이 나 있었다. 그의 작업화는 포장하지 않은 갓길을 걸을 때 뭔가 질질 끌리는 소리를 냈다. 그는 되도록 그 소리에만 정신을 집중하고, 무엇보다도 이렇게 갑작스럽게 완전히 망가지고 만 자신의 삶에 대해서는 생각하지 않으려고 애썼다. 8시 15분이었다.

레지 소여는 여전히 부드러운 미소를 지은 채 코리를 부엌문

밖으로 몰아냈었다. 침실 쪽에서는 마치 배경음악처럼 보니가 흐느끼며 우는 소리가 끊임없이 들려왔다.

"넌 이제 이 길을 따라서 가라고. 네 트럭을 타고 읍내로 돌아가. 10시 15분 전에 루이스튼에서 보스턴 행 버스가 올 거야. 보스턴에 가면 이 나라 어느 곳으로든 갈 수 있는 버스를 탈 수 있어. 버스 정류장은 스펜서네 상점 앞이고 말이야. 그 버스를 타는 게 좋을 거야. 왜냐하면 네 얼굴을 다시 볼 경우 네놈을 죽일 테니까. 저 여자는 괜찮아질 거야. 지금은 좀 엉망이 됐지. 앞으로 두 주 동안 바지와 긴 소매 블라우스를 입어야 할 테지만, 그래도 얼굴은 건드리지 않았어. 네놈은 살렘스 롯을 떠나는 게 좋을 거야. 그런 다음 말끔히 몸을 씻고 나면 다시 인간이라는 기분이 들 거야."

그래서 그는 레지 소여가 말한 대로 하기 위해 지금 이 길을 따라 걷고 있었던 것이다. 보스턴에서…… 어디든 남쪽으로 가면 될 것이다. 은행에 천 달러가 약간 넘는 돈이 예금되어 있었다. 엄마는 언제나 그가 지나치게 절약한다고 말하곤 했다. 그 돈을 모두 찾아서 새 일자리를 구하고, 이날 밤 일, 즉 총신의 맛과, 자신이 바지에 싼 똥에서 풍기는 냄새를 잊기 위해 몇 년이 걸릴지 모르는 삶을 살기 시작할 것이다.

"안녕하십니까, 브라이언트 씨."

코리는 화들짝 놀라 터져 나오려는 비명을 억누른 채 어둠 속을 두리번거렸으나 처음에는 아무것도 보이지 않았다. 바람이 불어서 도로 위로 나무 그림자가 물결치듯 춤을 추고 있었다. 문득 그의 눈에, 이 도로와 칼 스미스의 목초지 후면 사이를 지나는 돌담 곁에 선 검은 그림자가 보였다. 그 그림자는 사람의 형상을 하고 있었지만…… 그것 말고 뭔가…… 뭔가가 있었다.

"누구시죠?"

"자주 만나는 친구랍니다. 브라이언트 씨."

상대방은 몸을 움직여 어둠 속에서 밖으로 나왔다. 코리의 눈에, 어렴풋한 빛 속에 검은 콧수염을 기르고 깊고 반짝이는 눈을 한 중년 남자가 보였다.

"당신은 학대당했군요. 브라이언트 씨."

"그 일을 어떻게 알고 있죠?"

"난 많은 것을 알고 있습니다. 그것이 내 일이지요. 담배 피우겠습니까?"

"고맙습니다."

코리는 고마운 심정으로 상대가 내민 담배를 받았다. 그가 담배를 입에 물자, 낯선 사내가 불을 붙여 주었다. 성냥불 불빛 속에 튀어나온 광대뼈와 슬라브인 특유의 얼굴, 창백하고 가죽뿐인 이마, 올백으로 넘긴 검은 머리가 보였다. 다음 순간 불이 꺼졌고, 코리는 담배 연기를 깊숙이 들이마셨다. 남유럽산 담배였지만, 지금으로서는 담배 종류 같은 것은 아무래도 좋았다. 코리는 마음이 약간 진정되기 시작했다.

"그런데 누구신가요?"

코리가 다시 한 번 물었다.

낯선 사내가 웃었다. 깜짝 놀랄 만큼 풍부하고 깊이 있는 웃음소리는 코리가 내뿜는 담배 연기처럼 산들바람에 실려 떠내려갔다.

"이름이라! 미국인들은 정말 이름에 집착하는군요! 제 이름이 빌 스미스니까 자동차 좀 팔아도 되겠습니까? 이것을 좀 먹어보시죠! 텔레비전에서 저 프로그램을 보세요! 등등 말입니다. 내 이름을 알아서 마음이 편하시다면 말씀드리죠. 난 발로우라고 합니다."

그러더니 그는 다시 한 번 눈을 빛내며 웃음을 터뜨렸다. 코리는 자신도 모르게 입가에 미소가 떠올랐는데, 그로서는 도저히 믿어지지 않는 일이었다. 자신이 안고 있는 문제는 저 검은 눈에 들어 있는 조그만 유머에 비하면 너무나 먼 옛날 일처럼 하찮게만 여겨졌다.

"당신은 외국인이죠?"

코리가 물었다.

"난 여러 나라에서 왔다고 할 수 있습니다. 하지만 내가 보기에 이 나라는…… 아니, 이 마을만 해도 외국인들로 가득한 것 같습니다. 아시겠습니까? 네?"

그가 다시 한 번 예의 낭랑한 목소리로 폭소를 터뜨리자, 코리는 자신도 모르게 그와 함께 웃음을 터뜨렸다. 그의 웃음소리는 뒤늦게 찾아온 히스테리와 한데 섞여서 목구멍 밖으로 있는 힘을 다해 터져 나왔다.

"외국인들, 그렇습니다. 하지만 아름답고 매혹적인 외국인들, 생기에 넘치고 원기 왕성한 외국인들입니다. 당신네 나라, 당신네 마을에 사는 사람들이 얼마나 아름다운지 아십니까, 브라이언트 씨?"

코리는 약간 난처해서 그저 킥킥대기만 했다. 하지만 그는 낮

선 사내의 얼굴에서 눈을 떼지 않았다. 그것은 상대로 하여금 열중하게 만드는 그런 얼굴이었다.

"이 나라 사람들은 굶주림이나 부족함을 모릅니다. 그와 비슷한 일을 겪은 지도 두 세대나 지났고, 그때도 실제로는 멀리 있는 방에서 들려오는 목소리 정도에 불과했습니다. 이 나라 사람들은 슬픔을 안다고 생각하지만, 그것은 생일 파티 때 풀밭에 아이스크림을 쏟아 버린 어린애의 슬픔에 지나지 않습니다. 이 나라 사람들에게는…… 그것을 영어로 뭐라고 하더라?…… 배려가 없어 보입니다. 이 나라 사람들은 정력적으로 서로의 피를 쏟고 있습니다. 당신도 그렇게 생각합니까? 어떻게 생각하십니까?"

"그래요."

코리가 대꾸했다. 낯선 사내의 눈 속에서 굉장히 많은 것들이, 그 모두가 경이로운 것들이 보였다.

"이 나라는 놀랄 만큼 모순에 가득 차 있습니다. 다른 나라에서는 하루 세 끼를 꼬박꼬박 배불리 먹으면 뚱뚱해집니다. 졸리고…… 돼지처럼 이기적이 됩니다. 그런데 이 나라에서는…… 많이 먹으면 먹을수록 호전적이 되는 것 같습니다. 아시겠습니까? 소여 씨가 그러는 것처럼 말입니다. 너무 지나치게 갖고 있으면서도 말입니다. 그런데도 그 사람은 자기 식탁에서 빵 부스러기를 좀 집어먹었다고 당신을 미워합니다. 생일 파티에서 자기는 더 이상 먹을 수 없는데도 다른 아이를 밀쳐 내는 어린애 같습니다. 그렇지 않습니까?"

"그래요." 코리가 대꾸했다. 발로우의 눈은 너무나 크고 이해력으로 가득했다. "그것은 모두……."

"그것은 모두 보는 시각의 문제가 아닙니까, 그렇지 않습니까?"

"그래요!"

코리가 외쳤다. 그 사내가 바로 꼭 알맞은 정확한 표현을 집어내 주었던 것이다. 코리는 손에서 담배를 떨어뜨리고도 알지 못했다. 담배는 길에 떨어진 채 연기를 내고 있었다.

"어쩌면 이런 시골 마을을 못 보고 지나쳤을지도 모릅니다." 낯선 사내가 생각에 잠긴 어조로 말했다. "사람들로 북적대는 대도시 같은 곳으로 갔을지도 모릅니다. 쳇!" 그는 갑자기 자세를 바로하면서 눈을 번뜩였다. "내가 도시에 대해서 무엇을 알겠습니까? 나는 거리를 지나가는 이륜 마차에 치었을 거예요. 더러운 공기에 숨이 막혔을 겁니다. 겉만 번지르르하고 멍청한 얼치기 지식인 나부랭이들과 어울려야 했을 겁니다. 그자들의 관심사는…… 그걸 뭐라고 하죠? 유해한?…… 그렇소, 내게는 유해할 뿐입니다. 나 같은 가난한 시골뜨기가 어떻게 대도시의 저 공허하고 복잡한 생활에 대처해 나가겠습니까?…… 그것이 미국의 도시라고 해도 말입니다. 어림도 없죠. 말도 안 되는 겁니다. 난 그놈의 도시들에 침을 뱉어 줄 겁니다."

"그렇고말고요."

코리가 나지막이 속삭였다.

"그래서 내가 이곳으로 온 겁니다. 아주 현명한 사람, 한때 자신도 도시인이었던 사람, 유감스럽게도 지금은 고인이 된 어떤 사람이 맨 처음 내게 말해 준 마을에 온 겁니다. 이 마을 사람들은 여전히 풍요롭고 생기가 넘칩니다. 호전성과 어둠을 지닌 사람들이죠. 그런 것들은…… 그것을 표현할 마땅한 영어가 없군요. 포콜, 부르델라크, 에얄리크에 필수적입니다. 무슨 말인지 아시겠습니까?"

"알겠어요."

코리가 속삭였다.

"이 마을 사람들은 자신들의 어머니인 대지로부터 흐르는 생명력을 콘크리트와 시멘트 껍질로 차단하지 않았습니다. 그들은 생명의 물에 손을 담그고 있습니다. 그들은 대지로부터 생명을 통째로, 그 고동까지 고스란히 떼어 냈습니다. 그렇지 않습니까?"

"그래요!"

낯선 사내는 유쾌한 듯 킬킬거리면서 코리의 어깨에 손을 얹었다.

"당신은 착한 청년이며, 잘생기고 강한 젊은이입니다. 그런 당신이 이렇게 완벽한 마을을 버린 채 떠나고 싶지 않을 겁니다, 그렇지 않습니까?"

"그래요……."

코리는 그렇게 속삭이기는 했어도 문득 확신이 서지 않았다. 두려움이 돌아오고 있었다. 하지만 그건 하찮은 일이었다. 이 사내가 그에게 어떠한 해악도 일어나지 않게 할 것이다.

"당신은 떠나지 않을 겁니다. 두 번 다시 말입니다."

코리는 발로우가 그를 향해 고개를 숙이는 동안에도 그 자리에 못 박힌 듯 선 채로 덜덜 떨고 있기만 했다.

"그리고 당신은, 남들은 배고픈데도 혼자만 배를 불리는 자들에게 앙갚음을 하게 될 겁니다."

코리 브라이언트는 거대한 망각의 강 속으로 빠져 들어갔다. 그 강은 시간이었고, 강물은 붉은 빛이었다.

9시였다. 벽에 고정된 병원 텔레비전에서 이제 막 토요 명화를 방영하려는 그 시각, 벤의 침대 옆에 놓인 전화가 울렸다. 수잔이었는데, 그녀의 음성은 가까스로 침착성을 유지하는 듯했다.

"벤, 플로이드 티비츠가 죽었어요. 어젯밤에 보호실 안에서 죽은 거예요. 코디 박사 말이 급성 빈혈증이라는데…… 난 전에 플로이드와 사귄 적이 있잖아요! 그의 혈압은 높았다고요. 그래서 군대에도 들어가지 못했고 말이에요!"

"진정해요."

벤이 일어나 앉으며 말했다.

"그것 말고 또 있어요. 벤드 구역에 맥두갈이라는 가족이 살아요. 그 집의 열 달짜리 아기가 죽었어요. 경찰에서는 맥두갈 부인을 구속했고요."

"아기가 죽었다는 것을 어떻게 알았소?"

"엄마 말이, 에반스 부인이 그 집에 갔다가 샌디 맥두갈이 지르는 비명 소리를 듣고 닥터 플로먼에게 연락했대요. 플로먼은 아무 말도 하지 않았지만, 에반스 부인이 엄마에게 말하기를, 아기에게서는 별다른 이상이 보이지 않았대요. 그런데 죽은 거예요."

"그리고 두 괴짜인 매튜와 나는 공교롭게도 마을 밖에서 꼼짝도 못하는 상황이로군." 벤은 수잔에게 한 말이라기보다는 혼잣말을 하듯 그렇게 중얼거렸다. "이것은 마치 계획된 일 같소."

"또 있어요."

"뭐요?"

"칼 포어맨이 사라졌어요. 마이크 라이어슨의 시체도 같이 없어졌고요."

"아무래도 그것이로군." 벤은 자신도 모르는 사이에 그렇게 중얼거렸다. "그 일일 수밖에 없소. 나는 내일 이곳에서 나가겠소."

"병원에서 그렇게 일찍 내보내 줄까요?"

"병원에서는 그 문제에 대해 할 말이 없을 거요." 벤은 멍한 어조로 그렇게 말했는데, 그는 이미 다른 문제로 정신이 팔려 있었다. "당신, 십자가를 갖고 있소?"

"나 말이에요?" 수잔은 좀 놀라면서도 재미있다는 투였다. "이런, 십자가는 없는데요."

"난 지금 농담하고 있는 게 아니오, 수잔. 어느 때보다도 진지하게 말하는 거요. 이 시간에 십자가를 구할 만한 곳이 없을까?"

"글쎄요, 마리 보딘에게서 구할 수 있을 거예요. 조금만 걸으면……."

"안 되오. 거리는 피하시오. 집 안에 있어요. 그저 막대기 두 개를 풀로 붙여서라도 좋으니까 당신이 직접 십자가를 하나 만들어요. 그리고 그 십자가를 침대 옆에 놓아두어요."

"벤, 난 아직 이런 일을 믿지 못하겠어요. 십중팔구 미치광이 짓일 거예요. 자기가 흡혈귀라고 여기고……."

"뭐든 당신 마음대로 믿어도 좋으니까 십자가는 만들어요."

"하지만……."

"십자가를 만들 거요? 그냥 내 비위를 맞춰 준다는 의미에서라도 그렇게 해 주겠소?"

마지못한 대답이 들려왔다.

"알았어요, 벤."

"내일 아침 9시경 병원으로 올 수 있소?"

"네."

"좋아요. 함께 올라가서 매튜에게 새로운 정보를 알려 줍시다. 그런 다음 당신과 나는 제임스 코디 박사와 이야기를 할 거요."

"코디 박사는 당신이 미쳤다고 생각할 거예요, 벤. 그걸 모르겠어요?"

"알고 있소. 하지만 어두워지고 난 다음에는 이 모든 일이 훨씬 현실적으로 여겨질 거요. 그렇잖소?"

"그래요. 맙소사, 정말 그래요."

그녀가 나지막하게 말했다.

아무 이유도 없이 벤의 머리에, 미란다가 죽어 가던 장면이 떠올랐다. 젖은 도로를 지나다 미끄러지던 오토바이, 그녀의 비명 소리, 그 자신을 덮치던 무지막지한 낭패감, 미끄러진 오토바이가 널찍한 옆면으로 다가가면서 점점 크게 보이던 트럭.

"수잔?"

"네."

"제발 몸조심하오."

그녀가 전화를 끊고 나서 벤은 수화기를 든 채 텔레비전을 응시하고 있었지만, 조금 전부터 텔레비전에서 방영되던 도리스 데이와 록 허드슨이 나오는 코미디를 보고 있지는 않았다. 그는 자신이 벌거벗고 노출된 기분에 사로잡혔다. 정작 그에게는 십자가가 없었다. 눈길이 무심코 창문 쪽으로 향했다. 밖은 칠흑 같은 어둠뿐이었다. 어둠에 대한 오래 전의 유치한 공포가 가슴속으로 스며들기 시작했다. 털북숭이 개를 거품으로 목욕시키는 도리스 데이를 바라보고 있던 그는 더럭 겁이 났다.

포틀랜드의 주 시체 보관소는 온통 녹색 타일로 덮인 차가운 무균실이었다. 바닥과 벽은 한결같이 중간 농도의 녹색, 천장은 그보다는 좀 밝은 녹색이었다. 벽에는 흡사 버스 터미널의 대형 코인 로커처럼 생긴 네모난 문짝이 줄지어 있었고, 평행으로 늘어선 길쭉한 형광등이 실내에 차갑고 우중충한 빛을 던지고 있었다. 실내장식은 볼품이 없었지만, 이곳을 이용하는 고객 어느 누구도 불평을 토로한 적이 없었다고 한다.

바로 오늘 토요일 밤 10시 15분 전, 직원 두 명이 시트에 덮인 젊은 동성애자 시신이 담긴 들것을 운반하고 있었다. 그 동성애자는 시내 중심가 술집에서 총에 맞아 죽었다. 그것이 그날 밤 그들이 수령한 첫 시신이었는데, 대개의 경우 고속도로 사고 사망자는 새벽 1시에서 3시 사이에 들어왔다.

한창 질 탈취제와 관련된 프랑스인의 농담을 떠들던 버디 바스콤이 말을 하다 말고 M-Z 로커 쪽을 빤히 응시했다. 로커 두 개가 열려 있었던 것이다.

그와 밥 그린버그는 방금 운반하던 시신을 놔둔 채 황급히 그쪽으로 가 보았다. 밥이 두 번째 로커로 향하는 사이에 버디는 첫 번째 로커 문짝에 붙은 꼬리표를 들여다보았다.

티비츠, 플로이드 마틴

성별: 남

입소 일: 75년 10월 4일

검시 일: 75년 10월 5일

서명자: 의학박사 J. M. 코디

버디가 문 안쪽에 있는 손잡이를 홱 당기자 시체 안치대가 소리 없이 굴러 나왔다.

비어 있었다.

"이봐!" 그린버그가 그에게 소리쳤다. "이쪽 안치대가 비었네! 이게 무슨 장난……."

"내가 줄곧 책상을 지키고 있었다고." 버디가 말했다. "내 앞을 지나간 사람은 아무도 없었네. 맹세할 수 있어. 아무래도 카티가 당번이었을 때 일어난 일인 것 같군. 그쪽 시신의 이름은 뭔가?"

"맥두갈, 랜달 프레터스라네. 그런데 inf.라는 약자가 무슨 뜻이지?"

"유아라는 뜻이라네." 버디가 멍한 어조로 대꾸했다. "젠장, 아무래도 문제가 생긴 것 같군."

뭔가가 그를 잠에서 깨웠다.

그는 시계가 똑딱거리는 소리만 들리는 어둠 속에 가만히 누운 채 천장을 바라보고 있었다.

소리였다. 무슨 소리. 그러나 집 안은 고요했다.

다시 한 번 그 소리가 들렸다. 뭔가를 긁는 소리였다.

마크 페트리는 침대에서 몸을 굴려 창밖을 내다보았다. 대니 글릭이 창유리를 통해 그를 빤히 쳐다보고 있었다. 창백한 피부는 음침해 보였으며 충혈된 눈은 사나웠다. 입술과 턱에는 뭔가 까만 얼룩이 묻어 있었다. 대니는 마크가 자기를 보고 있다는 것을 알자 미소를 지었는데, 그 바람에 섬뜩하리만큼 길고 날카로운 이가 드러났다.

"들여보내 줘."

속삭이는 듯한 목소리가 들려왔다. 마크는 그 말이 밤공기를 타고 온 것인지, 아니면 자신의 마음속에서 나온 것인지 알 수 없었다.

마크는 자신이 겁을 먹었다는 사실을 깨달았다. 왜냐하면 머리보다 몸이 먼저 반응했기 때문이다. 그는 지금껏 이토록 겁을 먹어 본 적이 없었다. 포프햄 해변에서 부유물로부터 헤엄쳐 돌아오다가 지쳐서 이제 익사할지 모른다는 생각이 들었을 때도 이렇게 겁을 먹지는 않았다. 아직 여러 가지 점에서 어린애였던 그는 한순간 머릿속으로 자신이 처한 상황에 대해 정확한 판단을 내렸다. 단순히 목숨을 잃는 것 이상의 위험 속에 처해 있었다.

"들여보내 줘, 마크. 너하고 놀고 싶어."

창밖의 무서운 존재가 의지할 만한 곳은 없었다. 마크의 방은 2층이었고 거기에는 돌출부도 없었다. 하지만 그 존재는 어떻게 된 일인지 허공에 떠 있었다. 아니면 시커먼 벌레처럼 바깥 지붕 널에 매달려 있는 것인지도 몰랐다.

"마크…… 결국 내가 이렇게 왔잖니, 마크. 제발……."

'물론, 그들은 네가 초대해야 안으로 들어올 수 있어.' 마크는 엄마가 아들에게 해를 끼치거나 비뚤어지게 만들지도 모른다고 여기는 괴물 잡지에서 그 사실을 알았다.

마크는 침대에서 빠져나오려다가 하마터면 넘어질 뻔했다. 그때야 비로소 그는 이 일에는 공포라는 말도 너무나 순진한 표현이라는 사실을 깨달았다. 그의 느낌을 표현하는 데는 공포라는 말 가지고는 부족했다. 창밖의 창백한 얼굴은 미소를 지으려고 애썼지만, 너무나도 오랫동안 어둠 속에 있어서 그런지 미소 짓는 법을 정확히 기억하지 못하는 것 같았다. 마크의 눈에 보인 것은 그저 찡그리며 씰룩거리고 있는, 비극 속에 등장하는 피투성이의 가면이었을 뿐이다.

하지만 상대의 눈을 들여다보면 그렇게까지 나쁘지는 않았다. 눈을 들여다보면 더 이상 두렵지 않았으며, 그저 창문을 열고 '어서 들어와, 대니.'라고 말하기만 하면 될 것 같았다. 그러고 나면 대니와 다른 모든 것들, 그리고 바로 '그'와 하나가 되기 때문에 조금도 두려워할 일이 아닐 것 같았다. 그러면…….

'안 돼! 놈들은 바로 저런 식으로 너를 덮친다고!'

마크는 애써 시선을 돌렸다. 그러기 위해서는 그에게 남아 있는 의지력을 총동원해야 했다.

"마크, 들여보내 줘! 이건 명령이야! '그분'의 명령이란 말이야!"

마크는 다시 창 쪽으로 걸음을 옮겨 놓기 시작했다. 달리 방법이 없었다. 그 목소리를 거부할 다른 방도가 없었다. 유리창에 다가갈수록 반대편에 있던 사악한 꼬마의 얼굴은 더욱 열심히 씰룩거리며 일그러졌다. 그 애는 흙이 묻어 새까매진 손톱으로 창유리를 긁어 댔다.

'딴생각을 해. 어서, 어서!'

"그래, 비야." 마크가 쉰 목소리로 속삭였다. "스페인에서는 주로 평지에 비가 내린다. 그는 말뚝을 향해 헛되이 주먹을 날리고는 여전히 귀신이 보인다고 한다."

대니 글릭이 그에게 위협하면서 말했다.

"마크! 어서 창을 열지 못해?"

"심술쟁이 베티가 버터를 샀는데……."

"창문 말이야, 마크. '그분'의 명령이야!"

"……베티가 말하기를, 이 버터는 너무 쓰다네."

마크는 흔들리고 있었다. 상대의 속삭임은 이제 그가 만들어 놓은 바리케이드를 간파하고 있었고, 명령은 강압적이었다. 그 순간 마크의 눈이 모형 괴물들이 어지러이 놓여 있는 책상 위로 향했다. 그 괴물들은 이제 더할 나위 없이 유순하고 바보처럼 보였다…….

문득 늘어 세워 놓은 모형 가운데 어느 한 부분을 본 그는 눈을 크게 떴다.

플라스틱 송장 귀신이 플라스틱 묘지를 지나고 있었는데, 묘비 가운데 십자가 모양을 한 것이 있었다.

마크는 아무 생각이나 배려도 없이(이를테면 그의 아버지가 그런 것처럼 그런 것들은 어른이 되면 하게 될 테지만…… 지금은 그런 것들을 생각했다가는 망하기 십상이었다.) 십자가를 잡아채서 주먹을 쥔 손 안에 단단히 틀어잡고 큰 소리로 말했다.

"그럼, 들어와 봐."

창밖의 얼굴에 간사한 승리의 표정이 번졌다. 창문이 올라가자 안으로 들어선 대니가 앞으로 두 발짝 나섰다. 벌어진 입에서 내뿜는 숨결에서는 흡사 납골당에서 나는 냄새처럼 형언할 수 없는 악취가 풍겼다. 차가우면서도 물고기처럼 새하얀 두 손이 마크의 어깨에 닿았다. 대니는 머리를 개처럼 한옆으로 갸웃했는데, 말려 올라간 윗입술 사이로 송곳니가 반짝거렸다.

그 순간 마크가 멋지게 팔을 휘두르며 플라스틱 십자가를 대니 글릭의 뺨에 갖다 댔다.

그 애는 머리끝이 쭈뼛해질 만큼 무시무시한…… 소리가 나지 않는 비명을 질렀다. 그 비명 소리는 마크의, 뇌의 복도와 영혼의 방에만 울려 퍼졌다. 대니의 형상을 한 그놈의 입에 떠올랐던 승리의 미소는 고통의 찡그림으로 크게 벌어졌다. 창백한 피부에서 연기가 피어올랐는데, 마크는 살덩어리가 흡사 연기처럼 꺼지는 느낌을 받았다. 다음 순간 그 괴물은 몸을 비틀더니 반쯤은 다이빙을 하듯 창밖으로 굴러 떨어졌다.

그러고 나자 아무 일도 없었던 것처럼 모든 일이 끝났다.

하지만 십자가는 한동안 마치 속에 든 전선에 불이라도 붙은 듯이 강한 빛을 뿜고 있었다. 이윽고 빛은 점점 꺼지고 눈앞에는 푸른 잔영만 어른거리며 남았다.

라디에이터를 통해, 부모의 침실에서 딸깍하며 스탠드를 켜는 소리, 그리고 이어서 아버지의 목소리가 똑똑히 들려왔다.

"대체 무슨 소리지?"

2분 후 침실 문이 열렸는데, 그 사이에 모든 것을 제자리로 돌려놓을 시간은 충분했다.

"애야, 깨어 있니?"

헨리 페트리가 나지막한 소리로 물었다.

"그런 것 같아요."

마크가 졸린 목소리로 대답했다.

"나쁜 꿈을 꾸었니?"

"아마…… 그런 모양이에요. 잘 모르겠어요."

"네가 잠자다가 소리를 지르더구나."

"죄송해요."

"아니다. 죄송할 것 없다." 그는 잠시 머뭇거리다가 이윽고, 자기 아들에 대한 예전의 기억, 푸른 블랭킷 슈트^{위아래가 한데 붙은 유아복}를 입은 어린애, 늘 두통거리였어도 대부분 납득할 만한 행동을 하던 아이에 대한 기억을 떠올리고는 이렇게 물어보았다. "물 좀 줄까?"

"괜찮아요, 아빠."

헨리 페트리는 아들의 방을 잠깐 살펴보았지만, 자신의 잠을 깨운 불안의 정체를 이해할 수 없었다. 그 불안감은, 아슬아슬하게 재앙을 피했다는 느낌으로 여전히 남아 있었다. 어쨌든 모든 것이 정상인 것 같았다. 창문은 닫혀 있었고, 물건이 넘어진 흔적도 없었다.

"마크, 혹시 뭐라도 잘못된 것이 있니?"

"아뇨."

"음…… 그럼, 자거라."

"안녕히 주무세요."

문이 조용히 닫히고 층계를 내려가는 아버지의 슬리퍼 소리가 들렸다. 마크는 비로소 안도감과 함께, 뒤늦게 찾아온 좀 전 일에 대한 반응으로 맥이 풀렸다. 어른이었다면 이쯤에서 히스테리를 일으켰을 것이고, 좀 더 어리거나 약간 더 나이가 든 아이였더라도 마찬가지였을 것이다. 하지만 마크는 거의 감지할 수 없을 정도로 공포감이 몸을 빠져나가는 것을 느꼈다. 그것은 몹시 추운 날 수영을 하고 나서 바람에 몸을 말리는 느낌을 연상시켰다. 공포감이 빠져나가자 대신 졸음이 그 자리에 들어서기 시작했다.

완전히 잠이 들기 전, 마크는 자신도 모르게 어른들의 특성에 대해서(이번이 처음도 아니지만) 생각해 보았다. 어른들은 공포감을 물리치고 잠을 잘 자기 위해서 완화제를 먹거나 술을 마시거나 혹은 수면제를 먹었으며, 그들이 가진 공포감이라고 해봐야 너무나도 유순하고 가정적인 것, 이를테면 직장이라든가 돈이라든가, 제니에게 좀 더 괜찮은 옷을 사주지 않으면 그 애 담임이 어떻게 생각할 것인지, 아내는 아직도 나를 사랑하는지, 누가 내 친구일까 따위에 불과했다. 그런 공포는 아이들이 어둠 속에 뺨을 대고 누워서 갖는 두려움에 비하면 미적지근했다. 아이는 또 다른 아이에게가 아니고서는, 자신의 두려움을 완전히 이해해 주리라는 희망을 갖고 고백할 대상도 없는 것이다. 밤마다 침대 밑이라든가 지하실처럼 시야가 닿는 곳 바로 저편에서 빤히 노려보고 날뛰며 으르대는 '그것'과 대처해야 하는 아이를 위한 집단 치료법이나 정신 요법, 지역 사회복지 서비스 같은 것은 기대할 수 없다. 밤마다 똑같은 외로운 싸움을 치러야 하는 아이에게 있어서, 유일한 치료는 결국 상상력을 마비시키는 것뿐이고, 사람들은 그것을 어른이 되는 과정이라고 부른다.

이런 생각들이 머릿속에서 짤막하고 단순하게 속기를 해 나가듯 그 애의 뇌리를 스쳐 갔다. 전날 밤에는 매튜 버크가 이런 음침한 괴물과 마주치고 공포감에 짓눌려 심장마비를 일으켰으며, 오늘 밤에는 마크 페트리가 그 괴물과 맞닥뜨렸는데, 마크는 그 일이 있고 나서 10분 후 흡사 갓난애가 딸랑이 장난감을 갖고 자듯이 오른손에 플라스틱 십자가를 느슨하게 잡은 채 잠 속으로 빠져 들어갔다. 이것이 바로 어른과 아이의 차이였다.

벤 (4)

햇살이 빛나는 청명한 일요일 아침 9시 10분, 벤이 이제 막 수잔에 대해 걱정하기 시작했을 때 침대 곁에 놓인 전화가 울렸다. 그가 수화기를 잡아챘다.

"어디 있는 거요?"

"마음 놓으세요. 난 위층에 버크 선생님과 함께 있어요. 선생님 말씀이 되도록 빨리 당신이 와 주었으면 기쁘겠다고 하시는군요."

"어째서 이곳부터 오지 않……."

"좀 전에 그 병실에 들렀었어요. 당신은 어린 양처럼 자고 있더군요."

"밤중에 억만장자에게 쓸 장기를 훔칠 생각으로 병원에서 아주 독한 약을 먹인 것 같소. 선생님은 어떻소?"

"얼른 와서 직접 확인해 보세요."

그녀가 말했다. 그녀가 채 수화기를 내려놓기도 전에 이미 벤은 옷을 걸쳐 입었다.

한결 나아진 매튜는 거의 젊음을 되찾은 사람처럼 보였다. 수잔은 밝은 청색 드레스 차림으로 그의 침대 곁에 앉아 있었다. 벤이 들어서자 매튜가 손을 들어 인사를 했다.

"나타나셨군."

벤이 불편하기 짝이 없는 병원용 의자 하나를 끌어다 앉았다.

"좀 어떠십니까?"

"많이 좋아졌네. 기운은 좀 없지만 몸은 괜찮아. 어젯밤에는 팔에서 링거를 뽑더니 오늘 아침 식사로 수란을 주더군. 속이 뒤집어지는 줄 알았지. 양로원 예행연습인 셈이라네."

벤은 수잔에게 가볍게 입을 맞추었는데, 그녀의 얼굴은 침착해 보였지만 마치 가느다란 전선으로 모든 것을 한데 묶어 놓고 있기라도 한 것 같은 긴장감을 느꼈다.

"어젯밤 통화한 뒤로 새로운 사실이 있소?"

"새로 들은 이야기는 없어요. 내가 집을 나온 시각이 7시쯤이었고, 마을은 일요일에는 여느 때보다 좀 늦게 잠을 깨니까."

벤은 매튜에게로 시선을 옮겼다.

"이 문제를 이야기할 수 있을 만큼 회복된 겁니까?"

"그런 것 같군." 매튜는 몸의 위치를 약간 바꾸었다. 벤이 목에 걸어 준 금 십자가가 눈에 띄게 반짝거렸다. "그런데 십자가를 목에 걸어 줘서 고맙다는 말을 해야겠네. 금요일 오후 울워스 상점의 재고 선반에 있던 것을 사 온 것이긴 하지만 적지 않은 위안이 되고 있네."

"상태는 좀 어떤가요?"

"어제 오후 늦게 나를 진찰한 젊은 코디 박사가 아첨을 떨며 쓴 표현에 의하면 '안정적'이라네. 그 친구가 측정한 심전도는 엄격히 말해서 심장마비 아류쯤 되는 거였지…… 혈전도 없었고." 매튜가 헛기침을 했다. "그 친구 때문에라도 심장마비이기를 바랐지만 그것은 아니었네. 건강진단을 하고 나서 불과 일주일 만에 심장마비가 일어난 거라면 업무 태만으로 벽에 걸린 그 잘난 의대 졸업장을 고소할 참이었거든." 그는 말을 끊고 벤을 똑바로 쳐다보았다. "코디 박사 말이, 과도한 충격으로 이런 증상을 보이는 환자들이 있다고 했네. 나는 입을 꽉 다물었지. 내가 잘한 건가?"

"잘하셨습니다. 하지만 일이 커지고 있어요. 수잔과 나는 오늘 코디를 만나서 모든 사실을 털어놓을 작정입니다. 만약 박사가 지금 당장 내 퇴원 서류에 서명을 하지 않으면 이곳으로 올려 보내지요."

"그러면 내가 그 친구를 단단히 혼내 주겠네." 매튜가 심술궂게 말했다. "콧물이나 흘리던 꼬마 녀석이 내가 파이프 담배를 피우지도 못하게 한단 말이야."

"수잔이 금요일 밤 이후 예루살렘스 롯에서 일어난 일에 대해 말씀드렸나요?"

"아니. 우리가 한자리에 모일 때까지 기다리자고 했네."

"그 전에 먼저 선생님 댁에서 일어난 일에 대해 정확하게 말씀해 주시겠어요?"

매튜의 표정이 어두워지면서 한순간 애써 회복된 듯이 보였던 모습이 약간 흔들리는 것 같았다. 벤은 그 얼굴에서, 전날 자신이 보았던 잠든 노인의 모습을 보았다.

"아직 그 얘기를 할 만한 상태가 아니라면……."

"아니, 물론 상태는 괜찮아. 또 내가 지금 의심하고 있는 것의 절반만이라도 사실일 경우를 생각한다면, 괜찮아 하고 말일세."

그가 딱딱한 미소를 지었다. "나는 늘 내가 어느만큼은 자유로운 생각의 소유자라고, 그래서 여간해서는 쉽게 충격 받지 않는 타입이라고 생각했었네. 하지만 인간의 정신이란 것이 뭔가 마음에 들지 않거나 위협적인 것이 생기면 차단하려고 시도한다는 것은 정말 굉장한 일이잖은가? 마치 어렸을 때 가지고 놀던 마술 칠판처럼 말이야. 그려 놓은 그림이 마음에 들지 않으면 그냥 맨 위에 있는 얄따란 판을 들기만 하면 그림이 사라지잖나."

"하지만 그 밑에 까맣게 그려진 선은 영원히 지워지지 않죠." 수잔이 말했다.

"그래." 매튜가 그녀에게 미소를 지어 보였다. "의식과 무의식의 상호 작용에 대한 멋진 은유로군. 프로이트가 양파의 은유에만 매달린 것은 아쉬운 일이야. 하지만 우리 얘기가 빗나갔군." 그는 이어서 벤을 보고 말했다. "그런데 수잔에게서 내 얘기를 들었나?"

"그래요. 하지만……."

"물론 들었을 테지. 난 다만 내가 그 배경을 설명할 수 있었으면 하고 바랐던 것뿐일세."

그는 밋밋하고 억양 없는 어조로 그 이야기를 들려주었으며, 도중에 소리가 나지 않게 크레이프 고무창을 댄 신발을 신은 간호사가 들어와 진저에일^{생강 맛이 나는 비알코올성 음료} 한 잔을 마시겠느냐고 물었을 때 잠깐 멈추었을 뿐이다. 매튜는 간호사에게 진저에일을 마시고 싶다고 말하고는, 이야기를 마칠 때까지 이따금씩 빨대로 음료를 마시곤 했다. 벤은, 마이크가 거꾸로 창밖으로 떨어졌었다는 대목에서 매튜가 들고 있던 잔 속의 얼음 덩어리가 가볍게 부딪치는 소리를 들었다. 그러나 매튜의 목소리에는 흔들림이 없었고, 평탄하면서도 이따금씩 가볍게 굴절되는 어조를 유지했는데, 분명 교실에서도 그런 어조로 수업을 했을 것이다. 벤은 다시 한 번, 매튜가 실로 탄복할 만한 인물이라고 생각했다.

이야기를 마치고 나서 잠깐 동안 침묵이 흘렀으며, 그 침묵을 깬 것은 매튜 자신이었다.

"자, 자신의 눈으로 직접 보지 못했던 두 분께서는 이런 풍문에 대해 어떻게 생각하시오?"

"저희는 어제 이 문제를 놓고 이야기를 나눠 보았어요. 벤이 말씀드리는 게 좋겠군요." 수잔이 말했다.

벤이 약간 수줍어 하면서, 합리적인 설명을 하나하나 내세웠다가는 뒤집곤 했다. 바깥에서 고정시키게 되어 있는 망창과 부드러운 지면에 사다리를 놓은 흔적이 없었다는 얘기를 했을 때는 매튜가 박수를 쳤다.

"브라보! 훌륭한 탐정이로군."

매튜가 수잔을 보고 말했다.

"그리고 노튼 양, 주제문을 반죽으로 삼아 문단 하나하나를 벽돌을 쌓듯이 쌓으면서 주제를 곧잘 전개하던 자네는 이 일을 어떻게 생각하나?"

수잔은 드레스 주름을 잡고 있던 자신의 손을 내려다보고 있다가 고개를 들었다.

"벤이 어제 '할 수 없다'는 표현에 대한 언어적인 의미에 대해 훈계를 했기 때문에 이제는 그 표현을 쓰지 않겠어요. 하지만 아무리 생각해도 살렘스 롯에 흡혈귀들이 돌아다니고 있다고는 믿기 어려워요, 버크 선생님."

"만약 그렇게 해도 비밀이 유지될 수만 있다면 거짓말 탐지기 조사라도 받아 보겠네."

매튜가 나지막하게 말했다.

그 말에 수잔이 얼굴을 약간 붉혔다.

"아니, 제 말씀을 오해하지 마세요. 제발요. 저도 마을에서 무슨 일인가가 일어나고 있다고 확신해요. 뭔가…… 무서운 일이 말이죠. 하지만…… 이런……."

매튜가 손을 내밀어 그녀의 손에 얹었다.

"이해해, 수잔. 하지만 나를 위해서 몇 가지 일 좀 해 주겠나?"

"제가 할 수 있는 일이라면요."

"우리…… 우리 세 사람이 말일세. 이 모든 일이 사실이라고 전제하는 걸세. 그리고 그 전제를 사실이라고 보자는 거네. 단지 반증할 수 있게 될 때까지만 말이지. 과학적인 방법 같은 것으로 말이야. 벤과 나는 이미 이 전제를 시험해 볼 방법과 수단에 대해 의논해 두었네. 그리고 누구보다도 나는 이 전제가 반증되기를 바라고 있네."

"하지만 반증될 것으로 보지는 않으신다는 거죠?"

"그래." 매튜가 조용히 말했다. "나 자신과 오랜 대화를 나눠 보고 난 다음 나는 결론을 내렸네. 내가 눈으로 본 것을 믿기로 말일세."

"당분간 믿고 안 믿고의 문제를 제쳐 놓기로 해요. 지금 당장은 추상적인 쟁점이니까요." 벤이 말했다.

"좋아. 그렇다면 행동 절차는 어떻게 하면 좋겠나?"

"선생님을 연구 팀장으로 삼고 싶군요. 경험상 이 일을 맡을 사람은 선생님밖에 없어요. 게다가 선생님은 지금 누워 있잖습니까."

코디가 자신을 배신하고 파이프 담배를 금지시켰다는 얘기를 할 때처럼 매튜의 눈이 번쩍거렸다.

"도서관이 문을 열면 로레타 스타처에게 전화를 할 걸세. 아마 그녀는 수레로 책을 운반해야 할 거야."

"오늘은 일요일이라서 도서관이 휴관이에요."

수잔이 상기시켰다.

"나를 위해서 문을 열 거야. 그렇지 않겠다면 문을 열지 못할 이유가 뭔지 알아볼 걸세."

"그 문제와 관련된 자료는 무엇이든 구하세요. 심리적인 분석을 비롯해서 병리적이고 신화적인 내용까지 모두. 아시겠어요? 어느 것 하나 빼놓으면 안 됩니다."

"먼저 기록부터 하겠네." 매튜가 목쉰 소리로 말했다. "기필코 기록해 놓고 말겠어!" 그는 두 사람을 쳐다보았다. "이곳에서 정신을 차린 뒤 처음으로 내가 다시 남자가 된 기분이 드는군. 자네는 뭘 할 작정인가?"

"우선, 코디 박사를 만날 겁니다. 그는 라이어슨과 플로이드 티비츠를 모두 진찰해 보았죠. 잘 하면 대니 글릭의 시신을 발굴하도록 설득할 수 있을지 몰라요."

"박사가 그렇게 하겠다고 할까요?"

수잔이 매튜에게 물었다.

매튜는 진저에일을 한 번 빨아 마신 후 이렇게 대답했다.

"내가 가르쳤던 지미 코디라면 지체 없이 그렇게 할 걸세. 그는 상상력이 풍부하고 편견이 없는 학생이었지. 위선적인 말투는 특히 싫어했다네. 경험론에 입각한 학부와 의대를 다닌 뒤로 얼마나 바뀌었는지는 알 수 없지만 말일세."

"제가 보기에는 이 모든 절차가 지나치게 우회적으로 보여요. 특히 퇴짜 맞을 것이 뻔한데도 코디 박사에게 가는 문제가 그래요. 차라리 벤과 내가 마스튼 저택으로 곧장 쳐들어가서 끝장을 보는 편이 낫지 않겠어요? 사실 바로 지난주만 해도 그 문제를 고려했잖아요." 수잔이 말했다.

"그 이유는 이렇소. 그것은 우리가 지금 이 모든 일이 실제라는 전제하에서 움직이고 있기 때문이오. 그렇게 사자 입 속에다 머리를 디밀고 싶소?" 벤이 말했다.

"흡혈귀들은 낮에는 잠을 자는 줄 알았는데요?"

"스트레이커의 정체가 뭔지는 몰라도 그 사람이 흡혈귀는 아니오. 예부터 전해 오는 전설이 완전히 틀린 것이 아니라면 말이오. 그 사람은 낮 동안에도 왕성하게 활동하고 있소. 따라서 우리는 아무 소득 없이 불법 침입자 취급을 받고 쫓겨날 거요. 최악의 경우, 어쩌면 그가 모종의 방법을 써서 어두워질 때까지 우리를 그 집에 잡아 둘 수도 있소. 백작 만화에 등장하는 간식거리로 말이오."

"발로우가 흡혈귀란 말인가요?"

벤이 어깨를 으쓱해 보였다.

"그럴 수도 있소. 뉴욕 구매 출장이라는 얘기는 너무 그럴싸해서 믿어지지가 않는군."

그녀의 눈빛에는 여전히 굽히지 않는 기색이 어려 있었지만,

더 이상 말을 하지는 않았다.

"코디가 자네 말을 웃어넘기면 어떻게 할 건가? 코디가 당장에 강제 명령을 요청하지 않는다고 가정한다면 말일세."

"해질 녘에 묘지에 가 보죠. 대니 글릭의 무덤을 감시하러 말이에요. 일종의 테스트 케이스 삼아서요."

그러자 매튜가 누운 자세에서 몸을 반쯤 일으켰다.

"조심하겠다고 약속해 주게. 벤, 약속하라니까!"

"우리가 조심할게요." 수잔이 달래는 어조로 말했다. "우리 두 사람 모두 십자가를 확실하게 걸고 있을 거예요."

"농담하지 말게. 내가 본 것을 자네들도 봤다면……."

그는 고개를 돌려 창밖을 보았다. 햇살에 물든 오리나무 한 그루와 그 너머로 맑게 갠 가을 하늘이 보였다.

"수잔이 농담을 하더라도 저는 그렇지 않습니다. 최대한 조심하겠어요."

벤이 말했다.

"캘러한 신부를 만나 보게. 그래서 성수를 좀 얻어 보게. 그리고 가능하다면 성체도 좀 얻게나."

"신부는 어떤 사람인가요?" 벤이 물어보았다.

매튜가 어깨를 으쓱하며 말했다.

"좀 이상한 인물이지. 어쩌면 주정꾼일지도 모르고. 설혹 그렇더라도 학식과 품위를 갖춘 사람일세. 개화된 천주교의 굴레에 눌려 좀 분개하고 있다고나 할까."

"캘러한 신부님이 정말…… 술을 마시나요?"

수잔이 약간 놀란 눈으로 반문했다.

"그렇게 확실한 것은 아니네. 하지만 옛날 제자였던 브래드 캠피온이 야머스 주류 상점에서 일하는데, 캘러한이 그곳 단골이라고 하더군. 짐 빔을 즐긴다네. 나쁜 취향은 아니지."

"우리가 하는 얘기를 들어줄까요?" 벤이 물었다.

"그건 모르지. 노력은 해 봐야 할 걸세."

"그럼 그분과는 모르는 사이인가요?"

"그렇다고 할 수 있네. 신부는 뉴잉글랜드 지방의 가톨릭 교회사를 쓰고 있고, 이른바 우리의 황금시대 시인들에 대해서도 많이 알고 있지. 휘티어나 롱펠로, 러셀, 홈스 같은 시인들 말일세. 작년 말에 신부에게, 미국 문학반 학생들에게 특강을 부탁한 적이 있네. 날카롭고 신랄한 정신의 소유자일세. 학생들도 신부를 좋아했고."

"신부를 만나 보겠어요. 그 다음에는 직감에 따라 행동하죠뭐." 벤이 말했다.

간호사가 병실 안을 들여다보고 고개를 끄덕였다. 얼마 후 청진기를 목에 건 지미 코디가 들어왔다.

"내 환자의 휴식을 방해하고 있는 겁니까?"

코디가 붙임성 있게 말을 걸었다.

"자네의 절반만큼도 되지 않는다네. 그런데 난 파이프 담배를 피우고 싶네." 매튜가 말했다.

"그건 안 됩니다."

코디가 매튜의 차트를 들여다보며 멍한 어조로 말했다.

"돌팔이 의사 같으니라고." 매튜가 투덜거렸다.

코디는 차트를 원래의 자리에 놓고는 머리 위에 나 있는 C자 모양의 홈을 따라 침대 주위에 녹색 커튼을 쳤다.

"두 분은 잠깐 자리를 비켜 주셨으면 합니다. 머리는 좀 어떠세요, 미어스 씨?"

"뭐, 새어 나간 것은 없는 것 같소."

"플로이드 티비츠 얘기는 들으셨죠?"

"수잔에게서 들었소. 할 얘기가 있으니 회진이 끝난 뒤에 틈을 좀 내 주셨으면 좋겠소."

"괜찮다면 회진할 환자 중에서 당신을 맨 끝에 놓기로 하죠. 11시쯤이면 될 겁니다."

"좋아요."

코디가 커튼을 다시 한 번 잡아당겼다.

"그럼 죄송합니다만, 이제 당신과 수잔은……."

"자, 친구들. 이제 잠시 격리되어야겠군. 암호를 맞추고 100달러를 벌게나." 매튜가 말했다.

벤과 수잔과, 병상 사이에 커튼이 쳐졌다. 커튼 저편에서 코디가 말하는 소리가 들렸다.

"다음번에 선생님을 마취시킬 때는 혓바닥과 전두엽^{기억 및 언어중추와} ^{관련이 있다는 의미에서} 절반을 제거하는 게 좋겠군요."

두 사람은 서로 얼굴을 보고 미소 지었는데, 그것은 햇살 속에서 특별히 심각한 문제가 없는 젊은 연인들이 지을 만한 미소였다. 그리고 두 사람의 얼굴에 떠올랐던 미소는 거의 동시에 사라졌다. 한순간 그들은 어쩌면 자신들이 미친 것은 아닐까 생각했다.

지미 코디가 벤의 병실에 들어섰을 때는 11시 20분이었다. 의사가 들어서자마자 벤이 말했다.

"말씀드리려고 했던 것은……."

"먼저 머리부터 좀 보고 난 다음에 얘기하죠." 그는 벤의 머리카락을 조심스레 헤치고 뭔가를 들여다보면서 말했다. "좀 아플 겁니다." 그가 접착식 반창고를 홱 잡아당기자 벤이 펄쩍 뛰었다. "혹이 굉장하군요." 코디가 아무렇지도 않다는 듯이 말하고 나서 좀 더 작은 붕대로 상처 부위를 덮어 주었다.

그런 다음 이번에는 벤의 눈에 빛을 비춰 보고 고무망치로 왼쪽 무릎을 두드려 보았다. 문득 벤의 머리에, 혹시 그것이 마이크 라이어슨에게 썼던 것과 같은 방법이 아닌가 하는 의혹이 들었다.

"모든 것이 만족스러워 보입니다." 의사가 치료 도구들을 치우며 말했다. "그런데 모친의 처녀 시절 성이 뭐죠?"

"애쉬포드요."

벤이 말했다. 병원에서는 그가 처음 의식에서 회복했을 때도 같은 질문을 던졌었다.

"1학년 때 담임 선생님 이름은?"

"퍼킨스 선생님. 그녀는 머리에 린스를 썼었소."

"부친의 중간 이름은?"

"머튼."

"현기증이나 구토감은 없습니까?"

"없소."

"후각이나 시각에서 이상한 점은……."

"그런 것은 전혀 없소. 난 멀쩡하오."

"그건 내가 판단할 문제입니다." 코디가 깐깐한 어투로 말했다. "상이 겹쳐 보이는 현상은?"

"선더버드레드와인의 한 종류 1갤런을 사 마신 뒤로는 그런 일이 없었소."

"좋습니다." 코디가 말했다. "당신이 현대 과학의 기적과 단단한 두개골 덕분에 치료되었다고 선언하는 바입니다. 자, 이제 무슨 생각을 하고 있는 건지 말해 보시죠? 티비츠와 꼬마 맥두갈 이야기일 테죠? 파킨스 길레스피에게 이미 했던 이야기를 들려 드릴 수밖에 없군요. 첫째, 나는 그들 이야기가 신문에 나오지 않아서 다행이라고 생각합니다. 조그만 마을에서는 백 년에 스캔들 하나면 충분하니까 말이죠. 둘째, 나로서는 대체 누가 이런 미친 짓을 하고 싶어 하는 것인지 도무지 알 수 없군요. 이 지방 사람은 아닐 겁니다. 이 지방에도 정신병자들은 있긴 하지만……."

코디는 두 사람의 얼굴에 나타난 어리둥절한 표정을 보고 중간에서 말을 끊었다.

"모르고 계셨나요? 아무 얘기도 듣지 못했나요?"

"무슨 얘기 말입니까?"

벤이 다그쳐 물었다.

"메리 셸리프랑켄슈타인의 작가가 구상하고 보리스 칼로프영화에서 프랑켄슈타인 역을 맡았던 배우가 한 것과 비슷한 짓이죠. 어젯밤 누군가 포틀랜드의 컴벌랜드 주 시체 보관소에서 시체들을 훔쳤어요."

"맙소사."

수잔이 경직된 입술로 말했다.

"왜 그러시죠?" 코디가 갑자기 걱정이 된다는 투로 물었다.

"이 일에 대해 뭔가 알고 계십니까?"

"이제 우리가 정말 뭔가를 안다는 생각이 막 들기 시작했소."
벤이 말했다.

그들이 모든 이야기를 마쳤을 때는 정오에서 10분을 넘긴 시각
이었다. 그 사이에 간호사가 벤에게 점심 식사를 가져다주었는
데, 음식 쟁반은 손도 대지 않은 채 침대 곁에 놓여 있었다.

마지막 음절이 사라지면서 귀에 들리는 소리라고는 반쯤 열린
문을 통해서 들려오는, 같은 병동의 허기진 환자들이 식사를 하
면서 내는 물 잔과 포크가 딸각대는 소리뿐이었다.

"흡혈귀라니." 지미 코디가 말했다. "하필이면 매튜 버크 선생
님 같은 분이…… 그러니 웃어넘기기도 힘들군요."

벤과 수잔은 입을 다물고 있었다.

"그리고 두 분은 내가 글릭네 꼬마를 발굴하기를 원하는 거로
군요." 그가 생각에 잠긴 어조로 말했다. "하느님 맙소사."

코디가 가방에서 무슨 병인가를 꺼내 벤에게 던져 주었다. 벤
이 그것을 받았다.

"아스피린이오. 그걸 복용한 적이 있소?"

"여러 번 써 보았소."

"아버지께서는 아스피린을 훌륭한 의사의 가장 좋은 처방이라
고 말하곤 하셨소. 아스피린이 어떻게 작용하는지 아시오?"

"모르오."

벤이 말했다. 그는 손으로 아스피린 병을 굴리며 하릴없이 들

여다보았다. 벤은, 코디가 보통 때 남들에게 보여 주거나 감추는 것이 무엇인지를 알 만큼 그를 잘 알지 못했지만 그의 이런 모습, 노만 록웰의 그림에 곧잘 등장하는 천진한 얼굴에 생각과 성찰이 드리워진 모습을 본 환자는 거의 없으리라고 확신했다. 그는 코디의 기분을 망치고 싶지 않았다.

"나도 모릅니다. 아니, 어느 누구도 알지 못하죠. 하지만 아스피린은 두통과 관절염, 류머티즘에 효과가 있어요. 우리는 이런 병에 대해서도 어느 것 하나 아는 것이 없습니다. 머리가 어째서 아픈 걸까요? 뇌에는 신경이 없습니다. 아스피린이 엘에스디^{일종의}^{환각제}와 아주 비슷한 화학 구조를 갖고 있다는 것은 알고 있지만, 어째서 하나는 두통을 치료하는데 다른 하나는 머리에 환각을 일으키는 것일까요? 우리가 모르는 이유 가운데 일부는, 우리가 뇌가 무엇인지를 모르고 있기 때문입니다. 이 점에서는 세계에서 가장 훌륭한 학식을 쌓은 의사라 하더라도 무지의 바다 한가운데 떠 있는 미개한 섬에 서 있는 셈입니다. 우리는 주술 막대기를 달각거리고 닭을 죽인 다음 피 속에서 신탁(神託)을 읽는 겁니다. 이 모든 것들이 오랜 세월 동안 효력을 발휘하고 있죠. 선의의 마술, 몸에 좋은 부적 같은 거죠. 만일 내가 이런 소리를 한다는 것을 알면 의대 시절 교수들은 머리를 쥐어뜯을 겁니다. 실제로 내가 메인 주의 시골에 가서 일반의 노릇을 하겠다고 하자 교수들 몇몇은 머리를 쥐어뜯었답니다. 그중 한 분은 내게, 마커스 웰비^텔^{레비전 시리즈 '의사 마커스 웰비'의 주인공}는 언제나 방송 시간이 끝난 뒤에 환자 엉덩이에 난 부스럼을 랜싯으로 절개했다고 했어요. 하지만 나는 마커스 웰비 같은 의사가 될 생각은 없었습니다." 코디는 미소를 지었다. "그들은 내가 글릭네 꼬마의 무덤에 대해 발굴 신청을 낸 사실을 알면 땅을 구르며 발작을 일으킬 겁니다."

"정말 그러시려고요?"

수잔이 놀란 표정을 감추지 않고 반문했다.

"그래서 해가 될 것은 없잖습니까? 그 애가 죽은 거면 죽은 거죠. 그런데 만약 그 애가 죽은 게 아니라면 다음번 미국 의학 협회 회의 때 사람들 귀를 쫑긋하게 만들 뭔가를 얻게 될 테고 말이죠. 검시관에게는 뇌염 감염 징후를 찾고 싶다고 얘기할 겁니다. 그것이 내가 생각할 수 있는, 씨가 먹히는 유일한 변명일 것 같군요."

"정말 그럴 가능성은 없을까요?"

수잔이 희망을 품고 물어보았다.

"그럴 리가 없습니다."

"가장 빨리 할 수 있는 시간이 언젭니까?" 벤이 물었다.

"가장 빨리는 내일입니다. 입씨름을 벌일 일이 생긴다면 화요일이나 수요일쯤이 되겠고요."

"그 애는 어떤 모양을 하고 있을까요?" 벤이 물었다. "제 말은……."

"무슨 말씀인지 압니다. 글릭네에서 그 아이를 방부 처리하고 싶어 하지는 않았을 테죠?"

"그럴 겁니다."

"일주일쯤 됐나요?"

"그래요."

"관이 열리면 가스가 방출되면서 좋지 않은 냄새가 나올 겁니다. 시신이 부풀어 있을 가능성도 있습니다. 머리카락은 옷깃 위로 늘어질 정도로 자랐을 것이고(머리카락은 놀랄 만큼 오랫동안 성장을 계속한다.), 손톱 역시 꽤 길게 자랐을 겁니다. 눈은 안으로 꺼졌을 것이 거의 확실합니다."

수잔은 애써 과학적인 지식을 듣고 있다는 표정을 유지하려고 했으나 잘 되지 않았다. 벤은 점심 식사를 안 한 것을 다행으로 여겼다.

"시신은 아직 급격한 괴저 현상을 보이지는 않을 겁니다." 코디가 자신이 알고 있는 정보를 암송하는 어투로 말을 이어 갔다. "하지만 충분한 습기가 있다면 노출된 뺨과 손에 뭔가 생겨났을 가능성이 있어요. 이끼와 비슷한 물질이……." 그는 말을 끊었다. "미안합니다. 오싹한 얘기를 해서요."

"부패보다 더 나쁜 일도 있을 수 있겠군요." 벤이 되도록 아무렇지도 않다는 듯한 목소리로 말했다. "그런데 그런 현상이 전혀 일어나지 않았다면요? 시체가 처음 매장됐던 날처럼 자연스러운 외관을 유지하고 있다면? 그러면 어떻게 하죠? 그 애의 가슴에다 말뚝이라도 박아야 하나요?"

"가능성이 없는 얘기입니다. 무엇보다도 검시관이나 그의 부관이 그 자리에 참관하게 될 겁니다. 아무리 브렌트 노버트라도 내가 가방에서 말뚝을 꺼내 아이의 시신에 박는 일을 직업상의 일로 보지는 않을 테니까요."

"그러면 어떻게 할 겁니까?"

벤이 순전히 호기심에서 그렇게 물어보았다.

"글쎄요. 버크 선생님께는 미안한 말씀이지만, 난 그런 일이 일어날 거라고 보지 않아요. 만약 시신이 그런 상태라면 광범위한 조사를 위해 메인 중앙 병원으로 보내게 될 겁니다. 일단 시신이 그곳에 가면 어두워질 때까지 내 손으로 이런저런 검사를 해볼 겁니다. 일어날 수 있는 모든 현상들을 관찰하면서 말이죠."

"그리고 시신이 만약 벌떡 일어선다면?"

"당신도 그럴 테지만 나 역시 그런 일은 생각도 할 수 없어요."

"나는 이제 언제든 그런 일이 일어날 수도 있다는 사실을 알게 됐다오." 벤이 딱딱한 어조로 말했다. "그 모든 과정에 내가 참석할 수 있습니까"

"그 일은 별로 어렵지 않을 겁니다."

"좋아요." 벤이 말했다. 그는 침대에서 벌떡 일어나 옷을 걸어둔 옷장 쪽으로 걸어갔다. "난 이제……."

그 순간 수잔이 킥킥거리며 웃었다. 벤이 돌아보았다.

"무슨 일이오?"

코디도 씩 웃고 있었다.

"환자복에는 뒤가 터져 있게 마련이라오, 미어스 씨."

"이런." 벤은 본능적으로 환자복을 여몄다. "그리고 이젠 나를 벤이라고 부르시오."

"그리고 나 역시 같은 부탁을 하겠소." 코디가 일어서면서 말했다. "수잔과 나는 퇴장하겠소. 옷차림이 제대로 되면 아래층 커피숍으로 내려오시오. 오늘 오후 당신과 할 일이 있을 것 같군."

"우리가?"

"그래요. 글릭 일가에게 이 뇌염 얘기를 통고해야 한다오. 원한다면 나와 함께 가도 좋아요. 그리고 아무 말도 말아요. 그저 턱이나 쓰다듬으면서 모든 것을 다 알고 있다는 시늉만 하고 있으면 되니까."

"그 사람들, 그 일을 마음에 들어 하지 않을 거요, 그렇잖소?"

"당신이라면 마음에 들었겠소?"

"그렇군. 나라도 마음에 들지 않았을 거요."

"발굴 명령서를 얻는데 그 사람들 허락이 필요한가요?" 수잔이 물었다.

"기술적으로는 그렇지 않아요. 하지만 실제적으로는 그럴 수도 있습니다. 시신 발굴에 대한 내 경험은 의료법 수업 때 들은 것이 유일합니다. 하지만 만약 글릭 일가가 완강하게 반대할 경우에는 청문회를 열어야 할 겁니다. 그러면 2주에서 한 달 가량 시간을 허비하게 될 테고, 게다가 청문회에서 내 뇌염 이론이 먹힐지는 의문입니다." 그는 잠시 말을 멈추고 두 사람을 동시에 쳐다보았다. "그것은 다시 이 문제에서 나를 가장 혼란스럽게 만드는 사항으로 귀착됩니다. 버크 선생님 이야기는 제외하고라도 말입니다. 대니 글릭이 우리에게 남아 있는 유일한 시신이라는 겁니다. 다른 모든 시신들은 허공으로 사라져 버렸으니까요."

1시 30분쯤 벤과 지미 코디는 글릭네 집 앞에 도착했다. 진입로에는 토니 글릭의 차가 서 있었으나 집 안은 고요했다. 세 번째 노크에도 응답이 없자 그들은 건너편에 있는 조그만 목장식 주택으로 향했는데, 1950년대 조립식 주택의 서글픈 유물 한쪽 끝은 낡은 버팀목 두 개로 보강되어 있었다. 우편함에 붙은 이름은 디킨스였다. 샛길 옆에는 핑크색 플라밍고 장식이 붙어 있었고, 다가오는 두 사람을 보고 조그만 코커스패니엘이 꼬리를 치며 반겼다.

코디가 초인종을 누르고 나서 얼마 후 엑설런트 카페의 웨이트리스이자 동업자이기도 한 폴린 디킨스가 문을 열어 주었다. 그녀는 카페 유니폼 차림이었다.

"안녕, 폴린. 글릭네 식구들이 어디 있는지 알고 있나요?" 지미가 물었다.

"그걸 정말 몰라서 묻는 거예요?"

"뭘 말이오?"

"오늘 새벽에 글릭 부인이 죽었어요. 토니 글릭은 센트럴 메인 종합병원으로 실려 갔고요. 토니는 쇼크 상태예요."

벤이 코디를 쳐다보았다. 지미는 흡사 배를 걷어차이기라도 한 것 같은 표정을 짓고 있었다.

벤이 재빨리 벌어진 공백을 메웠다.

"부인의 시신은 어디로 운구되었죠?"

폴린은 자신의 유니폼이 제대로 되어 있는지 확인하기 위해 허리 양 옆을 손으로 쓸어내렸다.

"글쎄요, 한 시간 전에 메이벌 워츠와 통화했는데, 그녀 말이 파킨스 길레스피가 시신을 곧장 컴벌랜드에 있는 유대인 장례식장으로 실어 갔을 거라고 하더군요. 칼 포어맨이 어디 있는지 아무도 모르니까 말이에요."

"고마워요."

코디가 느릿느릿한 어조로 말했다.

"무서운 일이에요." 그녀가 길 건너편에 있는 빈 집에 눈길을 주면서 말했다. 진입로에 서 있는 토니 글릭의 차는 흡사 사슴에 묶인 채 버림받은, 먼지를 뒤집어쓴 덩치 큰 개처럼 보였다. "내가 미신을 믿는 사람이었다면 꽤나 무서울 거예요."

"뭘 무서워한단 말입니까, 폴린?" 코디가 물어보았다.

"오…… 이런저런 것들 말이에요."

그녀가 애매한 미소를 지어 보였다. 그녀는 손가락으로 목에 걸린 가느다란 사슬을 만지작거렸다. 성 크리스토퍼 메달이었다.

두 사람은 다시 차 안으로 돌아와 앉았다. 그들은 좀 전에 아무 말 없이 차를 몰고 일하러 나가는 폴린을 보고 있었다.

"이제 어쩌죠?" 이윽고 벤이 말했다.

"엉망이군. 그곳 유대인 장의사는 모리 그린이라는 사람이오. 아무래도 우리가 컴벌랜드까지 가 봐야 할 것 같소. 9년 전 모린의 아들이 세바고 호수에서 하마터면 익사할 뻔한 일이 있었소. 난 그때 마침 여자 친구와 그곳에 있다가 그 아이에게 인공호흡을 시켜 주었죠. 덕분에 그 애의 심장이 다시 뛰게 되었고 말이오. 어쩌면 이번에는 내가 남의 호의를 이용해야 할 것 같소."

"호의가 소용이 있을까요? 검시관이 부검이든 해부든 하기 위해 그녀의 시신을 가져갔을 텐데."

"그럴 것 같지는 않아요. 오늘이 일요일 맞죠? 검시관은 암석용 망치를 들고 숲 속 어딘가로 들어갔을 겁니다. 그는 아마추어 지리학자라오. 노버트라고…… 노버트가 기억납니까?"

벤이 고개를 끄덕였다.

"노버트에게 연락이 갔을 테지만 그는 좀 별종이오. 아마 수화기를 내려놓고 패커스 팀과 패트리오츠 팀의 시합을 보고 있을 겁니다. 만약 지금 우리가 모리 그린 장의사로 간다면 밤이 될 때까지 아무도 찾지 않은 채 방치된 시신을 볼 수 있을 거요."

"좋아요. 갑시다."

그는 캘러한 신부를 방문하기로 했던 일이 생각났으나, 그 일은 나중에 해도 될 터였다. 이제 사태가 무척 숨 가쁘게 돌아가고 있었다. 그에게는 그 속도가 지나치게 빨랐다. 환상과 현실이 한데 뒤엉켜 버린 것이다.

그들은 고속도로에 다다를 때까지 각자 나름대로 생각에 잠긴 채 아무 말도 하지 않았다. 벤은 코디가 병원에서 했던 얘기를 생각하고 있었다. 칼 포어맨이 사라졌다. 플로이드 티비츠와 갓난애 맥두갈의 시신도 사라졌다. 그것도 시체 보관소 직원 두 사람의 코앞에서 사라진 것이다. 마이크 라이어슨 역시 사라졌는데, 그밖에 누가 또 사라졌는지 알 수 없는 일이다. 살렘스 롯의 주민 가운데 얼마쯤이 시야에서 사라졌는데도 일주일(아니면 2주일, 아니면 한 달?) 동안 그 사실을 알지 못한 채 지나갈 수 있는 것일까? 200명? 300명? 그 생각을 하자 갑자기 손이 땀으로 축축해졌다.

"이 일이 편집증 환자의 꿈처럼 여겨지기 시작했소. 아니면 개헌 윌슨1954년 데뷔. 《플레이보이》및 《뉴요커》등지에 유령 만화를 게재의 만화거나 말이오.

학술적인 견지에서 볼 때 이 일 전체에서 가장 무서운 부분은 흡혈귀 군락이 쉽게 형성될 수 있다는 겁니다. 언제든 최초의 흡혈귀 하나만 받아들이면 되는 일이니까 말이오. 살렘스 롯은 주로 포틀랜드와 루이스튼, 게이츠의 베드타운이죠. 마을 자체에는 산업체가 없기 때문에 장기 결근자가 증가하더라도 눈에 띄지 않을 겁니다. 이곳 학교 역시 세 마을을 연합해 놓았기 때문에 결석자 수가 약간 늘어난다고 해도 알아차리기 어려울 겁니다. 마을 사람들 상당수가 컴벌랜드에 있는 교회에 다니지만, 그보다 훨씬 많은 사람들이 아예 교회에 나가지 않습니다. 그리고 텔레비전 덕분에 예전처럼 이웃들끼리 한자리에 모이는 일도 없어졌죠. 밀트네 상점에서 얼쩡대는 사람들을 제외하면 말입니다. 결국 아무도 모르는 사이에 이 모든 일이 아주 효율적으로 진행될 수 있어요."

지미가 말했다.

"그렇소. 대니 글릭이 마이크를 감염시키고, 마이크는…… 어쩌면 플로이드를 감염시켰을지 모르오. 맥두갈네 갓난애는…… 자기 아버지나 엄마를 감염시켰을지 모릅니다. 그 두 사람은 상태가 어떤가요? 아무도 확인해 보지 않았나요?"

벤이 말했다.

"내 환자들은 아니었소. 플로먼 박사가 오늘 아침 두 사람에게 전화해서 아들이 실종된 사실을 알려 주었을 겁니다. 하지만 박사가 실제로 전화를 했는지, 또는 전화를 했더라도 실제로 두 사람과 연락이 닿았는지에 대해서는 알 길이 없소."

"그 사람들을 확인해 봐야겠군요." 벤은 곤혹스러운 느낌에 사로잡히기 시작했다. "그런데 이 일이 얼마나 간단하게 우리의 꼬리를 추적하는 결과로 끝나고 말지 아시겠소? 마을 밖에서 온 사람이 뭐가 잘못된 것인지 모르고 차를 몰고 이 마을을 지나갈 수도 있소. 그저 여느 조그만 마을인 줄 알고 밤 9시에 인도 옆에 차를 대는 거요. 하지만 차양을 친 집 안에서 무슨 일이 있을지 어떻게 압니까? 사람들이 침대에 누운 채로…… 혹은 빗자루처럼 벽장 속에 선 채…… 아니면 지하실에서…… 해가 지기를 기다리고 있을지 말이오. 그리고 매일 새로 해가 뜰 때마다 거리에 나오는 사람들이 줄어드는 겁니다. 매일 조금씩 말이오."

그는 침을 삼켰지만 목구멍에서 마른 침 넘어가는 소리만 났을 뿐이다.

"마음을 느긋하게 먹어요. 아직까지는 아무것도 입증된 것이 없으니까."

"증거가 눈 더미처럼 불어나고 있는데도 말이오?" 벤이 반박했다. "만약 우리가 티푸스라든가 A2형 독감처럼 기존의 준거 기준에 의해 이 문제를 처리한다면 지금쯤 마을 전체가 격리되었을 거요."

"그럴 것 같지는 않소. 실제로 이 모든 것을 '눈으로' 본 사람은 한 사람밖에 없다는 사실을 잊어선 안 될 겁니다."

"마을 전체가 술에 취했을 리도 없죠."

"이런 얘기를 입 밖에 꺼냈다 가는 웃음거리가 되기 십상이오." 지미가 말했다.

"누가 그럴 거란 말이오? 폴린 디킨스는 그러지 않을 것이 확실하오. 그녀는 언제라도 자기 집 대문에 귀신 쫓을 부적을 달 태세였잖소."

"워터게이트 사건과 석유 파동 때도 그녀는 다른 사람들과는 반응이 달랐다오."

그들은 더 이상의 대화 없이 남은 길을 달렸다. 그린 장의사는 컴벌랜드 북쪽 끝에 있었으며, 장의사 뒤쪽에는 특정 종교와 무관한 예배당의 후문과 높다란 판자 울타리 사이에 영구차 두 대가 주차되어 있었다. 지미가 시동을 끄고 벤을 쳐다보았다.

"마음의 준비가 되었소?"

"그런 것 같소."

두 사람은 차에서 내렸다.

오후 내내 그녀의 마음속에서 점점 커져 가던 반발심은 2시경에 마침내 폭발했다. 그들은 어리석게도, 이 모든 일이 말도 안 되는 헛소리라는 사실을 입증할(버크 선생님, 죄송해요.) 곡간을 피해 먼 길을 우회하고 있었다. 수잔은 지금 당장, 오늘 오후에 마스튼 저택에 올라가 보기로 마음먹었다.

그녀는 아래층으로 내려와서 핸드백을 집어 들었다. 앤 노튼은 쿠키를 굽고 있었고, 아버지는 거실에서 패커스 팀과 패트리오츠 팀의 시합을 보고 있었다.

"어디 가는 거니?" 노튼 부인이 물었다.

"잠깐 드라이브 좀 하고 올게요."

"저녁 식사는 6시다. 네가 제 시간에 올지 보자꾸나."

"늦어도 5시까지는 올 거예요."

그녀는 집을 나와 가장 자랑스럽게 여기는 소유물인 자신의 차에 올라탔다. 그것은 그 차가 온전히 자기 소유가 된 첫 번째 재산이어서가 아니라(비록 첫 번째이자 유일한 재산이지만) 자신의 작품, 즉 자신의 재능으로 번('거의'라고 그녀는 정정했는데, 아직 할부금이 여섯 번 남아 있었다.) 돈으로 산 차이기 때문이다. 그것은 베가 해치백으로 이제 거의 2년이 다 된 차였다. 그녀는 차고에서 후진으로 조심스럽게 차를 빼 낸 다음 부엌 창으로 내다보고 있는 엄마에게 가볍게 손을 들어 보였다. 모녀 사이에는 아직 불화가 남아 있었다. 두 사람은 그 문제에 대해 이야기하지도 않았고, 따라서 화해한 것도 아니었다. 다른 때였다면 아무리 심한 언쟁을 한 뒤라도 언제나 시간이 흐르면 저절로 감정이 해소되었다. 다음번 다툼이 일어나 모든 묵은 원한과 불만을 끄집어 내고 카드 게임처럼 점수를 합산하게 될 때까지 그저 일상의 붕대로 상처를 싸맨 채 생활을 영위해 나가곤 했던 것이다. 하지만 이번만은 완전한 전면전처럼 보였다. 이미 상처는 붕대를 감을 수 없을 정도로 깊었다. 오직 절단 수술만이 남아 있었다. 그녀는 이미 짐을 거의 다 꾸려 둔 상태였고, 자신이 옳은 일을 하고 있다는 느낌을 받았다. 이미 오래 전부터 무르익은 일이었다.

브록 가로 차를 몰던 그녀는 집에서 멀어짐에 따라 점점 더 유쾌한 목적의식을 느꼈다.(그리고 바보 같은 짓을 하고 있다는 그렇게 불쾌하지만은 않은 생각도 있었다.) 이제부터 적극적인 행동에 나설 참이라는 생각은 그녀의 원기를 돋워 주었다. 주말에 있었던 일들이 직선적인 성격이던 그녀를, 흡사 바다에서 표류하는 것처럼 당황스럽게 만들었다. 이제 그녀 자신이 나서서 노를 저을 차례였다.

그녀는 마을 경계에서 비포장 갓길에 차를 대고 칼 스미스의 목초지 서쪽으로 걸어 들어갔다. 그곳에는 빨간 페인트를 칠한 방설용 울타리가 둘둘 말린 채 겨울을 기다리고 있었다. 바보 같은 짓을 하고 있다는 느낌은 이제 꽤나 강해서, 울타리 말뚝 하나를 구부려 말뚝을 이은 철사가 끊어질 때까지 앞뒤로 흔들면서도 그녀는 싱글거리며 웃고 있었다. 이 울타리 말뚝은 그대로 끝이 뾰족한 약 1미터 길이의 막대기 대용으로 쓸 수 있었다. 그녀는 말뚝을 가져다가 자동차 뒷좌석에 놓았다. 그녀는 그것의 용도는 알고 있었지만(그녀는 더블데이트를 하면서 드라이브인 극장에서, 흡혈귀의 심장에는 말뚝을 박아야 한다는 사실을 익히 알 정도로 해머 사의 영화들을 많이 보았다.) 정말 말뚝을 써야 할 상황이 됐을 때 자신이 상대방의 가슴팍에 그것을 꽂을 수 있을지에 대해서는 생각도 하지 않았다.

그녀는 읍 경계선 너머로 차를 몰아 컴벌랜드로 들어섰다. 왼편으로 일요일에도 문을 여는 조그만 잡화점이 보였는데, 아버지가 《선데이 타임스》를 사곤 하는 상점이었다. 수잔은 그곳 카운터 옆에서 조그만 싸구려 장신구 진열장을 보았던 기억이 났다.

그녀는 《타임스》를 산 다음 작은 금 십자가를 집어 들었다. 그녀가 산 물건은 4달러 50센트였는데, 뚱뚱한 계산대 점원은 짐 플런킷_{슈퍼볼에서 활약한 미식축구 쿼터백}이 궁지에 몰리고 있는 텔레비전에서 거의 고개도 돌리지 않은 채 금전등록기로 계산해 주었다.

그녀는 북쪽으로 차를 돌려 새로 2차선 아스팔트 포장이 된 카운티 로로 들어섰다. 일요일 오후에 보이는 모든 풍경은 싱그럽

고 상쾌했으며 생동감에 가득 차 있었고, 인생은 실로 아름답게
만 여겨졌다. 그녀는 자신도 모르게 벤을 생각했다. 그런 시간에
벤이 생각나는 것은 자연스러운 일이었다.

느릿느릿 움직이는 뭉게구름 뒤쪽으로 해가 나오고 있었다. 머
리 위로 가지를 늘어뜨린 나무 사이로 햇살이 쏟아지자 도로 위
에 눈부신 음영이 그려졌다. 이런 날에는 만사가 해피엔드일 거
라고 믿을 수 있을 것 같아 하고 그녀는 생각했다.

카운티 로를 8킬로미터쯤 달린 다음 이번에는 브룩스 로로 접
어들었는데, 다시 한 번 읍 경계선을 넘어서서 살렘스 롯으로 들
어서자 비포장도로로 바뀌었다. 도로는 오르내리면서 마을의 북
서쪽 울창한 삼림지대를 구불거리며 관통했기 때문에 그 일대에
서는 밝은 오후의 햇살 대부분이 차단되었다. 또 이 지역에는 가
옥이나 이동 주택이 없었다. 이곳 토지 대부분은 고객들에게 자
신들의 화장지를 구기지 말아 달라고 당부하는 광고부드러운 화장지의 이미
지를 알리기 위해. 매장 지배인 휘플 씨를 내세워 20년 이상 계속된 유명한 화장지 광고로 유명한 제지
회사 소유였다. 도로변에는 30미터마다 사냥 금지와 출입 금지 표
지판이 서 있었다. 쓰레기장으로 난 도로와의 분기점을 지날 때
는 불안감이 엄습했다. 침울한 도로를 보자 모호하기만 했던 가
능성들이 훨씬 현실감 있게 다가왔다. 그녀는 자신도 모르게, 정
상적인 사람이라면 누군가 자살한 폐가를 사들여서 햇빛이 들지
않게 창마다 덧창을 닫은 채 살지 않을 것이라는 생각이 들었는
데, 물론 이것은 전에도 했던 생각이었다.

아래로 푹 꺼졌던 도로는 마스튼 힐의 서쪽 언저리를 타고 가
파른 오르막길을 이루었다. 나무숲 사이로 마스튼 저택 지붕 꼭

대기가 보였다.

그녀는 내리막에서 오르막으로 바뀌기 전, 이제는 사용하지 않는 삼림로 입구에서 차를 멈춘 뒤 내렸다. 그러고는 잠시 망설이다가 말뚝을 꺼내고 목에는 십자가를 걸었다. 아직 바보 같은 짓을 하고 있다는 느낌이 들기는 했지만, 그것은 누군가 아는 사람이 우연히 차를 타고 그곳을 지나다가 방설용 말뚝을 든 채 그 길을 올라가는 자신을 보기라도 할 경우 그녀가 느낄 바보 같다는 느낌의 절반도 되지 않을 것이다.

'안녕, 수잔. 그런데 어디를 가는 거지?'

'아, 그저 흡혈귀를 죽이러 마스튼 저택에 가는 길이야. 하지만 6시에는 저녁 식사를 해야 하니까 좀 서둘러야겠어.'

수잔은 숲을 질러 가기로 마음먹었다.

그녀는 조심조심 도로 배수구 발치의 허물어진 돌 벽을 넘어갔는데, 슬랙스를 입고 온 일을 다행으로 여겼다. 겁 없는 흡혈귀 사냥꾼의 새로운 패션이로군. 까다로운 가시나무와 움푹 팬 구덩이를 지나자 비로소 숲이 시작되었다.

소나무 숲의 온도는 적어도 10도는 더 낮았고 훨씬 더 어두웠다. 지면에는 오래된 솔잎이 푹신하게 깔려 있고, 나무 사이로 바람이 소리를 내며 지나갔다. 어딘가에서 조그만 동물이 관목 아래를 후다닥 달려가는 소리가 났다. 그녀는 문득 왼쪽으로 방향을 바꿔 기껏해야 400미터쯤 가면 하모니 힐 공동묘지로 들어갈 수 있다는 사실을 깨달았다. 물론 뒷담을 타고 올라갈 만큼 민첩하기만 하다면 말이지만.

그녀는 되도록 소리를 내지 않으면서 언덕 위를 힘겹게 올라갔

다. 언덕마루가 가까워 오자 점점 옅어져 가는 나뭇가지 사이로
저택이 언뜻언뜻 보이기 시작했는데, 그것은 저 아래 마을에서는
보이지 않았던 부분이었다. 그녀는 비로소 겁이 나기 시작했다.
뭐라고 꼬집어 말할 수는 없었지만, 매튜 버크의 집에서 느꼈던
것과 같은 두려움(이미 거의 잊고 있었던 두려움.)이었다. 그녀는
자신이 내는 소리를 들을 사람이 없으리라는 것을 알고 있었지
만, 그럼에도 두려움은 점점 더 묵직한 무게로 그녀를 압도해 오
고 있었다. 그 두려움은 여느 때는 침묵하고 있다가, 그리고 어쩌
면 충수^{맹장 끝에 늘어진 돌기. 막창자꼬리라고도 함}처럼 퇴화된 상태였다가 뇌의 한
부분으로부터 의식 속으로 분출된 것 같았다. 그날 느꼈던 즐거
웠던 기분은 이미 사라지고 말았다. 장난치는 것 같던 느낌도 없
어졌다. 단호했던 감정도 사그라졌다. 그녀는 자신도 모르게 드
라이브인 극장에서 보았던 공포 영화를 떠올리고 있었다. 그녀는
여주인공이 코브햄 노파를 그토록 겁에 질리게 한 것이 무엇인지
를 확인하기 위해 좁다란 고미다락 계단을 올라가거나, 거미줄이
쳐진 어두운 지하실(물기가 줄줄 흐르는 거친 돌 벽은 자궁의 상징
이었다.)로 내려가는 장면을 보면서(그때는, 데이트 상대의 포근한
팔에 안긴 채였다.), '정말 어리석은 여자로군. 나라면 절대로 저
런 짓을 하지 않을 거야!' 하고 생각했었다. 그런데 지금 그녀는
하지 않겠다던 그 일을 하고 있으면서, 인간의 대뇌와 중뇌 사이
의 골이 얼마나 깊어진 것인지를, 대뇌가 본능을 관장하는 부분
에서 보낸 경고에도 불구하고 억지로 행동하게 만들 수 있다는
사실을 이해하기 시작했다.(그것은 악어의 뇌와 물리적 구조가 아
주 비슷하다.) 대뇌는 다락방 문이 벌컥 열리면서 이를 드러낸 채

웃고 있는 공포와 대면하게 될 때까지 강제로 행동하게 만든다. 그렇지 않으면 벽돌이 반쯤 허물어진 지하실 후미진 곳을 들여다 보는 순간……

'그만해!'

하던 생각을 밀어내다시피 그만둔 그녀는 자신이 식은땀을 흘리고 있다는 사실을 알았다. 이 모두가 덧창이 닫혀 있는 평범한 집 하나를 보았기 때문이다. 바보같이 굴지 마 하고 그녀는 중얼거렸다. 그저 저기 올라가서 집을 잠깐 조사해 보는 것뿐이야. 앞마당에서는 우리 집이 보일 거야. 우리 집이 보이는데 나한테 무슨 일이 일어날 수 있겠어?

그럼에도 불구하고 수잔은 몸을 약간 굽혀서 말뚝을 단단히 잡았으며, 앞을 가리던 나무숲이 이제 듬성해져 더 이상 보호가 되지 않을 정도가 되자 양손으로 땅을 짚고 엉금엉금 기었다. 3, 4분 정도가 지나서 엄폐물의 보호를 받을 수 있는 최대한의 거리에 이르렀다. 마지막 소나무와 노간주나무 가지가 있는 지점까지 이른 그녀는 집의 서쪽 측면과, 가을이 되어 잎이 떨어진 인동덩굴을 볼 수 있었다. 여름에 자란 풀은 노랗게 물들었으나 여전히 무릎 높이만큼 자라 있었다. 풀을 자른 흔적은 전혀 보이지 않았다.

그 순간 갑자기 정적 속에서 요란한 모터 소리가 들려와서 수잔은 화들짝 놀랐다. 손가락으로 땅을 움켜쥐고 아랫입술을 꽉 깨물며 겨우 자제할 수 있었다. 다음 순간 구형의 까만 차 한 대가 후진으로 시야에 들어오더니 진입로 끝에서 잠시 멈춰 섰다가 도로 위로 방향을 틀고 마을 쪽으로 사라졌다. 그 차가 시야에서 사라지기 바로 전에 그녀는 그 사내를 똑똑히 볼 수 있었다. 큼직한 대머리, 거의 안구밖에 아무것도 보이지 않을 만큼 깊숙이 들어앉은 두 눈, 그리고 검은 양복의 옷깃. 스트레이커였다. 아마도 크로슨 상점으로 가는 길일 것이다.

덧창들 대부분에는 쪼개진 부분이 있었다. 그렇다면 좋아. 살금살금 기어가서 창틈으로 뭐가 있는지 볼 것이다. 어쩌면 길고 긴 개조 과정의 첫 단계, 새로 칠하고 있는 회반죽이라든가 새 벽지, 그리고 연장과 사다리와 물통 따위 밖에는 없을 것이다. 기껏해야 텔레비전 축구 시합만큼이나 비현실적이고 초자연적일 터였다.

하지만 그래도 두려움이 앞섰다.

그 두려움은, 마치 대뇌의 논리적이고 포마이카처럼 번쩍이는 이성 위로 흘러넘쳤으며 그 감정은, 흡사 조동(粗銅)과 같은 맛으로 입 안을 채우며 솟구쳐 올랐다.

그리고 그녀는 어깨에 채 손이 닿기도 전에 누군가 등 뒤에 있다는 사실을 알았다.

날은 거의 어두웠다.

벤은 접의자에서 일어나 장의사의 뒤뜰이 내다보이는 창가로 다가갔지만 특별히 볼 것은 없었다. 7시 15분 전이었으며, 저녁의 그림자들이 한껏 길게 늘어져 있었다. 한 해가 꽤 저물었는데도 풀은 아직 푸르렀으며 어쩌면 사려 깊은 장의사가 눈이 내릴 때까지 풀이 시들지 않도록 애쓰고 있을지도 모른다는 생각이 들었다. 그것은 사위어 가고 있는 한 해의 한복판에서 계속되고 있는 생명의 상징이었다. 그러나 그런 생각은 지나치게 우울한 것이었다. 그는 고개를 돌렸다.

"담배를 좀 피웠으면 좋겠소."

벤이 말했다.

"담배는 살인마요." 지미가 고개도 돌리지 않은 채 대꾸했다. 그는 모리 그린의 소형 소니 텔레비전으로 일요일 밤의 자연 다큐멘터리 프로를 보고 있었다. "사실은 나도 담배를 피우고 싶소. 나는 10년 전 공중 위생국 장관이 담배에 대한 자신의 견해를 피력하는 것을 듣고 담배를 끊었소. 별로 좋은 광고는 아니었소. 하지만 나는 언제나 눈을 뜨자마자 침대 옆 탁자에 놓아둔 담뱃갑부터 집어 든다오."

"난 당신이 담배를 끊은 줄 알았는데."

"내가 담배를 거기 놓아둔 것은 알코올중독자가 부엌 찬장에 스카치 한 병을 놓아두는 것과 같은 이유에서요. 의지력을 발휘해 보자는 메시지인 셈이오."

벤은 시계를 보았다. 6시 47분이었다. 모리 그린이 구독하는 일요일 자 신문에는 일몰 시간이 공식적으로 동부 기준시로 7시 2분이라고 나와 있었다.

지미는 만사를 아주 깔끔하게 처리했다. 문을 열어 주기 위해 나온 모리 그린은 단추를 채우지 않은 까만 조끼에 옷깃이 벌어진 하얀 셔츠 차림을 한 조그만 남자였다. 냉정하고 묻는 것 같던 표정이 지미를 보자 큼직한 환영의 미소로 바뀌었다.

"샬롬, 지미! 만나서 반갑소! 대체 그동안 어디 박혀 있었던 거요?" 그린이 외쳤다.

"감기로부터 세상을 구원하고 있었죠." 지미가 그린에게 손을 잡힌 채 미소를 지으며 말했다. "좋은 친구를 한 사람 소개해 드리죠. 모리 그린, 그리고 벤 미어스."

모리의 두 손이 벤의 손을 감싸 쥐었다. 까만 테 안경 뒤에서 두 눈이 반짝거렸다.

"샬롬. 지미의 친구라면 누구든 환영이오. 자, 두 분 모두 안으로 들어와요. 레이첼을 부를⋯⋯."

"제발 그러지 말아요. 부탁이 있어서 찾아온 겁니다. 좀 큰 부탁인데."

그린이 지미의 얼굴을 좀 더 자세히 쳐다보았다.

"'좀 큰 부탁'이라⋯⋯." 그가 작은 소리로 놀리듯 지미의 말을 흉내 냈다. "무엇 때문에 그런 말도 안 되는 소리를 하는 거요? 당신이 내게 해 주었던 일, 내 아들이 노스웨스턴에서 3등으로 졸업하게 된 것만으로도 모자라다는 거요? 무엇이든 부탁해요, 지미."

지미가 얼굴을 붉혔다.

"누구라도 했을 일을 한 것뿐입니다, 모리."

"그 문제로 입씨름할 생각은 없소. 자, 말해 봐요. 당신과 미어스 씨가 그토록 걱정하고 있는 일이 뭐요? 무슨 사고라도 저지른 거요?"

"아니, 그런 일이 아닙니다."

모리는 두 사람을 예배당 뒤쪽 간이 부엌으로 데려간 다음, 이야기를 나누면서 전열기에 낡은 주전자를 얹어 커피를 끓였다.

"글릭 부인이 온 뒤로 노버트가 따라오지 않았나요?" 지미가 물었다.

"아니, 그 친구는 그림자도 보이지 않소." 그러면서 모리는 탁자에 설탕과 크림을 갖다 놓았다. "그 친구는 오늘 밤 11시에 와서는 어째서 내가 여기서 기다리고 있다가 자기를 들여보내 주지 않는지 의아하게 여길 거요." 모리가 한숨을 쉬었다. "가엾은 부인이오. 한 집에 이런 비극적인 일이 계속 생기다니 말이오. 정말 착한 부인처럼 보이던데 말이오, 지미. 저 멍청한 리어든 노인이 부인을 운반했소. 부인이 당신 환자였소?"

"아뇨. 하지만 벤과 나는…… 우리는 오늘 밤 부인 곁에서 밤을 지새우고 싶답니다, 모리. 아래층에서 말입니다." 지미가 말했다.

그린이 커피포트 쪽으로 내밀던 손을 멈추었다.

"부인 곁에서 밤을 지새운다고? 그렇다면 당신 말은 부인을 검사하겠다는 말이오?"

"아니, 그저 곁에 앉아 있기만 할 겁니다."

지미가 차분한 어조로 말했다.

"지금 농담하는 거요?" 그러면서 그린은 두 사람을 자세히 바라보았다. "아니, 농담이 아니로군. 그런데 어째서 그렇게 하겠다는 거요?"

"그건 말할 수 없어요, 모리."

"오." 그린은 커피를 따르고는, 두 사람이 있는 곳에 와서 앉은 다음 커피를 한 모금 마셨다. "너무 진하지 않고 맛있게 됐군. 그 부인에게 뭔가 있는 거요? 전염성 질병 같은 거라도 걸렸소?"

지미와 벤은 서로 시선을 교환했다.

"일반적인 의미에서는 그렇지 않아요."

이윽고 지미가 그렇게 대꾸했다.

"그런데 두 분은 이 일에 대해 내가 입을 다물어 주기를 바라는 거고?"

"그래요."

"그러다 노버트가 오기라도 하면?"

"노버트는 내가 처리할 수 있어요. 리어든이 내게, 이 부인이 유행성 뇌염에 걸린 것인지 확인해 달라고 했다고 말할 겁니다. 노버트가 내가 한 말을 리어든에게 재확인하지는 않을 거고요."

지미가 말했다.

그린이 고개를 끄덕였다.

"노버트는 누가 물어보기 전에는 자기 손목시계도 확인할 줄 모르는 친구요."

"그래도 괜찮겠어요, 모리?"

"물론 좋소. 난 당신이 큰 부탁을 할 줄 알았는데."

"그 일은 아마 당신이 생각하는 것 이상으로 큰 부탁일 겁니다."

"커피를 마신 다음 나는 집에 가서 여편네가 일요일 저녁으로 뭘 만들었는지 보겠소. 여기, 열쇠가 있소. 갈 때 문을 잠가요, 지미."

지미가 열쇠를 주머니에 챙겨 넣었다.

"그러죠. 다시 한 번 고맙다는 말을 해야겠군요, 모리."

"뭐든 부탁하시오. 그리고 그 대신 나도 부탁이 있소."

"좋습니다. 어떤 부탁이죠?"

"그 부인이 무슨 말이라도 하면 후대를 위해 적어 놔 주시오."

그는 킬킬대며 웃다가 두 사람의 얼굴에 나타난 똑같은 표정을 보고는 웃음을 멈추었다.

7시 5분 전이었다. 벤은 긴장감이 조금씩 스며드는 것을 느꼈다.

"시계를 그만 보는 편이 나을 거요. 그런다고 시간이 더 빨리 가는 것도 아니니까."

지미가 말했다.

벤이 흡사 죄 지은 사람처럼 화들짝 놀랐다.

"설혹 흡혈귀가 있다고 하더라도 일몰 시간에 맞춰 일어날 것 같지는 않소. 날이 완전히 어두워지지 않았으니까 말이오." 지미가 말했다.

그래도 지미는 자리에서 일어나, 야생 오리 한 마리가 꽥꽥거리다 잡히는 장면에서 텔레비전을 껐다.

그러자 정적이 모포처럼 방 안을 감쌌다. 두 사람은 그린의 작업실에 있었고, 마조리 글릭의 시신은 배수용 홈과, 작업대를 올리거나 내릴 수 있는 등자가 부착된 스테인리스 스틸 작업대 위에 누워 있었다. 벤은 그 작업대가 꼭 병원 분만실에 놓인 침대 같다고 생각했다.

처음 이곳에 들어왔을 때 지미는 시신을 덮었던 시트를 젖히고 간단한 검사를 했었다. 글릭 부인은 포도주색 퀼트 실내복에 편물 슬리퍼 차림이었다. 왼쪽 정강이에는 일회용 반창고가 붙어 있었는데, 아마 면도를 하다가 벤 자국인 것 같았다. 벤은 시신에서 고개를 돌렸지만 자신도 모르게 자꾸 그쪽으로 시선이 갔다.

"당신 생각은 어떻소?"

지미가 검사를 했을 때 벤이 그렇게 물었다.

"앞으로 3시간쯤 지나서 어느 한쪽으로 결말이 날 때까지는 여기에 대해 언급하지 않을 생각이오. 하지만 부인의 상태는 마이크 라이어슨의 시신과 놀랄 만큼 비슷하군. 피부가 창백하지도 않고, 경직이든 초기 경직이든 전혀 보이지 않으니 말이오."

그런 다음 지미는 다시 시트를 원래대로 덮어 놓았으며, 더 이상 아무 말도 하지 않았다.

7시 2분이었다.

갑자기 지미가 물었다.

"십자가는 어쨌소?"

벤은 화들짝 놀랐다.

"십자가? 맙소사, 십자가가 없군."

"당신은 보이 스카우트에 들어가 본 적이 없는 모양이군." 지미가 가방을 열며 말했다. "하지만 난 언제나 준비성이 있단 말이오."

지미는 압설자^{혀를 아래로 누르는 데 쓰는 의료 기구} 두 개를 꺼내 셀로판 포장을 벗긴 다음 의료용 테이프로 직각이 되도록 고정시켰다.

"축복을 빌어 주시오."

그가 벤에게 말했다.

"뭐요? 난…… 어떻게 하는 건지 모르오."

"그러면 꾸며서라도 해 봐요." 지미는 유쾌하던 표정을 바꿔 정색을 했다. "당신은 작가요. 그러니 형이상학자처럼 굴어 봐요. 제발, 서둘러요. 뭔가가 일어나고 있는 것 같소. 당신은 모르겠소?"

벤도 느낄 수 있었다. 흐릿한 자주색 땅거미 속에서, 아직 눈에 보이지는 않지만 묵직한 긴장감 같은 것이 점점 한데 모여들고 있었다. 벤은 입 안이 바싹 말라붙었다. 그는 입을 열기 위해 입술부터 축여야 했다.

"성부와 성자와 성신의 이름으로……." 그런 다음 벤은 그 뒤를 이어 떠오른 말을 덧붙였다. "성모 마리아의 이름으로, 이 십자가를 축복하나이다…… 그리고…… 또……."

다음 순간 갑자기 섬뜩하리만큼 또렷또렷하게 그의 입에서 이런 말들이 흘러나왔다.

"주는 나의 목자시니……." 그의 입에서 나온 말들은 깊은 호수에 떨어져 파문도 없이 물속으로 사라져 버리는 돌멩이처럼 어두한 방 안으로 사라졌다. "내가 부족함이 없도다. 나를 푸른 초원에 누이시며, 쉴 만한 물가로 인도하시도다. 내 영혼을 소생시키고……."

지미의 음성이 영송하듯 벤의 목소리와 합쳐졌다.

"의의 길로 인도하시도다. 내가 사망의 골짜기로 다닐지라도 해를 두려워하지 않음은……."

이제 제대로 숨을 쉬기도 어려웠다. 벤은 전신에 소름이 끼치고 흡사 빗으로 훑기라도 한 듯 목덜미의 머리카락이 곤두서는 느낌이었다.

"……주께서 나와 함께하심이라. 주의 지팡이와 막대기가 나를 안위하시도다. 주께서 내 원수의 목전에서 내게 상을 베푸시고 기름으로 내 머리에 바르셨으니 내 잔이 넘치나이다. 나의 평생에 선하심과 인자하심이……."

마조리 글릭의 시선을 덮었던 시트가 조금씩 떨리기 시작했다. 손 하나가 시트 밑으로 삐져나오고 손가락이 허공에서 경련을 일으키듯 꿈틀거리기 시작했다.

"맙소사, 지금 내 눈에 보이는 저것이 정말이란 말인가?" 지미가 속삭였다. 그의 얼굴이 창백해지면서 유리창에 떨어진 빗물 자국처럼 주근깨가 선명해졌다.

"정녕 나를 따르리니 내가 주의 집에 영원토록 거할 것이다." 벤이 영송을 마쳤다. "지미, 십자가를 봐요."

십자가가 빛을 뿜고 있었다. 마치 요정의 빛이 그러하듯 빛이 그의 손 위로 흘러넘치고 있었다.

그때 갑자기 고요한 가운데, 깨진 도자기 조각처럼 칼칼하면서 목이 졸린 듯한 음성이 느릿느릿 들려왔다.

"대니?"

벤은 자신의 혀가 입천장을 꿰뚫는 것 같은 느낌이 들었다. 시트 밑에 있던 형체가 일어나 앉기 시작했다. 어두워지고 있던 방 안에서 그림자들이 이리저리 움직이며 미끄러졌다.

"대니, 어디 있니, 애야?"

시트가 그녀의 얼굴에서 무릎 위로 떨어졌다.

마조리 글릭의 창백한 얼굴이 희뿌연 어둠 속에서 달처럼 동그스름하게 떠올랐고, 두 눈만이 까만 구멍처럼 뚫려 보였다. 두 사람을 본 그녀의 입이 삐죽거리더니 금방이라도 으르렁댈 것처럼 무서운 모양으로 벌어졌다. 어렴풋한 잔광을 받은 그녀의 이빨이 번쩍거렸다.

그녀는 두 다리를 작업대 옆으로 늘어뜨렸다. 그 바람에 슬리퍼 한 짝이 떨어졌으나 그녀는 그런 것은 안중에도 없는 것 같았다.

"거기 앉아 있어! 꼼짝 말고."

지미가 그녀에게 말했다.

그녀는 대답 대신 개처럼 음침한 소리를 내며 으르렁거렸다. 그러더니 작업대에서 내려와 비틀거리며 두 사람을 향해 다가왔다. 벤은 구멍처럼 뚫려 있는 두 눈에 자신의 시선이 옭아 드는 느낌을 받았지만 시선을 뿌리칠 수가 없었다. 그 눈에는 붉은 기가 감도는 검은 은하수가 들어 있었다. 그 눈 속으로, 그것도 기분 좋게 빠져 들 수 있을 것 같았다.

"얼굴을 똑바로 보지 말아요."

벤이 지미에게 말했다.

그들이 별 생각 없이 뒤로 물러나는 바람에 그녀가 자신들을 층계로 올라가는 좁다란 복도로 밀어붙일 여지를 만들어 준 셈이 되었다.

"십자가를 써 봐요, 벤."

벤은 자신이 십자가를 갖고 있다는 사실을 거의 잊고 있었다. 그가 치켜들자 십자가는 눈부신 빛을 내뿜는 것 같았다. 눈을 가늘게 뜨고 봐야 할 만큼 강한 빛이었다. 글릭 부인은 당황한 듯 섬뜩한 소리를 내며 양손을 얼굴 앞으로 치켜들었다. 그녀의 얼굴이 흡사 씰룩거리며 몸부림치는 뱀 한 무더기를 모아 놓은 것처럼 일그러졌다. 그녀가 비틀거리며 한 걸음 뒤로 물러섰다.

"십자가가 그녀를 잡았소!"

지미가 소리쳤다.

벤이 십자가를 앞에 든 채 그녀 쪽으로 다가섰다. 그녀가 한 손을 갈고리 모양으로 오므리더니 십자가를 잡아채려 했다. 벤이 손에 닿지 않게 십자가를 아래로 내렸다가 다시 그녀에게로 쑥 내밀었다. 그녀의 목에서 개가 짖는 것 같은 비명 소리가 터져 나왔다.

벤에게 있어서 그 나머지 일들은 악몽처럼 칙칙한 갈색 톤을 띠고 있었다. 그 뒤로 더 나쁜 일이 일어날 테지만, 그 다음 며칠 밤낮 동안 꿈속에서는 언제나 마조리 글릭을 덮었던 시트가 편물 슬리퍼 한 짝 옆에 구겨져 있는 장의사용 작업대로 그녀를 몰아 붙이는 장면만 떠올랐다.

그녀는 가증스러운 십자가와 벤의 오른쪽 목 언저리를 번갈아 쳐다보면서 마지못해 물러섰다. 그녀에게서 목을 비틀기라도 하듯 새어 나오는 캑캑, 쉭쉭, 훅훅하는 소리는 사람이 내는 소리라고 할 수 없었으며, 정말 마지못해 뒷걸음질하는 그녀는 흡사 덩치가 크고 굼뜬 벌레처럼 보이기 시작했다. 벤의 머리에 문득, 만약 이 십자가를 내밀고 있지 않다면 저 여자는 이제 막 사막을 빠져나와 갈증으로 죽어 가는 사람처럼 손톱으로 내 목을 찢은 다음 경정맥과 경동맥에서 내뿜는 피를 들이켤 것이라는 생각이 들었다. 그리고 그녀는 그 피로 목욕을 할 것이다.

어느새 그의 곁을 떠난 지미가 그녀의 왼편으로 돌아갔다. 그녀는 지미를 보지 못했다. 증오에…… 그리고 두려움에 가득 찬 그녀의 두 눈은 오직 벤에게만 고정되어 있었다.

장의용 작업대를 돌아간 지미는 그녀가 작업대 언저리까지 뒷걸음질을 치자 버럭 소리를 지르며 두 팔로 그녀의 목을 껴안았다.

그녀는 휘파람을 불 듯 날카로운 비명을 지르며 그의 팔 안에서 빠져나오려고 몸을 비틀었다. 지미의 손톱에 걸려 그녀의 어깨 피부 한 조각이 떨어졌는데도 불구하고 피는 전혀 나오지 않았다. 그 상처는 마치 입술이 없는 입처럼 벌어지기만 했을 뿐이었다. 다음 순간 믿을 수 없는 일이 벌어졌다. 그녀가 지미를 방 저편으로 팽개친 것이다. 지미는 방 한구석에 떨어졌고, 그 바람에 모리 그린의 휴대용 텔레비전이 받침대에서 굴러 떨어졌다.

그녀는 등을 활처럼 구부린 채 거의 거미처럼 엉금엉금 기다시피 해서 번개같이 그에게 달려들었다. 벤은 그녀가 거뭇한 그림자처럼 지미에게 달려들어 그를 넘어뜨리면서 옷깃을 찢고는 육식동물처럼 고개를 갸웃한 채 있는 대로 벌린 턱을 들이미는 것을 보았다.

지미 코디가 비명을 질렀다. 그것은 흡사 지옥에 떨어진 자처럼 날카로우면서 절망에 찬 비명이었다.

벤은 바닥에 떨어져 박살 난 텔레비전에 발이 걸려 비틀거리며 넘어질 뻔하면서 그녀에게 몸을 날렸다. 지푸라기가 자그락대는 것처럼 거친 그녀의 숨소리, 그리고 그 소리와 함께 입맛을 다시며 이를 가는 구역질 나는 소리가 들렸다.

그는 한순간 십자가가 있다는 사실을 잊은 채 그녀의 실내복 옷깃을 잡고는 위로 홱 끌어당겼다. 다음 순간 그녀가 무서울 정도의 빠른 속도로 고개를 홱 돌렸다. 팽창된 눈은 번뜩였고, 입술과 턱은 거의 까만색에 가까운 핏자국으로 번들거렸다.

얼굴에 닿은 그 숨결은 무덤에서 나온 것처럼 형언할 수 없을 정도로 불쾌했다. 그는 매우 빠른 속도의 촬영 화면에서처럼 이빨을 핥는 그녀의 혓바닥이 눈에 보였다.

벤은 그녀가 자신을 품 안으로 홱 끌어당기려는 순간(그 강한 힘 때문에 자신이 마치 헝겊으로 만들어진 듯한 느낌을 받을 정도였다.) 십자가를 들어 올렸다. 십자가의 세로줄을 만들고 있는 압설자의 둥근 *끄트머리*가 그녀의 아래턱에 부딪치고는…… 아무런 살의 저항 없이 그대로 위를 향해 죽 올라갔다. 벤의 두 눈은 눈 앞이 아니라 눈 뒤쪽에서 일어난 것 같은, 빛도 아닌 섬광에 아연해졌다. 살이 타는 자극적이고 역한 냄새가 풍겼다. 이번에는 그녀도 목이 터질 것처럼 단말마의 비명을 질렀다. 그는 그녀가 뒤로 몸을 홱 빼다가 텔레비전에 걸려 그대로 바닥에 널브러지는 것을, 그리고 넘어지는 것을 막아 보려고 하얀 팔을 내뻗는 것을, 눈으로 보았다기보다는 느낌으로 알았다. 그녀는 늑대처럼 민첩하게 다시 몸을 일으켰다. 고통으로 가늘어진 눈은 여전히 미친 듯한 허기로 가득했다. 아래턱 살이 연기를 뿜으며 시커멓게 변색되고 있었다. 그녀가 벤을 향해 으르렁거렸다.

"덤벼, 이 망할 것. 어서 덤벼 봐."

벤이 헐떡거리며 말했다.

그는 다시 십자가를 앞에 들고 그녀를 방의 맨 왼쪽 구석으로 몰아붙였다. 그런 다음 십자가를 그녀의 이마에 박아 넣을 작정이었다.

하지만 좁아지는 벽으로 몰리면서도 그녀가 끽끽거리며 날카로운 소리로 웃어 대는 바람에 벤은 속으로 움찔했다. 흡사 도자기로 된 싱크대 위를 포크로 긁을 때 나는 소리 같았다.

'이 지경에서도 웃다니! 행동반경이 점점 줄어드는데도!'

잠시 후 눈앞에서 그녀의 몸이 길게 늘어나면서 반투명해지는 듯이 보였다. 한순간 그는 그녀가 아직 거기에서 자기를 비웃고 있다고 생각하고 있었는데, 다음 순간 바깥 가로등의 하얀 불빛이 맨 벽을 비추고 있었다. 그리고 그의 신경 말단에는, 그녀가 연기처럼 바로 벽에 난 구멍 사이로 스며들어 갔다는 희미한 감각만 남아 있었다.

그녀는 사라진 것이다.

그리고 지미는 비명을 지르고 있었다.

그는 형광등을 켜고 지미를 돌아보았지만, 지미는 양손으로 목덜미를 잡은 채 일어서 있었다. 그의 손가락들은 진홍색으로 번뜩이고 있었다.

"그 여자가 나를 물었어. 맙소사, 나를 깨물었다고!"

지미가 울부짖었다.

벤이 다가가 그를 끌어안으려 했지만 지미가 밀쳐 냈다. 그는 미친 듯이 눈알을 굴렸다.

"나를 만지지 마시오. 난 오염되었다고."

"지미……."

"내 가방을 주시오. 맙소사, 벤. 몸 안에서 그것을 느낄 수 있소. 그것이 몸속을 돌아다니는 것을 느낄 수 있다고. 제발, 내 가방 좀 달라니까!"

가방은 구석에 있었다. 벤이 가방을 가져오자 지미가 그것을 낚아챘다. 그러고는 장의사용 작업대로 가서 그 위에 가방을 얹었다. 그의 얼굴은 몹시 창백했으며 땀으로 번들거렸다. 그의 목덜미에 찢어진 상처에서는 피가 맥박 치듯 마구 쏟아져 나왔다. 그는 작업대에 앉아 가방을 열고 마구 뒤적거렸다. 벌어진 입으로는 헐떡거리며 숨을 내뱉었는데, 마치 끙끙거리는 소리처럼 들렸다.

"그녀가 나를 깨물었어." 그가 가방 속을 들여다보며 중얼거렸다. "그 입…… 오, 맙소사, 그 더러운 입으로……."

그는 가방에서 살균제가 든 병을 꺼내 뚜껑을 타일 바닥에 팽개쳤다. 그러고는 한 팔로 몸을 지탱한 채 상체를 뒤로 젖히고 병을 거꾸로 목에 부었다. 살균제가 상처와 슬랙스, 작업대 위로 쏟아졌다. 씻긴 피는 가느다란 줄기를 이루었다. 그는 눈을 감고 비명을 지르더니, 곧 이어서 한 번 더 소리를 질렀다. 하지만 그의 손에 들린 병은 흔들리지 않았다.

"지미, 내가……."

"잠깐만." 지미가 중얼거렸다. "잠깐 기다리시오. 이제 좀 나은 것 같소. 그저 잠깐만 기다려요……."

그가 집어던진 병은 바닥에서 산산조각이 났다. 더러운 피가 말끔히 씻겨 나가서 이제는 상처가 또렷이 보였다. 벤은 상처가 한 군데가 아니라 두 군데라는 것을 알았다. 목의 경정맥 부위에서 멀지 않은 곳에 구멍 난 상처가 있었는데, 그 가운데 하나는 무참하게 찢어져 있었다.

지미는 가방에서 앰풀 약병과 주사기를 꺼냈다. 그는 주사 바늘 뚜껑을 벗겨 앰풀에 꽂았다. 손이 너무 떨려서 두 번이나 바늘을 꽂아야 했다. 주사기를 약으로 가득 채운 그는 그것을 벤에게 내밀었다.

"파상풍 약이오. 주사를 놔 줘요. 여기에다."

그는 겨드랑이가 잘 보이도록 내민 팔을 돌렸다.

"지미, 이걸 주사하면 기절하고 말 거요."

"아니, 그렇지 않아요. 어서 놔 줘요."

벤은 주사기를 든 채 묻는 눈길로 지미의 눈을 쳐다보았다. 지미가 고개를 끄덕였다. 벤은 바늘을 꽂았다.

지미의 몸이 스프링처럼 팽팽해졌다. 한순간 그는 통증으로 뻣뻣해지면서 힘줄 하나하나가 불거져 나왔다. 이윽고 지미는 조금씩 긴장을 풀기 시작했다. 긴장이 풀리는 데 대한 반응으로 그의 몸이 떨렸다. 그의 얼굴에는 눈물과 땀이 뒤범벅이 된 채 흘러내렸다.

"내게 십자가를 대 봐요. 내게 아직 더러운 기운이 남아 있다면 그것이…… 내게 뭔가를 할 테니까."

"정말 그럴 거라고 생각하오?"

"그럴 거요. 당신이 그 여자를 쫓아가는 것을 보고 나는 '당신'을 뒤쫓고 싶었소. 가엾게도 정말 그랬소. 그리고 그 십자가를 본 순간…… 토하고 싶어졌었소."

벤이 그의 목에 십자가를 갖다 대었다. 아무 일도 일어나지 않았다. 십자가에서 나오던 빛도(그것이 정말 빛을 뿜었다 하더라도) 지금은 완전히 꺼져 있었다. 벤은 십자가를 치웠다.

"됐소. 이제 우리가 할 수 있는 일은 다한 것 같군." 지미가 말했다. 그는 다시 가방을 뒤져 알약 두 개가 들어 있는 봉지를 꺼내더니 입 속에 넣고 깨물었다. "모르핀이오. 대단한 발명품이지. 다행히 그…… 일이 일어나기 전에 화장실에 다녀왔었소. 오줌을 지린 것 같은데 아마 여섯 방울쯤 될 거요. 내 목에 붕대를 감아 줄 수 있겠소?"

"그럴 수 있을 것 같소." 벤이 말했다.

지미가 그에게 가제와 반창고, 그리고 의료용 가위를 건네주었다. 붕대를 감기 위해 허리를 굽히던 벤은 상처 주위의 피부가 보기 흉하게 굳어 버린 붉은색을 띠고 있다는 것을 알았다. 붕대를 상처에 대고 살짝 누르자 지미가 움찔했다.

"아까 몇 분간 나는 내가 미쳐 버린 줄 알았소. 진짜로, 의학적으로 미치는 것 말이오. 그 여자의 입술이 닿고…… 나를 깨물 때……." 지미가 침을 삼키자 목에 굴곡이 생겼다. "그 여자가 나를 깨무는데, 그것이 기분이 좋았다오, 벤. 그것이 무엇보다 끔찍한 일이오. 실제로 발기까지 했었소. 믿어지오? 만약 당신이 그녀를 떼어 내지 않았더라면, 어쩌면…… 그녀에게 몸을 맡기고……."

"신경 쓸 것 없소."

벤이 말했다.

"그런데 하기 싫은 일 한 가지가 더 남았소."

"뭐 말이오?"

"여기, 잠깐 나를 좀 봐요."

벤은 붕대를 다 감은 다음 뒤로 약간 물러나서 지미를 쳐다보았다.

"뭐……."

다음 순간 갑자기 지미가 그를 후려쳤다. 머릿속에서 별이 날아올랐다. 그는 비틀거리며 뒤로 세 발짝 물러나다 엉덩방아를 찧었다. 벤은 고개를 저었다. 지미가 작업대에서 조심스럽게 내려와 그에게 다가오는 것이 보였다. 그는 허겁지겁 십자가를 움켜잡았다. 바로 이것이 오 헨리식 결말이로군, 이런 바보 멍청이 같으니라고…….

"괜찮소?" 지미가 그에게 물었다. "미안하오. 하지만 내가 때릴 거라는 것을 모르는 편이 좀 쉬울 것 같았소."

"대체 무엇 때문에……."

지미가 그의 옆 바닥에 주저앉았다.

"이제부터 우리가 꾸며 낸 얘기를 해 주겠소. 형편없는 얘기지만 모리 그린이 우리 얘기를 뒷받침해 줄 거요. 그러면 나는 진료를 계속할 수 있고, 우리 두 사람 모두 감옥이나 정신병원 같은 곳에 가지 않아도 될 거요. 그리고 이 시점에서 나는 그런 일 따위는 별로 걱정하지 않소. 언젠가는 이런 것들(당신이 뭐라고 부르고 싶어 하든 간에)로부터 풀려나게 될 일이 더 큰 문제니까 말이오. 내 말을 이해하겠소?"

"취지는 알겠소."

벤이 말했다. 그는 턱을 만지다가 움찔했다. 왼쪽 턱에 혹이 나 있었기 때문이다.

"내가 글릭 부인을 조사하고 있는데 누군가가 우리 일에 끼어들었소. 그자는 당신을 때려눕힌 다음 나를 두들겨 팼소. 이렇게 싸우는 동안 그자가 내게서 빠져나가려고 나를 깨물었소. 그것이 우리가 기억하는 것 전부요. 그게 전부란 말이오. 알겠소?"

벤이 고개를 끄덕였다.

"그자는 어두운 색의 해군 상사 제복 차림이었소. 아니 어쩌면 청색 혹은 까만색일지도 모르오. 그리고 녹색이 아니면 회색 편물 모자를 썼고 말이오. 그것이 당신이 본 전부요. 알겠소?"

"의사 노릇을 그만두고 글쟁이로 나설 생각을 해 본 적이 있소?"

그 말에 지미가 미소를 지었다.

"내가 창의력을 발휘하는 것은 극단적으로 나만의 이익을 추구할 때뿐이오. 내가 한 이야기를 기억할 수 있겠소?"

"알겠소. 그런데 그 얘기가 당신 생각만큼 그렇게 형편없지는 않은 것 같군. 어쨌든 최근에 사라진 시체가 그 여자만은 아니니까."

"사람들이 나머지 얘기를 보완해 주기를 바랄 뿐이오. 하지만 군 보안관은 파킨스 길레스피가 생각하는 것 이상으로 유능한 친구요. 우린 조심해야만 할 거요. 그 얘기에 뭐든 덧붙이려고 하지는 말아요."

"관청에 있는 누구라도 이 모든 사건에서 패턴을 알아볼 사람이 있을 것 같소?"

지미는 고개를 저었다.

"세상에서 그럴 사람은 없을 거요. 우리는 어떻게든 우리 힘으로 이 일을 모색해 봐야 할 거요. 그리고 지금 이 순간부터 우리가 범죄자가 되었다는 사실을 잊어서는 안 되오."

잠시 후 그는 전화기로 가서 모리 그린과 군 보안관인 호머 맥캐슬린에게 전화를 걸었다.

벤이 하숙집으로 돌아온 것은 자정에서 15분쯤 지난 시각이었다. 그는 아무도 없는 아래층 주방에서 커피를 끓였다. 그는 천천히 커피를 마시며, 높다란 바위 턱에서 굴러 떨어질 위기를 겨우 모면한 사람다운 집중력으로 그날 밤에 있었던 일들을 하나하나 검토해 보았다.

군 보안관은 키가 크고 머리가 벗겨진 사람이었다. 그는 담배를 씹었다. 동작은 느렸지만 상대를 관찰하는 두 눈은 날카롭게 빛났다. 그는 바지 뒷주머니에 사슬로 연결된 쭈글쭈글하고 엄청나게 큰 노트와, 녹색 모직 조끼 안에서 굵직하고 오래된 볼펜을 꺼냈다. 그는 부관 두 사람이 지문을 채취하고 사진을 찍는 동안 벤과 지미를 심문했다. 모리 그린은 이따금씩 지미에게 어리둥절한 눈길을 보내면서 사람들 뒤쪽에 조용히 서 있었다.

무엇 때문에 그린 장의사에 오게 됐는가?

지미가 그 질문을 받아서, 뇌염 운운하는 이야기를 암송하듯 말해 주었다.

리어든 박사는 이 일을 알고 있나?

아마 그렇지 않을 것이다. 지미는 그 일을 누구에게 말하기 전에 조용히 확인하는 쪽이 상책이라고 여겼다. 리어든 박사는 이따금 지나치게 입이 가벼운 편이다.

이 뇌염인지 뭔지는 대체 무슨 소린가? 그 여자가 뇌염에 걸렸나?

아니, 뇌염이 아닐 가능성이 높다. 그는 해군 상사 제복을 입은 사내가 뛰어들기 전에 검사를 마친 상태였다. 그(지미)는 그 여자가 어떻게 죽은 것인지는 말하고 싶지도 않고 말할 수도 없지만, 뇌염 때문이 아닌 것만은 분명하다.

그 친구에 대해 설명해 줄 수 있겠나?

두 사람은 자신들이 짜 맞춘 대로 대답해 주었다. 벤은 그들 두 사람의 이야기가 너무 똑같이 들리지 않도록 갈색 작업화를 추가했다.

맥캐슬린은 몇 가지를 더 물어보았으며, 벤이 자신들은 이제 이 일에서 무사히 빠져나오게 되었다고 느끼는 순간 맥캐슬린이 고개를 돌리고 그에게 이렇게 물었다.

"그런데 당신은 여기에 무슨 볼일이 있소, 미어스 씨? 당신은 의사가 아니잖소?"

경계심을 늦추지 않은 두 눈이 부드럽게 반짝이고 있었다. 지미가 대신 대답할 셈으로 입을 열었으나 보안관이 손가락으로 그를 제지했다.

맥캐슬린이 급습한 목적이 벤을 놀라게 해서 뭔가 거리끼는 표정이나 몸짓을 유도하기 위한 것이었다면 그 일은 실패로 끝났다. 그는 감정적으로 너무 지쳐 있었으므로 별다른 반응을 보일 수도 없었다. 허위 진술로 체포된다는 것쯤은 좀 전에 일어났던 일에 비하면 아무것도 아닌 것처럼 여겨졌다.

"나는 의사가 아니라 작가요. 지금 소설을 쓰고 있소. 현재는 부차적인 등장인물 가운데 장의사 아들이 나오는 소설을 쓰고 있소. 그래서 그저 장의사 안쪽을 구경 삼아 보고 싶었소. 내가 지미를 이곳까지 태워 왔소. 지미가 먼저 자신의 일이 외부에 누설되지 않았으면 좋겠다고 한 것이고, 내가 먼저 태워 주겠다고 한 것은 아니오." 그는 조그맣게 혹이 나 있는 턱을 쓸었다. "그런데 기대 이상의 소득이 있었던 것 같소."

맥캐슬린은 벤의 대답에 만족한 것도, 그렇다고 실망한 것도 아닌 듯이 보였다.

"내가 보기에도 그런 것 같구려. 당신이 『콘웨이의 딸』을 쓴 그 사람이 맞소?"

"그렇소."

"집사람이 어느 여성 잡지에서 소설 일부를 읽어 보았다고 했소. 아마 《코스모폴리탄》지였던 것 같소. 그걸 보고 엄청 웃더군. 나도 잠깐 보았는데 마약에 절은 여자 애 얘기가 뭐가 재미있다는 건지 알 수 없었소."

"그래요." 벤이 맥캐슬린의 눈을 똑바로 보면서 말했다. "나도 그것이 재미있다고는 생각지 않소."

"사람들 말이 당신이 지금 쓴다는 그 새 책이 이 마을에 관한 거라고 하던데?"

"그렇소."

"그렇다면 여기 모리 그린에게 한번 읽히는 게 좋을 거요. 장의사 부분을 제대로 썼는지 봐 달라고 말이오."

"그 부분은 아직 쓰지 않았소. 난 언제나 쓰기 전에 먼저 자료

조사를 한다오. 그 편이 더 쉽거든."

맥캐슬린이 의아하다는 듯 고개를 저었다.

"그런데 말이오, 당신들 이야기는 왠지 후 맨추 시리즈^{영국 작가 색스} 로머의 범죄소설 시리즈 냄새가 나오. 누군가 이곳에 침입해서 힘센 두 남자를 제압하고 알지 못할 이유로 사망한 불쌍한 여인의 시신을 들고 사라졌다니 말이오."

"이봐요, 호머……."

지미가 입을 열었다.

"나를 호머라고 부르지 마시오. 난 그 이름이 싫소. 어느 하나 마음에 드는 구석이 없단 말이오. 그런데 이 뇌염인가 하는 것은 옮는 병이 아니오?"

"그렇소, 전염성이 있소."

지미가 경계하는 어조로 대꾸했다.

"그런데도 이 작가 양반을 데리고 왔단 말이오? 그 여자가 그런 병에 걸렸을지 모른다는 사실을 알면서도?"

지미는 어깨를 으쓱해 보이더니 화난 표정을 지으며 말했다.

"난 당신의 전문적인 판단에 대해서는 묻지 않소, 보안관. 그러니 당신도 내 판단을 인정해 줘야 할 거요. 뇌염은 인간의 혈액 속에서 아주 느리게 형성되는 극히 낮은 등급의 전염병이오. 우리 둘 다에게 별다른 위험이 있을 것이라고는 생각지 않았소. 그런데 당신은 이제 글릭 부인의 시체를 끌고 간 범인을 색출하는데 신경을 쓰는 게 좋지 않겠소? 후 맨추든 아니든 말이오. 아니면 우리를 심문하는 일이 재미있기라도 한 거요?"

맥캐슬린은 결코 작지 않은 뱃속 깊은 곳으로부터 나오는 한숨을 내쉬고는 노트를 덮더니 다시 뒷주머니 깊숙이 집어넣었다.

"뭐, 사방에 알아는 볼 거요, 지미. 그 미치광이가 다시 나타나기 전에는 별다른 소득이 있을 것 같지 않지만 말이오. 그런 미치광이가 정말 있는지도 의심스럽고."

지미가 눈썹을 치켜세웠다.

"당신들은 내게 거짓말을 하고 있소." 맥캐슬린이 참을성 있게 말했다. "그건 나도 알고, 여기 있는 부관들도 알고, 아마 모리 그린도 알고 있을 거요. 내가 모르는 것은 어느 정도까지가 거짓말인지, 약간인지 많은지 하는 것인데, 당신들 두 사람이 똑같은 얘기를 고집하는 한 그것이 거짓말이라는 사실을 입증할 수 없다는 것도 알고 있소. 두 사람을 유치장에 넣을 수도 있지만 규정상 전화 한 통화씩을 하게 해 주어야 할 테고, 그러면 법대를 갓 나온 풋내기라도 기껏해야 혐의가 불확실하다고 할 수밖에 없다는 당신들을 쉽사리 꺼내 줄 수 있을 거요. 게다가 당신들의 변호사는 법대를 갓 나오지도 않았을 거고, 안 그렇소?"

"물론 그렇소." 지미가 대꾸했다.

"그래도 나는 당신들을 불편한 곳에 박아 두고 싶지만, 단지 당신들이 뭔가 불법적인 일을 했기 때문에 거짓말을 하고 있는 것은 아니라는 감이 있소." 그는 작업대 옆에 놓인 스테인리스 스틸 휴지통 발판을 발로 꾹 밟았다. 뚜껑이 벌컥 열리자 맥캐슬린은 그 속에다 갈색 담배 즙을 탁 뱉었다. 그것을 본 모리 그린이 화들짝 놀랐다. "그런데 두 사람 가운데 혹시 이야기를 좀 수정할 생각이 있는 사람은 없소?" 그가 조용히 물었다. 그의 어조에서는 시골뜨기 특유의 비음이 사라져 있었다. "이건 심각한 일이오.

이 마을에서 네 명이 죽었는데 시체 네 구가 모두 사라졌소. 대체 무슨 일이 일어나고 있는 것인지 알고 싶단 말이오."

"우린 알고 있는 것을 모두 얘기했소." 지미가 조용하면서도 단호한 목소리로 말했다. 그는 맥캐슬린을 똑바로 쳐다보았다. "더 이상 할 말이 있다면 그렇게 하겠소."

맥캐슬린이 여전히 날카로운 눈길로 지미를 쳐다보며 말했다.

"당신은 몹시 놀란 것처럼 보이오. 당신도 그렇고 이 작가 양반도 그렇고. 두 사람 모두 한국전쟁 때 전선에서 귀환한 병사들처럼 보인단 말이오."

부관들이 그들을 보고 있었다. 하지만 벤과 지미는 아무 대꾸도 하지 않았다.

맥캐슬린이 다시 한숨을 쉬었다.

"자, 여기서 나가시오. 두 사람 모두 내일 아침 10시까지 내 사무실에 와서 진술서를 작성해 주기 바라오. 10시까지 오지 않으면 순찰차를 보내서라도 데려올 거요."

"그럴 필요까지는 없을 거요." 벤이 말했다.

맥캐슬린이 울적한 눈길로 벤을 바라보며 고개를 저었다.

"당신은 좀 더 감각 있게 책을 써야 할 거요. 저 트래비스 맥기 시리즈존 맥도널드의 스릴러 시리즈를 쓴 친구처럼 말이오. 그 정도는 돼야 이빨이 들어가지 않겠소?"

벤은 식탁에서 일어나 싱크대에서 커피 잔을 씻다 말고 창밖의 칠흑 같은 어둠을 내다보았다. 오늘 밤 누가 저 어둠 속을 돌아다닐까? 마침내 아들과 재회한 마조리 글릭? 마이크 라이어슨? 플로이드 티비츠? 칼 포어맨?

그는 몸을 돌려 위층으로 올라갔다. 그날 밤 벤은 책상 스탠드를 켜 두고, 글릭 부인을 사라지게 만들었던 압설자로 만든 십자가를 오른손 옆에 놓은 채 잠을 잤다. 그가 잠들기 전 마지막으로 한 생각은 수잔이 괜찮은지, 무사한지 하는 것이었다.

마크

멀리서 나뭇가지 부러지는 소리가 처음 들려왔을 때 그는 커다란 가문비나무 줄기 뒤로 몸을 감추고 어떤 사람이 나타날지 보려고 기다렸다. '그들'은 대낮에 밖으로 나올 수는 없었지만, 그렇다고 해서 '그들'이 자기들 수중에 들어온 대상을 공격하지 못한다는 의미는 아니었다. 그들에게 미끼를 던지는 것도 한 가지 방법이지만, 그것이 유일한 방법은 아니었다. 마크는 읍내에서 스트레이커를 본 적이 있는데, 그의 두 눈은 흡사 바위 위에 앉아 일광욕을 즐기는 두꺼비의 눈 같았다. 그는 미소를 지으면서 아기의 팔을 부러뜨릴 수도 있는 사람처럼 보였다.

마크는 웃옷 주머니에 들어 있는 아버지의 묵직한 사격용 권총을 만져 보았다. '그들'에게는 총알도 소용이 없었지만(은색 총알이 아니라면) 두 눈 사이를 맞춘다면 스트레이커를 잡을 수 있을 것이다.

한순간 아래로 향하던 그의 눈에 낡은 타월 천에 싸서 나무에 기대 놓은 원통형 모양의 물체가 보였다. 집 뒤쪽에는, 7월과 8월에 그와 아버지가 매컬로치 동력 톱으로 난로에 넣기 좋은 길이로 잘라 놓은 노랑 물푸레나무 장작이 반 코드 코드는 장작의 부피 단위이며, 128세제곱 피트 쌓여 있었다. 헨리 페트리는 정확한 사람이었으며, 마크는 장작 하나하나가 90센티미터에서 약 2.5센티미터가 빠지는 길이라는 것을 알고 있었다. 그의 아버지는 가을 다음에 겨울이 온다는 것을 아는 것만큼이나 확실하게 장작의 적당한 길이와, 거실 벽난로에서 노랑 물푸레나무가 다른 나무보다 더 오래, 그리고 연기 없이 잘 탄다는 사실도 알고 있었다.

헨리 페트리의 아들은 다른 많은 것들에 대해서 알고 있었지만, 무엇보다도 물푸레나무가 '그자'와 같은 자들(것들)에게 안성맞춤이라는 사실도 알고 있었다. 오늘 아침 어머니와 아버지가 일요 탐조 여행을 나선 동안 마크는 장작 하나를 가져다 보이 스카우트용 자귀를 이용해서 한쪽 끝을 뾰족하게 깎았다. 모양이 좀 어설프기는 했지만 제 기능은 할 터였다.

그 순간 무슨 색깔인가가 힐끗 보이자 마크는 나무에 바짝 붙은 채 나무껍질 밖으로 한쪽 눈만 내놓고 지켜보았다. 다음 순간 그는 언덕을 올라오는 사람을 처음으로 또렷하게 볼 수 있었다. 여자였다. 그는 실망과 함께 안도감을 느꼈다. 악마의 추종자하고는 거리가 먼 인물이었다. 노튼 씨의 딸이었던 것이다.

마크는 다시 시선을 집중시켰다. 그녀도 막대기를 하나 들고 있었다. 점점 가까이 다가오는 그녀를 본 그는 폭소를 터뜨리고 싶었다. 그녀가 들고 있는 것이 방설용 울타리 말뚝이었기 때문이다. 그런 것은 가정용 망치로 두 번만 휘둘러도 두 조각이 나고 말 것이다.

그녀는 이제 마크가 있는 나무 오른쪽을 지나갈 참이었다. 그녀가 점점 다가오자 그는 자칫 조그만 나뭇가지라도 부러뜨려서 자기가 그곳에 있다는 사실이 드러나지 않도록 조심스럽게 나무의 왼쪽으로 자리를 옮겼다. 이윽고 다가오는 그녀에 맞춰 더 이상 자리를 옮기지 않아도 되자, 이제는 나무숲이 터진 사이로 언덕을 올라가는 그녀의 등이 보였다. 그녀가 아주 조심하고 있다는 것은 그도 인정할 수 있었다. 그것은 잘하는 일이었다. 말도 안 되는 울타리 말뚝을 들고 있기는 했어도 그녀는 자신이 지금 무슨 일에 뛰어들고 있는지 잘 알고 있었다. 그래도 좀 더 나아가면 문제가 생길 것이다. 왜냐하면 스트레이커가 집에 있었기 때문이다. 12시 30분부터 이곳에 있었던 마크는 스트레이커가 진입로로 나와 길 아래를 내려다보고는 다시 집 안으로 들어가는 것을 보았다. 마크는 이 아가씨가 말썽을 일으켜 평형이 깨지게 될 경우 자신은 어떻게 할 것인지 미리 생각해 놓으려고 애썼다.

어쩌면 그녀에게 아무 일도 일어나지 않을지 몰랐다. 그녀는 덤불 가리개 뒤쪽에서 걸음을 멈추고 몸을 웅크린 채 집 쪽을 보고 있기만 했다. 마크는 머릿속으로 상황을 뒤집어 생각해 보았다. 그녀는 분명히 알고 있었다. 얼마나 알고 있느냐는 중요하지 않았다. 만약 그녀가 몰랐다면 저 보잘것없는 막대기라도 들고 오지 않았을 것이다. 그는 그녀에게 가서 스트레이커가 집에 있으니 조심하라고 주의를 줘야 하지 않을까 생각했다. 그녀는 총도 갖고 있지 않을 것이다. 지금 자신이 갖고 있는 조그만 총 같은 것이라도 말이다. 마크가, 그녀가 놀라 비명을 지르지 않도록 자신의 존재를 알릴 방법을 궁리하고 있을 때 갑자기 스트레이커의 자동차에 시동이 걸리며 요란한 소리를 냈다. 그녀는 화들짝 놀란 시늉을 했다. 처음에 그는 그녀가 그 자리를 박차고 나무숲 사이를 헤치면서, 150킬로미터 밖까지 그녀의 존재를 알리며 달아날까 봐 겁을 냈다. 그러나 다음 순간 그녀는 다시, 마치 금방 꺼지기라도 할 것처럼 땅바닥을 그러쥔 채 몸을 납작하게 웅크렸다. 좀 멍청할지는 몰라도 배짱은 있는 모양이라고 마크는 생각했다.

스트레이커의 차가 진입로 아래로 후진을 하더니(그녀가 있는 자리에서는 훨씬 잘 보였을 텐데, 마크의 눈에는 패커드의 까만 지붕만 보였다.) 잠시 머뭇대다가 마을을 향해 도로 아래쪽으로 내려갔다.

마크는 두 사람이 한 팀이 되는 것이 낫겠다고 판단했다. 저 집에 혼자 다가가지 않을 수만 있다면 어떤 일이라도 괜찮을 것 같았다. 그는 이미 그 집을 에워싸고 있는 유해한 분위기를 느끼고 있었다. 반 마일쯤 떨어진 곳에서 처음 느꼈던 그 분위기는 가까워질수록 농도가 더욱 짙어졌다.

이제 그는 낙엽이 깔린 경사로를 재빨리 달려가 그녀의 어깨에 한 손을 갖다 댔다. 그는 그녀의 몸이 긴장하는 것을 느꼈다. 그러고는 그녀가 이제 비명을 지를 것이라는 생각이 들자 이렇게 말했다.

"소리 지르지 말아요. 괜찮아요. 나라고요."

그녀는 비명을 지르지 않았다. 겁에 잔뜩 질린 채 숨만 내뱉었을 뿐이다. 그녀가 고개를 돌려 창백한 얼굴로 그를 쳐다보았다.

"나…… 나라니, 그게 누구……?"

그가 그녀 옆에 앉았다.

"내 이름은 마크 페트리예요. 난 누나가 누군지 알아요. 수잔 노튼이죠. 우리 아빠가 누나 아빠를 잘 알아요."

"페트리?…… 헨리 페트리 말이니?"

"네, 그게 아버지 이름이죠."

"대체 여기서 뭘 하고 있는 거니?"

그녀는 그 애가 눈앞에 실제로 존재한다는 사실을 도무지 납득할 수 없다는 듯 계속해서 훑어보았다.

"누나와 마찬가지죠. 하지만 그 막대기는 쓸모가 없을 거예요. 그건 너무……." 마크는 그 막대기의 모양과 정의에 자신이 생각한 단어를 맞춰 보았으나 어울리지가 않았다. "너무 약해요."

그 말에 자신의 방설용 울타리 말뚝을 내려다본 그녀는 얼굴을 붉혔다.

"아, 이거. 숲에서 발견한 건데…… 누가 여기에 발이라도 걸려 넘어지면 안 되니까 그저……."

마크는 어른들이 아이들에게 곧잘 늘어놓는 어설픈 거짓말을 중간에서 끊었다.

"누나는 흡혈귀를 죽이러 온 거죠, 안 그래요?"

"어째서 그런 생각을 하게 된 거니? 흡혈귀니 뭐니 하는 것 말이야."

마크가 정색을 하고 말했다.

"어젯밤 흡혈귀 하나가 나를 덮치려고 했죠. 하마터면 당할 뻔했다고요."

"말도 안 돼. 너처럼 큰 애가 그런 말을 꾸며 내다니……."

"대니 글릭이었어요."

그녀는 그 애가 흡사 말을 한 것이 아니라 주먹질이라도 한 것처럼 움찔했다. 그녀의 눈에도 주춤하는 빛이 어렸다. 수잔은 손을 내밀어 더듬더듬 그 애의 팔을 잡았다.

"너, 지금 이 이야기를 꾸며 내고 있는 거지, 마크?"

"아뇨."

그런 다음 그는 자신이 겪은 이야기를 짤막한 몇 마디 문장으로 설명해 주었다.

"그런데 이곳에 혼자 왔다는 거야?" 그 애가 말을 마치자 수잔이 말했다. "흡혈귀가 있다는 사실을 믿으면서도 이곳에 혼자 올라온 거야?"

"믿는다고요?" 마크는 어리둥절한 표정을 감추지 않고 그녀를 쳐다보았다. "물론 믿고말고요. 내 눈으로 보았으니까요, 안 그래요?"

그 말에 아무 대답도 없었다. 수잔은 문득 무턱대고 처음부터, 매튜의 이야기와 벤이 임시로 가정한 사실에 의심(아니, 의심이라는 말은 지나치게 유순한 표현이다.)을 품었던 자신이 부끄러웠다.

"누나는 어떻게 이곳에 오게 되었죠?"

그녀는 잠시 망설이다가 이렇게 말했다.

"마을 사람 중에, 저 집에 아무도 본 적이 없는 누군가가 있을 거라고 생각하는 사람들이 있단다. 그 사람은 어…… 어쩌면……."

그녀는 여전히 그 단어를 입 밖에 낼 수 없었지만, 마크는 알겠다는 듯 고개를 끄덕였다. 만난 지 잠깐밖에 되지 않았지만 그 애는 아주 특별한 아이처럼 보였다.

그 말에 덧붙일 수도 있는 많은 말을 빼놓은 채 수잔은 그저 이렇게 말했다.

"그래서 한번 여기 와서 알아보려고 했어."

마크가 말뚝 쪽을 고갯짓으로 가리키며 말했다.

"그리고 그것은 그자의 가슴에 박을 생각으로 가져온 거예요?"

"내가 정말 그럴 수 있을지는 모르겠다."

"난 할 수 있어요." 마크가 침착하게 말했다. "어젯밤에 그것을 보고 난 뒤로 말이에요. 대니는 마치 커다란 파리처럼 내 방 창문에 달라붙어 있었죠. 그 애의 이빨은……." 그 애는 마치 사업가가 파산한 고객을 잊어버릴 때 그렇듯 악몽을 떨쳐 내기 위해 고개를 저었다.

"네 부모님도 네가 여기 있다는 것을 알고 계시니?"

수잔이 그렇지 않다는 것을 알면서도 물어보았다.

"아뇨." 마크가 사실대로 이야기했다. "일요일은 부모님의 자연 학습일이죠. 두 분은 오전에는 새를 관찰하고, 오후에도 다른 몇 가지 일이 있어 나가셨어요. 어떤 때는 나도 따라가기도 하고, 어떤 때는 가지 않기도 해요. 오늘 두 분은 차를 타고 해안 쪽으로 가셨어요."

"넌 대단한 아이 같구나."

"아니, 그렇지 않아요." 그 애의 침착한 태도는 칭찬을 듣고도 흔들림이 없었다. "하지만 '그자'를 없앨 작정이에요."

그러면서 마크는 저택 쪽을 쳐다보았다.

"넌 정말……?"

"그래요. 그건 누나도 마찬가지잖아요. 누나도 그자가 얼마나 나쁜지 느낌이 있죠? 저 집은 그냥 쳐다보기만 해도 두려움을 주지 않아요?"

"그래."

그녀는 그 애와 입씨름을 피하기 위해서 그저 그렇게 대꾸했다. 그 애의 논리는 신경 말단부의 논리였으며, 벤이나 매튜의 논리와는 달리 꺾을 수 없는 것이었다.

"어떻게 그 일을 할 거지?"

그러면서 그녀는 자동적으로 마크에게 이 모험의 주도권을 넘겨주고 있었다.

"그저 저곳으로 가서 안으로 들어가요. 그자를 찾아서 심장에 말뚝을(내가 가져온 말뚝을) 박은 다음 다시 나오는 거예요. 그자는 아마 지하실에 있을 거예요. 그들은 어두운 장소를 좋아하니까. 손전등은 가져왔나요?"

"아니."

"이런, 나도 가져오지 않았는데." 마크는 잠시 운동화 신은 발로 낙엽 속을 이리저리 헤집었다. "십자가도 가져오지 않았을 테죠?"

"아니, 십자가는 가져왔어."

수잔이 블라우스 밖으로 목걸이 사슬을 꺼내 보여 주었다. 마크가 고개를 끄덕이더니 자기 셔츠에서도 사슬을 꺼내 보여 주었다.

"부모님이 외출에서 돌아오시기 전에 이걸 돌려놓아야 하는데 말이죠." 마크가 침울한 어조로 말했다. "엄마의 보석 상자에서 이것을 훔쳤거든요. 엄마가 그 사실을 알면 호되게 야단치실 거예요." 그는 주위를 둘러보았다. 두 사람이 말을 하는 사이에 그림자들이 훨씬 길어졌는데, 두 사람 모두 이 일을 좀 더 지체하고 싶은 충동을 느꼈다.

"그자를 발견하더라도 눈을 똑바로 보지 마세요." 마크가 수잔에게 말했다. "어두워지기 전에는 관에서 나오지 못하지만 눈으로 누나를 옭아맬 수도 있으니까요. 혹시 성경 구절 같은 거, 외우고 있는 부분이 있나요?"

두 사람은 숲과, 사람 손이 닿지 않은 마스튼 저택의 잔디밭 사이를 걸어가기 시작했다.

"주기도문이라면……."

"그럼 됐어요. 나도 주기도문은 알고 있어요. 내가 말뚝을 박는 동안 우리 둘 다 주기도문을 외우기로 해요."

마크는 혐오감과 함께 반쯤 기가 꺾여 보이는 수잔의 표정을 보고 그녀의 손을 꼭 잡아 주었다. 그 애의 침착한 행동은 당황스러울 정도였다.

"누나, 우리는 이 일을 꼭 해내야 해요. 단언하지만 그자는 어젯밤 마을 절반을 손에 넣었을 거예요. 우리가 꾸물거리면 그자가 마을을 몽땅 집어삼키고 말 거예요. 이제 그 일에 속도가 붙게 될 거라고요."

"어젯밤에?"

"꿈에서 그걸 보았어요." 마크가 말했다. 그 애의 목소리는 여전히 침착했으나 눈빛은 어두웠다. "그자들이 집집마다 찾아다니고 전화를 걸며, 안으로 들여보내 달라고 사정하는 꿈이었어요. 그중에는 마음속 깊은 곳에서 그 일이 무엇을 의미하는지 아는 사람들도 있었지만 그런데도 그자들을 집 안으로 끌어들였죠. 그렇게 하는 편이, 그렇게 나쁜 일이 현실이라고 여기는 것보다 마음이 편했기 때문이에요."

"그건 꿈일 뿐이야."

수잔이 불안한 어조로 말했다.

"오늘 분명히 많은 사람들이 커튼이나 블라인드를 내린 채 자신들이 아마 감기나 독감에 걸린 모양이라고 생각하면서 침대에 누워 있을 거예요. 기운이 하나도 없고 머리가 어질어질하면서 말이죠. 음식도 먹고 싶어 하지 않고요. 왜냐하면 먹는다는 생각만 해도 토하고 싶으니까요."

"너는 어떻게 그렇게 많이 아는 거지?"

"괴물 잡지에서 읽은 거예요. 그리고 그럴 수 있을 때는 영화로도 보았고요. 대개는 엄마한테 월트 디즈니 영화를 보러 가는 거라고 말해야 하지만요. 그걸 모두 믿을 수는 없어요. 때로는 좀 더 잔인한 내용을 만들려고 이야기를 꾸미기도 하거든요."

그러는 사이 그들은 저택의 측면에 와 있었다. 우리는 정말 대단한 신도들이군 하고 수잔은 생각했다. 책 때문에 반쯤 정신이 나간 늙은 교사와 어린 시절 악몽에 사로잡힌 작가, 그리고 영화와 싸구려 스릴러 물에서 흡혈귀 대학원 과정을 이수한 꼬마까지. 그러는 나는 또 어떤가? 내가 그 이야기를 정말 믿는 걸까? 편집증적인 망상은 전염성이 있는 건가?

그랬다. 수잔은 그것을 믿었다.

마크가 말했듯이 이렇게 저택 가까이 다가와 보니 도저히 웃어 넘길 수가 없었다. 모든 사고 과정에는, 아니 대화하는 행위에도, 그것 자체는 언어가 아니면서도 '위험해! 위험해!' 하고 소리치는 보다 근원적인 목소리가 깔려 있었다. 맥박과 호흡은 가빠졌지만 피부는 아드레날린의 모세관 팽창 효과로 차가워졌다. 아드레날린 덕분에 스트레스를 받는 동안 혈액은 몸속 깊숙이 숨어 버리는 것이다. 그녀의 신장은 단단하고 묵직해졌다. 두 눈은 기이하리만큼 날카로워져서 저택 측면의 갈라진 모든 부분과 페인트 조각을 하나하나 살피고 있었다. 그런데 이 모든 과정을 야기한 것은 외부의 자극 때문이 아니었다. 총을 든 사람도, 으르렁대는 덩치 큰 개도, 뭔가 타는 냄새도 없었다. 오감보다 더 깊은 곳에 있는 경비원이 오랜 수면 상태에서 깨어난 것이다. 그리고 그것을 무시할 이유는 보이지 않았다.

수잔은 아래쪽 덧창 틈새를 들여다보았다.

"이런, 이 집에 손 하나 대지 않은 모양이군." 그녀가 거의 분개한 어조로 말했다. "온통 난장판이야."

"나도 보게 해 줘요. 나를 좀 올려 줘요."

그녀는 손가락을 깍지 끼어서 마크가 부서진 널빤지 틈새로 마스튼 저택의 허물어져 가는 거실을 들여다볼 수 있게 해 주었다. 그는 바닥에 두툼하게 먼지가 깔렸을 뿐(그 위로 여러 개의 발자국이 나 있었다.) 사람 하나 없는 네모난 객실과, 벗겨지고 있는 벽지, 낡은 안락의자 두세 개, 홈집이 난 탁자를 보았다. 거실의 위쪽 구석, 천장 가까이에는 거미줄이 거대한 꽃 줄을 이루고 있었다.

그녀가 미처 뭐라고 할 사이도 없이 마크는 뭉뚝하게 생긴 말뚝 끝으로 덧창을 고정시켜 놓은 고리 모양의 자물쇠를 두드리고 있었다. 녹이 슨 잠금 고리가 바닥에 떨어져 두 조각이 나면서 덧창이 1, 2인치 가량 바깥쪽으로 삐걱하며 벌어졌다.

"애! 그러면······."

그녀가 말리려고 했다.

"그럼 어떻게 하게요? 초인종이라도 누를 건가요?"

그는 오른쪽 덧창을 뒤로 죽 밀고는 먼지가 잔뜩 낀 물결무늬의 창유리를 두들겼다. 유리는 안으로 떨어지며 쨍그랑 소리를 냈다. 수잔의 가슴속에서 뜨겁고도 격한 두려움이 치밀어 오르면서 입 속에 구리처럼 쓴맛을 남겼다.

"아직 달아날 시간은 있어."

그녀가 거의 자신에게 말하듯 중얼거렸다.

마크가 그녀를 내려다보았는데, 그 애의 시선에는 경멸감 같은 것은 없었으며, 그녀만큼 커다란 두려움이 솔직하게 나타나 있었다.

"그래야 한다면 가세요."

마크가 말했다.

"아니, 그럴 일 없어." 수잔은 목구멍을 틀어막고 있던 것을 애써 삼키려 했지만 조금도 나아지지 않았다. "서둘러. 네가 점점 무거워지고 있어."

마크는 깨진 유리창 창틀에서 삐죽삐죽 튀어나온 유리 조각들을 두드린 다음 말뚝을 다른 손으로 바꿔 잡고 손을 쭉 뻗어서 창문 걸쇠를 열었다. 그가 창을 밀어 올리자 조그맣게 삐걱하는 소리가 나면서 들어갈 통로가 마련되었다.

수잔은 마크를 다시 내려놓았다. 두 사람은 한동안 말없이 창문만 바라보고 서 있었다. 이윽고 수잔이 앞으로 나서서 오른쪽 덧창을 완전히 열어젖힌 다음 몸을 끌어올리기 위한 예비 단계로 깔쭉깔쭉한 창턱을 양손으로 짚었다. 두려움이 너무 큰 나머지 그녀는 속이 울렁거렸으며, 공포감은 마치 임신이라도 한 것처럼 그녀의 뱃속에 묵직하게 자리 잡았다. 마침내 수잔은, 매튜 버크가 손님 방에서 뭐가 기다리고 있는지 알지 못한 채 위층으로 올라갈 때 기분이 어땠는지를 알 것 같았다.

그녀는 언제나 의식적으로든 무의식적으로든 두려움을 간단한 등식으로 만들곤 했었다. 즉 두려움 = 미지의 것이었다. 그리고 그 등식을 풀기 위해 문제를 간단한 대수학적인 항으로 단순화시켰다. 이를테면, 미지의 것 = 삐걱거리는 널빤지(또는 무엇이든 상관없었다.), 그리고 삐걱거리는 널빤지 = 두려워할 만한 것이 아님, 이라는 식이었다. 현대 세계에서는 이렇게 등식의 정리로 바꿔 놓기만 하면 모든 공포를 제거할 수 있었다. 물론 타당한 이유가 있는 두려움들도 있었지만(앞이 보이지 않을 정도로 눈보라가 칠 때는 운전해서는 안 되고, 으르렁거리는 개한테 손을 내밀어서도 안 되며, 알지 못하는 사내 애들과 차 안에서 어울려서는 안 된다는…… 그런데 보통 농담 삼아 뭐라고 하더라? 섹스를 하든지 말든지 결단을 내려라?), 지금까지도 이해할 수 없을 만큼 종말론적이고 사지를 마비시킬 정도로 큰 두려움이 있으리라고는 생각지 않았다. 그런데 이번 등식은 해결할 수 없었다. 걸음을 내딛는 일만으로도 영웅적인 용기가 필요했기 때문이다.

그녀는 관절과 근육을 매끄럽게 움직이며 몸을 들어 올리고 한 다리를 창턱 너머로 넘긴 다음 먼지가 쌓인 거실 바닥으로 내려서서 주위를 둘러보았다. 악취가 풍겼다. 그 냄새는 거의 눈에 보일 만큼 독기가 서린 벽에서 스며 나오고 있었다. 그녀는 그 냄새가 썩은 회반죽 냄새이거나, 혹은 부서진 윗가지 뒤쪽에 둥지를

튼 온갖 동물들의 축축한 똥냄새일 것이라고 생각하려고 애썼다. 마멋이나 생쥐들, 어쩌면 너구리도 한두 마리쯤 있을지도 몰랐다. 하지만 그것은 그런 냄새만은 아니었다. 거기에는 동물들이 풍기는 악취보다 더 깊고 좀 더 강렬한 느낌이 있었다. 그 냄새는 눈물과 구토와 암흑을 연상시켰다.

"이봐요." 마크가 나지막하게 불렀다. 그 애는 창턱 너머로 두 손을 흔들었다. "좀 도와줘요."

수잔은 창밖으로 몸을 내민 채 마크의 겨드랑이를 잡고 그 애가 창턱을 잡을 수 있을 때까지 위로 끌어올렸다. 마크는 몸을 90도로 구부렸다. 그러더니 운동화를 신은 발로 양탄자 위에 내려섰다. 저택은 다시 정적에 잠겼다.

그들은 자신들도 모르게 정적에 홀린 채 귀를 기울이고 있었다. 완벽한 정적에서 나오는, 신경 말단이 공회전하는 것 같은 희미한 윙윙거림조차 없었다. 있는 것이라고는 완전히 무감각한 고요와 그들 자신의 귀에서 피가 맥박 치는 소리뿐이었다.

물론 두 사람은 잘 알고 있었다. 거기에는 그들 두 사람만 있는 것이 아니었다.

"자, 이제 집 안을 둘러봐요."

마크는 말뚝을 단단히 움켜잡았다. 하지만 한순간 간절하게 창문 쪽으로 되돌아가고 싶다는 충동을 느꼈다.

수잔이 천천히 복도를 향해 움직이자 마크도 그 뒤를 따랐다. 바로 문 밖에 책 한 권이 놓인 조그만 탁자가 있었다. 마크가 책을 집어 들었다.

"누나, 라틴어를 알아요?"

"고등학교 때 조금 배웠지."

"이게 무슨 뜻이죠?"

그가 그녀에게 표지를 보여 주었다.

수잔이 이마를 찡그린 채 거기에 적힌 말을 발음해 보았다. 그러더니 고개를 저었다.

"모르겠어."

무심코 책을 펼치던 마크가 움찔했다. 내장을 빼낸 아이의 시신을, 보이지 않는 누군가에게로 내밀고 있는 벌거벗은 남자의 그림이 실려 있었기 때문이다. 마크는 그것을 다시 내려놓았는데 책을 손에서 놓게 된 것을 무척 다행스럽게 여기는 눈치였다.(성긴 제본 방식은 기분 나쁠 정도로 손에 익었다.) 두 사람은 나란히, 부엌으로 난 복도를 걸어갔다. 이곳은 어둠이 훨씬 짙었는데 해가 집 맞은편 쪽으로 옮아갔기 때문이다.

"누나도 저 냄새를 맡을 수 있어요?" 마크가 물었다.

"응."

"이쪽이 훨씬 심해요, 그렇죠?"

"그래."

그는 문득 엄마가 저번에 살던 집에 식품실을 마련했었던 일이, 그리고 어느 해인가는 식품실 어둑한 곳에서 토마토 세 바구니가 썩었던 일이 기억났다. 이곳에서 나는 냄새가 바로 그 냄새, 마치 토마토가 썩어 문드러질 때 나던 냄새와 비슷했던 것이다.

수잔이 나직한 목소리로 속삭이듯 말했다.

"난 무서워 죽겠어."

마크가 더듬더듬 수잔의 손을 잡아 줬었다. 두 사람은 손을 꽉 잡았다.

부엌 바닥에 깔린 리놀륨은 너무 낡아서 모래가 버적댔으며 여기저기 얽은 자국이 나 있었고, 오래된 자기 싱크대 바로 앞쪽은 닳아빠진 데다 시커멓게 변색되어 있었다. 한복판에는 흠집이 난 커다란 식탁이 놓여 있었고 그 위에는 노란 접시 하나, 나이프와 포크 한 벌, 그리고 익히지 않은 햄버그스테이크 한 조각이 있었다.

지하실 문은 조금 열려 있었다.

"우린 저기로 가야 해요." 마크가 말했다.

"맙소사."

수잔이 힘없는 어조로 말했다.

지하실 문은 겨우 틈새만큼 벌어져 있었기에 그 안으로 빛은 조금도 들어가지 못했다. 어둠의 혓바닥이, 어서 밤이 와서 통째로 집어삼킬 수 있기를 기다리면서 굶주린 듯 부엌을 핥고 있는 느낌이었다. 채 1센티미터도 안 되는 틈새 사이로 보이는 어둠은 형언할 수 없을 정도로 섬뜩했으며, 그런 어둠이 있다는 사실조차 믿어지지 않았다. 수잔은 난감한 기분으로 마크 옆에 붙어선 채 발도 떼어 놓지 못했다.

이윽고 마크가 앞으로 나서서 문을 잡아당긴 다음 잠시 그 자리에서 아래를 내려다보았다. 그 애의 턱밑 근육이 씰룩거리는 것이 그녀의 눈에 보였다.

"내 생각에는……."

마크가 입을 여는 순간 수잔은 등 뒤에서 나는 소리를 들었다. 그녀는 왠지 갑자기 모든 것이 느려진 것 같고 뭔가 너무 늦었다는 기분으로 몸을 돌렸다. 스트레이커였다. 그가 하얀 이를 드러낸 채 웃고 있었다.

몸을 돌린 마크도 스트레이커를 보자 그를 피해 달아나려고 했다. 스트레이커의 주먹이 턱에 명중한 순간 그는 의식을 잃었다.

정신을 차린 마크는 누군가 자신을 층계 위로 운반하고 있다는 것을 알았는데, 지하실 층계는 아니었다. 돌 벽에 에워싸인 느낌도 없었고, 공기에서도 그렇게까지 심한 악취가 나지 않았다. 그는 눈꺼풀을 최대한 조금만 뜨고 머리는 그대로 축 늘어뜨린 채로 가만히 있었다. 층계참 하나가 다가오고 있었다. 2층이었다. 그의 눈에 모든 것이 아주 또렷이 보였다. 아직 해는 넘어가지 않은 상태였다. 그렇다면 일말의 희망이 있었다.

층계참 위로 올라선 순간 갑자기 그를 들고 있던 팔이 없어졌다. 마크는 머리를 바닥에 부딪히며 쿵 소리와 함께 떨어졌다.

"내가 기절한 체하는 것도 모르는 줄 아시오, 도련님?"

스트레이커가 말했다. 바닥에 누운 자세에서 보니 스트레이커의 키가 3미터는 되어 보였다. 그의 반들반들한 대머리가 점점 모여드는 어스름 속에서 은은한 빛으로 반짝이고 있었다. 다음 순간 마크는 스트레이커의 어깨에 걸린 밧줄을 보고 공포에 사로잡혔다. 마크는 권총이 들어 있던 주머니를 만져 보았다.

스트레이커가 고개를 젖히며 웃음을 터뜨렸다.

"내가 실례를 무릅쓰고 총을 제거했지요, 도련님. 아이들은 그런 쓸 줄도 모르는 무서운 무기를 갖고 있으면 안 되니까…… 초대받지도 않은 젊은 숙녀를 집으로 데려와서도 안 되는 것과 마찬가지지요."

"수잔 노튼을 어떻게 했죠?"

스트레이커는 미소를 지었다.

"가고 싶어 했던 곳에 데려다 놓았지. 지하실 말이야. 좀 있다가 해가 지면 그녀가 만나려고 했던 분과 만나게 될 거야. 너도 오늘 밤 늦게나 아니면 내일 밤쯤 그분과 만나게 될 거고. 물론 그분이 어쩌면 너를 그녀에게 넘길지도 모르지. 하지만 내 생각에 그분은 너를 직접 처리하고 싶어 하실 것 같군. 그녀에겐 친구가 많이 생길 거야. 너처럼 오지랖 넓게 간섭하려던 자들도 있고 말이야."

그 순간 마크가 스트레이커의 사타구니를 향해 두 발을 힘껏 날렸으나 스트레이커는 마치 댄서처럼 유연하게 옆으로 살짝 비껴 섰다. 그와 동시에 자신의 발로 마크의 신장이 있는 부위를 힘껏 걷어찼다.

마크는 입술을 깨물며 바닥에서 몸부림을 쳤다.

스트레이커가 킬킬거리며 웃었다.

"자, 도련님. 이제 일어서시지."

"이…… 일어설 수 없어."

"그럼 기어."

스트레이커가 경멸 섞인 어투로 말했다. 그는 다시 한 번, 이번에는 허벅지 쪽 넓적한 근육을 발길로 걷어찼다. 통증은 참기 어려울 정도였지만 마크는 이를 꽉 다물었다. 그는 처음에는 무릎으로, 그러고는 두 발을 디디고 일어섰다.

그들은 맨 끝에 있는 문을 향해 복도를 따라 걸어갔다. 신장의 통증은 이제 둔탁한 아픔으로 가라앉고 있었다.

"나를 어떻게 할 생각이에요?"

"봄날 칠면조처럼 몸통을 묶을 거요, 도련님. 나중에, 내 주인님과 네가 교제를 하고 나면 자유롭게 놓아 주겠어."

"다른 사람들처럼?"

스트레이커가 미소를 지었다.

문을 열고 허버트 마스튼이 자살한 방으로 들어선 마크의 마음 속에서 뭔가 이상한 일이 일어난 것 같았다. 두려움이 아주 사라진 것은 아니었지만, 이제까지 그의 머릿속에서 나오는 생산적인 신호를 방해하던 제동장치 역할이 중단된 것 같았다. 그의 생각은 언어라든가, 엄밀히 말해서 이미지 따위가 아닌 일종의 상징으로 하는 속기처럼 놀라운 속도를 내기 시작했다. 마크는 머릿속의 전구가, 갑자기 출처를 알 수 없는 전원으로부터 엄청난 전기를 공급받기 시작한 것 같은 느낌을 받았다.

방 자체는 별다른 특징이 없었다. 찢어진 채 늘어진 벽지 사이로 하얀 회반죽과, 그 아래 석고판이 드러나 보였다. 바닥에는 오랜 세월 동안의 회반죽 먼지가 두텁게 깔려 있었지만, 거기에는 누군가 한 번 그 방에 들어왔다가 방 안을 둘러보고 다시 나갔음을 짐작케 하는 한 사람 분의 발자국만 나 있었다. 잡지 두 무더기와, 스프링도 매트리스도 없는 간이침대 하나, 그리고 예전에 굴뚝의 연통 구멍을 막는 데 쓰였던 빛바랜 커리어 앤 아이브스[19세기]

에. 식판인쇄로 된 다양한 디자인을 만들어 실용품을 제작하던 회사 문양이 있는 조그만 양철 접시 하나가 보였다. 창에는 덧창이 쳐져 있었지만, 부서진 틈새 사이로 들어오는 빛과 빛살 속에 뽀얗게 떠오른 먼지를 본 마크는 아직 해가 지려면 한 시간 정도 남았을 것이라고 짐작했다. 그 방에는 오래 전부터의 불결한 느낌이 서려 있었다.

문을 열고 이 모든 것들을 본 다음 방 복판까지 가서 스트레이커가 그에게 서라고 말했을 때까지 대략 5초쯤 걸렸다. 그 짧은 시간 동안에 마크는 자신이 처한 상황에 대처할 세 가지 방법과 그 각각에 대한 세 가지 결과를 생각해 냈다.

첫 번째는, 방을 가로질러 덧창을 친 방을 향해 돌진한 다음 서부영화 속의 주인공처럼 유리창과 덧창을 동시에 부수면서, 아래에 뭐가 있는지는 몰라도 맹목적인 희망을 가지고 뛰어내리는 것. 마크는 순간 머릿속에서, 창을 뚫고 나간 후 녹슨 채 폐기된 농기계 위로 떨어져, 핀에 꽂힌 곤충처럼 뭉툭한 써레 날에 꿰인 채 마지막 몇 초 동안 격렬한 경련을 일으키다가 숨이 끊어지는 자신의 모습을 볼 수 있었다. 또 다른 시나리오로, 자신이 있는 힘껏 부딪친 유리창과 덧창이 떨리기만 할 뿐 부서지지 않는 장면도 떠올랐다. 이어서 스트레이커가 그를 끌어당겨 옷을 찢고 자신의 몸뚱이를 갈가리 찢어발긴다.

두 번째는, 스트레이커가 그를 묶어 놓은 채 방을 나간다. 그는 꽁꽁 묶인 채 마룻바닥에 누워 있다. 빛이 점점 옅어지면서 자신은 더욱더 광적으로 몸부림을 치고(그러나 여전히 아무 소용도 없다.), 그러다 이윽고 스트레이커보다 백만 배는 더 사악한 자가 층계를 밟고 올라오는 소리가 들리는 것이다.

세 번째는, 지난여름 후디니에 관해 쓴 책에서 보았던 속임수를 쓰는 것이다. 후디니는 감옥이나 사슬로 묶은 상자, 은행 지하 금고, 강물 속에 집어던진 트렁크 속에서도 탈출했던 유명한 마술사였다. 밧줄과 수갑, 중국식 손가락 사슬에서부터도 빠져나올 수 있었다. 그 책에서 소개한 후디니의 묘기 가운데 하나로, 먼저 방청객 가운데 자원자 한 사람이 그를 묶는 동안 숨을 참고 주먹을 꽉 쥔다. 그와 동시에 허벅지와 팔뚝과 목 근육도 부풀린다. 이렇게 근육이 부풀어 오른 상태에서 묶였다가 힘을 빼면 틈이 생긴다. 그 다음에는 힘을 완전히 뺀 후, 절대로 서두르거나 당황하지 말고 천천히 확신을 갖고서 탈출하는 것이다. 이때 몸에서 조금씩 스며 나온 땀이 기름 역할을 하는데, 그것 역시 도움이 된다. 책에서는 그 일이 아주 쉽다고 적혀 있었다.

"돌아서라." 스트레이커가 말했다. "이제부터 너를 묶겠다. 너를 묶는 동안 움직이면 안 돼. 조금이라도 움직이면 이것으로……." 그러면서 그는 마치 히치하이크처럼 마크의 눈앞에 엄지를 세워 보였다. "네 오른쪽 눈알을 뽑아 놓을 테니까. 알겠니?"

마크가 고개를 끄덕였다. 그는 숨을 깊이 들이마신 다음 꾹 참았다. 그와 동시에 전신의 근육을 부풀렸다.

스트레이커가 대들보에 밧줄 한 끝을 걸었다.

"누워." 스트레이커가 말했다.

마크는 그가 하라는 대로 했다.

그는 그 밧줄로 마크의 양손을 등 뒤로 돌린 다음 단단히 결박했다. 그는 고리를 만들더니 마크의 목에 씌우고 나서 교수형 집행인이 그렇듯이 매듭을 지었다.

"너는 내 주인님의 친구이며 후원자였던 분이 목을 매달았던 바로 그 대들보에 매달리게 되는 거야. 영광스럽지 않니?"

마크가 불만스럽다는 투로 끙 하는 소리를 내자 스트레이커가 웃음을 터뜨렸다. 그는 그 밧줄을 마크의 사타구니 사이로 빼냈다. 스트레이커가 있는 힘을 다해 늘어진 밧줄을 팽팽하게 잡아당기자 마크는 고통스러운 나머지 신음 소리를 냈다.

그가 소름 끼치게, 그렇지만 한편으로는 선한 사람처럼 킬킬대며 웃었다.

"불알이 좀 아픈가? 어차피 그렇게 오래가지는 않을 거야. 넌 이제부터 금욕주의자의 삶을 살게 될 테니까 말이야. 아주, 아주 오랫동안 말이지."

그는 밧줄로 마크의 팽팽하게 긴장된 허벅지를 동여매고는 그것으로 다시 무릎을, 이어서 발목을 동여맸다. 마크는 이제 몹시 숨을 쉬고 싶었지만 끝까지 버티면서 숨을 참았다.

"떨고 계시군, 도련님." 스트레이커가 조롱하는 투로 말했다. "온몸이 단단히 굳었어. 피부는 창백하고. 하지만 피부는 더 하얘질 거야. 그래도 그렇게까지 겁낼 것은 없어. 내 주인님은 너그러운 아량을 가진 분이니까. 그분은 네가 살고 있는 바로 이 마을에서 많은 사람들로부터 사랑을 받고 계시지. 주사를 놓을 때처럼 잠깐 따끔하기만 하면 곧 기분이 좋아진다고. 그러고 나면 널 자유롭게 풀어 주겠어. 엄마와 아빠를 보러 가겠지, 응? 그들이 잠든 다음에 그들을 만나게 될 거야."

그는 일어서서 온화한 눈길로 마크를 내려다보았다.

"이제 잠시 작별을 해야겠군요, 도련님. 너의 귀여운 짝꿍도 편하게 해 주어야 하니까. 다음에 다시 만날 때는 나를 좀 더 좋아하게 될 거야."

스트레이커는 방을 나가면서 쾅 소리가 나도록 문을 닫았다. 그가 층계를 내려가는 발소리가 들리자 마크는 후우 하며 크게 숨을 내뱉으면서 근육의 긴장을 풀었다. 그를 묶고 있던 밧줄이 약간 느슨해졌다.

그는 꼼짝 않고 누운 자세로 생각을 가다듬었다. 그의 머리는 여전히 부자연스러울 정도로 힘차게 돌아가고 있었다. 마크는 그렇게 누운 자세로 고르지 않게 융기된 바닥 저편 철제 침대 틀 쪽을 바라보았다. 침대 저편의 벽이 보였다. 그 부분의 벽지는 뜯어져서 흡사 벗겨진 뱀허물처럼 침대 틀 아래로 늘어져 있었다. 그는 머릿속에서 다른 모든 생각을 몰아냈다. 후디니 책에서는, 무엇보다도 정신을 집중하는 일이 중요하다고 했다. 두려움이나 당황스러운 감정이 마음속에 들어와서는 안 된다. 그리고 몸에서는 할 수 있는 한 모든 힘을 빼야 한다. 그리고 탈출은 손가락 하나를 까닥하기 전에 먼저 머릿속에서 이루어져야 한다. 그 모든 단계를 아주 명확하게 머릿속으로 그려 놓아야 한다.

마크는 그렇게 몇 분 동안 벽을 쳐다보고 있었다.

그 벽은 드라이브인 극장의 영화 스크린처럼 흰색이고 울퉁불퉁했다. 마침내 몸의 힘이 최대한 빠지게 되자 마크는 그 화면에 청색 티셔츠와 리바이스 청바지 차림을 한 소년의 모습으로 자신의 모습을 투사하기 시작했다. 소년은 두 팔을 등 뒤로 묶이고 손목이 엉덩이 바로 위 잘록한 부분에 놓인 채 옆으로 누운 자세였다. 목에 감긴 올가미는 조금만 심하게 몸을 움직여도, 숨이 막히고 뇌가 꺼질 때까지 무자비하게 풀매듭이 조여들 터였다.

마크는 벽을 쳐다보고 있었다.

이윽고 벽 속의 형체가 조심스럽게 움직이기 시작했다. 마크 자신은 여전히 꼼짝도 하지 않은 채 누워 있었다. 그는 그 환영의 움직임 하나하나를 지켜보았다. 그러는 사이 어느덧 그는 여러 날 동안 발가락이나 코끝에 대해 명상에 잠길 수 있는 탁발승과 요가 수도자에게 필수적인 집중력의 단계에 이르렀다. 그것은 무의식 상태에서 탁자를 뜨게 만들고 코와 입과 손가락 끝에서 기다란 덩굴손과도 같은 영기를 밀어내는 일종의 영매 상태였다. 마크는 거의 절정 상태에 이르렀다. 이제는 스트레이커라든가 저물어 가는 날에 대한 생각은 들지 않았다. 모래가 버적거리는 마룻바닥이나 침대 틀, 심지어는 벽에 대해서도 생각하지 않았다. 그의 눈에는 그 소년이, 조심스럽게 통제된 근육으로 작은 춤을 추고 있는 완벽한 형상만이 보였다.

마크는 벽을 바라보고 있었다.

이윽고 그는 반원을 그리면서 팔목을 서로 맞비비듯 움직이기 시작했다. 각각의 반원 안에서 손바닥의 엄지 아랫부분이 맞닿았다. 팔뚝 아래쪽의 근육 이외에는 다른 어떤 근육도 쓰지 않았다. 그는 서두르지 않고 벽을 바라보고 있었다.

땀구멍에서 땀이 나오면서 손목의 움직임이 약간 자유로워졌다. 이제 반원은 4분의 3원으로 바뀌었다. 이번에는 각각의 원 안에서 손등이 맞닿았다. 손목을 묶고 있는 고리는 조금 더 느슨해져 있었다.

마크는 동작을 멈췄다.

한순간이 지나고 난 후 그는 엄지를 손바닥 쪽으로 구부리며 손가락들을 한데 모아 비틀기 시작했다. 그의 얼굴은 마치 백화점에 있는 석고 마네킹의 얼굴만큼이나 무표정했다.

5분이 흘렀다. 이제는 손에서 땀이 제법 많이 흘러나오고 있었다. 집중의 마지막 단계가 지나자 그는 저 요가 수도자나 탁발승들만의 또 한 가지 비법처럼 부분적이나마 교감신경계를 통제할 수 있었으며, 자신도 모르는 사이에 불수의근(不隨意筋)을 어느 정도 조정할 수 있게 되었다. 단지 신중한 움직임 때문이라고 보기에는 훨씬 많은 땀이 흘러나왔다. 양손은 기름을 바른 것같이 미끈거렸고, 이마에서 떨어진 땀방울이 바닥의 흰 먼지를 검게 물들였다.

마크는 이제 이두근과 안쪽 근육을 써서 두 팔을 피스톤처럼 수직으로 움직이기 시작했다. 올가미가 약간 조여 왔지만, 손을 묶고 있던 고리가 오른쪽 손바닥으로 내려오기 시작한 느낌이 들었다. 고리는 이제 오른쪽 엄지의 뿌리 부분에 걸려 있었고, 그것으로 끝이었다. 흥분이 몸속을 훑고 지나갔다. 마크는 즉각, 흥분이 완전히 사그라질 때까지 동작을 멈추었다. 일단 감정이 가라앉자 그는 다시 움직이기 시작했다. 위로, 아래로. 위로, 아래로. 위로, 아래로. 한 번에 8분의 1인치씩 고리가 내려갔다. 마침내, 놀랍게도 오른손이 자유로워졌다.

그는 오른손을 그 자리에 가만히 둔 채 구부려 보았다. 손이 부드럽게 움직인다는 사실을 확인하자 이번에는 오른손 손가락을 왼쪽 팔목을 묶고 있는 고리 아래로 집어넣어 텐트 모양으로 벌렸다. 왼손이 미끄러지듯 고리에서 빠져나왔다.

그는 앞으로 돌린 양손으로 바닥을 짚었다. 그는 한순간 눈을 감았다. 이제 그가 부려야 할 묘기는 방금 자신이 이룩한 성공에 대해 생각하지 않는 것이었다. 이번 묘기는 아주 신중하게 행할 필요가 있었다.

마크는 왼손으로 몸을 지탱한 채 오른손으로 목에 감긴 올가미의 울퉁불퉁한 매듭을 더듬어 보았다. 그는 곧바로 그 올가미에서 벗어나기 위해서는 숨이 막힐 정도로 목을 좀 더 죄어야 할 필요가 있다는 사실을 알아차렸다. 게다가 그렇지 않아도 벌써 서서히 욱신거리기 시작한 고환에도 압력이 가중되고 있었다.

마크는 숨을 깊이 들이마신 다음 매듭을 풀기 시작했다. 밧줄이 계속해서 죄어들면서 목과 사타구니에 압력이 가해졌다. 거친 삼끈에 돋친 가시가 정교한 문신용 바늘처럼 목을 파고들었다. 그 매듭을 풀기 위해서는 무한대의 시간이 걸릴 것 같았다. 눈앞에 크고 검은 꽃들이 소리 없이 몰려들면서 시야가 흐릿해지기 시작했다. 마크는 서두르지 않기 위해 최대한 애를 써야 했다. 그는 안정된 손놀림으로 매듭을 좌우로 흔들었으며, 이윽고 매듭이 약간 느슨해지는 느낌이 왔다. 한순간 사타구니에 참을 수 없을 정도의 압력이 가해졌지만, 다음 순간 마크가 기민한 동작으로 올가미를 머리 위로 벗겨 내고 나자 통증이 줄어들었다.

그는 그 자리에 일어나 앉은 자세로 숨을 거칠게 몰아 쉬면서 고개를 늘어뜨린 채 아픈 고환을 양손으로 어루만져 주었다. 날카로운 통증이 온몸으로 퍼지며 아픔으로 바뀌자 마치 토할 것 같은 기분이 들었다.

아픔이 가라앉기 시작하자 마크는 덧창이 닫힌 창문을 바라보았다. 부서진 틈새로 새어 드는 빛은 어느새 흐릿한 황토색으로 바뀌어 있었다. 이제 거의 해가 질 시각이 되었다. 게다가 문은 잠겨 있었다.

그는 대들보 위에 걸려 있던 느슨해진 밧줄을 잡아당겨, 다리를 묶은 매듭을 풀기 시작했다. 그 매듭은 화가 치밀 정도로 단단히 묶여 있었으며, 일단 분노의 감정이 일어나자 집중력이 빠져나가기 시작했다.

마크는 양쪽 허벅지와 무릎, 그리고 거의 무한대에 가까워 보이는 사투를 벌인 끝에 드디어 발목까지 풀어내는데 성공했다. 이제 무력해진 밧줄과 고리를 몸에서 떼어 버리고 일어서던 그는 힘없이 비틀거렸다. 그는 허벅지를 문지르기 시작했다.

그때 아래층에서 무슨 소리가 들렸다. 발소리였다. 그는 낭패감에 사로잡혀 콧구멍을 벌름거리며 고개를 들었다. 그러고는 절뚝이며 창 쪽으로 가서 위로 들어 올리려고 해 보았다. 그러나 창문은 꿈쩍도 하지 않았다. 싸구려 목재로 만든 창턱 중간쯤에 녹슨 10페니짜리 동전을 꺾쇠처럼 구부려 박아 놓았기 때문이다.

이제 발소리는 층계를 오르고 있었다.

마크는 손으로 입가를 훔치고는 미친 듯이 방 안을 둘러보았다. 잡지 두 무더기. 뒷면에 1890년대의 여름 피크닉 그림이 그려진 조그만 양철판 하나. 철제 침대 하나.

마크는 필사적인 심정으로 침대의 한쪽을 들어 올렸다. 아마도 그가 지금까지 혼자서 만들어 낸 행운을 지켜보고 있었을, 먼 곳에 있는 어떤 신들이 자신의 행운을 약간 나누어 주기로 마음먹은 것 같았다.

발소리가 그 방 문을 향해 복도를 걸어오기 시작했을 때, 마크는 철제 침대의 다리 하나를 나사 끝까지 돌린 다음 빼내는 데 성공했다.

문이 열렸을 때 마크는, 마치 도끼를 쳐든 나무 인디언 인형처럼 침대 다리를 높이 치켜든 채 문 뒤에 서 있었다.

"도련님, 내가 왔……."

그 순간 스트레이커는 풀어진 밧줄을 보고 경악한 나머지, 거의 1초 동안 그 자리에 얼어붙었다. 그는 문 안으로 반쯤 들어선 상태였다.

마크에게 있어서 그 일들은 흡사 축구 시합의 한 장면을 재생시켜 보여 주기라도 하듯 속도가 느려진 것처럼 보였다. 그에게는 문짝 언저리 저편으로 보이는 두개골의 4분의 1 정도 되는 둥근 부분을 겨냥하기까지 불과 몇 초밖에 되지 않는 시간이 몇 분처럼 길게 느껴졌다.

마크는 양손으로 침대 다리를 내리쳤지만, 있는 힘을 다 쓴 것은 아니었다. 좀 더 나은 목표에 쓰기 위해 얼마간 힘을 아꼈던 것이다. 침대 다리는 스트레이커가 막 문 뒤를 보려고 고개를 돌리려는 순간 그의 관자놀이 바로 위에 명중했다. 휘둥그레져 있던 그의 두 눈이 고통으로 질끈 감겼다. 머리 가죽에 난 상처에서는 놀랄 정도로 많은 피가 솟구쳐 나왔다.

스트레이커는 몸을 움찔하면서 방 안쪽으로 비틀거리며 뒷걸음질을 했다. 그의 얼굴은 보기에도 무시무시할 정도로 일그러졌다. 스트레이커가 손을 뻗는 순간 마크가 다시 한 번 그를 후려쳤다. 이번에는 파이프가 이마의 불룩 튀어나온 부분 바로 위쪽 반들반들한 대머리를 정통으로 맞추었다. 그곳에서도 피가 쏟아져 나왔다.

스트레이커는 안구가 뒤로 말리면서 힘없이 쓰러졌다.

마크는 휘둥그레진 눈으로 내려다보면서 스트레이커의 몸뚱이를 돌아갔다. 침대 다리 한쪽 끝은 피로 범벅이 되어 있었다. 그것은 천연색 영화 속에 나오는 피의 색깔보다 훨씬 더 어두운 색이었다. 그것을 보자 토할 것 같았지만, 스트레이커를 봤을 때는 아무런 감정도 일지 않았다.

내가 저자를 죽인 거야 하고 마크는 생각했다. 그리고 그 뒤를 이어서 '잘했어, 잘했어.' 하는 생각이 떠올랐다.

그 순간 스트레이커가 그의 발목을 잡았다.

놀란 마크는 숨을 몰아 쉬며 발을 빼려고 했다. 그 손은 강철 올가미처럼 단단했다. 이제 온통 흐르는 피를 얼굴에 뒤집어쓴 스트레이커가 차갑게 빛나는 눈으로 마크를 올려다보고 있었다. 그는 입술을 움직이고 있었지만 아무 소리도 나지 않았다. 마크는 좀 더 힘껏 발을 잡아당겨 보았지만 소용이 없었다. 반쯤 신음 소리를 내면서 그는 발목을 움켜잡고 있는 스트레이커의 손을 침대 다리로 마구 내리치기 시작했다. 한 번, 두 번, 세 번, 네 번. 손가락이 부러지는 끔찍한 소리가 났다. 손아귀가 느슨해졌다. 그 순간 너무 힘주어 발을 잡아당기는 바람에 마크는 문간을 지나 복도 밖까지 비틀거렸다.

스트레이커의 머리는 다시 바닥에 늘어졌으나, 손가락이 모두 부러진 손은 마치 고양이 쫓는 꿈을 꾸는 개가 앞발을 꿈틀거리는 것처럼 음험한 생명력을 가지고 허공에서 퍼졌다 오므려졌다 했다.

감각을 잃어 버린 마크의 손아귀에서 침대 다리가 떨어졌다. 마크는 몸을 떨면서 뒷걸음질을 쳤다. 다음 순간 낭패감에 사로잡힌 그는 몸을 돌려 저린 다리로 한번에 두세 단씩 건너뛰며, 손으로는 여기저기 부서진 난간을 훑으면서 층계를 달려 내려갔다.

어둠에 덮인 현관홀은 무서우리만큼 캄캄했다.

마크는 빠끔히 열려 있는 지하실 문 쪽으로 미친 사람 같은, 마치 보고 싶지 않은 것을 쳐다보는 것 같은 시선을 던지며 부엌으로 들어갔다. 해는 이미 붉은색과 노란색, 자주색이 한데 섞인 방사형의 불덩어리가 되어 넘어가고 있었다. 바로 그 시각에, 그곳으로부터 25킬로미터쯤 떨어진 장의사에서는 벤 미어스가 7시 1분과 2분 사이에서 머뭇대는 분침을 바라보고 있었다.

마크로서는 그런 것을 알 리가 없었지만, 흡혈귀가 활동할 시간이 임박했다는 것은 잘 알고 있었다. 그곳에 더 이상 머문다는 것은 힘겨운 대결을 의미했다. 그 상황에서 지하실로 내려가 수잔을 구한다는 것은 불사의 존재들 틈에 진입한다는 것을 의미했다.

그럼에도 마크는 지하실 문으로 다가가 실제로 처음 세 단을 내려갔지만 곧 몸이 묶이기라도 한 것 같은 두려움에 휩싸여 더 이상 한 발짝도 내려갈 수가 없었다. 그는 울고 있었고, 그의 몸은 학질에 걸리기라도 한 것처럼 무섭게 떨렸다.

"수잔! 달아나요!"

그가 소리쳤다.

"마······ 마크?" 힘이 없고 멍한 그녀의 음성이 들려왔다. "보이지 않아. 너무 어두워······."

갑자기 빈총을 쏜 것처럼 쿵 하는 소리에 이어서 깊숙한 곳으로부터 울려 나오는, 킬킬거리는 생기 없는 웃음소리가 들려왔다.

수잔이 비명을 질렀다. 그 소리는 길게 꼬리를 끌다가 신음 소리로 잦아들더니 이내 그마저도 사라져 버렸다.

그는 금방이라도 허공 아래로 떨어질 것 같은 다리를 떨면서도 머뭇대고 있었다.

다음 순간 아래에서 그의 아버지의 음성과 놀랍도록 닮은 친근한 목소리가 들려왔다.

"이리 내려오렴, 애야. 정말 대단한 아이로구나."

그 목소리에 담긴 힘이 너무 강력해서 마크는 두려움이 사라지는 것 같고 허공을 밟은 것 같던 발에도 힘이 생기는 것 같았다. 그는 실제로 발끝을 더듬거리며 한 단을 더 내려섰는데, 다음 순간 자신을 가다듬었다. 그러자 그동안 잊고 있던 모든 자제력이 한꺼번에 되돌아왔다.

"이리 내려오렴."

이제 좀 더 가까이에서 목소리가 들려왔다. 아버지처럼 친근한 목소리 저편으로 상대방에게 명령하는 듯한 위엄이 느껴졌다.

마크가 아래에 대고 소리를 질렀다.

"난 당신이 누군지 알아! 발로우지!"

그러고는 달아났다.

현관홀에 이르렀을 무렵에는 다시금 공포에 휩싸인 나머지, 마침 문이 열려 있지 않았다면 만화에서처럼 몸을 오려 낸 부분을 뒤에 남긴 채 문짝 한복판을 그대로 뚫고 뛰쳐나갔을지도 몰랐다.

그는 오래 전 벤자민 미어스가 그랬던 것처럼 진입로로 뛰쳐나가, 안전이 미심쩍은 마을을 향해 브룩스 로 한복판을 곧장 달려 내려갔다. 그러다 갑자기 이런 생각이 들었다. 혹시 저 흡혈귀의 마왕이 지금도 나를 쫓아오고 있는 것은 아닐까?

마크는 길을 버리고 숲 속으로 뚫고 들어갔다. 그는 태거트 시냇물을 첨벙거리며 건넌 다음 맞은편 둑의 우엉 덩굴에 걸려 넘어지기도 하면서 결국 자기 집 뒤뜰로 나왔다.

부엌문으로 들어간 그는 거실로 난 아치를 통해, 얼굴 가득 근심스러운 빛을 띤 엄마가 무릎에 전화번호부를 펴 놓은 채 누군가와 전화를 하고 있는 것을 보았다.

고개를 들다가 마크를 발견한 엄마의 얼굴에 뚜렷한 안도의 빛이 물결처럼 퍼져 나갔다.

"……여기 그 애가 왔어요……."

엄마는 상대방이 미처 대답할 사이도 없이 수화기를 내려놓고 그를 향해 걸어왔다. 그 애는, 그녀 자신이 울고 있었다고 믿을 만큼 슬픔에 찬 눈으로 그런 엄마를 보고 있었다.

"오, 마크…… 대체 어디 갔었니?"

"그 애가 들어왔소?"

그의 아버지가 서재에서 외쳤다. 눈에 보이지 않았지만 아버지의 얼굴은 화가 잔뜩 나 있었다.

"대체 어디 갔었던 거냐?"

엄마는 마크의 두 어깨를 잡고 흔들었다.

"밖에 나갔었어요. 집으로 뛰어오다가 넘어졌고요."

마크가 힘없이 대답했다.

더 이상 할 말이 없었다. 유년기라고 규정할 수 있는 본질적인 특징은 꿈과 현실을 손쉽게 뒤섞는 것이 아니라 소외에 있다. 유년기의 어두운 반전과 발산에 딱 들어맞는 표현 같은 것은 없다. 똑똑한 아이는 그 사실을 모두 인지하고 필수적인 결말에 승복한다. 앞일을 내다볼 줄 아는 아이는 이제 더 이상 아이가 아닌 것이다.

마크는 이렇게 덧붙였다.

"시간을 깜빡했어요……."

다음 순간 아버지가 그에게 달려들었다.

월요일 동이 트기 전 아직 날이 어두웠을 때였다.

창문을 긁는 소리가 났다.

그는 중간 과정 없이, 졸음으로 인해 눈을 비빈다든지 방향 감각을 되찾는 과정 없이 곧장 잠에서 깨어났다. 잠들었을 때나 깨어 났을 때나 그 광적인 양상은 놀랄 만큼 유사점이 있었다.

유리창 밖 어둠 속에 있는 하얀 얼굴은 수잔의 얼굴이었다.

"마크…… 나를 들여보내 줘."

그는 침대에서 일어났다. 맨발에 닿는 마룻바닥의 촉감이 차가 웠다. 그는 몸을 떨고 있었다.

"가 버려요."

마크가 억양 없는 어조로 말했다. 수잔은 아까 하고 똑같은 블라우스와 슬랙스 차림이었다. 그녀의 부모도 걱정하고 있지 않을까? 그들이 경찰에 전화를 하지는 않았을까?

"그렇게 나쁜 일은 아냐, 마크." 생기를 잃은 그녀의 눈은 흑요석 같았다. 그녀가 미소를 짓자 이빨이 드러났는데, 그것은 핏기 없는 잇몸 아래로 날카롭고도 선명한 빛을 뿜었다. "정말 멋진 일이란다. 나를 들여보내 주면 그렇다는 것을 보여 줄게. 너에게 키스를 해 줄게, 마크. 네 엄마도 한 적이 없는 키스야. 네 온몸에 키스를 해 주겠다고."

"저리 가요."

그가 다시 한 번 말했다.

"조만간 우리들 중 하나가 너를 잡을 거야. 이제 우리는 숫자가 꽤 많단다. 그러니 내게 기회를 주렴, 마크. 난…… 몹시 배가 고파."

그녀는 미소를 지으려고 했으나, 그것은 뼛속까지 얼어붙을 만큼 음침한 찡그림이 되고 말았다.

그는 십자가를 들어 창유리에 갖다 댔다.

그녀는 뜨거운 불에 데기라도 한 듯 섬뜩한 소리를 내면서 창틀에서 떨어져 나갔다. 한순간 공중에 떠 있던 그녀의 몸이 점점 몽롱하고 흐릿해지더니 다음 순간 완전히 사라져 버리고 말았다. 하지만 사라지기 바로 전 그는 그녀의 얼굴에서 절망과 불행에 찬 표정을 보았다.(어쩌면 그 자신이 그것을 보았다고 생각한 것인지도 모르지만.)

밤은 다시 고요해졌다.

'이제 우리는 숫자가 꽤 많단다.'

다음 순간, 바로 아래층에서 위험에 노출된 채 아무 생각 없이 잠들어 있을 부모에게 생각이 미치자 두려움이 창자를 움켜쥐는 기분이었다.

수잔은 아까, 이 일을 알고 있거나 의심을 품은 사람들이 몇 명 있다고 했었다. 그게 누굴까?

물론 그 작가 아저씨는 알고 있을 것이다. 수잔 누나와 데이트를 하던 그 아저씨. 그의 이름이 미어스였다. 그는 에바네 하숙집에 살고 있었다. 작가들은 대체로 많은 것을 알고 있게 마련이다. 그러니 수잔이 말한 사람은 그 사람일 것이다. 수잔이 미어스에게 가기 전에 그가 먼저 그 아저씨에게 연락을 해야 했다.

그는 침대로 돌아가려다 말고 걸음을 멈췄다.

'그 누나가 아직까지 미어스를 찾아가지 않았다면 말이지.'

캘러한 신부

같은 일요일 저녁, 캘러한 신부가 머뭇거리며 매튜 버크의 병실로 들어선 것은 매튜의 손목시계가 7시 15분 전을 가리키고 있을 때였다. 곁탁자와 침대 곁 덮개 위에는 온통 책이 너저분하게 흩어져 있었는데, 개중에는 너무 오래돼서 삭아 버린 책들도 있었다. 매튜는 로레타 스타처의 아파트로 전화를 해서 일요일에 도서관 문을 열게 했을 뿐 아니라 대출 도서도 직접 가져와 줄 것을 부탁했다. 그녀는 책을 한 짐씩 든 병원 잡역부 세 사람을 이끌고 병실에 들어섰다. 그녀는 매튜가 이런 이상한 분야의 도서를 잔뜩 대출한 데 대한 질문에 대답하기를 거부하자 콧김을 뿜으며 돌아갔다.

캘러한 신부는 이 학교 교사를 호기심 어린 눈으로 차근히 살펴보았다. 그는 초췌해 보이기는 했지만 신부가 비슷한 환경에서 방문했던 교구민 대부분들만큼 그렇게 심하게 초췌하지도 피로에 지쳐 보이지도 않았다. 캘러한은 암이나 뇌졸중, 심장마비, 또는 어떤 주요 장기가 쇠약해짐으로써 사람들이 공통적으로 보이는 첫 번째 반응은 배반감이라는 사실을 알았다. 환자들은 대개 자신의 육신이라는 이 친한(그리고 적어도 최근까지 아주 잘 알고 있던) 친구가 일부러 게으름을 피울 만큼 나태한 존재라는 사실에 경악했다. 이 첫 번째 반응에 바로 뒤이어 찾아드는 두 번째 반응으로, 이토록 무참하게 자신을 쓰러뜨릴 수 있는 친구라면 곁에 둘 가치가 없다고 생각했다. 이들 반응에 뒤이은 결론은, '이' 친구를 친구로 놔둘 것인지 말 것인지 아무래도 상관없다는 태도였다. 딴마음을 품은 이 육신에게 말을 걸지 않을 수도 없고, 그것에 불리한 탄원서를 낼 수도 없으며, 그 친구가 찾아왔을 때 집에 없는 시늉을 할 수도 없었다. 이렇게 병상에서 꼬리에 꼬리를 물고 이어지는 추리의 마지막 단계는 어쩌면 육신이라는 것이 애초부터 친구가 아니라, 저 이성이라는 병이 자리 잡은 이래 육신을 부리고 혹사해 온 상위의 힘을 파괴하는 데 전념하는 용서할 줄 모르는 적일지도 모른다는 무서운 가능성에 대한 생각이었다.

언젠가 취기 어린 격앙 상태에서 캘러한은 자리에 앉아 가톨릭 저널에 게재할, 그 문제에 대한 논문을 쓴 적이 있었다. 심지어 사설란에 수록할 만화로, 마천루의 가장 높은 돌출부에 올라앉은 뇌를 그림으로써 그것을 무지막지하게 표현하기도 했었다. 그 건물('인체'라는 딱지가 붙은)은 불길(거기에는, 물론 다른 수많은 질병도 있을 수 있지만 '암'이라는 딱지가 붙은)에 싸여 있었다. 그 만화의 제목은 '너무 까마득해서 뛰어내릴 수도 없다'였다. 그 다음 날 억지로 절주기를 갖는 사이에 그는 논문을 갈기갈기 찢고 만화도 불태워 버렸는데, 거기에다 줄사다리를 늘어뜨리고 '그리스도'라는 딱지를 붙인 헬리콥터를 그려 넣지 않는 한 가톨릭 교리와 연관 지을 방도가 없었기 때문이다. 그럼에도 불구하고 그는 자신의 통찰이 참된 것이었다는 것, 그리고 환자의 편에서 본 이런 병상의 논리에서 얻는 결과는 대부분 극도로 울적할 뿐이라는 것을 느꼈다. 환자들이란 대부분 눈빛이 흐리고 반응은 느리며 폐부 깊은 곳에서 나오는 한숨을 내쉬는가 하면 사제를 보면 곧 잘 눈물을 글썽이게 마련이다. 따라서 이들 검은 까마귀 같은 사제들의 역할은 궁극적으로 죽음이라는 것이 생각하는 존재에게 던지는 문제에 입각한 것이다.

하지만 매튜 버크에게서는 이런 우울증이 전혀 보이지 않았다. 그가 악수를 하려고 손을 내밀었고, 환자의 손을 잡은 캘러한은 그 손이 의외로 힘차다는 사실에 놀랐다.

"캘러한 신부님. 이렇게 와 주시다니 정말로 고맙습니다."

"나도 반갑구려. 좋은 교사는 아내의 지혜와 마찬가지로 헤아릴 수 없을 만큼 값진 진주 같은 존재지요."

"나 같은 불가지론자도 그렇다는 겁니까?"

"특히 불가지론자들이 그렇소." 캘러한이 기분 좋게 받아치며 말했다. "어쩌면 선생의 약한 모습을 보게 될지도 모르겠군. 참호속에서는 무신론자가 없다고들 하오. 중환자실에서는 불가지론자가 희귀하고 말이오."

"안됐지만 난 이제 곧 중환자실에서 나갈 몸이라오."

"저런. 그렇다면 성모 마리아나 하느님 아버지를 뵙게 해 줘야겠구려."

"그 일은 신부님 생각만큼 그렇게 멀지 않았소."

캘러한 신부는 자리에 앉아 의자를 바싹 끌어당기려다가 무릎을 침대 옆 탁자에 찧었다. 그 바람에 아무렇게나 쌓아 놓은 책더미가 그의 무릎으로 쏟아져 내렸다. 신부는 책을 제자리에 돌려놓으면서 하나하나 제목을 읽었다.

"『드라큘라』, 『드라큘라의 손님』, 『드라큘라 수색 작전』, 『황금 가지』, 『흡혈귀에 대한 자연사(史)』 자연이라고? 『헝가리 민담집』, 『암흑 속의 괴물들』, 『실재하는 괴물들』, 『뒤셀도르프의 괴물 페터 쿠르틴』 그리고……." 신부가 표지에서 녹이 끼듯 두툼하게 덮인 먼지를 털어 내자 잠든 처녀 위로 몸을 굽히고 있는 무시무시한 형상이 나타났다. "『흡혈귀 바니, 피의 축제』로군. 맙소사. 이것들이 회복기에 접어든 심장마비 환자의 필독서라도 되오?"

매튜가 그 말에 미소를 지었다.

"가없은 바니. 대학에서 낭만주의 문학에 관한 졸업논문을 쓰려고 예전에 그 책을 읽은 적이 있었소. 환상이라는 것이 기껏해야 『베어울프』8세기경 쓰여진 것으로 추정되는. 영문학에서 가장 오래된 서사시로 시작해서 『스크루테이프의 편지』1942년에 발표된 마귀들이 등장하는 C.S.루이스의 소설로 끝나는 줄 알고 있던 교수가 꽤나 충격을 받았다오. 나는 그 논문에 D 플러스와 함께, 고상한 관점을 키우라는 지시서까지 받았소."

"하지만 페터 쿠르틴의 경우는 꽤나 흥미롭군요. 역겹다는 점에서 말이오."

"그의 이야기를 아시오?"

"대부분은 알고 있소. 신학생 시절 이런 것들에 흥미를 가진 적이 있소. 그런 내게 의심을 품고 있는 선배들에게 나는, 훌륭한 사제가 되려면 인간의 고결성에 대한 열망 못지않게 인간 본성의 오지에 대해서도 이해할 필요가 있다는 핑계를 댔소. 사실 그것은 전적으로 핑계에 불과했소. 나는 다른 어느 누구 못지않게 짜릿한 공포감이 좋아서 그랬을 뿐이니까. 내가 알기로, 쿠르틴은 소년 시절에 친구 둘을 익사시켰소. 큰 강 한복판에 고정된 조그만 부표를 먼저 차지하고는 그 애들이 지쳐서 가라앉을 때까지 밀어내는 방식으로 말이오."

"그래요. 그리고 10대 때는 자기와 산책하지 않으려던 어떤 여자 애의 부모를 두 차례 죽이려고 시도했었소. 결국 나중에 그 여자 애의 집을 불태워 버렸소. 그런데 내가 흥미를 가진 것은 그의 그런…… 경력이 아니오."

"선생의 독서 취향을 보고 나도 그럴 거라고 생각했소."

그러면서 신부는 몸에 딱 붙는 옷차림을 한 채 어떤 청년의 피를 빨고 있는 탁월해 보이는 젊은 여성이 실린 잡지를 침대 곁 덮개에서 집어 들었다. 청년은 극도의 공포와 지고의 쾌락이 한데 섞인 몹시 불안한 표정을 짓고 있었다. 그 잡지의 제목은(그 젊은 여성을 가리키는 말이기도 할 텐데)《여자 흡혈귀》였다. 잡지를 내려놓은 캘러한은 훨씬 더 구미가 당기는 표정이었다.

"쿠르틴은 한 다스가 넘는 여자들을 습격해서 살해했소. 그보다 더 많은 여자들을 망치로 상해했고 말이오. 희생자가 마침 월경 중일 경우에는 그 분비물까지 마셨소." 캘러한이 말했다.

매튜 버크가 다시 한 번 고개를 끄덕였다.

"그 정도로 널리 알려지지 않은 사실은 그자가 동물들에게도 해를 입혔다는 거요. 강박감이 극도에 달했을 때는 뒤셀도르프 중앙 공원에 있던 백조 두 마리의 머리를 떼어 내고 목구멍에서 분출하는 피를 마셨다오."

"이 모든 사실이 나를 보자고 한 이유와 관련이 있소? 컬리스 부인 말이, 뭔가 중요한 일이 있다고 하던데 말이오."

"두 가지 모두 맞는 말이오."

"그게 어떤 일이오? 선생이 내 호기심을 자극하려고 한 거라면 확실히 성공한 셈이오."

매튜가 침착한 눈길로 신부를 바라보았다.

"원래는 나의 친한 친구 벤 미어스가 오늘 신부님과 연락을 할 예정이었소. 그런데 가정부 말이 그가 오늘 연락을 하지 않았다고 하더군요."

"그래요. 오늘 오후 2시 이후로는 만난 사람이 없었소."

"나는 그와 연락할 방도가 없었소. 그는 내 주치의인 제임스 코디와 함께 병원을 나갔는데 주치의와도 연락이 닿지 않았소. 또, 벤의 여자 친구인 수잔 노튼과도 연락이 닿지 않았소. 그녀는 오늘 오후 일찍, 부모에게 5시까지 돌아오겠다고 말하고 나갔다고 하오. 그녀의 부모도 걱정하는 중이오."

그 말에 캘러한이 바싹 다가앉았다. 그는 빌 노튼과도 얼마간 아는 사이였다. 예전에 가톨릭 동료들과 관련된 문제로 한 번 신부를 찾아온 적이 있었기 때문이다.

"뭔가 짐작 가는 점이 있소?"

"내가 먼저 질문을 해 보죠." 매튜가 말했다. "그 질문을 진지하게 잘 생각해 보고 대답해 주시오. 신부님께서는 최근에 마을에서 뭔가 이상한 일이 일어나고 있다는 것을 눈치 채셨소?"

캘러한이 처음 받은 인상은, 그리고 이제 거의 확신을 갖게 된 생각은 이 사내가, 무슨 생각을 하고 있는지는 몰라도 그것 때문에 자기가 겁을 먹을까 봐 무척이나 조심스럽게 이야기를 진행시키고 있다는 것이었다. 병실 여기저기에 흩어진 책이, 그 일이 얼마나 터무니없는 것인지를 암시하고 있었다.

"살렘스 롯에 흡혈귀가 있단 말이오?"

신부가 반문했다.

그는 화가나 음악가, 그리고 미완성의 건축물에 전념하고 있는 목수처럼 병에 걸린 사람이 자신의 삶에 골몰하고 있기만 하다면 중병에 이은 심한 우울증을 피할 수도 있다고 생각하고 있었다. 그러한 관심이 일종의 무해한(또는 그렇게까지 해롭지는 않은) 광기, 혹은 그 초기 단계로 이어질 수도 있기 때문이다.

그는 직장암 말기로 메인 중앙 병원에 입원해 있던 스쿨야드 힐의 호리스라는 노인과 꽤 오랜 시간 이야기를 나눈 적이 있었다. 고문이나 다름없을 만큼 통증이 심했을 텐테도 불구하고 그 노인은 캘러한과, 미국인의 생활 모든 단계에 스며들고 있는 우라니아의 괴물들에 관해 아주 자세히, 그리고 맑은 정신으로 대화를 나누었다. "하루는 소니네 아모코 주유소에서 기름을 넣어 주던 친구가 팰머스 출신의 조 블로우인데 다음 날에는 생김새만 조 블로우일 뿐 실제로는 우라니아 괴물일 수도 있소. 심지어 조 블로우의 기억과 말투까지 똑같단 말이오. 그건 우라니아 놈들이 알파파를 먹기 때문이오…… 쩝, 쩝, 쩝! 하면서 말이오." 호리스의 말에 따르면 자기는 암에 걸린 것이 아니라 사실은 레이저 중독 말기라는 것이다. 자신들의 음모를 알고 있다는 사실에 겁을 먹은 우라니아 괴물들이 그를 제거하기로 결정했다고 한다. 호리스는 그 사실을 인정해서 받아들이고 패배에 굴복하기로 했다. 캘러한은 굳이 노인의 미망을 깨우쳐 주려고 하지 않았다. 그 일은 선의를 가진, 멍청한 친척들에게 맡겼다. 캘러한이 경험한 것은, 정신이상 역시 커티삭의 취기만큼이나 이로운 역할을 할 수도 있다는 것이다.

따라서 이제 신부는 두 손을 잡고 매튜의 다음 말을 기다렸다.

매튜가 말했다.

"사실 말을 계속하기가 어렵소. 그리고 만약 신부께서 내가 병상 치매증이라도 걸렸다고 생각한다면 이 일은 훨씬 더 어려울 것 같소."

캘러한은 자신이 방금 머릿속에서 끝낸 생각이 상대방의 입을 통해 나오는 것을 듣고 깜짝 놀랐지만 애써 아무렇지도 않은 얼굴을 하고 있었다. 비록 그에게 어떤 감정이 있었다 해도 그것은 불안이라기보다는 오히려 감탄에 가까운 것이었을 테지만.

"그런데 오히려 선생의 정신은 꽤나 맑은 것 같구려."

매튜가 한숨을 쉬었다.

"아시겠지만 정신이 맑다는 말은 제정신이 아니라는 의미이기도 하잖소." 그는 침대에서 몸을 뒤척이며 주변에 흩어진 책들을 다시 옮겨 놓았다. "만약 하느님이 있다면, 그분은 나로 하여금 평생 꼼꼼하게 학문을 해 온 삶의 첫값을 치르도록 해 놓았거나, 아니면 세 곱으로 각주가 붙을 때까지는 그 어느 분야에도 학식이라는 것을 심지 못하도록 만들어 놓은 것이 분명하오. 이제 나는 하루 만에 벌써 두 번째로, 뒷받침할 증거 하나 없이 말도 안 되는 사실을 공표하지 않을 수 없게 됐구려. 미치지 않았다는 사실을 변명하기 위해 내가 할 수 있는 말은 내 말을 입증하거나 반박하기가 그렇게 어렵지 않다는 것뿐이오. 그리고 신부께서 너무 늦기 전에 내 말을 진지하게 받아 주고 시험해 보기를 바라오."

그러면서 매튜는 킬킬거렸다. "너무 늦기 전이라…… 마치 저 30년대 싸구려 잡지 속에서 꺼내 온 말 같지 않소?"

"인생은 원래 통속적이게 마련이오."

캘러한은 그렇게 말하면서도, 그게 사실이라면 자신은 최근 들어 그런 통속적인 면을 거의 맛보지 못했다고 생각했다.

"다시 한 번 묻는 건데, 신부께서는 이번 주말에 뭐든 이상하거나 혹은 기묘한 점을 알아차리지 못하셨소?"

"흡혈귀와 관련해서 말이오?……."

"아니, 무엇이든 말이오."

캘러한은 곰곰이 생각해 보았다. 이윽고 그가 입을 열었다.

"쓰레기장이 문을 닫았소. 하지만 정문이 부서져 있어서 어쨌든 안에 들어가 보았소." 신부는 미소를 지으며 이렇게 말했다. "나는 쓰레기를 내 손으로 갖다 버리기를 좋아한다오. 그 일은 실제적이고 천한 일이어서, 내가 가난하지만 행복한 하층민이라는 엘리트적인 환상을 최대한 만끽할 수 있거든. 그런데 더드 로저스는 그곳에 없었소."

"그밖에 또 이상한 점은 없소?"

"글쎄…… 크로켓 일가가 오늘 아침 미사에 참석하지 않았는데, 크로켓 부인이 미사에 오지 않는 일은 거의 없었소."

"또 없소?"

"물론 글릭 부인이 가엾게도……."

그 말에 매튜는 한쪽 팔꿈치를 짚고 몸을 일으켰다.

"글릭 부인? 그 부인이 어떻게 되었소?"

"그녀가 죽었소."

"무엇 때문에 죽었소?"

"폴린 디킨스는 심장마비였을 거라고 생각했다오."

캘러한은 그렇게 말하면서도 우물쭈물했다.

"그밖에 마을에서 오늘 죽은 사람이 없소?"

여느 때라면 그처럼 어리석은 질문도 없었을 것이다. 살렘스 롯 같은 조그만 마을에서 누군가 죽는다는 것은 주민 가운데 노인 인구 비율이 상당히 높았음에도 불구하고 보통은 아주 드문 일이었다.

"없었소." 캘러한이 느린 어조로 말했다. "하지만 최근 들어 사망률이 급격히 올라간 것은 사실이오. 그렇잖소? 마이크 라이어슨…… 플로이드 티비츠…… 맥두갈네 아기……."

매튜가 피로한 얼굴로 고개를 끄덕였다.

"이상한 정도가 아니죠. 그렇소. 하지만 이제 사태는, 죽음이 아무렇지도 않게 여겨질 만한 정도가 되었소. 이제 며칠 밤만 더 지나면…… 아무래도……."

"이제 넌지시 떠보는 일은 그만둡시다." 캘러한이 말했다.

"좋소. 이미 변죽은 울릴 만큼 울렸으니까."

매튜는 벤과 수잔, 지미의 이야기를 사이사이에 덧붙여 가면서 자신의 이야기를 처음부터 끝까지, 어느 것 하나 감추지 않고 털어놓기 시작했다. 그가 이야기를 마쳤을 무렵에는 그날 밤 벤과 지미에게 벌어진 저 무시무시한 일은 이미 끝난 상태였다. 그리고 수잔 노튼의 일은 이제 막 시작되고 있었다.

이야기를 끝낸 매튜는 한동안 입을 다물고 있다가 이렇게 말했다.

"어떻소. 내가 미친 거요?"

"어쨌든 당신은 사람들이 당신을 미쳤다고 여길 것이라 확신하고 있는 것 같구려. 미어스 씨와 주치의를 납득시킨 듯이 보이기는 하지만 말이오. 아니, 난 당신이 미쳤다고 생각지 않소. 어쨌든 초자연 현상을 다루는 것이 내 일이니까 말이오. 우스갯소리를 해도 된다면 말인데, 그 일이 바로 내 빵이며 포도주라오."

"그렇지만······."

"한 가지 얘기를 들려 드리리다. 그것이 정말인지 보장할 수는 없지만, 내가 그것을 사실이라고 믿는다는 것만큼은 보장할 수 있소. 그것은 내 친한 친구 레이먼드 비소넷 신부와 관련된 얘기요. 그는 몇 해 전부터 콘월의 교구에서 봉직 중이오. 틴 코스트 언저리에서 말이오. 그곳을 아시오?"

"어디선가 읽은 적이 있소."

"5년 전쯤 그는 내게 편지를 보냈는데, 자신의 교구 중에서도 어느 외딴 마을에서 이제 막 '실연의 슬픔을 안고 죽은' 소녀의 장례식을 집전해 달라는 부름을 받았다는 내용이었소. 소녀의 관은 들장미로 가득 채워져 있었는데, 레이는 그것이 이상했다고 하오. 그런데 더더욱 기괴한 것은 막대기로 소녀의 입을 벌려 놓고 그 안을 마늘과 타임 향으로 채웠다는 사실이라오."

"그것은······."

"그렇소. 불사의 존재가 살아나지 못하도록 막는 전통적인 비방이오. 일종의 민간요법인 셈이오. 그래서 레이가 물어보았더니, 소녀의 부친 말이 그 소녀가 몽마(夢魔)의 손에 죽었다는 거요. 그게 무엇인지 알겠소?"

"잠든 여자들만 공격한다는 흡혈귀잖소."

"그 소녀는 배녹이라는 청년과 약혼한 사이였는데, 그 청년은 목덜미에 큼직한 진홍색 모반이 있었소. 그런데 그만 결혼식 2주 전에 직장에서 돌아오다가 차에 치여 죽었소. 그러고 나서 2년 후 그 소녀는 다른 사람과 약혼을 하게 되었소. 그런데 소녀는 두 번째로 결혼 예고가 있기 전 주에 돌연 파혼해 버리고 말았소. 그러곤 부모와 친구들에게, 존 배녹이 밤마다 자기를 찾아와 부정을 범했다고 말했소. 레이의 말에 따르면 현재의 연인은 귀신이 찾아왔을 가능성보다도 소녀가 정신이상을 일으켰을 가능성이 더 크다고 여겼다고 하오. 아무튼 점점 수척해지다가 죽고 만 소녀는 교회의 전통적인 방식에 따라 매장되었소.

그런데 레이가 편지를 쓴 것은 그런 일들 때문이 아니었소. 그가 편지를 보낸 것은, 소녀가 매장되고 나서 두 달 뒤쯤에 일어난 사건 때문이었소. 어느 날 새벽 산책을 하던 레이는 소녀의 무덤가에 서 있는 젊은 청년을 보았소. 그런데 그 청년의 목덜미에 진홍색 모반이 있었다는 거요. 그런데 얘기는 그것으로 끝난 것이 아니오. 마침 레이는 전해 성탄절 때 부모에게서 선물 받은 폴라로이드 카메라가 있어서 콘월의 전원 경치를 곧잘 찍곤 했소. 나도 사제관 앨범에 그가 찍은 사진 몇 장을 넣어 두고 있는데, 솜씨가 제법 괜찮다오. 그날 아침에도 카메라를 목에 걸고 있었던 그는 청년 사진을 몇 장 찍었소. 레이가 그 사진을 마을 사람들에게 보여 주었더니 아주 놀라운 반응이 일어났소. 한 노부인은 실신했고, 죽은 소녀의 모친은 거리를 돌아다니며 기도를 하기 시작했다오.

그런데 다음 날 아침 레이가 일어나 보니 그 사진들에서 청년의 모습이 완전히 사라졌다는 거요. 남은 것은 교회 묘지 언저리의 풍경뿐이었고 말이오."

"신부께서도 그 이야기를 믿고 있소?" 매튜가 물어보았다.

"오, 물론이오. 아마 다른 사람들도 대부분 믿을 거요. 그 평범한 친구는 소설가들이 그런 체하는 것처럼 초자연성에 대해서는 반만큼도 알지 못하오. 사실이지 그 주제를 다루는 작가들 대부분은 거리에서 볼 수 있는 평범한 사람들에 비해 정령이라든가 마귀, 도깨비 따위에 훨씬 무지하다오. 러브크래프트[1937년에 사망한 공포 소설가]는 무신론자였소. 에드거 앨런 포는 머리 나쁜 초월주의자였고, 호손은 진부한 의미에서만 종교적인 인물이었다오."

"신부께서는 이 방면에 상당히 훤하시군요." 매튜가 말했다.

신부는 어깨를 으쓱해 보였다.

"어렸을 적에 신비주의와 괴기에 대해 관심이 많았소. 그리고 어른이 되어 사제의 부름을 받고 나니까 그런 관심이 없어지기는커녕 오히려 더욱 부추긴 셈이 되었고 말이오." 그러면서 캘러한은 한숨을 푹 쉬었다. "하지만 최근 들어서 나는 세상에 있는 악의 본성에 대해 좀 까다로운 의문을 품기 시작했다오." 그러고는 일그러진 미소를 지으며 이렇게 덧붙였다. "덕분에 재미가 많이 없어졌지만."

"그렇다면…… 나를 대신해서 몇 가지 좀 조사해 주시겠소? 그리고 괜찮다면 성수와 성체도 좀 가져가셨으면 좋겠구려."

"선생은 지금 꽤 까다로운 신학 문제를 건드리고 있는 거요."

캘러한이 정색을 하고 말했다.

"어째서요?"

"나는 그러지 않겠다는 말은 하지 않겠소. 더구나 지금 이 시점에서는 말이오. 그리고 선생에게 말해 둘 것은, 만약 좀 젊은 사제를 만났다면 그 친구는 즉석에서 그렇게 하겠다고 대답했으리라는 거요. 아무 거리낌 없이 말이오." 캘러한은 쓴웃음을 지었다. "사람들은 보통 교회에서 쓰는 올가미들이 실용적이라기보다는 상징적인 것이라고 본다오. 무당들의 머리 장식이나 주술용 막대기처럼 말이오. 만약 젊은 사제라면 선생이 미쳤다고 여길 테지만, 성수를 약간 뿌려서 광기를 누그러뜨릴 수만 있다면 그린대로 괜찮은 일이라고 생각할 거요. 나는 그런 짓은 할 수 없소. 만약 내가 스코틀랜드산 정장을 단정하게 차려입고 시빌 리크의 『감각적인 제마사』 같은 책 한 권을 낀 채로 선생이 부탁한 조사에 응한다면 그것은 선생과 나 사이의 일일 거요. 그러나 만일 내가 성체를 지니고 간다면…… 그러면 나는 성 가톨릭 교회의 대리인으로서, 내 직무 중에서도 가장 영적인 의식을 거행할 채비를 갖춘 셈이오. 그 경우 나는 이 지상에서 그리스도의 대리인 노릇을 하게 되는 거요." 캘러한은 이제 사뭇 진지하고 엄숙한 눈길로 매튜를 바라보고 있었다. "비록 내가 어쩌면 이름뿐인 사제일지라도…… 종종 그런 생각이 들곤 한다오. 그래서 약간 싫증이 나며 냉소적이고, 최근에는 일종의…… 신앙? 정체성? 뭐 그런 것에 위기를 겪고 있기는 하지만…… 그래도 나는 여전히 마귀를 쫓는 경건하고 신비로운 교회의 힘이 나를 뒷받침해 준다고 믿기 때문에 선생의 부탁을 받아들인다는 생각만 해도 불안해질 정도라오. 교회는 젊은 사람들이 곧잘 생각하는 것처럼 단순한 이념의 뭉치 같은 것이 아니오. 교회에는 그저 영적인 보이 스카우트단 이상의 의미가 있소. 교회는 하나의 군대라고 할 수 있소. 그렇기 때문에 군대를 경솔하게 움직일 수 없는 거란 말이오." 그는 몹시 찡그린 얼굴로 매튜를 쳐다보았다. "그걸 아시겠소? 선생이 그 점을 이해하는지 여부가 극히 중요하오."

"이해하겠소."

"아시겠지만 가톨릭교회는 금세기 들어서 악에 대한 종합적인 개념이 급격히 변화했소. 무엇 때문에 그렇게 된 줄 아시오?"

"프로이트 때문이었을 것 같구려."

"좋은 대답이오. 가톨릭교회는 20세기에 들어서면서 새로운 개념들과 맞닥뜨리기 시작했소. 사소한 악이 그것이오. 심리학적으로는 아주 적절해 보이지만, 붉은 뿔과 뾰족한 꼬리와 발굽이 달린 괴물이나 정원을 기어 다니는 뱀이 아닌 또 다른 악마가 바로 그것이오. 프로이트의 복음에 의하면 이 악마는 저 거대한 복합적 이드^{본능적 충동의 원천}, 즉 우리 모두의 잠재의식이 될 거요."

"변비에 걸린 성직자의 요란한 방귀 소리 한 번이면 쫓아낼 수 있는, 후각이 예민한 빨간 꼬리 도깨비나 마귀에 비하면 확실히 거창한 개념이긴 하군요."

"물론 거창하긴 하오. 하지만 비인격적이오. 무자비하고. 실체도 없소. 프로이트의 악마를 몰아내기는 샤일록의 거래 조건만큼이나 불가능한 일이오. 피 한 방울 흘리지 않고 살만 400그램 잘라 내는 것 말이오. 가톨릭교회는 악에 대한 총체적인 접근 방식을 재해석할 수밖에 없었소. 캄보디아 폭격이나 아일랜드 및 중동 전쟁, 경찰 살해, 빈민가 폭동 같은 무수한 소악(小惡)들이 매일같이 성가신 각다귀 떼처럼 온 세상을 활개치고 있소. 교회는 주술사의 구태를 벗고 사회적으로 좀 더 적극적이고 의식을 가진 실체로 재부상하는 과정에 있소. 따라서 고해실이라기보다는 도심의 범죄 박멸 센터 역할을 떠맡는 셈이오. 영성체송은 시민권 운동과 도시 재개발의 제2 바이올린이고 말이오. 이제 교회는 세상 깊숙이 두 발을 담근 거요."

"마녀나 몽마, 흡혈귀 따위가 없고 아동 구타, 근친상간, 환경 침해만 있는 세상을 의미하는 거죠?"

"그렇소."

매튜가 신중한 어조로 말했다.

"그리고 신부께서는 그 일이 마음에 들지 않는 거요. 그렇잖소?"

"그렇소." 캘러한이 조용히 말했다. "나는 그것을 혐오 때문이라고 생각하오. 그것은 가톨릭교회가 신은 죽지 않았다, 단지 약간 노쇠했을 뿐이라고 말하는 식이오. 그 정도면 내 대답이 되었을 거요. 선생은 내가 뭘 해 주기를 원하는 거요?"

매튜가 신부에게 자신이 원하는 일을 말해 주었다.

캘러한은 그 문제를 생각해 보고는 이렇게 말했다.

"당신은 그것이 내가 방금 한 모든 이야기를 정면으로 거부하는 일임을 알고 있소?"

"난 그것이 교회…… 아니, 신부의 교회를 시험해 볼 기회가 될 거라고 생각하오."

캘러한이 숨을 깊이 들이마셨다.

"좋소. 동의하오. 그런데 한 가지 조건이 있소."

"어떤 조건이오?"

"이 조그만 탐사를 진행하는 우리 모두가 먼저 스트레이커 씨라는 인물이 운영하는 상점에 가야 하오. 미어스 씨가 대변인으로서 그에게 이 모든 일을 솔직히 털어놓는 거요. 그러면 그 사람의 반응을 관찰할 수 있을 거요. 그래서 그 인물이 우리를 대 놓고 비웃는지 알아보는 거요."

매튜가 눈살을 찌푸렸다.

"그렇게 되면 그자에게 미리 주의를 주는 셈이잖소."

캘러한이 고개를 저었다.

"만일 미어스 씨, 코디 박사, 그리고 나, 이 세 사람이 결과에 개의치 않고 이 일을 계속 진행하기로 한다면 상대방이 미리 주의를 받았더라도 어쩔 수 없을 거요."

"좋소. 벤과 짐 코디도 찬성한다는 조건에서, 나도 동의하오."

"좋소." 캘러한이 한숨을 쉬었다. "내가, 이 모든 일이 선생의 머릿속에서 나온 환상이기를 바란다면 기분이 언짢소? 그리고 이 스트레이커라는 인물이 우리의 말에 코웃음을 치고, 또 그럴 만한 이유가 있기를 바라고 있다면 말이오."

"아니, 그렇지 않소."

"난 정말 그렇게 되기를 바라오. 나는 선생이 아는 것 이상의 일에 동의한 셈이오. 나는 두렵소."

"두렵기는 나도 마찬가지요."

매튜가 나직하게 말했다.

그러나 성 앤드루스 성당으로 돌아가고 있던 캘러한은 아무런 두려움도 느끼지 않았다. 오히려 기운이 나면서 갱생한 느낌마저 들었다. 몇 년 만에 처음으로 신부는 정신이 말짱했으며, 술을 마시고 싶은 생각도 들지 않았다.

그는 사제관에 들어가 수화기를 들고 에바 밀러네 하숙집으로 전화를 걸었다.

"여보세요? 밀러 부인? 미어스 씨와 통화 좀 할 수 있나요?…… 지금 없는 모양이군…… 알겠소…… 아니, 전할 말은 없어요. 내일 다시 전화를 하겠소. 그럼."

그는 전화를 끊고 창가로 다가갔다.

미어스는 지금 저 어둠 속 어딘가에서 술을 마시고 있는 것일까? 아니면, 그 늙은 교사가 자신에게 해 준 말이 모두 사실일까?

만약…… 그게 사실이라면…….

그는 사제관 안에 가만히 있을 수가 없었다. 그는 뒤쪽 현관으로 나가 10월의 상쾌하고 서늘한 공기를 들이마시며 어둠의 움직임을 살펴보았다. 어쩌면 그 일은 프로이트와는 전혀 무관할지도 모른다. 아니면 그 대부분은 인간의 마음속에서, 흡혈귀의 심장에 말뚝을 꽂는 일보다 훨씬 효과적으로(그리고 그처럼 번잡한 일을 벌이지 않고도) 그림자를 몰아낸 전구의 발명과 관계가 있는 것인지도 모른다.

악은 여전히 자행되고 있었다. 이제는 주차장 형광등, 네온사인, 100와트짜리 전구의 무심하고 영혼도 없는 빛 아래에서 이루어졌다. 장군들은 교류 전류가 내는 사무적인 전등 불빛 아래에서 공습 전략을 짰으며, 그 모든 일은 브레이크도 없이 언덕 아래로 질주하는 아이들의 장난감 자동차 경주처럼 통제할 수 없었다. '나는 시키는 대로 할 뿐이다.' 그건 명백한 사실이었다. 우리 모두 그저 해고 통지서에 적힌 대로 따르는 병사들이었다. 하지만 궁극적으로 누가 그런 지시를 내리는 것일까? '나를 따르라.' 하지만 대체 그 상관은 어디에 있는 것일까? '나는 그저 시키는 대로 했을 뿐이다. 그 사람들이 나를 뽑았다.' 그러나 그 사람들을 뽑은 것은 누구란 말인가?

그 순간 머리 위에서 뭔가가 퍼덕이는 소리가 나는 바람에 어수선한 몽상에 잠겨 있던 캘러한은 화들짝 놀랐다. 새였을까? 아니면 박쥐? 그것은 사라졌다. 아무려나 상관없었다.

그는 마을 쪽에서 무슨 소리가 들리는지 귀를 기울여 보았으나 전화선에서 나는 웅웅 소리 말고는 아무 소리도 들리지 않았다.

'이 밤에 칡넝쿨이 밭을 덮고 있는데, 너는 죽은 듯이 잠만 자는구나.'

누가 그런 말을 했지? 디키였나?

아무 소리도 들리지 않았다. 프레드 아스테어가 춤추며 나타난 적이 없는 교회 앞에 켜 놓은 형광등 불빛, 그리고 브록 가와 조인트너 로의 갈림길에서 희미하게 명멸하는 노란 신호등을 제외하면 아무런 빛도 보이지 않았다. 아기 우는 소리조차 들리지 않았다.

'이 밤에 칡넝쿨이 밭을 덮고 있는데, 너는 죽은 듯이 잠만……'

광희의 순간은 허풍의 메아리가 그렇듯이 사라져 버렸다. 공포가 주먹질이라도 한 것처럼 심장을 엄습했다. 그것은 자신의 목

숨이나 명예, 혹은 가정부가 음주 사실을 알아낼까 봐 느끼는 공
포가 아니었다. 그것은 꿈도 꾼 적이 없는 공포, 저 고통스러웠던
사춘기 시절에도 맛본 적이 없는 공포였다.

그가 느끼는 공포는 자신의 불멸의 영혼 때문이었다.

3

SALEM'S LOT

불모의 마을

나, 깊은 곳에서 외치는 음성을 들었나니,
내게 오너라, 애야, 내 끝없는 잠 속으로 들어오렴.

—오래된 로큰롤 노래 가사에서—

．．．．．．．．．．．．．．．．．．．．

그리고 이제 그 골짜기에서 여행자들은
붉은 반점이 난 창문을 통해 보나니,
귀에 거슬리는 선율에 맞춰
기묘하게 움직이는 거대한 형상들을.
그런데 창백한 문으로는
무섭도록 빠른 강물처럼
저 섬뜩한 무리가 끝없이 쏟아져 나오며
웃음을 터뜨리네, 더 이상 미소가 아니라네.

—에드거 앨런 포, 『귀신 들린 궁전』에서—

．．．．．．．．．．．．．．．．．．．．．

알다시피 온 마을이 텅텅 비었다고 하네.

—밥 딜런 「노스 컨트리 블루스」에 나오는 가사—

롯(4)

'늙은 농부의 달력'에서 인용.

1975년 10월 5일 일요일 일몰 시각 오후 7시 2분. 1975년 10월 6
일 월요일 일출 시각 오전 6시 49분. 추분점에서 열사흘이 지난
그날 지구가 자전하는 사이에 예루살렘스 롯의 밤은 11시간 47분
동안 이어졌다. 초승달이 떴다. '늙은 농부'의 오늘 시구는 이런
것이다. '해가 짧아졌으니 추수도 거의 끝났도다.'

'포틀랜드 기상국'에서 인용.

그날 저녁 오후 7시 5분 발표에 의하면, 최고 기온 화씨 62도.^섭
^{씨 약 16도} 오전 4시 6분 발표에 의하면 최저 기온은 화씨 47도.^{섭씨 약 8도}
가끔 구름 낀 날씨. 강수량은 제로. 북서풍이 시속 8킬로미터에서
16킬로미터로 불겠음.

'컴벌랜드 주 경찰서 사건 기록부'에서 인용.

사건 없음.

아무도 10월 6일 아침에 예루살렘스 롯이 죽었다고 선언하지
않았으며, 누구도 그 사실을 알지 못했다. 지난 며칠 사이에 생겨
난 시체들이 그랬던 것처럼 마을 역시 언뜻 보기에는 살아 있는

것처럼 보였다.

주말 내내 창백한 얼굴로 침대에 누워 있던 루디 크로켓은 월요일 아침에 사라졌다. 그 애의 행방불명을 신고한 사람은 아무도 없었다. 그 애의 엄마는 지하실 통조림 선반 뒤쪽에서 방수포를 뒤집어쓴 채 누워 있었고, 그날 아침 늦게야 일어난 래리 크로켓은 딸애가 혼자 알아서 학교에 간 모양이라고만 생각했다. 래리는 그날 출근하지 않기로 마음먹었다. 기운이 없고 지쳤으며 머리가 몹시 어지러웠기 때문이다. 아마도 독감에라도 걸린 모양이었다. 그리고 햇빛 때문에 눈이 아팠다. 그는 일어나서 블라인드를 치다가 햇살이 팔뚝에 닿자 비명을 질렀다. 기운이 좀 나면 언제 저 창문부터 바꿔야 할 것 같았다. 결함이 있는 창유리라니, 웃을 일이 아니었다. 어느 화창한 날에 퇴근해 보니 온 집 안이 불길에 휩싸였다 해도 본사에 있는 그 빌어먹을 보험쟁이들은 자연발화라는 이유로 보험금을 지불하지 않을 것이다. 몸이 좀 낫기만 하면 아직 시간은 충분했다. 커피를 마실까 생각하자 갑자기 뱃속이 뒤집히는 기분이었다. 그는 잠시 아내가 어디 간 것인지 의아했지만, 그 생각도 금방 그의 머릿속에서 빠져나가고 말았다. 래리는 다시 침대에 누워 턱 바로 아래 면도하다 생긴 조그만 상처를 만져 보고는 수척해진 뺨까지 시트를 끌어당겨 덮고 다시 잠들었다.

한편 그의 딸은 더드 로저스에게서 가까운 버려진 냉동고 안, 에나멜 광택이 나는 어둠 속에서 잠을 잤다. 그녀는 밤의 세계에 사는 새로운 존재로 변신하고 난 이후부터 쓰레기 더미 사이에서 이루어지는 그의 구애가 몹시 마음에 들었다.

마을 도서관 사서 로레타 스타처 역시 사라졌지만, 사람들과 별로 접촉 없이 지내던 노처녀인 그녀가 실종됐다는 사실을 아는 사람은 없었다. 그녀는 현재 예루살렘스 롯 공공 도서관의 어둑하고 곰팡내 나는 3층에서 살았다. 자신이 특별한 면제를 받을 만큼 강하고 지적이며, 무엇보다도 도덕적임을 그녀에게 납득시킬 수 있는 특별한 탄원자가 생길 때를 제외하면 3층의 문은 언제나 잠겨 있었다.(하나밖에 없는 3층 출입문 열쇠는 언제나 그녀의 목에 사슬로 걸려 있었다.)

현재 다른 종류의 초판이 된 그녀는 처음 그 세계에 발을 디뎠을 때와 다름없이 새것인 채로 그곳에서 휴식을 취하고 있었다. 이를테면 로레타라는 책의 책장은 이제껏 한번도 펼쳐진 적이 없었던 것이다.

버질 래스번의 실종 역시 아무도 알아채지 못했다. 두 사람이 함께 쓰던 오두막에서 아침 9시에 잠을 깬 프랭클린 보딘은 어렴풋이 버질의 침상이 비었다는 사실을 알기는 했지만 별다른 생각을 하지 않았으며, 맥주가 남아 있는지 알아보기 위해 침대에서 일어나려다가 그만 다리가 풀리고 머리가 어지러워서 쓰러지고 말았다.

'맙소사.' 그는 다시 잠 속으로 빠져 들면서 생각했다. '대체 어젯밤에 우리가 뭘 퍼마신 거지? 스테르노고형 알코올 연료라도 먹은 건가?'

그리고 그 오두막 바로 아래, 스무 계절 동안 쌓인 낙엽과, 앞쪽 방 벌어진 마룻널 틈으로 버린 녹슨 맥주 깡통의 은하수 사이 서늘한 곳에 누운 채 버질은 밤이 오기를 기다리고 있었다. 그의 어두운 뇌수 어딘가에는 가장 좋은 스카치보다 더 독하고, 가장 비싼 포도주보다 더 갈증을 식혀 주는 술이 어른거리고 있을지도 몰랐다.

에바 밀러는 아침 식사 시간에 위젤 크레이그를 보지 못했지만 그 일에 대해서 별 생각은 하지 않았다. 그녀는 하숙인들이 아침 식사를 준비하느라 부산을 떨고는 또다시 시작된 한 주를 맞으러 허겁지겁 밖으로 나가는 동안 분주히 화덕 앞을 오가느라 그럴 정신이 없었다. 그러고 나서는 물건들을 정리하고, 저 빌어먹을 그로버 베릴과 그보다 나을 것도 없는 미키 실베스터의 접시를 닦느라고 바빴다. 그들 둘 다 벌써 몇 년 동안 싱크대 앞에 테이프로 붙여 놓은 '자기 접시는 닦아 놓으세요.'라는 문구를 무시했던 것이다.

그러나 다시 정적이 찾아오고 아침 식사 시간의 산더미 같던 일도 끝나 일상적인 허드렛일만 남게 되자 다시금 그가 아쉬웠다. 월요일은 레일로드 가의 쓰레기 수집 일이어서, 위젤은 매번 로열 스노우가 낡을 대로 낡은 인터내셔널 하베스터 트럭^{쓰레기차 상표}^{이름}에 실을 수 있도록 큼직한 녹색 쓰레기봉투를 보도 가장자리까지 내다놓곤 했던 것이다. 그런데 오늘은 녹색 쓰레기봉투들이 아직도 뒤쪽 층계에 방치되어 있었다.

그녀는 위젤의 방으로 가서 작은 소리로 노크를 했다.

"에드?"

응답이 없었다. 다른 날이었다면 위젤이 그저 술에 취한 모양이라고 생각하고 자신이 직접 쓰레기봉투를 끌어다 놓았을 것이다. 물론 여느 때보다 입을 좀 더 굳게 다물긴 했을 테지만. 그러나 오늘 아침에는 이상하게도 불안감이 스며들었다. 그녀는 문손잡이를 돌리고 방 안으로 고개를 디밀었다.

"에드?"

그녀가 작은 소리로 불러 보았다.

방은 비어 있었다. 침대 머리맡의 창문은 열려 있었고, 변덕스런 산들바람 때문에 커튼이 제멋대로 펄럭이고 있었다. 침대보가 구겨져 있는 것을 보고 그녀는 별 생각 없이 반듯하게 정리하기 시작했다. 무슨 생각을 하기 전에 손이 먼저 일을 하기 시작한 것이다. 침대 반대편 쪽으로 가던 그녀의 오른쪽 실내화에 뭔가가 으적 하고 밟히는 소리가 났다. 아래를 내려다보니 위젤의 뿔 거울이 부서진 채 바닥에 놓여 있었다. 그녀는 그것을 집어 들고 이마를 찡그린 채 거울을 뒤집어 보았다. 그것은 원래 그의 어머니가 쓰던 거울이었으며, 언젠가 골동품 상인이 10달러를 주겠다고 한 것을 거절한 적이 있다. 그가 술을 마시기 시작한 이후의 일이었다.

그녀는 복도 벽장에서 쓰레받기를 가져다 생각에 잠긴 느릿느릿한 손놀림으로 유리 조각들을 쓸어 담았다. 그녀는 간밤에 위젤이 술을 마시지 않고 자러 올라갔다는 사실을 알고 있었다. 위젤이 남의 차를 얻어 타고 델 주점이나 컴벌랜드까지 간 것이 아니라면 밤 9시가 넘어서 술을 살 곳은 없었다.

깨진 유리 조각을 위젤의 방에 있는 휴지통에 쏟아 버리던 그녀는 그 짧은 동안에도 자신이 같은 생각을 반복하고 있다는 사실을 깨달았다. 휴지통 안을 들여다보았지만 빈 술병은 없었다. 어쨌든 에드 크레이그는 숨어서 술을 마시는 타입은 아니었다.

'뭐, 나타나겠지.'

그러나 아래층으로 내려가는 동안에도 불안감은 사라지지 않고 계속 남아 있었다. 의식적으로 인정하지는 않았지만 그녀는 위젤에 대한 자신의 감정이 단순한 우정보다는 약간 깊은 것임을 알고 있었다.

"아주머니?"

생각에 잠겨 있던 그녀가 깜짝 놀라며 부엌에 있는 낯선 사람을 쳐다보았다. 낯선 사람은 코르덴 바지에 깨끗한 청색 티셔츠를 단정하게 입고 있는 소년이었다. '자전거를 타다 넘어진 애처럼 보이는군.' 얼굴은 낯이 익었지만 그 애가 누군지 정확히 기억나지는 않았다. 십중팔구 조인트너 로에 새로 이사 온 어느 집 아이일 것이었다.

"벤 미어스 아저씨가 이곳에 사시나요?"

에바는 그 애에게 어째서 학교에 가지 않은 거냐고 물어보려다가 그만두었다. 그 애의 표정이 예사롭지 않아 보일 정도로 심각했기 때문이다. 게다가 눈 밑에 푸른 얼룩도 나 있었다.

"미어스 씨는 지금 주무시고 있단다."

"제가 좀 기다려도 될까요?"

호머 맥캐슬린은 그린 장의사에서 브록 가에 있는 노튼 가로 곧장 갔다. 그가 그 집에 도착했을 때는 밤 11시였다. 노튼 부인은 울고 있었고, 빌 노튼은 침착해 보였으나 침통한 얼굴로 줄담배를 피워 댔다.

맥캐슬린은 무전으로 여자 애의 용모를 사방에 알렸다. 뭐든 소식이 들어오는 대로 바로 연락을 드리죠. 이 지역 병원들도 조사해 보겠습니다. 일의 순서상 해야 하니까요.(시체 보관소도 그렇지만.) 그는 속으로, 그 여자 애가 말다툼 끝에 나가 버린 것일지도 모른다고 생각했다. 여자 애의 엄마는 자신들이 말다툼을 벌였고, 딸애가 집을 나가겠다는 말을 했다고 했다.

그럼에도 불구하고 맥캐슬린은 대시 보드 아래 매달린 무전기에서 들리는 지지직거리는 소리에 한쪽 귀를 기울이며 마을 언저리 시골 길까지 둘러보았다. 자정에서 몇 분 지난 시각에 마을로 들어가는 브룩스 로를 거슬러 가며 갓길 쪽을 비추던 순찰차 전조등에 뭔가 금속 물체가 반짝거렸다. 숲 속에 차 한 대가 주차되어 있었다.

그는 차를 멈추었다가 후진한 다음 차에서 내렸다. 그 차는 사용하지 않는 삼림로 쪽으로 약간 들어간 채 주차되어 있었다. 시보레 베가, 연갈색, 나온 지 2년 된 차. 그는 바지 뒷주머니에서 사슬로 달아 놓은 묵직한 노트를 꺼내 벤과 지미와 면담한 내용이 적힌 페이지를 넘기고, 노튼 부인이 알려 준 자동차 번호를 불에 비춰 보았다. 일치했다. 그 여자 애의 차였다. 그렇다면 사태가 좀 더 심각해진 셈이다. 그는 손을 후드에 대 보았다. 차가웠다. 주차한 지 꽤 되었다는 의미였다.

"보안관님?"

딸랑거리는 종소리처럼 가볍고 경쾌한 목소리였다. 그런데 어째서 그는 한 손을 권총 손잡이에 갖다 대었던 것일까?

그가 몸을 돌리니 믿을 수 없을 정도로 예뻐 보이는 노튼네 딸이 어떤 낯선 청년(검은 머리를 이마 뒤로 빗어 넘긴 구식 헤어스타

일을 하고 있었다.)과 손을 잡고 자신을 향해 걸어오고 있는 것이 보였다. 청년의 얼굴에 손전등을 비춰 본 맥캐슬린은 손전등 불빛이 아무것도 비추지 않은 채 상대방의 얼굴을 곧장 뚫고 지나가는 듯한 이상한 느낌을 받았다. 그리고 두 사람은 분명 걷고 있었는데도 부드러운 지면에는 발자국이 하나도 남지 않았다. 보안관은 두려움과 함께 경계심을 느끼면서 손으로 권총 손잡이를 잡았다가…… 손에서 힘을 뺐다. 그는 손전등을 끄고 순순히 기다렸다.

"보안관님."

여자의 음성은 나지막했으며 마치 어루만지는 듯했다.

"이렇게 와 주시다니 정말 반갑소."

낯선 청년이 말했다.

두 사람은 보안관에게 달려들었다.

길에서 멀리 떨어져 있어 바퀴 자국이 파이고 가시나무 덤불이 우거진 디프커트 로의 막다른 곳에 주차된 그의 순찰차는 반짝이는 크롬 도금이 거의 보이지 않을 정도로 노간주나무 덩굴과 고사리류에 잔뜩 덮였다. 맥캐슬린은 자동차 트렁크 안에 웅크린 자세로 처박혔다. 간헐적으로 그를 부르는 무전기 소리만 들렸을 뿐 아무도 듣는 사람은 없었다.

그날 아침 느지막이 수잔은 엄마를 잠깐 찾아갔지만 별다른 해를 입히지는 않았다. 느리게 수영하는 사람에게 달라붙어 잔뜩 피를 빨아먹은 거머리처럼 배가 불렀던 것이다. 그래도 수잔은 집 안으로 초대를 받았으며 이제는 마음대로 그 집을 드나들 수 있게 되었다. 밤이 되면…… 아니, 매일 밤마다 허기가 질 것이었다.

찰스 그리펜은 바로 그 월요일 새벽 5시가 약간 지난 시각에 아내를 깨웠다. 그의 얼굴에는 분노 때문에 생긴, 마치 끌로 새긴 것처럼 파인 냉소적인 주름살이 길쭉하게 잡혀 있었다. 밖에서는 젖통에 짜지 않은 젖이 가득 담긴 암소들이 울고 있었다. 그는 야밤에 생긴 일을 여섯 마디 말로 요약했다.

"그 빌어먹을 자식들이 야밤에 줄행랑을 쳤어."

하지만 그 애들은 줄행랑을 친 것이 아니었다. 대니 글릭은 잭 그리펜의 피를 잔뜩 먹었고, 형의 방을 찾아간 잭은 마침내 학교와 교과서, 그리고 완강한 아버지에 대한 할의 걱정을 깨끗이 끝장내 주었다. 이제 두 형제는 건초 창고 안쪽에, 성기게 쌓아 놓은 높다란 건초 더미 한복판에 누워 있었다. 머리에는 왕겨가 묻어 있었고, 아무것도 들락거리지 않는 어두운 콧구멍 속에는 향긋한 꽃가루가 들어 있었다. 이따금씩 생쥐 한 마리가 얼굴을 가로질러 쪼르르 달려가곤 했다.

이제 햇살이 대지를 가득 채우자 사악한 것들은 모두 잠들었다. 상쾌하고 맑은 가을, 햇살로 가득 찬 날이었다. 간밤의 일에 대해 아무것도 모르는 마을 사람들 대부분은(마을이 죽었다는 사실도 모른 채) 일터로 가기 위해 집을 나섰다. 늙은 농부에 의하면 월요일 일몰 시각은 정각 오후 7시였다.

할로윈과, 그 너머로 겨울이 점점 가까워지면서 하루하루 낮이 짧아져 갔다.

9시 15분 전 벤이 아래층으로 내려오자 싱크대 앞에 있던 에바 밀러가 말했다.

"뒤쪽 베란다에서 기다리는 사람이 있어요."

그는 고개를 끄덕이고는, 수잔이거나 맥캐슬린 보안관이 찾아온 모양이라고 여기고 슬리퍼를 신은 발로 뒷문을 나섰다. 그러나 그를 찾아온 손님은 검약이 몸에 밴 듯한 소년이었다. 그 애는 베란다 층계 맨 위쪽에 앉아서 서서히 월요일 아침의 활력을 찾아가고 있는 마을을 바라다보고 있었다.

"안녕?"

벤이 말하자 소년이 고개를 홱 돌렸다.

두 사람이 서로를 쳐다본 시간은 그리 길지 않았지만 벤에게는 그 순간이 이상하리만큼 길게 느껴졌으며, 어딘지 비현실적인 느낌마저 들었다. 그 소년의 외모가 어렸을 적의 자신을 상기시켜 주었기 때문인데, 그것 말고도 다른 점이 있었다. 벤은 마치 그들 둘의 삶이 이렇게 한데 엮이게 된 것이 단순한 우연 이상의 일이기라도 한 것처럼 목덜미에 뭔가 묵직한 것이 느껴졌다. 그 느낌은 공원에서 수잔을 처음 만났던 날을 떠오르게 했는데, 그때 그들 두 사람이 서로를 알기 위해 나누었던 가벼운 대화는 기묘하리만큼 미래에 대한 암시로 가득했던 것이다.

어쩌면 소년도 그와 비슷한 느낌을 받았던 모양이다. 그 애는 눈을 약간 크게 뜨고는 몸을 지탱하려는 듯이 베란다 난간을 더듬어 잡았다.

"아저씨가 미어스 아저씨로군요."

소년이 묻는 것 같지 않게 말했다.

"그래. 난 네가 누군지 모르겠는데."

"저는 마크 페트리예요. 좋지 않은 소식이 있어요."

그럴 테지 하고 벤은 울적한 심정으로 생각했다. 그러고는 어떤 좋지 않은 소식을 듣게 될지 몰라 마음을 다잡아 먹었다. 하지만 소년이 전해 준 소식은 너무나도 충격적이고 경악스러웠다.

"수잔 노튼이 '그들'의 일원이 됐어요. 발로우가 저택에서 누나를 잡았죠. 하지만 전 스트레이커를 죽였어요. 적어도 제 생각으로는 그자를 죽인 것 같아요."

벤은 무슨 말인가를 하려고 했으나 그럴 수가 없었다. 그는 목이 잠겼다.

소년은 고개를 끄덕이고는 별 어려움 없이 자연스럽게 상황을 끌어 나갔다.

"아저씨 차를 타고 가면서 얘기하는 게 좋겠어요. 제가 여기 있는 것을 누가 보면 안 되거든요. 전 거짓말을 하고 왔는데, 그렇지 않아도 부모님한테 입장이 난처해졌거든요."

그 말에 벤이 뭐라고 대꾸를 했지만, 뭐라고 했는지도 기억하지 못했다. 미란다가 죽은 오토바이 사고 직후에 벤은 차도에서 일어났는데, 혼란스럽기는 했어도 다친 데는 없었다.(왼쪽 손등에 조그맣게 긁힌 자국을 제외하면 그랬는데, 이보다 덜한 일에도 명예상이기장이 수여되었다는 사실을 잊으면 안 된다.) 트럭 운전사가 그에게 다가왔는데, 가로등 불빛과 트럭의 전조등 때문에 그의 그림자는 두 개였다. 운전사는 덩치가 크고 머리가 벗겨지고 있던 사내로, 하얀 셔츠 가슴 주머니에 펜이 꽂혀 있었다. 펜대 옆으로는 금박으로 새긴 '프랭크 모빌 주'라는 글자가 보였고, 나머지 글자는 주머니에 가려 보이지 않았지만 벤은 기민하게도 나머지 글자가 '유소'일 것이라고 짐작했다. 이봐, 왓슨 박사, 그건 초보적인 추리라고. 트럭 운전사가 벤에게 무슨 말인가를 했지만, 무슨 말인지는 기억이 나지 않았다. 이윽고 트럭 운전사가 벤의 팔을 조심스럽게 잡고 현장 저쪽으로 데려가려고 했다. 그때 미란다가 신고 있던 굽 없는 신발 한 짝이 커다란 이삿짐 트럭 뒷바퀴 언저리에 놓여 있는 것을 본 벤은 트럭 운전사의 손을 뿌리치고 그쪽으로 걸음을 옮겨 놓기 시작했다. 운전사가 두 발짝 뒤에서 따라오면서 '이봐, 나라면 그러지 않겠네.' 하고 말했다. 왼쪽 손등에 조그맣게 긁힌 상처만 입은 벤은 그 운전사를 말없이 쳐다보았다. 벤은 그에게, 5분 전만 해도 이런 일이 일어나지 않았다고 말하고 싶었다. 이와 유사한 또 다른 세상에서는 자신과 미란다가 한 블록 전 모퉁이에서 왼쪽으로 방향을 틀어 이것과는 전혀 다른 미래를 향해 달려가고 있었다고 말하고 싶었다. 한쪽 길모퉁이의 주류점과 맞은편 모퉁이에 있던 조그만 샌드위치 식당에서 사람들이 나와 사고 현장으로 모여들고 있었다. 그때 그는 지금 자신이 느끼고 있던 것과 같은 감정을 느끼기 시작했다. 그것은 정신과 육체가 상호 작용을 하면서 사태를 받아들이기 시작하는 저 복잡하고도 무서운 감정으로, 그 감정과 상응하는 유일한 감정이 있다면 강간뿐이다. 배가 쑥 꺼지는 것 같다. 입술이 마비된다. 입천장에 엷은 거품이 생긴다. 귀에서 울리는 소리가 난다. 고환의 피부가 바짝 오그라드는 것 같다. 마음은 마치 지나치게 눈부신 빛 앞에서 그러는 것처럼 숨을 곳을 찾아 고개를 돌린다. 그는 호의로 내민 트럭 운전사의 손을 두 번째로 뿌리치고 신발 쪽으로 걸어갔다. 그는 신발을 집어 들어 그녀의 신발을 뒤집어 보았다. 그러고는 신발 속에 한 손을 넣어 보았다. 그녀의 체온이 아직 남아 있던 안창은 따뜻했다. 그 신발을 든 채 두 걸음 더 내디디던 벤의 눈에 트럭 앞바퀴 아래에 널브러진 그녀의 다리가 보였다. 아파트에서 그토록 태평스럽게 웃으며 그녀가 입었던 저 노란 랭글러 바지였다. 그 바지를 입었던 여자가 죽었다는 사실이 도저히 믿어지지 않았지만, 이미 그의 뱃속이, 입 안이, 불알이 사태를 받아들이기 시작했다. 그는 신음 소리를 내뱉었는데, 대중지 사진기자가 메이벌이 갖고 있던 신문에 실린 그 사진을 찍은 것은 바로 그 순간이었다. 한쪽 신발은 신고 한쪽 신발은 벗은 채였다. 마치 사람들은 그런 것은 한 번도 본 적이 없다는 눈으로 그녀의 맨발을 바라보고 있었다. 두 발짝 물러나던 그는 허리를 숙이고…….

"토할 것 같아." 벤이 말했다.

"그러세요."

벤은 시트로앵 뒤쪽으로 걸어가 자동차 문손잡이를 잡은 채 허리를 구부렸다. 그는 눈을 감았다. 어둠이 밀려오는 느낌이었다. 그리고 그 어둠 속에서 미소를 지으며 귀엽고 그윽한 눈으로 그를 바라보던 수잔의 얼굴이 떠올랐다. 벤은 다시 눈을 떴다. 문득, 저 꼬마가 거짓말을 하고 있거나 뭔가 혼동을 일으켰거나, 아니면 지독한 미치광이일지도 모른다는 생각이 들었다. 하지만 그럴 가망은 없어 보였다. 그 애는 그런 아이처럼 보이지 않았다. 고개를 돌려 아이의 얼굴을 본 벤은 거기에서 근심 어린 표정 이외에는 아무것도 발견할 수 없었다.

"어서 타거라." 벤이 말했다.

소년이 차에 타자 벤은 차를 출발시켰다. 에바 밀러는 이마에 깊은 주름을 잡은 채 부엌 창문으로 두 사람이 떠나는 광경을 지켜보았다. 뭔가 나쁜 일이 일어나고 있었다. 그녀는 그것을 느낄 수 있었다. 남편이 죽은 날, 흐릿하고도 언짢은 두려움이 밀려들었던 그날처럼 그것을 느낄 수 있었다.

그녀는 자리에서 일어나 로레타 스타처의 집으로 전화를 걸었다. 전화벨이 여러 번 울렸지만 아무도 전화를 받지 않자 그녀는 수화기를 다시 내려놓았다. 대체 어디 갔을까? 도서관이 아닌 것은 분명했다. 왜냐하면 도서관은 월요일에는 문을 닫기 때문이다.

그녀는 자리에 앉아 생각에 잠긴 눈길로 전화기를 바라보았다. 바람결에 엄청난 재앙의 냄새가 풍겨 왔다. 1951년에 일어났던 큰 산불처럼 뭔가 무서운 어떤 일이 일어날 것만 같았다.

이윽고 그녀는 다시 수화기를 들고 이번에는, 시시각각 벌어지는 온갖 소문을 다 알고 있으며 그것으로도 만족하지 못하는 메이벌 워츠에게 전화를 걸었다. 오랜 세월 동안 마을에 이런 주말이 찾아왔던 적은 없었던 것이다.

벤은 마크가 이야기를 하는 동안 특별히 목적지를 정하지 않고 차를 몰았다. 마크는 대니 글릭이 자기 방 창문에 나타난 일부터 시작해서 오늘 새벽 맞았던 심야 방문객에 이르기까지 순서대로 조리 있게 이야기를 들려 주었다.

"정말 수잔이었니?" 벤이 물었다.

마크 페트리가 고개를 끄덕였다.

벤이 급하게 유턴을 하고는 조인트니 로를 향해 액셀러레이터를 밟았다.

"어디로 가시는 거죠? 설마……."

"아직 그곳은 아냐. 아직은."

"잠깐. 차를 세워요."

벤이 차를 길가에 댔다. 두 사람은 차에서 내렸다. 그들은 마스튼 언덕 기슭에서 천천히 브룩스 로를 따라 차를 몰고 있었다. 호머 맥캐슬린이 수잔의 베가를 발견했던 바로 그 삼림로 앞이었다. 그들은 언뜻 햇살에 반짝이는 금속 물체를 보았다. 두 사람은 아무 말 없이, 지금은 쓰이지 않는 삼림로를 따라 올라갔다. 거기에는 깊게 파인 바퀴 자국이 나 있었고, 바퀴 자국 양옆으로는 풀이 높게 자라 있었다. 어디선가 새 울음소리가 들려왔다.

잠시 후 그들은 그 차를 보았다. 벤이 머뭇거리더니 걸음을 멈추었다. 그는 다시 속이 뒤집히는 느낌이 들었다. 팔뚝에서는 식은땀이 흘렀다.

"네가 가서 보렴." 벤이 말했다.

마크가 차가 있는 곳으로 내려가서 운전석 쪽 창으로 몸을 들이밀었다.

"열쇠가 꽂혀 있어요." 마크가 외쳤다.

차가 있는 곳으로 걸음을 떼어 놓던 벤의 발에 뭔가가 걸렸다. 아래를 보니 흙 속에 38 구경 권총이 떨어져 있었다. 벤은 총을 집어 뒤집어 보았다. 경찰들이 흔히 쓰는 연발 권총처럼 보였다.

"누구의 총이죠?"

마크가 벤에게 다가오며 물었다. 그 애의 손에는 수잔의 자동차 열쇠가 들려 있었다.

"모르겠다."

그는 안전장치가 걸려 있는지 확인한 다음 총을 주머니 속에 넣었다.

벤은 마크가 건넨 열쇠를 받아서 베가 쪽으로 걸어갔다. 마치 꿈을 꾸고 있는 기분이었다. 손이 너무 떨려서 두 차례 시도 끝에야 겨우 트렁크 자물쇠 구멍에 열쇠를 꽂을 수 있었다. 그는 열쇠를 돌린 다음 다른 생각을 할 겨를도 없이 트렁크 뚜껑을 올렸다.

두 사람은 그 안을 들여다보았다. 트렁크 안에는 스페어타이어와 잭 말고는 아무것도 없었다. 벤은 그제야 숨을 내뱉고는 자신이 숨을 참고 있었다는 사실을 깨달았다.

"이제 어쩌죠?" 마크가 물었다.

벤은 그 말에 바로 대답하지 않다가 잠시 후 목소리가 제대로 나올 것 같은 기분이 들자 이렇게 말했다.

"이제 매튜 버크라는 아저씨의 친구를 만나 보러 갈 거야. 지금 병원에 있지. 그분은 흡혈귀에 대한 자료를 조사하고 있단다."

소년의 눈에는 여전히 다급한 빛이 남아 있었다.

"제 말을 믿으시는 거예요?"

"그래." 벤은 자신의 입에서 나온 그 소리를 귀로 듣고 나서야 비로소 자신이 그 애의 말을 확인하고 무게를 실어 주고 있다는 사실을 확인했다. 되돌릴 수 없는 일이었다. "그래, 네 말을 믿어."

"버크 씨는 고등학교 선생님이시죠? 그분도 이 일을 알고 계세요?"

"그래. 그분의 주치의도 알고 있단다."

"코디 박사님 말인가요?"

"응."

두 사람은 대화를 하면서도, 마치 그것이 암흑에 싸인 어떤 사라진 종족의 유물이고 자신들이 그것을 마을 서쪽 햇빛이 쏟아지는 숲에서 발견했다는 듯한 눈으로 자동차를 보고 있었다. 열어둔 트렁크가 벌린 입처럼 보여서 벤은 트렁크 뚜껑을 닫았다. 그것이 닫히면서 걸쇠가 걸리는 둔탁한 소리가 그의 가슴에 울려 퍼졌다.

"병원에서 이야기를 하고 난 다음에는 마스튼 저택에 가서 이런 짓을 한 그 자식을 잡을 거야."

마크는 꼼짝 않고 서서 그를 빤히 쳐다보았다.

"그 일은 생각만큼 쉽지 않을지 몰라요. 누나도 거기에 있을 테니까요. 누나는 이제 '그자의 것'이에요."

"그 자식은 살렘스 롯에 온 것을 후회하게 될 거다." 벤이 나직하게 말했다. "자, 어서 가자."

두 사람이 병원에 도착한 시각은 9시 30분이었다. 지미 코디가 매튜의 병실에 와 있었다. 미소도 없이 벤을 쳐다보던 그의 시선이 마크 페트리를 향하면서 호기심을 보였다.

"좋지 않은 소식이 있소, 벤. 수잔 노튼이 사라졌소."

"그녀는 이제 흡혈귀가 됐소."

벤이 밋밋한 어조로 대꾸했다. 매튜가 침대에서 끙 하는 소리를 냈다.

"그게 정말이오?"

지미가 날카로운 어조로 반문했다.

벤이 엄지로 마크 페트리를 가리키면서 소개했다.

"여기 있는 마크는 토요일 밤 대니 글릭의 짤막한 방문을 받았소. 그 나머지 얘기는 이 아이에게서 직접 들어 보구려."

마크가 아까 벤에게 했던 것처럼 두 사람에게 처음부터 끝까지 이야기를 들려 주었다.

마크가 이야기를 마치자 매튜가 먼저 입을 열었다.

"벤, 정말 유감이로군. 뭐라고 해야 좋을지 모르겠소."

"약 같은 것이 필요하다면 줄 수 있소." 지미가 말했다.

"내게 필요한 약은 내가 잘 아오, 지미. 나는 오늘 이 발로우라는 자와 붙을 생각이오. 지금 당장, 어두워지기 전에 말이오."

"좋소." 지미가 말했다. "나는 환자와의 면담 약속을 모두 취소해 놓았소. 그리고 군 보안관 사무실로도 전화를 걸었소. 맥캐슬린 역시 사라졌소."

"아마 그 사실이 이것을 설명해 주겠군." 벤이 주머니에서 권총을 꺼내 매튜의 침대 옆 탁자에 내려놓았다. 권총은 병실 안에서는 정말 낯설고 어울리지 않는 물건처럼 보였다.

"이 총은 어디서 난 거요?"

지미가 총을 집어 들며 말했다.

"수잔의 차 옆에서요."

"그렇다면 짐작이 가는군. 맥캐슬린은 우리와 헤어지고 나서 노튼의 집을 찾아간 거요. 그는 거기서 수잔의 자동차 제작 연도와 모델 명, 그리고 번호를 알았을 거요. 보안관은 혹시 모른다는 생각에 읍 언저리를 순찰했을 테고, 그리고⋯⋯."

중간에서 끊어진 말 때문에 병실에는 침묵이 흘렀다. 그 뒷말을 이을 필요를 느끼는 사람은 없었다.

"포어맨 장의사는 아직 문을 닫아 놓은 상태요. 그리고 크로슨 상점에 눌어붙은 노인들은 쓰레기장 때문에 불평을 늘어놓기 시작했소. 벌써 일주일 동안 더드 로저스를 본 사람이 없다오."

지미가 말했다.

그들은 맥 풀린 눈길로 서로의 얼굴을 쳐다보았다.

"나는 어젯밤 캘러한 신부와 얘기했네. 신부는 먼저 자네들 두 사람과 함께, 그리고 이제는 마크까지 포함해서, 새로 생긴 가구점에 가서 스트레이커와 이야기를 해 보기로 했네."

매튜가 말했다.

"스트레이커는 오늘 아무와도 얘기할 수 없을 텐데요."

마크가 조용히 말했다.

"그런데 '그들'에 대해 뭘 좀 알아내셨나요? 도움이 될 만한 정보라도 있나요?"

지미가 매튜에게 물었다.

"음, 정보를 좀 종합해 보았다네. 스트레이커는 '그것'의 인간 충견이며, 보디가드임에 분명하네. 일종의 인간 친구인 셈이지. 그자는 발로우가 나타나기 오래 전부터 이 마을에 있었을 거야. 어둠의 아버지에게 비위를 맞추기 위한 모종의 의식이 거행되었을 걸세. 발로우에게도 주인이 따로 있다네." 매튜가 침울한 눈으로 그들을 쳐다보았다. "아마 랠피 글릭의 흔적은 영원히 찾아내지 못할 걸세. 내 생각에는 그 애가 발로우의 입장권 노릇을 했던 것 같네. 스트레이커가 그 애를 발로우에게 제물로 바친 거지."

"이런 망할 자식."

지미가 차가운 어조로 말했다.

"그럼 대니 글릭은요?"

벤이 물었다.

"스트레이커는 먼저 그 애의 피를 마셨네. 주인님의 선물인 셈이지. 충실한 하인에게 첫 번째로 피를 마시게 해 준 거라네. 나중에는 발로우 자신이 직접 그 일을 넘겨받았을 거야. 하지만 스트레이커는 발로우가 도착하기 전에 주인을 위해 뭔가 다른 의식을 치렀을 걸세. 그게 뭔지 아는 사람이 있나?"

한동안 침묵이 흐르고 나서 마크가 아주 또렷한 어조로 말했다.

"공동묘지 철문에 달아 놓았던 그 개예요."

"뭐라고? 어째서 그 개가 그런 역할을 했다는 거지?"

지미가 물었다.

"하얀 눈 때문이에요."

마크가 이렇게 말하고 묻는 듯한 눈으로 매튜를 쳐다보자, 매튜가 좀 놀랍다는 얼굴로 고개를 끄덕였다.

"우리들 중에 학자가 있는 줄도 모르고 간밤에 졸면서 이 책들을 읽느라 고생을 했군." 그 말에 소년이 얼굴을 약간 붉혔다. "마크의 말이 정확하네. 몇 가지 권위 있는 민간전승 및 초자연주의 연구서에 의하면 흡혈귀를 쫓는 한 가지 방법은 검은 개의 진짜 눈 위에 하얗게 '천사의 눈'을 칠하는 것이 있다네. 어원의 개는 두 개의 하얀 점을 제외하면 온통 까만색이었어. 그래서 어원은 그것을 그 개의 전조등이라고 말하곤 했네. 그 점은 바로 개의 눈 위에 나 있었지. 어원은 밤에는 개를 풀어 두곤 했네. 스트레이커가 그 개를 보고 죽인 다음 공동묘지 철문에다 매달아 놓은 게 분명해."

"그럼 이 발로우라는 자는 어떻게 된 거죠? 그자는 어떻게 마을에 들어온 건가요?" 지미가 물었다.

매튜가 어깨를 으쓱해 보였다.

"그건 나로서도 알 길이 없네. 그저 전설 속에 나오는 대로 그자가…… 나이가 아주 많으리라는 것 정도는 추측할 수 있지만 말이야. 그자는 수십 번, 아니 수천 번 자기 이름을 바꿨을 걸세. 세상의 거의 모든 나라를 돌아다니며 살았을 테지만, 원래는 루마니아나 마자르나 헝가리 인이었을 것 같네. 어쨌든 그자가 우리 마을에 어떻게 오게 된 건지는 중요하지 않아. 그 일에 래리 크로켓이 관여했다고 해도 그리 놀랄 일은 아닐 것 같지만 말일세. 그자는 지금 우리 마을에 있네. 그것이 중요한 점이야.

이제, 자네들이 해야 할 일을 말해 주겠네. 그자를 만나러 갈 때는 말뚝을 갖고 가게. 그리고 혹시 스트레이커가 살아 있을 경우에 대비해서 총도 가져가게. 맥캐슬린 보안관의 권총이 적당하겠군. 그리고 말뚝은 반드시 심장을 관통해야 하네. 그렇지 않으면 흡혈귀가 다시 살아날 수 있으니까 말일세. 지미, 그것은 자네가 확인해 보게. 일단 말뚝을 박은 다음에는 머리를 자르고 입 속에다 마늘을 잔뜩 집어넣은 다음 시체를 거꾸로 해서 다시 관 속에다 집어넣게. 흔히 흡혈귀에 관한 할리우드 영화 같은 것을 보면 말뚝을 박자마자 흡혈귀가 먼지로 변하면서 사라지는 것으로 나오네. 그런데 현실에서는 그럴 가능성이 거의 없어 보이네. 흡혈귀가 먼지로 변하지 않는다면 관에 돌을 달아 흐르는 물에다 던지게. 로열 강이 적당하겠군. 질문 있나?"

질문은 없었다.

"좋아. 자네들 각자 성수 병과 성체 약간씩을 몸에 지니게. 그리고 출발하기 전에 모두 캘러한 신부 앞에서 고해를 하게나."

"우리들 중에 가톨릭 신자는 없는 것 같은데요." 벤이 말했다.

"내가 가톨릭 신자요. 성당은 다니지 않지만 말이오." 지미가 말했다.

"신자든 아니든 고해와 회개를 해야 하네. 그런 다음에야 그리스도의 피…… 더럽혀진 피가 아니라 깨끗한 피로 정화된 순결한 몸이 되는 거지."

"좋아요." 벤이 말했다.

"벤, 자네 혹시 수잔과 잠을 잤나? 이런 질문을 해서 미안하네만……."

"잤어요."

"그렇다면 자네가 말뚝을 박아야겠군. 먼저 발로우, 그 다음에 수잔에게 말일세. 우리들 중에서 개인적인 상처를 입은 사람은 자네뿐일세. 자네는 그녀의 남편 역할을 맡게 되네. 자네 손으로 수잔을 면제시켜 주게 될 걸세."

"좋아요."

벤이 다시 한 번 대답했다.

"특히……." 매튜가 그들 모두를 바라보면서 말했다. "절대로 그자의 눈을 똑바로 쳐다봐서는 안 되네. 그러면 그자의 손에 넘어가서 목숨을 아랑곳하지 않고 다른 사람들에게 덤비게 될 걸세. 플로이드 티비츠가 어땠는지 보라고. 그래서 아무리 필요한 일이더라도 총을 갖고 간다는 것은 위험한 일일세. 지미, 총은 자네가 맡고, 다른 사람들보다 약간 뒤처져서 따라가게. 그리고 자네가 발로우나 수잔을 검사해야 하는 경우가 생길 때는 총을 마크에게 넘겨주게나."

"알겠어요." 지미가 말했다.

"잊지 말고 마늘을 사게. 그리고 가능하다면 장미도. 컴벌랜드에 있는 그 조그만 꽃집이 아직 문을 열고 있나, 지미?"

"노던 벨 말인가요? 그럴 겁니다."

"한 사람당 백장미 한 송이씩 준비하게. 머리에 달아도 좋고 목에 걸어도 좋아. 다시 한 번 말하지만 절대로 그자의 눈을 보지 말게! 자네들을 좀 더 잡아 두고 이것저것 더 많은 얘기를 할 수도 있지만 이제 가 보는 게 좋겠네. 벌써 10시야. 캘러한 신부에게 더 좋은 생각이 있을지도 모르고. 자네들을 위해 행운을 빌고 기도를 하겠네. 나처럼 늙은 불가지론자의 경우에도 기도는 제법 그럴싸한 속임수가 되거든. 하지만 난 이제 전과는 좀 다른 불가지론자가 된 것 같네. 마음속에서 신을 몰아내면 그 자리에 사탄이 오른다고 말한 게 칼라일이었던가?"

아무도 대꾸하지 않자 매튜는 한숨을 쉬었다.

"지미, 자네 목을 좀 자세히 보고 싶군."

지미가 병상 가까이 가서 턱을 쳐들었다. 상처에는 구멍이 뚜렷이 나타나 있었지만, 두 군데 모두 딱지가 앉아 제대로 아물고 있는 듯이 보였다.

"아프지는 않나? 가렵지는 않고?" 매튜가 물었다.

"아뇨."

"자넨 운이 좋았네."

매튜가 진지한 얼굴로 지미를 보며 말했다.

"앞날을 통틀어도 그만큼 운이 좋을 때가 없을 것 같다는 생각이 들기 시작했죠."

매튜가 침대에서 몸을 뒤로 기댔다. 그는 얼굴을 찡그렸고 두 눈은 푹 꺼져 보였다.

"벤은 사양했지만 나는 약을 좀 먹어야겠군."

"간호사에게 일러두겠습니다."

"자네들이 일하는 동안 나는 잠을 자겠네. 나중에는 또 다른 문제가 있겠지만…… 아무튼 이제 그 얘기는 그만하겠네." 매튜가 이번에는 마크에게로 눈을 돌렸다. "그런데 넌 어제 굉장한 일을 했구나. 어리석고 경솔하긴 했지만, 그래도 굉장했어."

"누나가 대가를 치렀죠."

마크가 조용히 말했다. 그 애는 양손을 앞으로 모아 꽉 쥐었다. 손이 떨리고 있었던 것이다.

"그래, 어쩌면 또 한번 대가를 치르게 될지도 모르겠구나. 너 자신이 아니면, 여기 있는 사람들 모두가 말이야. 그자를 과소평가하지 말게! 자, 이제 괜찮다면 난 몹시 피곤하다네. 어젯밤을 꼬박 책을 읽으며 보냈지. 일이 끝나는 대로 내게 알려 주게."

그들은 병실을 나왔다. 복도에서 벤이 지미를 보고 이렇게 말했다.

"저분을 보면 누구 떠오르는 사람이 없소?"

"있소. 반 헬싱악의 기운이 있는 곳에 나타나 신의 이름으로 처단한다는 가공의 인물이 생각나오."

10시 15분, 에바 밀러는 노튼 부인에게 가져다줄 옥수수 단지 두 개를 꺼내려고 지하실로 내려갔다. 메이벌 워츠에 의하면 부인이 몸져누웠다고 했다. 에바는 9월 대부분을 김이 오르는 부엌에서 통조림을 만드느라 끙끙거리며 보냈다. 그녀는 야채를 데쳐서 담은 다음 자가제 젤리가 담긴 단지를 파라핀 마개로 막았다. 바닥에 흙을 깐 산뜻한 지하실 선반에는 200개가 넘는 통조림 병들이 깔끔하게 정돈되어 있었다. 통조림 만들기는 그녀가 즐겨하는 일이었다. 한 해가 저물어 가을에서 겨울로 접어들고 휴가철이 다가올 무렵에는 민스미트다진 고기에 건포도, 향료 등을 섞은 것으로 파이 속으로 쓰임 통조림을 추가할 작정이었다.

지하실 문을 열자마자 악취가 코를 찔렀다.

"어이쿠, 이게 무슨 냄새람."

그녀는 나지막이 투덜거리며 마치 오염된 연못 속을 지나가듯 조심스럽게 아래로 내려갔다. 그녀의 남편은 자기 손으로 지하실을 만들면서 서늘함을 유지할 수 있도록 일부러 벽을 돌로 만들었다. 그런데 이따금씩 사향뒤쥐, 마멋, 밍크 등이 벌어진 틈으로 기어 들어와 죽는 일이 있었다. 이번에도 그런 일이 일어난 것이 분명했다. 하지만 이렇게 심한 악취는 맡아 본 기억이 없었다.

지하실 바닥으로 내려온 그녀는 머리 위에 달린 두 개의 50와트짜리 전구 불빛 속에서 눈을 가늘게 뜬 채 벽을 따라갔다. 전구를 75와트짜리로 바꿔야겠군 하고 그녀는 생각했다. 그녀는 청색 펜글씨체로 '옥수수'라는 딱지가(각각의 딱지마다 위쪽에 빨간 고추를 한 조각씩 얹어 놓았다.) 단정하게 붙은 단지를 찾아들고도 검사를 계속했다. 심지어 도관(導管)이 잔뜩 난 거대한 난방로 뒤쪽의 좁다란 공간까지 들어가 보았다. 하지만 아무것도 없었다.

다시 부엌으로 올라가는 층계가 있는 곳까지 다다른 그녀는 눈살을 찌푸린 채 양손으로 허리를 짚은 자세로 주위를 둘러보았다. 2년 전 래리 크로켓의 두 아들을 고용해서 집 뒤쪽에 연장 광을 따로 만들고 난 뒤로 키다란 지하실 안은 한결 깔끔해졌다. 인상파 조각가가 만든 칼리의 여신처럼 생긴 난방로가 꼬불거리는 10여 개의 관을 따라 사방으로 뻗어 있었고, 이제 10월이 되어 온기가 아쉬워지게 되었으므로 곧 덧문도 씌워야 할 터였다. 타르칠을 한 방수포가 덮인 초라한 탁자는 원래 랠프가 쓰던 것이었다. 1959년 랠프가 죽고 난 뒤로 쓰는 사람은 없었지만 그래도 그녀는 매년 5월이 되면 펠트 천을 진공청소기로 정성껏 청소하곤 했다. 이제 지하실에는 그밖에 별것이 없었다. 컴벌랜드 병원에 보내려고 수집한 보급판 책을 담은 상자 하나, 손잡이가 부러진 넉가래 하나, 랠프의 오래된 연장을 걸어 두는 나무 못 판 하나, 그리고 이제는 곰팡이가 잔뜩 슨 커튼이 담긴 트렁크 하나가 다였다.

그래도 악취는 여전했다.

그녀의 눈이 땅광으로 통하는 조그만 반쪽 문에 멎었지만, 그곳에는 내려갈 생각이 없었다. 아무튼 오늘은 가지 않을 것이다. 게다가 땅광의 벽은 단단한 콘크리트였기에 동물이 그곳까지 들어올 수는 없었다. 그래도……

"에드?"

그녀가 이유도 없이 불쑥 그렇게 불렀다. 자신의 밋밋한 목소리를 듣고 오히려 더럭 겁이 났을 정도였다.

그 단어는 불빛이 흐릿한 지하실 안에서 사그라졌다. 그런데 어쩌자고 그의 이름을 부른 것일까? 숨을 만한 곳이 좀 있다고는 하지만 에드 크레이그가 여기서 뭘 한다는 말인가? 술? 아마도 그녀의 집 지하실이 이 마을에서 술을 마시기에 가장 울적한 장소일 거라는 생각이 문득 머리를 스쳤다. 에드라면 십중팔구 아무짝에도 쓸모가 없는 버질 래스번과 누군가의 돈으로 산 술을 몽땅 마셔 버릴 장소로 숲 속을 골랐을지도 모른다.

그래도 그녀는 주위를 둘러보면서 그곳에 좀 더 머물렀다. 뭔가가 썩은 듯한 악취가 진동하고 있었고 지하실을 훈증 소독할 일이 일어나지 않기만 바랐다.

땅광 문 쪽을 마지막으로 한번 힐끗 쳐다보고 난 후 그녀는 위로 올라왔다.

캘러한은 세 사람의 이야기를 모두 들었다. 신부가 자신이 알고 있던 사실에 새로운 정보를 보태고 났을 때는 11시 30분을 약간 넘긴 시각이었다. 그들은 사제관의 서늘하고 널따란 객실에 앉아 있었고, 널찍한 전면 유리창으로는 햇살이 잘라내도 충분할 만큼 굵직해 보이는 막대 모양으로 쏟아져 들어왔다. 빛줄기 속에서 몽롱하게 춤추는 먼지 알갱이들을 바라보던 캘러한은 예전에 어디선가 보았던 만화가 생각났다. 빗자루를 든 청소부가 놀란 눈으로 마룻바닥을 내려다보고 있는 만화인데, 청소부는 얼결에 그만 자기 그림자의 일부까지 쓸어내 버렸던 것이다. 캘러한은 지금 그 만화와 얼마간 비슷한 심정이었다. 24시간 사이에 벌써 두 번째로 신부는 절대로 불가능한 일과 직면한 셈인데, 단지 이번에는 그 불가능한 일이 한 작가와, 분별력이 있어 보이는 소년, 그리고 마을 사람들의 존경을 받는 의사의 보강 진술이라는 형태를 취하고 나타났다. 그래도 불가능한 것은 불가능한 것이었다. 자기 그림자를 쓸어 버릴 수는 없는 법이다. 그런데 실제로 그 일이 일어난 것처럼 보인다는 것이 문제였다.

"폭풍이 몰아치고 정전이라도 되었다면 이 일은 훨씬 받아들이기 쉬울 텐데 말이오." 신부가 말했다.

"이건 사실입니다. 제가 보증하죠."

지미는 그 말을 하면서 한 손을 목에 갖다 대었다.

캘러한 신부는 자리에서 일어나 지미의 까만 가방에서 뭔가를 끄집어 냈다. 그것은 끝을 뾰족하게 깎은 야구 방망이 두 개였다. 그가 방망이 하나를 뒤집어 보면서 이렇게 말했다.

"잠깐만 참으세요, 스미스 부인. 그렇게 아프지는 않을 겁니다."

그 말에 아무도 웃지 않았다.

캘러한은 방망이들을 다시 제자리에 집어넣고 창가로 가서 조인트너 로를 내다보았다.

"당신들의 말은 모두 설득력이 있소. 이제 내가, 당신들이 모르는 조그만 사실 한 가지를 추가해야 할 것 같군요."

그는 다시 그들 쪽으로 몸을 돌렸다.

"발로우 앤 스트레이커 가구점 쇼윈도에 '별도의 공지가 있을 때까지 폐점함.' 이라는 내용의 알림판이 나붙었소. 나는 오늘 아침 9시가 되자마자 당신들의 그 수수께끼 같은 스트레이커 씨라는 사람과 버크 선생의 진술 내용을 놓고 의논할 셈으로 그곳에 갔었소. 그런데 상점 문이 닫힌 거요. 앞문이고 뒷문이고 모두."

"그 일이 마크가 말한 내용과 일치한다는 점은 인정하셔야 할 겁니다." 벤이 말했다.

"그럴지도 모르오. 그리고 어쩌면 지금이 유일한 기회일 거요. 다시 한 번 묻겠소. 당신은 정말 가톨릭교회가 이 일에 관여해야 한다고 믿고 있소?"

"그렇습니다. 하지만 필요하다면 신부님 없이도 우리끼리 이 일을 추진할 겁니다. 어쩔 수 없는 경우에는 나 혼자서라도 갈 겁니다." 벤이 말했다.

"아니, 그럴 필요는 없소." 캘러한 신부가 일어서며 말했다. "여러분, 이제 성당 쪽으로 자리를 옮깁시다. 여러분의 고해를 들어야 할 테니까."

벤은 어둡고 곰팡내 나는 고해실에서 어설픈 자세로 무릎을 꿇었다. 마음은 이리저리 소용돌이치고 생각들은 정리되지 않은 채였다. 그 사이를 초현실적인 이미지들이 줄줄이 스쳐 지나갔다. 공원에서의 수잔, 임시변통으로 만든 압설자 십자가 앞에서 벌어진 상처처럼 입을 일그러뜨린 채 뒷걸음질 치는 글릭 부인, 허수아비 같은 차림을 하고 그의 차에 숨어 있다가 뛰쳐나와 달려든 플로이드 티비츠, 수잔의 자동차 차창으로 몸을 들이밀고 있는 마크 페트리. 처음이자 유일하게, 어쩌면 이 모든 일이 꿈일지 모른다는 생각이 들었는데, 지친 그의 마음은 그 가능성에 매달렸다.

그의 시선이 고해실 구석에 놓인 뭔가에 멎었다. 벤은 호기심에서 그것을 집어 들었다. 그것은 빈 박하사탕 상자였는데, 아마 어떤 꼬마의 주머니에서 떨어졌을 것이다. 그것이 주는 현실감은 너무나 또렷했다. 손끝에 닿는 마분지 상자의 촉감은 너무나 생생하고 구체적이었다. 이 악몽 역시 현실이었던 것이다.

조그만 미닫이문이 열렸다. 벤은 그쪽을 쳐다보았지만 그 너머가 보이지 않았다. 뚫린 구멍에 쳐진 망이 너무나 촘촘했기 때문이다.

"어떻게 하는 거죠?"

벤이 망에 대고 물었다.

"'아버지시여, 저를 축복해 주소서. 저는 죄를 지었나이다.' 라고 말하시오."

"아버지시여, 저를 축복해 주소서. 저는 죄를 지었나이다."

그의 목소리는 밀폐된 공간에서 낯설고도 무겁게 들렸다.

"이제 당신이 지은 죄를 말하시오."

"그걸 전부 다 말입니까?"

벤이 찔끔하며 반문했다.

"대표적인 것을 생각해 봐요." 캘러한이 감정이 섞이지 않은 차분한 목소리로 말했다. "날이 어두워지기 전에 뭐든 해야 할 테니까."

벤은 머리를 쥐어짜며, 십계명을 일종의 거름망으로 삼아서 고해를 시작했다. 그런데 고해를 하는 동안 마음이 편해지지는 않았다. 카타르시스를 느낀다는 감은 없고, 낯선 사람에게 자신의 부끄러운 비밀을 말하고 있다는 어렴풋한 당혹감만 들었다. 그래도 벤은 이런 의식이 강박적이 될 수 있는 이유를 알 것 같았다. 거기에는 만성 술꾼에게 강제로 해 주는 알코올 마사지라든가 사춘기 소년의 경우에는 화장실의 느슨한 널빤지 뒤쪽에 있는 그림처럼 자신도 모르게 끌릴 수밖에 없는 힘이 있었다. 거기에는 중세적인 느낌, 저주받은 어떤 것, 구토의 의식과도 같은 느낌도 있었다. 벤은 자신도 모르게 베르히만의 『제7의 봉인』에 나오는, 누더기를 입은 회개자 한 무리가 흑사병이 엄습한 마을을 행렬을 이루며 지나가는 장면을 떠올렸다. 그 회개자들은 자작나무 회초리로 자신들을 채찍질하며 피를 흘리고 있었다. 이런 식으로 자신을 드러내는 데 대한 혐오감은(그리고 고약하게도, 아주 설득력 있게 거짓말을 꾸며 낼 수 있었음에도 그 자신은 거짓말을 용납하려 들지 않았다.) 궁극적으로 그날 해야 할 일을 현실성 있게 보이게 해 주었다. 벤은 자신의 마음속 까만 스크린에 찍힌 '흡혈귀'라는 글자가 거의 눈에 보이는 것 같았다. 그것은 무시무시한 영화 포스터 속의 글자라기보다는 목판에 새기거나 두루마리에 긁어서 만든 작고도 야무진 글자였다. 왠지 자신의 삶과 어울리지 않는 이런 이질적인 의식에 말려든 그는 난감한 느낌이 들었다. 고해실은 어쩌면 늑대인간과 몽마와 마녀가 외부의 암흑에 속하고, 교회가 유일한 광명의 횃불이었던 시절과 직접 이어지는 도관이었을지도 모를 일이다. 난생 처음으로 벤은 저 연륜에서 느리고도 무서운 고동과 팽창을 느꼈으며, 또렷하게 들여다볼 경우 누구나 미쳐 버릴 수도 있는 어떤 거대한 체계 안에서 흐릿하게 가물거리는 불똥으로서 자신의 삶을 보았다. 매튜는 그들에게 캘러한 신부가 교회를 군대로 보고 있다는 얘기를 해 주지 않았지만 벤은 이제 스스로 그 사실을 간파한 셈이었다. 그는 악취를 풍기는 이 조그만 상자 같은 고해실에서, 자신에게 쇄도하는, 자신을 벌거벗기고 하찮은 존재로 만들어 버리는 군대의 위력을 느낄 수 있었다. 아주 어렸을 때부터 고해를 해 왔던 그 어떤 가톨릭 신자도 느낄 수 없는 것을 느낀 것이다.

고해실을 걸어 나온 그는 열린 문을 통해 들어온 신선한 공기가 무척이나 달가웠다. 손으로 목덜미를 만지자 땀이 묻어 나왔다.

그때 캘러한이 고해실 밖으로 나오며 말했다.

"아직 끝나지 않았소."

벤은 아무 말 없이 다시 안으로 들어갔으나 이번에는 무릎을 꿇지 않았다. 캘러한은 그에게 회개의 방법으로 주님의 기도 열 번, 성모송 열 번을 외우라고 했다.

"어떻게 하는지 모릅니다." 벤이 말했다.

"기도문이 적힌 카드를 주겠소." 망 저편에서 목소리가 들려왔다. "컴벌랜드까지 가는 동안 차 안에서 외우면 될 거요."

벤이 잠시 머뭇거리다 말했다.

"매튜의 말이 옳았어요. 우리가 생각하는 것 이상으로 어려운 일이 될 거라고 한 말 말입니다. 이 일을 끝내려면 꽤나 고생을 할 것 같군요."

"그렇소?"

캘러한이 말했다. 그것이 인사치레로 한 말인지 아니면 그저 미심쩍어서 그렇게 대꾸한 것인지 벤으로서는 알 수 없었다. 시선을 아래로 향한 벤은 자기 손에 아직도 빈 박하사탕 상자가 들려 있는 것을 알았다. 그는 한순간 오른손에 쥔 사탕 상자를 형태도 알아볼 수 없을 정도로 구겨 버렸다.

그들이 지미 코디의 큼직한 뷰익을 타고 출발한 것은 1시가 가까운 시각이었다. 입을 여는 사람은 없었다. 도널드 캘러한 신부는 중백의에 자주색 단이 둘린 하얀 영대까지 한 정식 사제복 차림이었다. 신부는 그들 각각에게 성수반의 물이 담긴 조그만 통 하나씩을 주고 성호를 그어 각각을 축복했다. 그리고 자신은 성체 몇 조각이 담긴 조그만 은제 성합을 무릎 위에 놓고 있었다.

그들은 먼저 컴벌랜드 병원에 들렀으며, 지미는 시동을 걸어 둔 채 병원 안으로 들어갔다. 다시 나왔을 때 지미는 맥캐슬린의 권총을 안에 감춘 헐렁한 스포츠 코트 차림을 했으며, 오른손에는 연장용 망치를 들고 있었다.

벤은 재미있다는 눈길로 그 망치를 보았는데, 곁눈질로 보니 마크와 캘러한 신부도 그것을 빤히 쳐다보고 있었다. 청색 강철 머리와 구멍이 난 고무 손잡이가 달린 망치였다.

"좀 보기가 흉하죠?" 지미가 말했다.

그 망치를 사용해서 수잔의 가슴 사이에 말뚝을 박을 생각을 하자 벤은 마치 비행기가 옆으로 느리게 선회할 때처럼 속이 뒤집히는 느낌이 들었다.

"그렇군." 벤이 입술을 축이면서 말했다. "정말 보기 흉하오."

그들은 컴벌랜드 스탑 앤 숍^{대형 할인 매장의 이름}으로 차를 몰았다. 벤과 지미가 안에 들어가 야채 칸에 있는 마늘을 몽땅 집어 들었는데, 희끄무레한 통마늘로 모두 열두 상자였다. 계산대 여점원이 눈썹을 치켜뜨고는 이렇게 말했다.

"제가 오늘 밤 당신들과 장거리 여행을 하지 않는 게 무척 다행이라는 생각이 드는 걸요."

벤이 밖으로 나오면서 생뚱한 어조로 말했다.

"대체 그것들에게 마늘이 효과적이라는 근거가 뭔지 모르겠군. 성경에 그런 말이 나오는지, 아니면 옛날에 저주할 때 쓰이던 건지……."

"내 생각에는 알레르기 때문일 것 같소." 지미가 대꾸했다.

"알레르기라고?"

캘러한 신부가 그들의 대화 끄트머리를 듣고는, 노던 벨 꽃집으로 가는 도중에 무슨 말 끝에 나온 이야기냐고 물었다.

"아, 나도 코디 박사의 말에 동의하오. 아마 알레르기일 거요. 조금이라도 무슨 억제 효과가 있다면 말이지만. 아직 입증된 건 아니라는 점을 잊지 마시오."

"신부님께서 그런 생각을 하시다니 재미있어요." 마크가 말했다.

"어째서 그렇다는 거지? 어차피 흡혈귀의 존재를 인정해야 하는 거라면(적어도 당분간은 그래야 할 것 같지만) 흡혈귀가 모든 자연법을 뛰어넘는 존재라는 것도 인정해야 하지 않을까? 확실히 어느 정도는 그런 것 같구나. 민간에서 전해 오는 얘기로는 흡혈귀는 거울에도 비치지 않고, 박쥐나 늑대나 새 같은 이른바 영혼의 안내자로 변신할 수 있으며, 몸을 줄여서 아주 작은 틈새로도 빠져나갈 수 있다는 거야. 우리가 아는 바로는 흡혈귀는 시각과 청각이 있고 말할 수도 있지. 그리고 대부분은 맛도 느낄 줄 아는 것 같더군. 어쩌면 불쾌감이나 통증도……."

"그러면 사랑도 할 줄 아나요?"

벤이 똑바로 앞을 보면서 물었다.

"그렇지는 않소." 지미가 대답했다. "사랑은 흡혈귀들과는 무관한 것 같소." 그는 온실이 딸려 있는 L자 모양의 꽃집 옆, 조그만 주차장에 차를 갖다 댔다.

안에 들어서자 문에 달린 작은 종이 딸랑거렸으며 짙은 꽃 향기가 엄습했다. 벤은 여러 종류의 꽃 향기가 한데 섞인 지독한 냄새로 인해 속이 느글거렸으며, 문득 장의사를 연상했다.

"어서 오시오."

즈크 천으로 된 앞치마 차림을 한 남자가 한 손에 흙으로 만든 화분을 들고 그들을 맞았다.

벤이 막 어떤 꽃을 찾는지를 말하자 앞치마 차림의 남자가 고개를 저으면서 그의 말허리를 잘랐다.

"한발 늦으신 것 같군요. 지난 금요일에 한 남자 분이 와서 여기 있는 장미란 장미는 모조리 사 가셨소. 빨간 것, 하얀 것, 노란 것 할 것 없이 말이오. 적어도 수요일은 돼야 장미가 더 들어올 것 같소. 주문을 하시겠다면……."

"그 남자 생김새가 어떤가요?"

"아주 인상적이었소." 꽃집 주인이 화분을 내려놓으며 말했다. "키가 크고 머리가 완전히 벗겨진 사람이었소. 눈매가 날카로웠고. 냄새로 볼 때 외국산 담배를 피웠소. 그는 한 팔 가득 세 차례나 꽃을 날라야 했소. 그는 아주 낡은 차 뒤쪽에다 꽃을 실었는데, 아마도 닷지였던 것 같소……."

"패커드죠. 까만색 패커드." 벤이 말했다.

"그렇다면 그분을 아시는군요."

"어떤 의미로는 안다고 할 수 있소."

"그 사람은 현금을 냈소. 적지 않은 금액이었으니까 아주 이상한 일이었죠. 하지만 손님들께서 그분에게 연락해 보면 어쩌면 꽃을 팔지도……."

"그럴지도 모르겠군요." 벤이 말했다.

다시 차에 탄 그들은 그 문제를 놓고 의논을 했다.

"팰머스에도 꽃집이 하나 있는데……."

캘러한 신부가 머뭇거리며 입을 뗐다.

"아니, 그건 안 됩니다!" 벤이 말했다. 흥분한 사람처럼 모가 선 그 음성에 모두 그를 돌아보았다. "우리가 팰머스에 갔는데 스트레이커가 그곳도 다녀갔다면? 그러면 어떡합니까? 포틀랜드로 가나요? 키터리로? 아니면 저 멀리 보스턴까지라도 갈 겁니까? 지금 무슨 일이 벌어지고 있는지 모르시겠소? 그자는 우리가 올 것을 예측한 겁니다! 간발의 차이로 우리를 앞지르고 있다고요!"

"벤, 이성적으로 생각하자고요. 우리가 최소한……."

지미가 말했다.

"매튜가 한 말을 잊었소? '낮 동안은 그자가 일어나지 않을 테니까 나를 해치지 못할 거라는 생각을 해서는 안 된다.'고 한 말 말이오. 시계를 봐요, 지미."

지미가 시계를 보았다. "2시 15분이군." 지미가 느린 어조로 말하고는 시계 바늘을 믿지 못하겠다는 듯이 하늘을 쳐다보았다. 하지만 시간은 맞았다. 이제 그림자는 반대 방향으로 옮아가고 있었다.

"그자는 우리가 올 것을 알고 있었던 거요. 그는 우리보다 매번 네 발은 더 앞섰소. 어떻게 그자가 우리의 존재를 까맣게 모를 거라고 생각할 수 있소? 자기가 발각되고 저항이 있으리라는 것을 염두에 두지 않았다고 생각할 수 있느냔 말이오. 지금 당장 가야 하오. 바늘 끝에서 천사가 몇 명이나 춤을 출 수 있는지 하는 탁상공론을 벌이느라 남은 시간이 다 가기 전에 말이오."

벤이 말했다.

"그 말이 맞소." 캘러한 신부가 조용한 어조로 말했다. "이제 얘기는 그만두고 가는 게 좋을 것 같소."

"그러면 어서 차를 몰아요." 마크가 재촉했다.

지미는 포장도로에 타이어가 긁히는 소리를 내면서 꽃집 주차장에서 재빨리 차를 뺐다. 꽃집 주인은 신부 한 명이 포함된 남자 셋과 어린 소년이 의사 면허가 부착된 자동차를 타고 완전히 미친 사람들처럼 제각기 소리를 지르며 떠나는 광경을 멍하니 바라보았다.

코디는 브룩스 로를 통해 마을에서 보이지 않는 쪽으로 마스튼 저택에 왔는데, 새로운 각도에서 그 집을 본 도널드 캘러한은 '정말 마을 위에 군림하고 있는 듯이 보이는군. 전에는 이쪽을 한번도 보지 못했다는 것이 이상할 정도야.' 하고 생각했다. 조인트너 로와 브룩 가의 갈림길 바로 위 언덕 위에 올라앉은 그 집은 확실히 이상적인 위치에 자리 잡고 있었다. 고도도 알맞을 뿐만 아니라 그곳에서는 마을을 거의 360도로 조망할 수 있었다. 그렇지 않아도 덩치가 크고 산만한데 거기에다 덧창까지 꼭꼭 닫혀 있어서 언짢은 기분을 불러일으켰으며 턱없이 크기만 했다. 그리하여 그 저택은 돌 한 덩어리로 이루어진 석관처럼 불길한 운명을 연상시켰다.

그리고 그 집에서는 자살과 살인이 모두 일어났고, 그것은 곧 그 집이 부정한 땅에 서 있다는 의미였다.

캘러한은 그 말을 하려고 입을 열다 말고 마음을 고쳐먹었다.

브룩스 로로 접어들자 한동안 저택은 숲에 가려 보이지 않았다. 이윽고 숲이 엷어지고 코디가 진입로 안으로 차를 몰았다. 패커드는 차고 바로 밖에 주차되어 있었으며, 지미는 시동을 끄고 맥캐슬린의 권총을 꺼냈다.

캘러한은 그 집의 분위기가 단번에 자신을 덮치는 느낌을 받았다. 그는 주머니에서 십자가를 꺼내(그것은 그의 모친이 쓰던 것이었다.) 자신의 것과 함께 목에 걸었다. 가을 잎이 모두 진 숲에서는 새 한 마리 울지 않았다. 제멋대로 자란 긴 풀은 계절의 끝에서 볼 수 있는 것보다 한층 더 바싹 말라붙어 보였고, 지면 자체는 푸석푸석한 잿빛을 띠고 있었다.

현관으로 난 층계는 마구 뒤틀려 있었으며, 현관 기둥 한쪽에 최근까지 붙어 있던 출입 금지 표지판을 떼어 낸 네모난 자리가 좀 더 밝은 빛을 띠고 있었다. 현관문의 녹슨 빗장 바로 밑에는 새로 단 예일 자물쇠가 눈에 거슬릴 정도로 반짝거렸다.

"마크가 그랬던 것처럼 창문으로 들어가는 것이……."

지미가 머뭇거리며 입을 열었다.

"아니오. 현관으로 곧장 들어갑시다. 필요하다면 문을 부숴서라도 말이오."

벤이 말했다.

"그럴 필요는 없을 것 같군."

캘러한은 그렇게 말하는 자신의 음성이 마치 남의 목소리 같았다. 차에서 내린 후 캘러한은 다른 생각을 할 겨를도 없이 일행을 인도했다. 현관문으로 다가갈수록 오래 전에 자신에게서 이미 사라졌으리라고 믿었던 열망이 다시금 샘솟는 느낌이었다. 저택이 그들을 향해 기울어지면서 갈라진 페인트 틈새로 그 사악한 기운을 내뿜는 듯했다. 그래도 캘러한은 망설이지 않았다. 사태를 관망하려는 생각은 깨끗이 사라졌다. 바로 조금 전까지만 해도 신부는 재촉을 받으면서도 그들을 인도하려 들지 않았다.

"하느님 아버지의 이름으로 명령하나니!" 신부가 소리쳤다. 그의 목쉰 음성에 담긴 당당한 어조에 일행들은 자기도 모르게 신부 곁으로 다가섰다. "이 집에서 악은 물러가라! 마귀여, 썩 꺼져라!" 다음 순간 신부는 자신이 하고 있는 일을 의식하지 않은 채 손에 들고 있던 십자가로 문짝을 세게 후려쳤다.

섬광이 번쩍 일면서(나중에 그들 모두, 정말로 섬광이 보였다는

데 의견의 일치를 보았다.) 코를 찌르는 오존 냄새가 확 끼쳤다. 그
와 동시에 널빤지 자체가 비명이라도 지르듯 요란하게 갈라지는
소리가 났다. 현관문 바로 위에 있는 곡선 모양의 부채꼴 채광창
이 갑자기 바깥쪽으로 파열하면서 동시에 잔디밭에 면한 커다란
왼쪽 퇴창이 풀밭 위로 유리 조각들을 쏟아 냈다. 지미가 비명을
질렀다. 새로 단 예일 자물쇠가 거의 형체를 알아볼 수 없을 만큼
녹아 버린 채 그들의 발치 판자 마루 위에 떨어져 있었다. 마크가
허리를 숙이고 그것을 집어 들려다가 화들짝 놀라며 비명을 질
렀다.

"뜨거워요."

캘러한이 몸을 떨면서 현관문에서 물러났다. 그는 자신이 들고
있던 십자가를 내려다보았다. "내 생애에 이렇게 놀라운 일은 처
음이군." 하고 그가 말했다. 그는 하느님의 얼굴을 찾기라도 하듯
고개를 들어 하늘을 바라보았지만 하늘은 태평하기만 했다.

벤이 안으로 밀자 문이 쉽게 열렸다. 그러나 그는 캘러한 신부
가 먼저 들어가도록 기다렸다. 현관홀에서 캘러한이 마크를 쳐다
보았다.

"지하실은 부엌을 통해서 가게 돼 있어요." 마크가 말했다. "스
트레이커는 위층에 있고요. 하지만……." 그 애는 말하다 말고 이
마를 찌푸렸다. "뭔가 달라졌어요. 뭔지 모르겠지만 전에 왔을 때
하고 똑같지가 않아요."

그들은 먼저 위층부터 올라갔는데, 벤은 자신이 앞장을 서지
않았는데도 불구하고 2층 복도 맨 안쪽에 있는 문으로 다가가면
서 차츰 옛날의 공포가 따끔거리며 되살아났다. 이제 살렘스 롯

에 돌아온 지 거의 한 달 만에 그 방을 두 빈째로 보게 될 터였다. 캘러한이 문을 밀어 여는 순간 벤의 시선이 위로 향했다. 목구멍으로 솟구치던 비명 소리가 미처 막을 사이도 없이 입 밖으로 새어 나왔다. 그것은 여자처럼 날카로운 히스테리성 비명이었다.

하지만 머리 위 대들보에 매달려 있는 것은 허버트 마스튼도, 그의 유령도 아니었다.

스트레이커였다. 스트레이커가 목이 죽 찢어진 채 마치 도살장의 돼지처럼 거꾸로 매달려 있었던 것이다. 생기를 잃은 두 눈은 그들을 향하고 있었지만, 그들을 그대로 지나쳐 통과하고 있었다.

피가 모조리 빠져나간 그는 더할 나위 없이 창백했다.

"하느님 맙소사, 하느님 맙소사." 캘러한 신부가 말했다.

그들은 천천히 방 안으로 들어갔다. 캘러한과 코디가 약간 앞장서고 벤과 마크가 그 뒤를 바짝 붙어서 따라갔다.

스트레이커의 두 발은 묶여 있었으며, 발을 묶은 줄을 위로 끌어올려 들보에 고정시켜 놓은 상태였다. 문득 머리 한구석에서 벤은, 스트레이커의 시체를 아래로 늘어진 손끝이 바닥에 닿지 않도록 저 높이까지 끌어올리기 위해서는 엄청난 힘의 소유자가 아니면 어려울 것이라고 생각했다.

지미가 손목을 안쪽으로 해서 스트레이커의 이마를 대 보고 나더니 이번에는 시체의 손을 잡아 보았다. "죽은 지 18시간쯤 된 것 같소." 지미는 몸서리를 치면서 시체의 손을 놓았다. "맙소사,

왜 이런 끔찍한 방법을…… 도무지 이해할 수가 없군요. 어째
서…… 누가…….”

　“발로우 짓이에요.”

　마크가 말했다. 그 애는 조금도 위축되지 않은 채 스트레이커
의 시체를 빤히 바라보고 있었다.

　“스트레이커가 실수를 한 거로군. 그자에겐 영생이 허락되지
않았던 거야. 하지만 어째서 이런 식이지? 이렇게 거꾸로 매달다
니.”

　“고대 마케도니아 방식이라오. 적이나 배신자의 머리가 하늘이
아니라 땅을 향하도록 일부러 거꾸로 매단 거요. 성 바오로께서
도 저런 식으로 처형되셨소. 다리가 부러진 상태로 X자 모양의
십자가에 박혀서 말이오.”

　캘러한 신부가 말했다.

　벤이 입을 열었는데, 그의 음성은 늙고 목구멍에 먼지가 잔뜩
낀 것처럼 탁하게 들렸다.

　“그자는 우리의 관심을 다른 데로 돌리고 있는 거요. 오만 가지
속임수를 쓰고 있소. 자, 어서 갑시다.”

　그들은 벤을 따라 복도로, 층계로, 그 다음엔 부엌으로 향했다.
일단 그곳에 이르자 벤은 다시 선두를 캘러한 신부에게 넘겼다.
한순간 그들은 서로 얼굴을 쳐다보고, 그런 다음 아래로 내려가
는 지하실 문을 쳐다보기만 했다. 25년 전쯤 벤 자신이 위층에 올
라갔을 때 그랬던 것처럼, 어쩔 수 없이 떠오르는 의문을 품은 채.

신부가 지하실 문을 연 순간 마크는 고약한 썩은 내가 다시금 콧속으로 밀려드는 것을 느꼈지만, 어쩐지 그 냄새 역시 전과 달랐다. 냄새가 그렇게까지 강하지 않았다. 왠지 냄새에 담겼던 악의도 훨씬 줄어든 것처럼 느껴졌다.

신부는 층계 아래로 내려가기 시작했다. 그래도 캘러한 신부의 뒤를 따라 그 주검의 구덩이 속으로 내려가는 데는 모든 의지력을 동원해야 했다.

지미가 가방에서 손전등을 꺼내 불을 켰다. 손전등 불빛이 바닥을 비추고 한쪽 벽으로 건너갔다가 다시 되돌아왔다. 길쭉한 궤짝에 잠시 머물던 불빛이 탁자 위로 향했다.

"저기……." 마크가 말했다. "저것 좀 보세요."

그것은 이 온통 음침한 지하실의 어둠 속에서 반짝이는, 값비싸 보이는 노란색 피지로 된 말끔한 봉투였다.

"저것은 속임수요. 만지지 않는 게 좋겠소."

캘러한 신부가 말했다.

"그렇지 않아요." 마크가 나섰다. 그 애는 안도감과 함께 실망감을 동시에 느꼈다. "그자는 지금 이곳에 없어요. 떠났어요. 저 봉투는 우리를 위해 남겨 둔 거예요. 필시 더러운 내용으로 가득 차 있을 테지만요."

벤이 그쪽으로 걸어가서 봉투를 집어 들었다. 그러고는 두 번 뒤집어 본 다음(마크는 지미의 손전등 불빛에 벤의 떨리는 손가락을 보았다.) 봉투를 뜯었다.

그 안에는 역시 봉투와 같은 재질의 고급 피지 한 장이 들어 있었다. 모두 벤의 주위로 모여들었다. 지미가 손전등 불빛을 비추

어 보니, 피지에는 우아하면서도 한편으론 거미 다리처럼 가느다
란 필적이 빽빽하게 적혀 있었다. 그들 모두 내용을 읽어 보았는
데, 마크가 읽는 속도는 다른 사람들보다 약간 느렸다.

10월 4일

친애하는 젊은 친구들에게,

여러분께서 이렇게 들러 주시다니 정말 반갑습니다.

나는 사람들과 어울리는 일을 한번도 싫어한 적이 없습니다. 길
고도 외롭기만 한 인생에서 만남이야말로 나의 큰 기쁨이기 때문
입니다. 여러분이 밤에 오셨더라면 더할 나위 없이 반갑게 직접
나서서 맞았을 것입니다. 하지만 여러분은 낮 시간에 이곳에 오실
테니까 나는 자리를 피하는 것이 상책이라고 생각했습니다.

나는 여러분께 조그마한 감사의 표시를 남겨 놓았습니다. 여러
분 가운데 한 분과 아주 가까웠던 누군가가 현재 내가, 다른 거처
가 좀 더 쾌적할지 모르겠다고 마음먹게 되기까지 여러 날 동안
살았던 이 집 안에 있습니다. 그녀는 매우 사랑스럽더군요, 미어
스 씨. 표현에 멋을 부려도 좋다면 말인데, 아주 '맛 좋았다.'고
할 수 있을 정도랍니다. 이제 내게는 그녀가 더 이상 필요하지 않
기 때문에 그녀를 여러분께 남겨 두었습니다. 영어 관용구로 그것
을 뭐라고 합니까? 본격적인 행사를 위한 워밍업이라고 해야 할까
요? 괜찮다면 여러분의 식욕을 돋워 줄 전채(前菜)라고도 할 수
있을 것입니다. 여러분에게 제공될 메인 코스에 앞서 나오는 이
전채가 마음에 드실지 모르겠군요.

페트리 도련님, 당신은 지금껏 써 본 중에서 가장 충실하고 꾀바른 하인을 내게서 빼앗아 갔습니다. 당신은 간접적이긴 하지만 나로 하여금 그를 파멸시키게 만든 장본인이었습니다. 나의 의욕을 잃게 만들었단 말입니다. 생각건대 당신은 필시 그의 뒤로 몰래 다가갔을 것입니다. 나는 기꺼이 당신을 상대할 생각입니다. 먼저 당신의 부모부터 처치해야겠지요. 오늘 밤이나…… 내일 밤…… 그렇지 않으면 그 다음 날 밤에라도 말입니다. 그 다음에 당신을 손봐 주겠습니다. 하지만 나는 당신을 거세시켜 내 신전의 소년 성가 대원으로 삼을 것입니다.

그리고 캘러한 신부님, 다른 분들이 당신을 이곳에 오자고 설득했습니까? 나는 그러리라 생각했습니다. 나는 예루살렘스 롯에 도착한 이후 한동안 당신을 관찰해 왔습니다. 훌륭한 체스 선수가 게임 상대방을 연구할 때처럼 말입니다. 내가 제대로 표현을 했습니까? 하지만 가톨릭교회가 내게 가장 오래된 적이었던 것은 아닙니다. 교회가 아직 어린애였을 때, 그 신도들이 로마의 지하 묘지에 숨어 서로를 식별하기 위해 가슴에 물고기를 그리고 다녔을 때 나는 이미 노인이었습니다. 양의 구원자를 받들며 빵과 포도주를 먹는 이 선웃음 짓던 무리가 아직 힘이 없었을 때 나는 이미 강한 존재였습니다. 당신들의 교회에 의식이라는 것이 아직 없었을 때 나의 의식은 이미 익을 대로 익었습니다. 그렇다고 내가 교회를 과소평가하지는 않습니다. 나는 악뿐 아니라 선에도 통달해 있습니다. 나는 지치지 않았습니다.

나는 당신들을 이기게 될 겁니다. 어떻게? 하고 물으실 테지요. 캘러한에게 백(白)의 상징이 있는데 어떻게 그럴 수 있느냐? 기독

교도와 이교도 모두, 나의 멋진 친구 매튜 버크가 나와 내 동포들을 물리칠 주문과 마약을 알려 주었는데 어떻게 이기겠느냐고 말입니다. 모두 맞는 말입니다. 하지만 나는 여러분보다 훨씬 오래 살았습니다. 나는 교활합니다. 나는 뱀이 아니라 뱀의 아버지입니다.

그러나 그것으로 충분치 않다고 하시겠지요. 맞는 말입니다. 결국 캘러한 '신부'여, 당신은 스스로 파멸하게 될 겁니다. 백에 대한 당신의 믿음은 유약하고 여립니다. 사랑에 대한 당신의 강론은 추정에 불과합니다. 당신은 오직 술에 대해서만 정통할 뿐입니다.

친애하는 친구 여러분…… 미어스 씨, 코디 씨, 페트리 도련님, 캘러한 신부님…… 이 집에 계시는 동안 즐겁게 지내시기를. 이 집의 전 주인께서(이제 그분과 함께 교제할 수는 없게 되었지만) 나를 위해 마련해 놓으신 메독 포도주는 맛이 아주 훌륭합니다. 여러분께서 당면한 일을 끝내고 난 뒤에도 아직 포도주를 마실 식욕이 남아 있다면 부디 나의 대접을 받아 주십시오. 우리는 다시 만나게 될 겁니다. 직접 얼굴을 맞대고 말입니다. 그때에는 좀 더 사적인 방법으로 여러분 각자를 축하해 드리겠습니다.

그럼, 그때까지 안녕.

바로우 씀

벤은 몸을 부르르 떨면서 편지를 탁자에 떨어뜨렸다. 그는 다른 사람들의 얼굴을 쳐다보았다. 마크는 양손을 꼭 쥔 채 서 있었다. 그 애의 입은 뭔가 썩은 음식을 씹은 사람처럼 잔뜩 일그러진 채 굳어 있었다. 이상하리만큼 소년처럼 보이는 지미는 창백한 얼굴을 잔뜩 찡그리고 있었다. 도널드 캘러한 신부의 두 눈은 활활 타오르고 입은 떨리는 활처럼 양 끝이 아래로 내려가 있었다.

그들도 한 사람씩 벤의 얼굴을 쳐다보았다.

"자, 시작합시다." 벤이 말했다.

그들은 일제히 지하실 구석으로 향했다.

파킨스 길레스피가 벽돌로 지은 읍 사무소 정문 계단 위에 서서 고성능 쌍안경을 들여다보고 있을 때 놀리 가드너가 경찰차를 앞에 대고는 혁대를 한 번 추켜올리는 동작을 취하면서 차에서 내렸다.

"무슨 일입니까, 치안관님?"

놀리가 층계를 오르면서 물었다.

파킨스가 그에게 말없이 쌍안경을 건네면서 못이 박힌 한쪽 엄지로 마스튼 저택을 가리켜 보였다.

놀리는 그쪽을 보았다. 구형 패커드와 그 앞에 주차된 황갈색 신형 뷰익이 보였다. 뷰익의 번호를 알아볼 수 있을 만큼 쌍안경 배율이 높지 않았다. 놀리는 눈에서 쌍안경을 떼며 말했다.

"코디 박사의 차가 아닌가요?"

"그런 것 같군."

파킨스는 펠멜을 하나 물고 등 뒤의 벽돌 벽에다 성냥을 북 그었다.

"패커드 말고 다른 차가 있는 것은 처음 봤는데요."

"그건 그래."

파킨스가 생각에 잠긴 말투로 대꾸했다.

"저기 올라가서 한번 알아볼까요?"

놀리는 그 말을 여느 때처럼 열의를 갖고 말하지 못했다. 그는 벌써 5년이나 법 집행관 노릇을 했는데도 여전히 자신의 직무에 도취되어 있었다.

"아니, 저 집은 그냥 놔두는 게 좋을 것 같네." 파킨스는 급행 열차 시각을 확인하는 열차 승무원처럼 조끼에서 시계를 꺼내 소용돌이 모양의 무늬가 새겨진 은제 뚜껑을 열었다. 아직 3시 41분이었다. 그는 읍 사무소에 걸린 시계와 자신의 시계를 대조해 보고는 그것을 다시 조끼 주머니 속에 집어넣었다.

"플로이드 티비츠와 맥두갈네 꼬마는 어떻게 된 거죠?"

놀리가 물어보았다.

"몰라."

"오."

놀리가 한순간 당황해서 그렇게 말했다. 파킨스는 언제나 과묵한 편이었지만, 이제는 정도가 더 심해졌다. 그는 다시 쌍안경을 들여다보았다. 그러나 달라진 것은 아무것도 없었다.

"오늘은 마을이 조용한 것 같군요."

놀리가 다시 먼저 입을 열었다.

"그렇군."

파킨스는 이렇게 대꾸하고는 연푸른 눈으로 조인트너 로와 공원 쪽을 바라보았다. 그쪽 거리와 공원 모두 인적이 없었다. 거의 하루 종일 그곳에는 사람이 드나들지 않았다. 아기를 산책시키는 엄마들이나 전몰자 기념비 근처를 어슬렁거리는 게으름뱅이들도 눈에 띄게 사라졌다.

"재미있는 일이 일어난 것 같아요."

놀리가 다시 말을 붙여 보았다.

"그래."

파킨스가 여전히 마을 쪽을 응시한 채 대꾸했다.

흡사 숨을 거두기 전 마지막 시도라도 하는 것처럼 놀리는, 파킨스가 한번도 걸려들지 않은 적이 없던 화젯거리를 미끼로 던져 보았다.

"구름이 끼고 있네요. 오늘 밤엔 비가 오겠어요."

파킨스는 하늘을 살펴보았다. 바로 머리 위에는 고등어 비늘 같은 구름이, 그리고 저 멀리 남서쪽 하늘에는 가로 막대처럼 길쭉하게 늘어선 구름이 끼어 있었다. "그렇군." 파킨스는 그렇게 말하고는 담배꽁초를 멀리 집어던졌다.

"치안관님, 괜찮으세요?"

파킨스 길레스피는 그 말을 곰곰이 생각해 보았다.

"아니."

"무슨 일이라도 있나요?"

"아무래도 내가 지독하게 겁을 먹은 모양이야."

길레스피가 말했다.

"뭐라고요?" 놀리가 떠듬대며 반문했다. "뭣 때문에요?"

"모르겠어."

파킨스는 쌍안경을 돌려받았다. 그러고는 다시 마스튼 저택을 차근차근 훑어 보기 시작했다. 놀리는 그 곁에 우두커니 서 있었다.

편지를 받쳐 놓았던 식탁 너머에서 지하실은 L자 모양으로 꺾어졌다. 그들은 이제 예전에 포도주 저장실로 쓰였던 곳에 있었다. 허버트 마스튼은 정말 주류 밀매 업자였던 모양이군 하고 벤은 생각했다. 그곳에는 먼지와 거미줄로 덮인 작은 크기와 중간 크기 정도의 술통들이 있었다. 한쪽 벽은 열십 자 모양의 포도주 선반으로 채워져 있었으며, 오래된 1.5리터짜리 술병들이 다이아몬드 모양을 한 칸에서 여기저기 삐죽삐죽 튀어나와 있었다. 개중에는 깨진 것들도 있었으며, 한때 예민한 미각을 위해 부르고뉴산 적포도주가 대기하고 있던 곳은 이제 거미가 진을 치고 있었다. 그 나머지는 분명 식초가 되었을 것이다. 코를 찌르는 시큼하고 부패한 냄새가 한데 섞여 공기 중에 감돌고 있었다.

"싫어요." 벤이 분명하면서도 나지막한 목소리로 말했다. "그럴 수 없소."

"이건 당신이 해야 할 일이오. 이 일이 쉽다거나 최선이라고 말하고 있는 것이 아니오. 그저 당신이 해야 할 일이라고 말하는 거요."

캘러한 신부가 말했다.

"난 할 수 없다고요!" 벤이 외쳤다. 이번에는 그의 목소리가 지하실 안에 쩌렁쩌렁 울려 퍼졌다.

그 한복판 높이를 높인 단 위, 지미의 손전등 불빛이 비추고 있는 자리에 수잔 노튼이 꼼짝 않고 누워 있었다. 그녀는 어깨에서 발끝까지 아무 무늬도 없는 하얀 리넨 천으로 덮여 있었으며, 그곳에 이른 그들은 아무 말도 할 수 없었다. 놀라움 때문에 말이 막혔던 것이다.

생전의 그녀는 어딘가에서(아마도 간발의 차이로) 미녀가 될 기회를 놓친(용모에 결함이 있어서가 아니라 삶이 너무도 조용하고 밋밋했기 때문에) 명랑하고 예쁜 여자였다. 그런데 이제 그녀는 미녀가 되어 있었다. 그녀가 이룬 것은 암흑의 미였다.

죽음은 그녀에게 아무런 흔적도 남겨 놓지 못했다. 얼굴은 홍조를 띠고 있었고, 화장기 없는 입술은 붉게 타오르는 듯한 진홍색이었다. 이마는 창백했으나 흠 하나 없었고 피부는 크림 빛이었다. 감은 눈 아래로는 검은 속눈썹이 뺨 위로 머리 검댕처럼 내려앉아 있었다. 한 손은 구부린 채 옆구리에 놓였고, 다른 한 손은 허리 위에 가볍게 얹혀 있었다. 그러나 전체적인 인상은 천사처럼 귀여운 것이 아니라 따로따로 분리된 차가운 아름다움이었다. 그녀의 얼굴에 있는 어떤 점(확연하게 드러난 것이 아니라 언뜻 암시된 어떤 느낌)이 지미로 하여금, 술집 뒷골목에서 군인들 앞에 무릎을 꿇은(그것도 처음이나 백 번 정도가 아니라), 열세 살도 채 되지 않은 사이공의 어린 소녀를 연상시켰다. 그러나 타락한 사이공 소녀들의 경우는 악하기 때문이 아니라 너무 일찍 세상을 알아 버린 것에 불과했다. 수잔의 얼굴은 전혀 다르게 변해 있었지만 어떻게 변한 것인지는 꼬집어 말할 수 없었다.

캘러한 신부가 한발 앞으로 나서며 그녀의 왼쪽 젖가슴에서 탄력 있는 부분을 손끝으로 누르며 말했다.

"여기, 심장에다 박아야 하오."

"싫어요. 그럴 수 없어요."

벤이 같은 말을 반복했다.

"그녀의 연인이 되시오. 아니, 그보다는 그녀의 남편이라고 합시다. 당신은 그녀를 해치는 게 아니오, 벤. 그녀를 해방시켜 주는 거요. 이 일에서 상처 입을 사람은 당신뿐이오."

캘러한 신부가 부드러운 어조로 말했다.

벤은 말없이 신부를 쳐다보았다. 마크가 지미의 검정 가방에서 꺼내 온 말뚝을 아무 말 없이 내밀었다. 자신이 내민 손이 하염없이 뻗어나가는 듯한 기분이 들었지만 벤은 결국 말뚝을 받아 들었다.

'이 일을 할 때 그 생각을 하지 않는다면, 어쩌면……'

하지만 그 생각을 하지 않는다는 것은 불가능할 것이다. 문득 재미있게 읽었던(이제는 조금도 재미있게 여겨지지 않지만)『드라큘라』의 대사 한 줄이 떠올랐다. 그것은 반 헬싱이, 지금과 똑같은 무시운 과제에 직면하게 된 아서 홀름우드에게 한 말이었다. '찬물을 건너가야 따뜻한 땅에 이르는 법이지.'

하지만 그들 가운데 누구에게든 두 번 다시 유쾌한 일이라는 것이 있을 수 있을까?

"자, 시작해요!" 그가 신음 소리처럼 내뱉었다. "내게 이런 일을 시키지 말고……."

대답이 없었다.

벤은 자신의 이마와 뺨과 팔뚝에서 차갑고 병적인 감촉과 함께 땀방울이 솟는 것을 느꼈다. 네 시간 전만 해도 평범한 야구 방망이에 불과하던 말뚝에, 마치 눈에 보이지 않는 어마어마한 힘의 동선이 집중되기라도 한 것처럼 기분 나쁜 무게감이 느껴졌다.

그는 말뚝을 그녀의 왼쪽 가슴, 블라우스의 잠긴 단추 중에 맨 마지막 단추 바로 위쪽에 올려놓았다. 말뚝의 끝 때문에 그녀의 살이 움푹 들어갔다. 도저히 억누를 수 없는 경련 때문에 벤의 입가가 씰룩거리기 시작했다.

"그녀는 죽지 않았소."

벤이 목쉰, 탁한 음성으로 말했다. 그것이 그의 마지막 항변이었던 셈이다.

"그렇소. 그녀는 불사의 존재가 된 거요, 벤."

지미가 냉정하게 말했다.

지미는 조금 전 그들에게 그 사실을 증명했었다. 그녀의 움직이지 않는 팔에 혈압 밴드를 두르고 펌프를 했다. 계기는 00/00을 가리켰었다. 또 그녀의 가슴에 청진기를 대고 한 사람씩 번갈아 가며 그녀의 몸속에서 들려오는 정적을 듣게 해 주었다.

그때 뭔가가 벤의 다른 한 손에 쥐어졌다. 몇 년이 지나고 나서도 벤은 그때 그들 중에서 누가 그것을 자기 손에 쥐어 주었는지 기억하지 못했다. 망치였다. 구멍 난 고무 자루가 달린 공업용 망치였다. 망치 머리가 손전등 불빛 때문에 흐릿하게 빛났다.

"어서 하시오. 그런 다음 밝은 바깥으로 나가요. 나머지 일은 우리가 알아서 하리다."

캘러한이 말했다.

'찬물을 건너가야 따뜻한 땅에 이르는 법이지.'

"하느님, 용서해 주소서."

벤이 나지막이 속삭였다.

그는 망치를 번쩍 들었다가 재빨리 내리쳤다.

망치가 말뚝 꼭대기에 정확히 떨어진 순간 길쭉한 물푸레나무를 타고 전해진 아교질의 진동 감촉은 이후로 영원토록 벤을 따라다니며 그의 꿈에 나타나게 될 것이다. 그 순간 그녀가 마치 타격의 힘을 받은 것처럼 그 푸르고 큰 눈을 번쩍 떴다. 말뚝이 박힌 지점에서 놀랄 만큼 용솟음치며 올라온 선홍색 피가 그의 두 손과 셔츠와 뺨에까지 튀었다. 지하실 안은 삽시간에 피 특유의 강렬한 구리 냄새로 가득 찼다.

수잔은 탁자 위에서 몸부림을 쳤다. 그러고는 마치 새가 날갯짓하듯 번쩍 치켜든 두 손을 허공에서 미친 듯이 퍼덕거렸다. 덜거덕거리는 두 발로는 탁자의 나무판 위를 북을 치듯 마구 두들겨 댔다. 그녀가 입을 떡 벌리자 이리처럼 무시무시한 송곳니가 드러났다. 그러고는 지옥의 나팔 소리처럼 찢어질 듯한 비명을 잇따라 내지르기 시작했다. 입 가장자리로는 시뻘건 피가 넘쳐흘렀다.

망치가 올라갔다가 떨어졌다. 한 번 더…… 한 번 더…… 한 번 더.

벤의 머릿속은 큰 까마귀들의 울음소리로 가득했다. 그 소리는 끔찍하고 기억도 할 수 없는 이미지들과 함께 머릿속을 선회했다. 그의 두 손도, 말뚝도, 무자비하게 올라갔다가 떨어지는 망치도 온통 진홍색으로 물들었다. 지미의 떨리는 손에 들린 손전등은 수잔의 미친 것 같은 사나운 얼굴을 발작적으로 비추는 스트로보스코프_{급속히 움직이는 물체를 정지한 것처럼 보이게 촬영하는 장치}가 된 것 같았다. 그녀의 이빨이 가위처럼 입술을 갈기갈기 찢었다. 지미가 한쪽에 단정하게 개켜 놓은 리넨 시트까지 피가 튀어 흡사 중국 도장과도 같은 무늬를 만들었다.

다음 순간 갑자기 그녀의 등이 활처럼 구부러지면서 거의 턱이 부서질 정도까지 입이 떡 벌어졌다. 말뚝 때문에 생긴 상처에서 시커먼(이 불안정하고 광기 어린 불빛 속에서는 거의 새까맣게 보이는) 피가 거대한 폭발이라도 하듯 분출되었다. 심장의 피였다. 떡 벌어진 입의 공명 상자로부터 솟아 나온 비명이 인류의 가장 깊은 기억, 그 모든 지하로부터 습기 찬 어둠 속 구석구석으로 퍼져 나갔다. 그녀의 입과 코에서 갑자기 피가 벌컥벌컥 끓어 올랐다. 아니 그것 말고 뭔가가 더 있었다. 희미한 빛 속에서 그것은 그저 기만과 파멸 끝에 불쑥 뛰쳐 나온 뭔가가 언뜻 비친 그림자처럼 보였다. 그것은 어둠과 한 덩어리가 되어 녹아 버리더니 이내 사라졌다.

그녀는 뒤로 편안하게 누운 자세를 취하더니 긴장이 풀어진 입도 다시 닫혔다. 잘게 찢어진 입술이 벌어지면서 속삭이는 듯한 소리와 함께 마지막 숨결을 토해 냈다. 한순간 눈꺼풀이 파닥거렸다. 그리고 그 순간 벤은 공원에서 만났던, 자신이 쓴 책을 읽고 있던 그때의 수잔을 보았다. 어쩌면 보았다고 상상한 것일지도 모르지만.

그 일이 끝났다.

그는 망치를 떨어뜨리고는, 마치 폭동을 일으킨 교향악단 앞에서 겁을 집어먹은 지휘자처럼 두 손을 앞으로 뻗은 채 뒷걸음질을 쳤다.

캘러한이 그의 어깨에 손을 얹었다.

"벤……."

그 순간 벤은 그 자리에서 달아났다.

그는 비틀거리며 층계 위로 올라가다가 넘어졌고, 맨 위에서 들어오는 빛을 향해 기어 올라갔다. 어린 시절의 공포와 어른이 되고 나서 느낀 공포가 한 덩어리가 되었던 것이다. 만약 그때 어깨너머로 돌아보았다면 벤은 허비 마스튼이(어쩌면 스트레이커였을지도 모르지만) 바로 손바닥 하나만큼 사이를 둔 채 여전히 목덜미를 파고든 밧줄을 그대로 맨 상태로 등 뒤에서 그 푸르뎅뎅하게 부푼 얼굴로 이를 드러낸 채(이가 아니라 송곳니만을 보여 주는 그런 웃음을) 웃고 있었다는 사실을 알았을 것이다. 벤은 한 번, 고통스러운 비명을 질렀다.

어렴풋하게 캘러한이 외치는 소리가 들려왔다.

"아니, 그냥 가게 내버려 두시오……."

벤은 부엌으로 뛰쳐나온 다음 뒷문을 통해 밖으로 달려 나갔나. 밑에 있어야 할 뒤쪽 층계가 발에 닿지 않자 그는 땅바닥을 향해 곤두박이치며 나동그라졌다. 벤은 무릎을 꿇은 자세로 기어가다가 일어서서는 등 뒤를 흘끗 바라보았다.

아무것도 없었다.

이제 최후의 사악함을 잃은 저택이 그냥 서 있었을 뿐이다. 그것은 다시 평범한 집으로 돌아가 있었다.

벤 미어스는 나무가 빽빽이 우거진 뒤뜰의 깊은 정적 속에서 고개를 뒤로 젖힌 채 하얀 입김을 한껏 내뿜으며 서 있었다.

가을철이면 롯에는 이런 식으로 밤이 찾아온다.

태양이 대기에 대한 얼마 안 되는 통제력마저 잃으면서 공기가 차가워지면 사람들은 겨울이 다가오고 있고, 또한 그 겨울이 길

것임을 상기하게 된다. 그러면서 구름이 엷어지고 그림자도 점점 길어진다. 그러나 그림자에는 여름철의 그림자와 같은 넓이가 없으며, 그림자를 두텁게 만들 나뭇잎도, 풍성한 구름도 없게 된다. 수척하고 초라해진 그림자는 마치 이빨처럼 대지를 깨물고 있는 것 같다.

태양이 지평선에 가까워지면 노란 빛은 더욱더 짙어지고, 마치 성난 것처럼 이글거리는 오렌지색으로 반짝거릴 때까지 물들게 된다. 태양은 지평선——구름이 밀집한 막(膜) 위로 얼룩덜룩한 빛, 즉 붉은색과 오렌지색, 주홍색, 자주색이 섞인 빛을 던진다. 이따금 구름이 크고 느린 틈을 만들어 주면서 이미 지나간 여름에 대한 씁쓸한 동경을 야기하는 듯한 순수한 노란 햇살을 내보내기도 한다.

지금은 6시, 저녁 식사 시간이다.(롯에서는 정오에 대부분 식사를 하기 때문에, 남자들이 출근하면서 조리대에서 집어 드는 점심 도시락을 정찬 도시락이라고들 한다.) 나이가 들면서 살이 많이 찐 메이벌 워츠는 전화기를 팔꿈치 가까이에 둔 채 구운 닭 가슴살과 립턴 홍차로 식사를 하고 있다. 에바네 하숙집 남자들은 그것이 냉동식품이든 통조림 쇠고기 절임이든 통조림 콩이든(그 음식은 오래 전 엄마가 토요일 아침과 오후에 구워 주곤 하던 콩 요리와는 비교할 수 없을 정도로 닮은 점이 없다.) 스파게티든, 아니면 퇴근길에 팰머스의 맥도널드에서 사 온 햄버거를 다시 데운 것이든 간에 자신들이 먹어야 하는 것이면 뭐든 마련해서 식사를 한다. 에바는 거실 테이블에 앉아서 그로버 베릴과 성마른 태도로 진 러미카드 놀이를 하면서 다른 사람들에게 기름기를 닦아 놓으라고, 제발 음식을 흘리며 돌아다니지 말라고 잔소리를 던진다. 그들은 이처럼 신경질적이고 사납게 구는 에바를 처음 겪는다. 그러나 에바 자신은 모를지 몰라도 그들은 무엇이 문제인지 알고 있다.

페트리 부부는 부엌에서, 조금 전 이 지방 가톨릭 사제인 캘러한 신부한테서 받은 전화 한 통화가 무슨 말을 의미하는지 그 의문을 풀려고 애쓰면서 샌드위치를 먹고 있다. '댁의 아드님이 지금 나와 함께 있소이다. 아이는 괜찮소. 이제 곧 그 애를 집에 바래다주겠소. 그럼.' 그들은 그 지방 법 집행관인 파킨스 길레스피에게 전화를 거는 문제를 의논했으나 조금만 더 기다려 보기로 했다. 그들은 그 애의 엄마가 곧잘 '속을 알 수 없는 아이'라고 부르곤 했던 그 아들이 이제는 전과는 좀 달라졌다는 것을 느꼈다. 그러나 랠피와 대니 글릭의 망령이 자신들에게 다가오고 있다는 사실은 알지 못했다.

밀트 크로슨은 상점 뒤쪽에서 빵과 우유로 식사를 하고 있었다. 그는 1968년에 아내가 죽은 뒤로는 거의 식욕이 없었다. 델 주점의 주인 델버트 마키는 자기 손으로 석쇠에 구운 햄버그스테이크 다섯 조각을 차근차근 먹고 있는 중이다. 그는 거기에다 겨자와 날 양파를 곁들였으며, 그날 밤 자신의 얘기를 들어줄 만한 사람을 만나기만 하면 소화불량 때문에 죽을 맛이라고 불평할 참이다. 캘러한 신부의 가정부 로다 컬리스는 아무것도 먹지 않고 있다. 그녀는 신부님이 혹시 길바닥 어딘가에 쓰러졌을까 봐 걱정에 싸여 있다. 해리엇 더럼과 그녀의 가족은 돼지 갈빗살을 먹고 있다. 1957년 이후 홀아비가 된 칼 스미스는 찐 감자 한 알과 목시메인 주에서 생산되던 청량음료 한 병으로 식사를 하고 있다. 데렉 보딘 일가는 아모르 스타 햄과 양배추로 식사 중이다. 골목대장 자리에서 쫓겨난 리치 보딘이 "웩, 양배추잖아." 하고 말했다. "양배추를 먹지 않으면 엉덩이를 걷어찰 테다." 하고 데렉이 말했다. 하지만 정작 데렉 자신도 양배추를 싫어한다.

레지와 보니 소여는 구운 쇠갈비 살과 냉동 옥수수, 기름에 튀긴 감자, 그리고 디저트로 하드 소스_{버터. 설탕. 크림이 섞인 소스}를 얹은 초콜릿 빵 푸딩을 놓고 식사를 하는 중이다. 이 음식은 모두 레지의 취향이다. 이제 막 멍든 자국이 사라져 가고 있는 보니는 눈을 내리깐 채 아무 말 없이 식사 시중을 든다. 레지는 꾸준히, 진지하고도 집중해서, 버드와이저 캔 세 개를 곁들여 가며 식사를 하고 있다. 보니는 선 채로 음식을 먹는다. 아직 너무 아파서 의자에 앉을 수가 없기 때문이다. 그녀는 식욕이 별로 없지만 어쨌든 음식을 먹고 있는데, 그것은 레지가 뭐라고 하지 않도록 하기 위해서이다. 그날 밤 레지는 보니를 패고 나서 약을 모두 변기에 쏟아 버린 다음 그녀를 강간했다. 그 뒤로 매일 밤 그녀를 강간해 왔다.

7시 15분 전쯤에는 대부분의 집에서 식사가 끝나는데 식후 담배와 시가와 파이프도 모두 피운 다음 식탁도 깨끗이 치운 상태였다. 접시들은 모두 씻어서 물기를 말린 다음 건조대에 차곡차곡 넣어 두었다. 아이들은 잠옷을 입혀 잠잘 시간까지 텔레비전 게임 쇼를 보도록 다른 방으로 보냈다.

프라이팬에다 송아지 고기 스테이크를 다 태워 먹은 로이 맥두갈은 욕을 퍼부으며 프라이팬과 음식 찌꺼기를 몽땅 쓰레기통 속에다 처박는다. 그는 데님 재킷을 걸치고는 아무짝에도 쓸모가 없는 아내가 침실에서 자도록 내버려 둔 채 델 주점으로 가기 위해 집을 나선다. 아이는 죽었고, 아내는 일손을 놔 버렸으며, 저녁거리는 몽땅 태워 먹었다. 그러니 취할 때가 된 것이다. 어쩌면 짐을 꾸려 이 형편없는 마을을 떠날 때가 됐는지도 모른다.

조인트너 로에서 얼마 떨어지지 않은 태거트 가의 조그만 2층 공동주택에서는 조 크레인이 신들로부터 원치 않는 선물을 받는다. 통밀 시리얼 한 그릇을 다 먹은 그는 자리에 앉아 텔레비전을 보려던 순간 가슴 왼쪽과 왼팔이 마비되는 것 같은 급작스럽고도 엄청난 통증을 느낀다. '이게 무슨 일이지? 심장마비인가?' 하고 그는 생각했다. 사실 그의 생각은 정확했다. 자리에서 일어나 전화기가 있는 곳으로 가는 도중에 갑자기 통증이 부풀어 오르면서 그는 흡사 망치로 얻어맞은 수소처럼 그 자리에서 쓰러지고 만다. 소형 컬러 텔레비전은 24시간이 지나서 누군가 그를 발견하게 될 때까지 계속 혼자 떠들어 대고 있다. 오후 6시 51분에 발생한 그의 죽음은 10월 6일 예루살렘스 롯에서 발생한 것 가운데 유일한 자연사이다.

7시가 되면서 지평선을 화려하게 수놓았던 색채는 흡사 용광로의 불길이 세상의 언저리 저 너머로 묻히기라도 한 것처럼 서쪽 지평선의 보기 흉한 오렌지색 선분으로까지 줄어들었다. 이미 동쪽 하늘에는 별이 나와 있다. 별들은 화려한 다이아몬드처럼 쉬지 않고 빛을 뿜는다. 한 해의 이 무렵이 되면 별빛에서는 자비를 찾아볼 수 없고, 연인들에게도 위안이 되지 않는다. 별들은 그저 아름답고 냉담한 빛을 뿜을 뿐이다.

어린아이들에게는 잠잘 시간이 가까워진다. 애들은 침대나 요람에 눕히고 부모들은 좀 더 깨어 있게 해 달라고, 불을 켜 놓으라고 칭얼대는 아이에게 미소를 보낸다. 그러고는 너그럽게, 벽장문을 열어서 그 속에 아무것도 없다는 것을 보여 준다.

그 모두의 주위로 짐승 같은 어둠이 음침한 날개를 타고 날아든다. 이제 흡혈귀의 시간이 된 것이다.

선잠을 자고 있던 매튜는 지미와 벤이 들어서자마자 눈을 뜨면서 자신도 모르게 오른손에 쥐고 있던 십자가를 움켜잡았다.

그의 시선이 지미와 벤의 어느 한 부위에 머물렀다.

"어떻게 됐나?"

지미가 짤막하게 보고를 했으며, 벤은 아무 말도 하지 않았다.

"그녀의 시신은?"

"신부님과 제가 지하실에 있던 궤짝에(아마 발로우가 마을에 들여온 것과 같은 궤짝) 얼굴을 아래로 향하게 해서 넣었어요. 그러고는 지금부터 한 시간도 채 안 되는 시각에 궤짝을 로열 강에 던졌지요. 돌멩이를 가득 채워서 말입니다. 우리는 스트레이커의 차를 이용했어요. 다리에서 누군가 보았더라도 아마도 스트레이커라고 생각할 겁니다."

"잘했네. 캘러한 신부는 어디 있나? 그리고 꼬마 아이는?"

"마크의 집으로 갔어요. 그 애의 부모에게 모든 이야기를 해 줘야 하니까요. 발로우가 특히 그 애의 부모를 지목해서 위협했거든요."

"그 사람들이 그 이야기를 곧이들을까?"

"그 얘기를 믿지 못할 경우에는 마크가 자기 아버지를 시켜 선생님께 전화를 하도록 할 겁니다."

매튜는 고개를 끄덕였다. 그는 몹시 지쳐 보였다.

"그리고 벤, 자네는 이쪽으로 오게. 여기 침대에 걸터앉게."

매튜가 말했다.

벤은 멍하고 무표정한 얼굴로 매튜가 시키는 대로 고분고분 따랐다. 벤은 침대에 걸터앉아 두 손을 무릎 위에 얌전하게 올려놓았다. 그의 두 눈은 흡사 담뱃불로 지진 구멍처럼 보였다.

"뭐라고 위로할 말이 없네." 매튜는 그러면서 벤의 한 손을 끌어다 잡았다. 벤은 저항 없이 그에게 손을 내맡겼다. "걱정할 것 없네. 시간이 위로해 줄 테니까. 이제 그녀는 편히 쉬게 된 걸세."

"그자는 우리를 농락했어요." 벤이 힘없는 어조로 말했다. "우리를 한 사람씩 조롱했다고요. 지미, 그 편지 좀 보여 드려요."

지미가 매튜에게 편지봉투를 건넸다. 매튜는 봉투에서 묵직한 편지지를 꺼내 코앞에 바싹 갖다 대고 조심스럽게 읽기 시작했다. 그의 입술이 약간 들썩였다. 이윽고 매튜는 편지지를 내려놓고 이렇게 말했다.

"그래. 그자가 쓴 거야. 그자의 자부심은 내가 생각했던 것 이상이로군. 오싹할 정도야."

"그자는 장난삼아 그녀를 남겨 두었어요." 벤이 공허한 어조로 말했다. "그자는 이미 오래 전에 사라진 거예요. 그자와 싸우는 일은 바람과 싸우는 일이나 다름없어요. 그자의 눈에 우리는 벌레처럼 보일 거예요. 그자를 즐겁게 해 주면서 이리저리 기어 다니는 벌레 말이에요."

지미가 무슨 말인가를 하려고 입을 열었으나 매튜가 살짝 고개를 저어 제지하며 말했다.

"그건 사실과 동떨어진 말이로군. 그자가 수잔을 데려갈 수만 있었다면 그렇게 했을 걸세. 이제 불사의 존재가 얼마 남지 않은 마당에 장난삼아 포기하지는 않았을 거란 말이야. 잠시 한 걸음 물러나서 자네가 그자에게 한 일을 생각해 보게, 벤. 그자의 심부름꾼인 스트레이커를 죽였지. 그자도 인정하고 있듯이, 심지어는 그자로 하여금 탐욕스러운 욕망 때문에 살인에 가담하게 만들었어. 꿈꾸지 않는 잠에서 깨어나 무장도 안 한 어린 소년이 이런 무시무시한 자를 죽였다는 사실을 알았을 때 그자가 얼마나 겁을 먹었겠나."

매튜는 힘겹게 침대에서 일어나 앉았다. 벤은 고개를 돌려 그를 바라보았다. 사람들이 저택을 나와 뒤뜰에 있는 그를 발견한 이후 처음으로 뭔가에 흥미를 보인 것이다.

"어쩌면 그것이 최대의 승리가 아닐지 모르겠네." 매튜가 생각에 잠긴 어조로 말했다. "자넨 그자를 집에서 몰아냈지. 그자가 특별히 선택한 집에서 말일세. 지미 말이, 캘러한 신부가 성수로 지하실을 소독하고 문마다 성체로 봉인했다고 하네. 만약 그자가 다시 그 집에 가면 죽고 말 걸세. 그리고 그자도 그 사실을 알고 있다네."

"하지만 그자는 달아났잖아요. 그러니 그게 무슨 소용이겠어요." 벤이 말했다.

"그자는 달아났지." 매튜가 나지막하게 그의 말을 반복했다. "그러면 그자가 오늘 어디서 잠을 잤을까? 자동차 트렁크 속에서? 희생자의 집 지하실에서? 어쩌면 1951년 화재 때 불타 버린 저 늪지의 오래된 감리교회 지하실에서 잠을 잤을지도 모르지. 그곳이 어디가 됐든 그자가 그곳을 마음에 들어 했을까? 안전하다고 여겼을 것 같나?"

벤은 대답하지 않았다.

"내일부터 사냥을 시작하게 될 걸세." 매튜는 이렇게 말하면서 두 손으로 벤의 손을 꽉 잡았다. "발로우뿐만 아니라 조무래기들까지 모조리 말이야. 오늘 밤이 지나면 조무래기들이 엄청나게 늘어날 걸세. 그들의 허기는 절대로 채워지는 법이 없지. 그자들은 배가 부를 때까지 먹을 걸세. 밤은 그자의 세상이지만, 낮에는 그자를 추적하게 될 거야. 그자가 겁을 먹고 달아나거나 아니면 말뚝이 박힌 채 비명을 지르는 그자를 햇빛 속으로 끌고 나오거나 할 때까지 말일세."

이 말에 벤은 고개를 들었다. 핼쑥했던 안색도 어느새 생기를 띠기 시작했다. 이제 입가에 어렴풋이 미소가 나타나기까지 했다.

"좋아요. 하지만 내일이 아니라 오늘 밤에 그 일을 해야 해요. 지금 당장⋯⋯."

그때 매튜가 손을 뻗어 놀랄 만큼 강한 힘으로 벤의 어깨를 움켜잡았다.

"오늘 밤은 안 되네. 오늘 밤에는 우리가 한데 모여서 보내게 될 걸세. 자네와 나, 지미, 캘러한 신부, 그리고 마크와 마크의 부모들까지 말이야. 그자는 이제⋯⋯ 자신이 두려워하고 있다는 것을 알고 있을 걸세. 미치광이나 성인이 아니라면 그자의 세상이나 다름없는 밤중에 깨어 있는 발로우에게 접근할 엄두를 내지 못할 거야. 우리들 모두 그렇고 말일세." 매튜는 눈을 감은 채 조용한 어조로 말을 이었다. "이제 그자에 대해 조금씩 알 것 같네. 나는 이곳 병상에 누워 마이크로프트 홈스_{셜록 홈스의 형} 노릇을 하고 있지. 그자의 입장에 나를 놓아 보고 그자의 수를 꿰뚫어 보려고 애를 쓰면서 말일세. 그자는 수백 년 동안 살아왔고 머리도 좋다네. 하지만 그자의 편지를 보면 알 수 있듯이 자기중심적이기도 하지. 어찌 보면 당연한 일이라네. 그자의 자부심은 오랜 세월 동안 진주처럼 층층이 자라나서 거대하고 강한 독성을 띠게 되었으니 말이야. 그자는 자만 덩어리일세. 실제로 자랑스러울 정도일 거야. 그래서 그자는 지금 복수에 대한 갈망으로 압도되어 있을 걸세. 그것은 불안스러운 일이지만 동시에 이용할 만한 요소이기도 하지."

매튜는 눈을 뜨고 엄숙한 눈으로 두 사람을 쳐다보았다. 그러더니 십자가를 쳐들고 이렇게 말했다.

"이것이 '그자'를 막아 줄 걸세. 하지만 그자가 플로이드 티비츠를 이용했을 때처럼 그자가 이용하는 사람까지 막아 주지는 못할 거야. 내 생각에 그자는 오늘 밤 우리들 가운데 누군가를 제거하려고 들 걸세…… 우리들 중 어떤 사람, 아니면 우리 모두를 말이야."

매튜는 지미를 쳐다보았다.

"마크와 캘러한 신부를 마크의 부모 집으로 보낸 것은 좋지 않은 판단이었던 것 같네. 아무것도 모르는 상태로 그 애 부모를 이곳으로 부르는 편이 나을 뻔했어. 지금 우리는 서로 떨어져 있네. 그리고 난 특히 그 애가 걱정된다네. 지미, 그 집으로 전화를 해 보는 게 좋겠어. 지금 바로 전화를 걸어보라고."

"알겠어요."

지미가 일어섰다.

매튜가 이번에는 벤을 보고 말했다.

"자네, 우리와 함께 있을 테지? 우리와 함께 싸워 줄 거지?"

"그러죠. 그럴게요."

벤이 목쉰 소리로 말했다.

병실을 나와 복도를 지난 지미는 간호사실에 간 다음 전화번호부에서 페트리네 집 전화번호를 찾았다. 그는 재빨리 전화를 걸었는데, 수화기에서 벨소리가 아니라 서비스가 중지됐다는 경보음이 들리자 갑자기 공포에 사로잡혔다.

"그자가 덮친 거야."

지미의 이상한 목소리에 수간호사가 시선을 들었다가 그의 얼굴 표정을 보고 흠칫 놀랐다.

헨리 페트리는 교육받은 사람이었다. 그는 노스이스턴 대학에서 이학사 학위, 매사추세츠 공과대학에서 석사, 그리고 경제학 박사 학위를 받았다. 그는 조건이 아주 좋았던 전문대학 교직을 버리고 프루덴셜 보험회사에 관리직으로 입사했는데, 그것은 소득 증대에 대한 희망만큼이나 그의 호기심에서 나온 행동이었다. 자신의 경제적 견해가 이론에서 그랬던 것만큼 실제에서도 제대로 적용될지 알아보고 싶었기 때문이다. 그 결과 실제에서도 적용된다는 사실을 알게 되었다. 그는 이듬해 여름까지 공인회계사 시험을 치르고, 그로부터 2년 뒤에는 변호사 시험을 치를 생각이었다. 그의 현재 목표는 1980년대에 접어들면서 연방 정부의 경제 관련 고위직에 올라가겠다는 것이었다. 그의 아들의 좀 유별난 성향은 헨리 페트리에게서 나온 것이 아니었다. 그 애 아버지의 논리는 완벽하고 흠이 없었으며, 그의 세계는 거의 정밀하다고 할 수 있을 정도로 체계화되어 있었다. 그는 민주당 선거인으로서 1972년 선거 때 닉슨에게 투표했는데, 그것은 닉슨이 정직하다고 믿어서가 아니었다. 그는 아내에게 여러 차례, 리처드 닉슨이 울워스 슈퍼의 들치기나 쓰는 술책을 부릴 줄 아는 상상력이 모자란 사기꾼이라고 말했었다. 그런 그가 닉슨에게 표를 준 것은, 닉슨의 경합 상대가 국가 경제를 파탄으로 이끌고 말 멍청한 조종사였기 때문이다. 그는 1960년대 후반의 대항문화^{기성 가치에 반항하는 젊은이의 문화}를, 그것을 버티게 해 줄 만한 재정적 지반이 없기 때문에 조만간 무너지고 말 것이라는 믿음에서 차분한 인내심을 갖고 지켜보았다. 아내와 아들에 대한 그의 애정은 지나칠 정도는 아니었지만(아내 앞에서 양말을 둥글게 마는 남자의 열정을 시로 쓸 시인은 없을 것이다.) 견실하고 확고부동했다. 그는 강직했고 자기 자신뿐 아니라 물리학과 수학과 경제학, 그리고(그보다는 좀 못하지만) 사회학 같은 자연 법칙들을 굳게 믿었다.

그는 커피를 마시면서, 이따금씩 이야기의 실마리가 엉키거나 명료하지 않을 때는 명확한 질문을 던져 가며 아들과 신부가 해 주는 이야기에 귀를 기울였다. 그는 이야기가 기괴하게 진행되고 아내 준이 눈에 띄게 동요함과 정비례해서 점점 더 냉정해져 갔다. 두 사람이 이야기를 마쳤을 때는 7시 5분 전이었다. 헨리 페트리가 침착하고도 신중한 두 마디 말로 평결을 내렸다.

"불가능한 일이오."

마크가 한숨을 지으며 캘러한 신부를 보고 "제가 뭐라고 했어요?"라고 말했다. 아까 사제관에서 캘러한 신부의 낡은 차를 타고 집으로 오는 동안 그럴 거라고 했던 것이다.

"여보, 당신 생각에는 우리가……."

"잠깐 기다려 봐요."

그러면서 헨리는(거의 무심결에) 한 손을 들어 아내의 말을 제지했다. 그녀는 뒤로 물러나 앉으며 마크에게 한 팔을 둘러 캘러한 신부 곁에서 살짝 떼어 놓았다. 아이는 엄마가 당기는 대로 순순히 몸을 맡겼다.

헨리 페트리가 유쾌하다는 표정으로 캘러한 신부를 보며 이렇게 말했다.

"우리가 분별 있는 두 남자로서 이런 망상(또는 뭐라고 부르든)을 제대로 이해할 수 있을지 봅시다."

"그것이 불가능할 수도 있지만……." 신부 역시 유쾌한 어조로 말했다. "어쨌든 시도는 해 볼 수 있을 겁니다. 페트리 씨, 우리가 지금 여기 있는 것은 발로우가 특히 두 분을 위협했기 때문이오."

"그런데 오늘 오후에 정말 그 여자의 시신에다 말뚝을 박았나요?"

"내가 한 것은 아니오. 미어스 씨가 한 일이지."

"그 시신이 아직도 그 자리에 있나요?"

"강 속에 빠뜨렸어요."

"그게 사실이라면 신부께서는 내 아들을 범죄에 연루시킨 겁니다. 그렇다는 사실은 알고 계십니까?"

"알고 있소. 그건 불가피한 일이었소. 페트리 씨, 지금 매튜 버크의 병실로 전화를 걸어 보면……."

"오, 물론 신부님의 증인들은 신부님 말씀을 뒷받침해 주리라 믿습니다." 페트리가 여전히 상대방을 화나게 할 만큼 희미한 미소를 지은 채 말했다. "그것이 이 미친 이야기에서 제일 재미있는 부분입니다. 제가 발로우라는 자가 남겼다는 편지를 봐도 좋겠습니까?"

캘러한은 속으로 끌탕을 했다.

"그 편지는 코디 박사가 갖고 있소." 그러고 나서 뒤이어 떠오른 생각으로 이렇게 말을 이었다. "우리는 이제 차를 타고 컴벌랜드 병원으로 가야 할 것 같소. 만약 선생께서……."

페트리는 고개를 저었다.

"그에 앞서 좀 더 이야기를 해 봅시다. 아까도 말씀드렸듯이 저는 신부님의 증인들이 믿을 만한 분들이라고 생각합니다. 코디 박사는 우리 가족의 주치의이고, 우리 모두 그분을 좋아합니다. 또한 매튜 버크라는 분 역시 나무랄 데 없는 분이라고 생각하고 있습니다. 적어도 교사로서는 말입니다."

"그런데도 믿지 못하겠다는 말씀이오?" 캘러한이 반문했다.

"캘러한 신부님, 이런 식으로 말씀드려 보죠. 만약 한 다스쯤 되는 믿을 만한 증인들이 신부님께, 거대한 무당벌레 한 마리가 대낮에 '귀여운 애덜린'을 노래하며 과거 남북전쟁 당시 남군의 깃발을 흔들면서 우리 마을로 들어왔다고 한다면 그 말을 믿으시겠습니까?"

"만약 그 증인들이 믿을 만하고, 그들이 결코 농담을 하는 게 아니라는 확신만 있다면, 일단 믿어 볼 겁니다."

여전히 예의 희미한 미소를 지은 채 페트리가 말했다.

"그것이 우리의 차이점이로군요."

"선생의 마음은 닫혀 있소." 캘러한 신부가 말했다.

"아니, 그저 정돈돼 있을 뿐이오."

"결국은 같은 얘기요. 말해 보시오. 당신이 근무하는 회사에서도 임원들이 외적인 사실보다는 내적인 믿음에 근거해서 결정을 내리도록 하고 있잖소. 그것은 논리가 아니오, 페트리. 그것은 무의미한 반복일 뿐이오."

페트리는 미소를 거두고 자리에서 일어섰다.

"신부님의 이야기는 좀 혼란스럽군요. 그 점은 인정하지요. 신부께서는 내 아들을 말도 안 되는, 위험할 수도 있는 일에 끌어들였소. 그 일로 법정에 서지 않으면 운이 좋은 거요. 이제 신부님의 증인이라는 사람들과 전화로 얘기를 좀 해 봐야겠소. 그런 다음 버크 씨의 병실을 찾아가 그 문제를 좀 더 의논하는 게 좋을 것 같군요."

"그렇게까지 원칙을 굽혀 주시다니 고맙소."

캘러한 신부가 담담하게 말했다.

페트리는 거실로 가서 수화기를 들었다. 그런데 이상하게도 대기음이 들리지 않았다. 전화기에서는 아무 소리도 나지 않았다. 그는 약간 눈살을 찌푸리고는 차단 버튼을 몇 차례 딸각거려 보았다. 반응이 없었다. 그는 수화기를 제자리에 내려놓고 부엌으로 돌아왔다.

"전화가 고장 난 것 같소." 페트리가 말했다.

그는 자신의 말에 캘러한과 자기 아들 사이에 마치 약속이나 한 것처럼 두려움에 질린 시선이 오가는 것을 보고 발끈했다.

"장담하지만 예루살렘스 롯의 전화 서비스가 먹통이 되는 데 흡혈귀까지 필요하지는 않을 것 같구려."

페트리가 의도한 것 이상으로 날카로운 어조로 말했다.

그 순간 전등이 꺼졌다.

지미가 매튜의 병실로 뛰어 들어왔다.

"페트리네 집에 전화가 되지 않아요. 아무래도 그자가 그곳에 와 있는 모양이에요. 젠장, 정말 어리석은 짓을 했군……"

벤이 침대 모서리에서 벌떡 일어섰다. 매튜의 얼굴은 일그러지는 것 같았다.

"그자가 어떻게 행동하는지 알겠나?" 매튜가 속삭이듯 말했다. "얼마나 솜씨 좋게 일하는지 말일세. 낮 시간이 한 시간만 더 길기만 했더라도…… 하지만 어렵게 됐군. 이미 끝난 일일세."

"우리가 그쪽으로 가 봐야 합니다." 지미가 말했다.

"안 돼! 그래서는 안 되네! 자네들과 내 목숨이 위태로워서라도 그렇게 해선 안 돼."

"하지만 그들이……"

"그 사람들은 자기 힘으로 싸워야 하네! 무슨 일이 벌어지고 있든(아니면 이미 벌어졌을지도 모르지만) 자네들이 그곳에 도착할 무렵에는 이미 끝나 있을 거란 말이야!"

두 사람은 결단을 내리지 못한 채 문가에 엉거주춤 서 있었다.

매튜는 힘겹게, 두 사람에게 나지막이 그러나 힘이 든 어조로 다음과 같이 말했다.

"그자의 자존심과 자만심은 엄청난 것일세. 그런 점은 우리가 이용할 수 있는 결점이기도 하지. 동시에 그자의 정신력 또한 대단하다는 점을 존중하고 인정해야만 하네. 자네들은 내게 그자의 편지를 보여 주었네. 거기에서 그자는 체스 얘기를 했지. 그자는 분명 대단한 체스 실력을 지녔을 것일세. 그자가 전화선을 끊지 않고도 그 집에서 자기가 할 일을 처리할 수 있다는 것을 모르겠나? 그런데도 그자가 전화선을 끊은 것은 자네들에게 백말이 체크 상태임을 알리고 싶었기 때문이라네. 그는 집단의 힘이 어떤 것인지를 잘 알고 있네. 그 힘을 분할하고 혼란에 빠뜨리면 정복하기가 쉽다는 것도 알고 있지. 자네들은 원래의 그룹이 둘로 분할되었다는 사실을 잊었기 때문에 이미 그자에게 선수를 빼앗긴 거야. 만약 자네들이 지금 황급히 페트리네 집으로 떠난다면 우리는 세 그룹으로 분할되고 마네. 혼자 병석에 누워 있는 나는, 아무리 십자가가 있고 책을 읽었고 주문을 알고 있다고 해도 쉬운 상대일 걸세. 자기 휘하에 있는 불사의 존재 하나를 이곳으로 보내 총이나 칼로 나를 죽이도록 시키기만 하면 그뿐이지. 그러면 자신의 파멸을 향해 어둠 속으로 무턱 대고 돌진하는 두 사람, 즉 지미 자네와 벤만 남게 되네. 결국 살렘스 롯은 그자의 손에 떨어지게 될 걸세. 이제 알겠나?"

벤이 입을 열었다.

"알겠어요."

매튜는 다시 침대에 몸을 기댔다.

"나는 지금 내 목숨이 겁이 나서 이런 얘기를 하는 것이 아니야, 벤. 내 말을 믿게나. 아니 그렇다고 자네들의 목숨이 어떻게 될까 봐 겁이 나서 그러는 것도 아닐세. 내가 두려워하는 것은 이 마을이라네. 어떤 일이 벌어지든 누군가는 남아서 내일 그자를 막아야만 하네."

"그래요. 그리고 그자는 내가 수잔의 원한을 풀기 전에는 나를 어쩌지 못할 겁니다."

잠시 침묵이 흘렀다.

지미 코디가 침묵을 깨뜨렸다.

"어쨌든 그 사람들이 무사할 수도 있어요." 그가 생각에 잠긴 어조로 말했다. "그자는 캘러한 신부를 과소평가했어요. 그 아이도 과소평가했고 말이에요. 그 아이는 보통 냉정한 게 아니에요."

"무사하기를 바라자고."

매튜는 눈을 감았다.

그들에게는 이제 기다리는 일만 남아 있었다.

도널드 캘러한 신부는 페트리네 집 널찍한 부엌 한쪽에서 어머니가 쓰던 십자가를 머리 높이 치켜들고 서 있었다. 십자가는 희미한 광채를 방 저편으로 내뿜고 있었다. 발로우는 맞은편 싱크대 가까이에, 한 손으로는 움직이지 못하게 마크의 양손을 그 애의 등 뒤로 거머쥐고 남은 팔로는 목을 감아쥔 채 서 있었다. 그들 사이에는 발로우가 뛰어들 때 깨진 유리 조각들 위로 헨리와 준 페트리가 널브러져 있었다.

캘러한은 멍한 기분이었다. 그 일이 미처 제대로 받아들일 수도 없을 만큼 너무나 순식간에 벌어졌기 때문이다. 그때 그는 부엌의 단순하지만 환한 전등 불빛 아래에서 페트리와 그 문제를 놓고 이성적으로(비록 속은 터질 것 같았지만) 대화를 나누고 있었다. 그런데 다음 순간 그토록 침착하고 영리하게, 그러면서 단호한 태도로 부인하고 있던 마크의 아버지와 그들의 눈앞에서 바로 그 광기 어린 사태가 벌어진 것이다.

캘러한은 머릿속으로 조금 전에 벌어졌던 사태를 재구성해 보려고 애를 썼다.

페트리가 돌아와서 전화가 불통이라고 말했다. 그러고 나서 곧 전등이 꺼졌다. 준 페트리가 갑자기 비명을 질렀다. 의자 하나가 쓰러졌다. 그 다음 짧은 순간에 그들 모두 갑자기 닥친 어둠 속에서 뭔가에 발이 걸려 비틀거리며 서로를 불러 댔다. 뒤이어 조리대와 리놀륨 바닥에 유리 조각을 날리면서 싱크대 위쪽 창이 안으로 깨졌다. 이 모든 일이 불과 30초 사이에 벌어진 것이다.

그런 다음 그림자 하나가 부엌에서 움직이는 것을 본 캘러한은 흡사 주문에 묶인 것처럼 멍한 기분에서 풀려났다. 그는 목에 걸려 있던 십자가를 움켜쥐었는데, 그의 손이 닿자마자 십자가에서 쏟아져 나온 광채로 인해 실내가 환해졌다.

그의 눈에, 엄마를 거실로 통하는 아치형 통로 쪽으로 끌어가려고 애쓰는 마크가 보였다. 헨리 페트리는 머리를 이쪽으로 돌리고, 이런 말도 안 되는 불법 침입 사태 앞에서 경악한 나머지 침착성을 잃고 입을 딱 벌린 채 그들 곁에 서 있었다. 그리고 그의 등 뒤에는 그들 세 사람을 덮치듯, 프래제타^{판타지와 액션 성향의 그림을 그}

린 미국 삽화가의 그림에서 튀어나온 것 같은 싱글거리는 하얀 얼굴이 보였는데, 벌어진 입술 사이로는 길쭉하고 날카로운 송곳니가 보이고, 붉게 번득이는 두 눈은 흡사 불길에 휩싸인 지옥문처럼 보였다. 발로우가 두 손을 뻗어(그 순간 캘러한은 흡사 피아니스트의 손가락처럼 길쭉하고 예민해 보이는 검푸른 손가락들을 겨우 볼 수 있었다.) 헨리 페트리와 준의 머리를 하나씩 움켜잡아 힘껏 부딪치자 속이 메스꺼울 정도로 으스러지는 소리가 났다. 두 사람은 돌덩어리처럼 힘없이 바닥에 쓰러졌다. 그로써 발로우의 첫 번째 협박이 이제 막 실천에 옮겨진 셈이었다.

마크가 찢어지는 듯한 날카로운 비명을 지르며 발로우를 향해 무턱 대고 몸을 날렸다.

"여기 있었군!"

발로우가 마치 호인처럼 힘찬 목소리로 우렁차게 소리쳤다. 앞뒤 생각 없이 달려들던 마크는 순식간에 잡히고 말았다.

캘러한이 십자가를 치켜든 채 앞으로 나섰다.

의기양양하게 싱글거리던 발로우는 고통스러운 듯 입을 쩍 벌렸다. 그는 소년을 끌어당기면서 싱크대 쪽으로 뒷걸음질 쳤다. 그들의 발에 깨진 유리 조각이 밟혀 저벅거리는 소리를 냈다.

"하느님의 이름으로……."

캘러한 신부가 입을 열었다.

신의 이름이 나온 순간 발로우는 채찍이라도 얻어맞은 듯 큰 소리로 비명을 질렀다. 그의 입은 아래쪽으로 일그러지고 그 사이로 바늘처럼 뾰족한 송곳니가 희미하게 번뜩거렸다. 목의 힘줄은 아로새긴 것처럼 선명하게 불거져 나왔다.

"가까이 오지 마! 더 이상 다가오지 마, 이 마술사 같으니! 그렇지 않으면 눈 깜박할 사이에 이 애의 목과 경동맥을 잘라 버리겠어!"

윗입술 사이로 바늘처럼 길쭉한 이빨을 보이며 말을 하다가, 말을 마치는 것과 동시에 먹이를 향해 달려드는 독사처럼 재빨리 아래로 뻗은 그의 고개가 간발의 차이로 마크의 목덜미 옆을 지나쳤다.

캘러한은 멈춰 섰다.

"물러서." 발로우가 다시 싱글싱글 웃으며 명령했다. "넌 네 자리에, 난 내 자리에 있는 거야, 알겠나?"

캘러한은 십자가의 가로대 너머로 상대가 보이도록 십자가를 눈높이에 맞게 쳐든 채 천천히 뒤로 물러났다. 연달아 튀어나오는 불꽃 때문에 십자가에는 마치 술이 달린 것처럼 보였다. 십자가의 힘이 팔뚝을 타고 점점 올라와서 근육이 뭉치고 팔이 떨릴 지경이 되었다.

그들은 서로를 마주보았다.

"마침내 우리 둘이 남았군."

발로우가 미소를 지으며 말했다. 강인하고 지적이며 잘생긴 얼굴이었다. 좀 날카롭고 가까이 하기 어려운 얼굴이지만, 불빛의 위치가 바뀌면서 언뜻 여성적인 모습이 엿보이기도 했다. 그런데 전에 어디서 저런 얼굴을 보았던가? 난생 처음으로 극도의 공포에 사로잡힌 이 순간에 그 생각이 났다. 그것은 그 자신이 상상 속에서 만들어 낸 도깨비인 저 플립 아저씨의 얼굴이었다. 그 도깨비는 낮 동안에는 벽장 속에 숨어 있다가 엄마가 침실 문을 닫고 나면 밖으로 나왔다. 캘러한은 어렸을 때 불을 켜 두고 잘 수 없었는데, 그의 부모는 이런 어린애다운 두려움을 정복하는 길은 오직 두려움과 직면해서 대적하는 것이 최선이라고 생각했기 때문이다. 그래서 매일 밤, 방문이 짤깍 소리와 함께 닫히고 엄마의 발소리가 복도 저편으로 멀어져 갈 때면 벽장문이 삐걱하고 열리면서 플립 아저씨의 홀쭉하고 하얀 얼굴, 그리고 이글거리는 두 눈이 보이는 것 같았다. 아니 정말 본 것일지도 몰랐다. 그런데 이제 또다시 벽장에서 나온 그 얼굴이 마크의 어깨너머로 어릿광대처럼 하얗게 칠한 얼굴과 이글거리는 두 눈, 육감적인 붉은 입술을 한 채 자신을 빤히 쳐다보고 있었다.

"이제 어떻게 할 건가?"

캘러한은 자신의 입에서 나온 그 소리가 전혀 자신의 음성처럼 들리지 않았다. 그는 소년의 목을 잡고 있는 발로우의 길쭉하고 민감해 보이는 손가락을 보고 있었다. 그 손가락에는 작고 푸른 반점들이 나 있었다.

"그건 자네 하기 나름이지. 내가 이 가엾은 꼬마를 내주면 넌 무엇을 내놓겠나?"

그러면서 발로우는 갑자기 마크의 등 뒤에서 잡고 있던 그 애의 손목을 홱 비틀어 올렸다. 그는 필시 자신의 질문에 비명 소리를 종지부로 삼을 생각이었던 모양이지만 마크는 그자의 소원을 들어 주지 않았다. 앙다문 잇새로 바람 빠지는 소리만 냈을 뿐 마크는 아무 소리도 내지 않았다.

"비명을 지르게 될 거다." 발로우가 나지막이 속삭였는데, 그의 입술은 증오심으로 인해서 짐승처럼 일그러져 있었다. "목이 터져라 비명을 지르게 해 주지!"

"그만둬!"

캘러한이 외쳤다.

"내가 그만둬야 하나?" 증오심은 얼굴 전체로 퍼져 나갔다. 곧 이어 그 얼굴에서 음침하고 매력적인 미소가 떠올랐다. "내가 이 아이의 처형을 다른 날로 유예시켜야 하나?"

"그렇다!"

거의 고양이가 가르랑거리는 듯한 나지막한 소리를 내며 발로우가 말했다.

"그렇다면 자네는 그 십자가를 버리고 나와 대등하게 맞설 텐가? 흑말 대 백말로서? 자네의 믿음과 내 믿음으로 대결해 볼 텐가?"

"좋아."

대답은 그렇게 했으나 캘러한의 어조는 좀 전처럼 단호하지 못했다.

"그럼 십자가를 버리게!"

그 풍만한 입술이 기대감으로 오므라들었다. 부엌을 채우고 있는 섬뜩한 요정의 불빛에 그의 높다란 이마가 희미하게 빛나고 있었다.

"그 애를 놓아 주겠다는 네 말을 믿으란 말인가? 차라리 방울 뱀을 옷 속에 넣고 물지 않기를 바라는 게 낫겠다."

"하지만 난 자네를 믿네…… 자!"

그 말과 함께 발로우는 마크를 놓아 주고 뒤로 물러선 채 아무 것도 없는 양손을 들어 보였다.

마크는 한순간 믿어지지 않는 듯이 그 자리에 가만히 서 있더니 다음 순간 발로우 쪽은 돌아보지도 않고 부모에게로 달려갔다.

"뛰어, 마크! 어서 도망쳐!" 캘러한이 소리쳤다.

마크가 눈을 크게 뜨고 캘러한을 쳐다보았다. 그 애의 눈은 슬픔으로 흐려져 있었다.

"부모님이 돌아가신 거 같아요……."

"도망치라니까!"

마크가 천천히 일어섰다. 그러고는 몸을 돌려 발로우를 쳐다보았다.

"꼬마야, 조금만 기다리렴." 발로우가 거의 자비로워 보이는 어조로 말했다. "이제 곧 너하고 내가 다시……."

마크가 그의 얼굴에 침을 뱉었다.

일순간 발로우의 숨이 멎었다. 그의 이마는 진한 분노 때문에 일그러졌고 그 때문에 앞서 그의 얼굴에 떠올랐던 표정이 한낱 연기에 불과했을지도 모른다는 생각이 들 정도였다. 한순간 캘러한은 그의 두 눈에서 살해의 욕망보다 더 음침한 광기를 보았다.

"내게 침을 뱉다니."

발로우가 나지막하게 말했다. 그는 분노 때문에 거의 상체가 흔들릴 정도로 몸을 떨고 있었다. 그가 한 걸음 내디뎠는데, 그것은 어떤 무시무시한 맹인이 그럴 때처럼 보는 이를 오싹하게 만들었다.

"물러서라!"

캘러한이 소리치며 십자가를 앞으로 쑥 내밀었다.

그러자 발로우가 비명을 지르며 두 손으로 얼굴을 가렸다. 십자가는 초자연적이고 눈부신 광휘로 일렁거렸으며, 만약 캘러한이 거기서 대담하게 밀어붙이기만 한다면 발로우를 쫓아낼 수 있을 절호의 순간이기도 했다.

"너를 죽여 버리겠어." 마크가 말했다.

다음 순간 마크는 검은 물이 소용돌이치듯 그 자리에서 달아났다.

발로우는 좀 더 키가 커진 것 같았다. 유럽인들처럼 이마 뒤로 빗어 넘긴 검은 머리는 허공에 둥실 떠오르는 듯이 보였다. 캘러한의 눈에는, 어두운 빛깔의 양복에 완벽하게 매듭지은 포도주색 넥타이 차림을 한 그가 그를 에워싸고 있는 어둠의 알맹이처럼 보였다. 두 눈은 교활하고 음흉한 깜부기불처럼 안구 속에서 이글거렸다.

"이제 자네도 약속을 지키게, 마술사 친구."

"마술사가 아니라 사제야!"

캘러한이 날카롭게 쏘아붙였다.

발로우가 상대를 조롱하듯 가볍게 허리를 숙이며, "그럼, 사제양반." 하고 말했을 때, 그 말 속에는 흡사 그의 입 속에 죽은 대구 한 마리가 들어 있기라도 한 것처럼 들렸다.

캘러한은 결단을 내리지 못했다. 무엇 때문에 십자가를 버린다는 거지? 오늘 밤 저자를 여기서 몰아내서 무승부를 만든 다음 내일…….

하지만 그의 마음속 좀 더 깊은 곳에서 경고의 음성이 들렸다. 흡혈귀의 도전을 거절한다는 것은 그가 생각했던 이상의 심각한 결과를 초래하는 것이 될 수도 있었다. 만약 그가 십자가를 버리지 않는다면 그것은 자칫하면…… 인정한다는…… 그런데 무엇을 인정한다는 거지? 일들이 너무 빨리 진행되지 않으면, 제발이지 차분하게 생각할 시간이 좀 있다면 좋겠는데…….

십자가의 불꽃이 사그라지고 있었다.

캘러한은 눈이 휘둥그레져서 십자가를 쳐다보았다. 흡사 점화 케이블이 한데 엉킨 것처럼 공포감이 뱃속으로 뛰어들었다. 그는 고개를 홱 쳐들고 발로우를 쳐다보았다. 발로우가 거의 요염해 보일 정도로 미소를 머금은 채 부엌 저편에서 그를 향해 다가오고 있었다.

"물러서라." 캘러한이 한 발 물러서며 쉰 목소리로 말했다. "하느님의 이름으로 명령하나니."

그 말에 발로우가 냉소를 머금었다.

이제 십자가는 촛농처럼 희미하게 십자가 형상의 빛을 흘리고 있을 뿐이었다. 흡혈귀의 얼굴에 스며든 그림자 때문에 그의 광대뼈 아래로 이상하리만큼 야만스럽고 뾰족뾰족한 주름이 생겨났다.

다시 한 걸음 더 물러나자 캘러한의 엉덩이가 벽에 붙여 놓은 식탁에 부딪혔다.

"더 이상 갈 곳이 없어." 발로우가 딱하다는 듯이 나직하게 말했다. 그의 검은 눈이 악마 같은 웃음으로 부글부글 끓어올랐다. "한 인간의 믿음이 이토록 실추되는 꼴을 보게 되다니, 안타깝군. 아, 좋아……."

캘러한의 손에 들린 십자가가 파들거리더니 다음 순간 마지막

남아 있던 불꽃마저 사라져 버리고 말았다. 그것은 그의 어머니
가 더블린의 기념품 가게에서 십중팔구 바가지 값을 내고 산 석
고 조각에 불과했다. 그의 팔을 떨리게 만들었던 그 힘, 벽을 부
수고 돌을 박살 낼 수 있던 그 힘은 사라졌다. 그의 근육은 아직
그 떨림을 기억하고 있었지만 그것을 모방할 수는 없었다.

그때 발로우가 어둠 속에서 손을 뻗어 캘러한의 손에 있던 십
자가를 낚아챘다. 캘러한이 애처로운 소리로 비명을 질렀는데,
그것은 어린 시절 잠자던 도중에 플립 아저씨가 눈을 뜰 때마다
벽장 밖으로 나와 단둘이 함께 밤을 보냄으로써 어린애의 영혼을
진동시키던(그러나 결코 목구멍 밖으로 나온 적이 없었던) 그 소리
였다. 그 다음에 들린 소리는 캘러한의 남은 평생 그의 뇌리에서
떠나지 않게 되었다. 그것은 발로우가 십자가의 가로대를 부러뜨
리는 소리와, 십자가를 바닥에 동댕이쳤을 때 탁 하고 나던 무의
미한 소리였다.

"하느님께서 네놈을 벌하실 것이다!"

캘러한이 소리를 질렀다.

"이제 시시한 통속극은 집어치우시지." 발로우가 어둠 속에서
말했다. 그의 음성은 어떻게 들으면 비통하게 여겨졌다. "이제 그
럴 필요가 없으니까 말이야. 자넨 자네 교회의 가르침을 잊은 모
양이군. 그렇잖은가? 십자가…… 빵과 포도주…… 고해…… 그
런 것들은 모두 상징일 뿐일세. 믿음이 없다면 십자가는 나무토
막이고, 빵은 밀가루를 구운 것이며, 포도주는 시큼한 포도즙에
불과하지. 만약 아까 십자가를 내던졌다면 자네는 나를 이겼을
걸세. 난 다음 밤을 기약해야 했을 테고 말이야. 어쩌면 내 마음

속에는 그렇게 되기를 바라는 심정도 들어 있었을지 몰라. 오랫동안 적다운 적을 만나 본 적이 없었으니까. 차라리 그 꼬마가 자네보다 열 배는 낫더군, 얼치기 사제 양반."

다음 순간 어둠 속에서 놀랄 만큼 억센 손이 불쑥 튀어나와 캘러한의 양 어깨를 움켜잡았다.

"이제 자네는 내가 살인한 일을 잊게 될 걸세. 불사의 존재에 대한 기억도 없을 것이고, 오직 허기와, 주인님을 받들고 싶은 욕망만 남을 걸세. 나는 자네를 이용할 수 있네. 자네를 자네 친구들에게 보낼 수도 있지. 하지만 굳이 그럴 필요가 있을지 모르겠군. 자네의 인도가 없으면 그들도 하찮은 존재에 불과하니까 말이야. 게다가 그 꼬마가 얘기를 할 테지. 이번에는 그들 중에서 하나가 그들과 맞서게 될 거야. 어쩌면 자네에게 좀 더 어울리는 벌이 있을지도 모르겠군, 얼치기 사제 양반."

캘러한은 그 순간 '죽는 것보다 더 나쁜 일도 있다.'는 매튜의 말이 떠올랐다.

그는 몸을 비틀어 빠져나가려고 했지만 그를 붙잡고 있는 손아귀는 바이스처럼 단단했다. 다음 순간 어깨를 잡고 있던 손 하나가 풀렸다. 그러더니 맨살에 천이 쓸리는 소리에 이어서 긁는 소리가 들렸다.

발로우는 캘러한의 목으로 손을 옮겼다.

"자, 엉터리 사제 양반. 진짜 종교가 어떤 건지 알려 주지. 내 영성체를 받아 보게나."

그게 무슨 소리인지 깨달은 캘러한은 소름이 좍 끼쳤다.

"안 돼! 그건…… 안 돼……."

하지만 발로우의 두 손은 요지부동이었다. 발로우의 머리가 서서히 다가왔다.

"자, 어서 마시라고, 사제 양반." 발로우가 속삭였다.

거죽으로 노출된 채 핏줄이 고동쳐서 흡혈귀의 악취가 풍기는 차가운 목덜미가 캘러한의 입을 눌렀다. 그는 영원처럼 여겨지는 시간 동안 숨을 참았다. 그리고 미친 듯이 고개를 흔들려고 했지만 소용이 없었다. 캘러한의 뺨과 이마와 턱은 출전하는 인디언 전사가 얼굴에 그린 붉은 물감처럼 온통 피로 범벅이 되었다.

그리고 마침내 캘러한은 그것을 마시고 말았다.

열쇠를 뽑는 일 따위는 무시한 채 차에서 내린 앤 노튼은 병원 주차장을 가로질러 환하게 불이 켜진 로비를 향해 걷기 시작했다. 머리 위에 있는 구름 때문에 별빛은 보이지 않았고, 이제 곧 비가 쏟아질 것만 같았다. 그녀는 구름을 쳐다보지도 않았다. 신경이 무딘 사람처럼 그저 똑바로 앞만 보고 걸었다.

그녀는 벤 미어스가, 수잔이 가족과 함께 저녁 식사 하는 자리에 그를 초대해서 처음 만났던 그 부인과는 이제 완전히 달라 보였다. 중키에, 그다지 비싸 보이지는 않지만 편해 보이는 녹색 울 드레스 차림을 한 그 부인은 아름답지는 않았지만 매무새가 단정하여 보기가 좋았고, 세어 가는 머리는 파마를 한 지 그렇게 오래되지 않았다.

그런데 지금 이 여인은 발에 실내용 슬리퍼만 신고 있었다. 다리는 맨살이었고 스타킹도 신지 않아서 정맥류가 또렷하게 보였다.(그래도 혈압이 얼마간 떨어진 덕분에 전만큼 심한 상태는 아니었다.) 화장복 위에 올이 풀린 노란 실내복을 걸친 차림이었고, 점점 강해지는 바람 때문에 머리카락이 제멋대로 뒤엉키며 날렸다. 얼굴은 창백했으며 눈 밑에는 짙은 갈색 얼룩이 동그랗게 자리 잡고 있었다.

그녀는 이 미어스라는 사내와 그의 친구들이 수잔을 살해했다는 얘기를 들었다. 매튜 버크가 그 일을 사주한 인물이었으며, 그들은 공모자였다. 아, 그래. 그녀는 다 알고 있었다. '그'가 말해 주었던 것이다.

그녀는 온종일 앓았다. 몸도 좋지 않고 졸리기도 해서 침대 밖으로 나올 수가 없었다. 정오가 지나, 남편이 바보 같은 실종 신고를 하면서 이것저것 질문에 답하기 위해 집을 비운 사이, 꿈에서 '그'가 찾아왔었다. 잘생기고 위엄이 있으며 오만하면서 끌리지 않을 수 없는 얼굴이었다. 코는 매의 부리 같고 머리는 이마 뒤로 넘겼으며, 큼직하고 매혹적인 입술 사이로는 웃을 때마다 짜릿하리만큼 하얀 치아가 보였다. 그리고 그 눈…… 붉게 충혈된 그 두 눈은 상대방을 최면에 빠뜨렸다. '그'가 그 눈으로 쳐다보면 도저히 외면할 수가…… 아니 외면하고 싶지 않아지는 것이다.

'그'가 그녀에게 모든 이야기를 다 들려 주었고, 그녀가 해야 할 일도 말해 주었다. 그 일을 끝내기만 하면 딸애와 다른 많은 사람들…… 그리고 무엇보다도 '그'와 함께 있을 수 있다고 했다. 그녀가 기쁘게 해 주고 싶은 것은 수잔이 아니라 바로 '그'였다. 그러면 '그'는 그녀에게 그녀가 그토록 갈망하고 필요로 하는 것을, 접촉을, '침투'를 해 줄 것이다.

그녀의 주머니에는 남편의 38 구경 권총이 들어 있었다.

로비로 들어간 그녀는 접수창구 쪽을 쳐다보았다. 만약 누구라도 제지하려고 들면 손을 봐줄 생각이었다. 그러나 총을 쓰지는 않을 것이다. 버크의 병실에 갈 때까지는 총을 쏴서는 안 된다. 그것은 '그' 가 지시한 내용이기도 했다. 그녀가 임무를 마치기 전에 사람들이 몰려와 그녀를 제지한다면 '그' 는 그녀에게 오지 않을 거라고, 밤마다 타는 듯한 키스를 해 주지 않을 거라고 했기 때문이다.

접수창구에는 하얀 모자에 간호사복을 입은 젊은 여자 혼자뿐이었으며, 그녀는 앉아서 접수대에 얹힌 스탠드의 부드러운 불빛을 받으며 십자 말 풀이를 하고 있었다. 병원 잡역부 하나가 그들에게 등을 돌린 채 복도 저편으로 가고 있었다.

앤의 발소리에 당번 간호사는 예의 단련된 미소를 지으며 고개를 들었다가, 멍한 눈을 한 여자가 실내복 차림으로 다가오고 있는 것을 보자 그만 미소를 잃었다. 그 여자의 눈은 흡사 누군가 태엽을 감아 놓은 장난감처럼 멍하면서도 이상하리만큼 번들거리고 있었다. 아마도 산책을 나갔던 환자인 모양이다.

"저, 부인……."

앤 노튼은 아득한 옛날 한물간 총잡이처럼 실내복 주머니에서 38 구경 권총을 뽑았다. 그러고는 당번 간호사의 머리에 총을 겨누고 이렇게 말했다.

"돌아서."

아무 말도 못하고 입만 벙긋벙긋하던 당번 간호사가 헉 하고 숨을 들이쉬었다.

"소리 지르지 마. 소리를 지르면 죽여 버릴 거야."

간호사는 헐떡이며 숨을 내쉬었고, 얼굴은 새하얗게 질려 있었다.

"얼른 돌아서라니까."

간호사가 천천히 일어서더니 돌아섰다. 앤 노튼은 38 구경을 거꾸로 쥐고 있는 힘을 다해 당번 간호사의 머리를 내려칠 자세를 취했다. 바로 그 순간 누군가 그녀의 다리를 힘껏 걸어찼다.

권총이 허공으로 날았다.

올이 풀린 노란 실내복을 입은 그 여인은 비명을 지르는 대신 흡사 곡이라도 하듯 낑낑거리는 애처로운 울음소리를 내기 시작했다. 그녀는 총을 집기 위해 게처럼 허겁지겁 기어갔으며, 그녀의 뒤에 있던 그 남자 역시 겁을 먹고 당황한 상태에서 총을 향해 돌진했다. 그녀가 먼저 총을 집을 것이라는 판단이 서자 그는 총을 로비 양탄자 저편으로 걸어차 버렸다.

"어이! 좀 도와 줘!"

그 남자가 고함을 쳤다.

앤 노튼이 어깨너머로 돌아보며 섬뜩한 소리를 냈다. 기만을 당한 가증스러움에 얼굴을 일그러뜨린 채 그녀는 다시 한 번 총을 향해 허겁지겁 기어갔다. 아까의 병원 잡역부가 뜀박질을 해서 그곳에 와 있었다. 한순간 놀란 눈으로 그 장면을 멍하니 보고 있던 그는 다음 순간 자신의 발치 가까이에 놓여 있던 총을 집어 들었다.

"맙소사, 이건 장전된······." 잡역부가 말했다.

그 순간 앤 노튼이 그에게 달려들었다. 그녀가 발톱처럼 오그린 손으로 톱니바퀴가 지나가듯 그의 얼굴을 할퀴자, 놀란 잡역부의 이마와 오른쪽 뺨에 붉은 줄무늬가 생겨났다. 그는 그녀의 손이 닿지 않게 총을 위로 치켜들었다. 그녀는 여전히 울음소리를 내며 총을 움켜잡으려고 손을 휘저었다.

그때 총을 걷어찼던 남자가 다가와 등 뒤에서 그녀를 덮쳤다. 그는 나중에 그때의 소감을, 마치 뱀이 잔뜩 든 자루를 움켜쥐는 기분이었다고 말했다. 실내복에 싸인 몸뚱이가 근육을 있는 대로 씰룩대고 꿈틀거리면서 격렬하게 몸부림쳤다는 것이다.

그녀가 몸부림을 치며 빠져나오는 순간 이번에는 잡역부가 날린 주먹이 그녀의 턱에 정통으로 들어맞았다. 그녀는 눈을 허옇게 까뒤집으며 그 자리에 쓰러졌다.

잡역부와 그 남자는 서로 얼굴을 마주보았다.

접수창구에 있던 간호사는 비명을 지르고 있었다. 두 손으로 입을 틀어막은 상태였으므로 그 비명 소리는 흡사 안개 경보와도 같은 효과음을 냈다.

"대체 무슨 병원이 이 모양이오?" 남자가 말했다.

"나도 모르겠소. 대체 무슨 일이 일어난 거죠?" 잡역부가 대꾸했다.

"난 방금 누이를 병문안 오던 길이었소. 누이가 아기를 낳았단 말이오. 그런데 어떤 꼬마가 오더니 총을 가진 여자가 방금 병원 안으로 들어왔다고 했소. 그리고······."

"어떤 꼬마 말이오?"

누이를 병문안 왔다는 남자가 주위를 두리번거렸다. 로비에는 꾸역꾸역 사람들이 모여들고 있었지만 모두가 음주 연령을 넘긴 사람들뿐이었다.

"지금은 그 애가 보이지 않는군. 하지만 그 애가 여기 있었소. 그런데 그 총은 장전된 거요?"

"장전된 게 확실하오."

잡역부가 대답했다.

"대체 무슨 병원이 이 모양이오?"

그 남자가 다시 한 번 같은 말을 했다.

그들은 간호사 두 사람이 병실 문 앞을 지나쳐 엘리베이터 쪽으로 뛰어가는 것을 보았고, 계단통 아래쪽에서 희미하게 누군가 외치는 소리도 들었다. 벤이 지미의 얼굴을 흘끗 쳐다보자 지미는 보일락 말락 하게 어깨를 으쓱해 보였다. 매튜가 입을 벌린 채 졸고 있었기 때문이다.

벤은 병실 문을 닫고 전등을 껐다. 지미는 매튜의 침대 발치에 몸을 웅크렸다. 이윽고 병실 문 밖에서 머뭇대는 발소리가 들리자 벤이 달려들 채비를 하고 문 옆에 섰다. 벤은 문이 열리면서 안으로 쑥 들어온 머리를 반쯤 목 조르기를 하듯 움켜쥐면서 다른 한 손에 들고 있던 십자가를 얼굴에 디밀었다.

"놔줘요!"

손이 위로 올라오더니 벤의 가슴을 힘없이 두드려 댔다. 다음 순간 전등이 켜졌다. 침대에 일어나 앉은 매튜가 눈을 껌벅이며 벤의 품 안에서 발버둥 치는 마크 페트리를 쳐다보았다.

지미가 웅크리던 자세에서 일어나 병실을 가로질러 뛰어갔다. 금방이라도 소년을 끌어안을 것 같던 지미가 멈칫했다.

"턱을 들어 봐."

마크는 턱을 들어 세 사람 모두에게 아무 흔적도 없는 자신의 목을 보여 주었다.

지미가 긴장을 풀었다.

"맙소사, 내 생애 이렇게 누군가를 보고 반가웠던 적도 없었던 것 같구나. 그래 신부님은 어디 계시니?"

"모르겠어요." 마크가 침울한 어조로 대답했다. "발로우가 저를 붙잡고…… 제 부모님을 죽였어요. 부모님이 돌아가셨어요. 제 부모님이 말이에요. 그자가 부모님의 머리를 마주 부딪쳤어요. 그자가 제 부모님을 죽였다고요. 그런 다음 나를 잡고는 캘러한 신부님에게, 신부님이 십자가를 버린다고 약속하면 나를 놓아 주겠노라고 말했어요. 신부님이 약속하셨죠. 난 도망쳤어요. 하지만 도망치기 전에 그자의 얼굴에 침을 뱉었어요. 그자의 얼굴에다 말이에요. 내 손으로 그자를 죽이고 말 거예요."

마크는 문간에 선 채 비틀거렸다. 그 애의 이마와 뺨은 온통 가시나무 자국으로 긁혀 있었다. 그는 오래 전 대니 글릭 형제가 불행을 당한 바로 그 오솔길을 지나서 뛰어왔던 것이다. 달아나면서 태거트 냇물을 건넌 마크의 바지는 무릎까지 푹 젖어 있었다. 그 애는 도중에 누군가의 차를 얻어 탔지만, 자기를 태워 준 사람이 누군지 기억하지 못했다. 다만 라디오가 켜져 있었다는 것만 기억하고 있었다.

벤의 혀가 얼어붙었다. 그는 뭐라고 해야 좋을지 알 수 없었다.

"가엾은 아이로군. 그리고 용감한 아이야."

매튜가 부드럽게 말했다.

마크의 얼굴이 일그러지기 시작했다. 그 애의 눈이 감기고 입이 씰룩거리면서 일그러졌다.

"어…… 어…… 엄마가……."

벤이 무턱 대고 비틀거리며 나아가려는 마크를 품에 얼싸안고 얼러 주었다. 그 애의 얼굴에서 철철 흘러내리는 눈물이 그의 셔츠를 적셨다.

도널드 캘러한 신부는 자신이 어둠 속을 얼마나 오래 걸었는지 알지 못했다. 그는 페트리네 진입로에 주차해 놓은 자신의 차는 아랑곳하지 않은 채 조인트너 로를 따라 중심가를 향해 비틀거리며 걸어갔다. 어떤 때는 도로 한복판을 배회하기도 했고, 어떤 때는 인도를 따라 비틀거리며 걷기도 했다. 한번은 전조등을 눈부시게 켜고 달려오던 차 한 대가 경적을 울리다가 마지막 순간에 아스팔트에서 요란한 타이어 마찰음을 내며 비껴간 일도 있었고, 또 한번은 배수구에 빠지기도 했다. 황색 점멸등이 있는 곳까지 왔을 무렵 비가 내리기 시작했다.

거리에는 신부가 지나가는 것을 보는 사람이 아무도 없었다. 그날 밤 살렘스 롯은 흡사 솜으로 틀어막아 놓기라도 한 것 같았다. 마을은 여느 때보다 더 단단하게 밀봉되었다. 식당에는 사람이 없었으며, 스펜서 상점에서는 미스 쿠간이 금전등록기 옆에 앉아 형광등의 흰 불빛 아래에서, 판매대에 있던 실화 잡지를 꺼내 읽고 있었다. 바깥에는 청색 개가 달리고 있는 그림이 그려져 있는 불을 켠 간판 아래 빨간 네온사인이 붙어 있었다.

'BUS'

사람들은 두려워하는 거야 하고 캘러한은 생각했다. 충분히 그럴 만하지. 이미 가족들 중에 누군가가 위험과 동화되고 만 것이다. 그래서 오늘 밤에는 지난 몇 년 동안 잠긴 적이 없던 집들이 문을 걸어 잠근 것이다. 아니 어쩌면 영원히 잠기게 될지도 모를 일이다.

거리에는 캘러한 혼자였다. 그리고 두려워할 것이 없는 사람도 그 혼자뿐이었다. 그는 소리 내어 웃었다. 그 웃음소리는 마치 미치광이의 흐느낌과도 같았다. 어떤 흡혈귀도 그를 건드리지 않을 것이다. 다른 사람은 몰라도 그만은 건드리지 않을 것이다. 그는 주인님이 표시를 해 놓은 인물이었다. 따라서 그는 주인님이 부르기 전까지는 마음 놓고 활보할 수 있을 것이다.

성 앤드루스 성당이 눈앞에 떠올랐다.

그는 잠시 주저하다가 성당으로 난 작은 길을 따라 올라갔다. 기도를 하리라. 필요하다면 밤새도록이라도 기도하리라. 새로 섬기게 된 신, 고립 집단과 사회적 양심과 결국 값을 치러야 할 공짜 점심이나 주는 그런 신이 아니라 예전에 섬기던 신에게, 모세를 통해 마녀를 살려 둬서는 안 된다고 선언한 신에게, 그리고 무덤에서 부활케 한 자신의 아들에게 삶을 주었던 신에게 기도하리라. 하느님, 다시 한 번 기회를 주소서. 평생을 회개하며 보내겠나이다. 다시 한 번…… 기회를 주신다면.

캘러한은 비틀거리며 널따란 층계를 올랐다. 그의 사제복은 흙투성이에다 더러워져 있었고, 입가에는 온통 발로우의 피가 묻어 있었다.

층계 맨 위에 다다른 그는 잠시 멈춰 섰다가 중문의 손잡이 쪽으로 손을 뻗었다.

손잡이를 잡는 순간 푸른 섬광이 일면서 캘러한은 뒤로 나동그라졌다. 등과 머리, 그 다음에는 가슴과 배와 정강이로 찌르는 듯한 통증이 번져 나갔다. 캘러한은 화강암 층계에서 곤두박이치듯 길 아래로 굴러 떨어졌다.

그는 빗속에 덜덜 떨면서 누워 있었다. 손이 타는 듯이 아팠다. 캘러한은 그 손을 들어 보았다. 그 손은 화상을 입었다.

"더럽혀진 거야. 순결을 잃고 더럽혀졌어. 오, 맙소사. 깨끗하지 못한 거야."

그는 후들후들 떨기 시작했다. 양팔로 어깨를 감싸 안은 채 빗속에서 덜덜 떨었다. 등 뒤에는 그를 거부한 교회가 어렴풋이 서 있었다.

마크 페트리는 매튜의 침대에 앉아 있었다. 그 애가 앉은 자리는 벤과 지미가 들어왔을 때 벤이 앉아 있던 바로 그 자리였다. 마크는 셔츠 소맷자락으로 눈물을 닦았으며, 아직 눈은 퉁퉁 붓고 충혈되어 있었지만 이제 어느 정도 자제력을 되찾은 듯이 보였다.

"살렘스 롯이 절망적인 상황이라는 걸 알고 있니?"

매튜가 물었다.

마크가 고개를 끄덕였다.

"지금 이 순간에도 '그자'가 거느린 불사의 존재들이 마을을 돌아다니고 있단다." 매튜가 침울한 어조로 말을 이었다. "다른 사람들을 자기편으로 만들면서 말이다. 전부 다 자기편으로 만들지는 못할 테지만(아무튼 오늘 밤에는 그럴 거다.) 내일이 되면 일이 아주 힘들어질 거야."

"선생님, 잠을 좀 주무셔야 합니다. 우리가 여기 있을 테니까 걱정하지 마시고요. 안색이 좋지 않아요. 이 일 때문에 너무 힘드셨던 것 같아요……."

지미가 말했다.

"우리가 사는 마을이 눈앞에서 와해되고 있는 마당에 나 보고 잠을 자라는 얘기가 나오나?"

지칠 줄 모르는 듯 보이는 그의 두 눈이 수척한 얼굴에서 빛을 뿜었다.

지미도 물러서지 않았다.

"이 일이 끝날 때까지 살고 싶으시다면 기운을 얼마간 아껴 두는 게 좋을 겁니다. 전 지금 담당 의사로서 말하는 거라고요."

"알겠네. 이제 곧 자겠네." 그러면서 매튜는 그들 모두에게 말했다. "내일 자네들 세 사람은 마크의 집으로 가야 하네. 그곳에서 말뚝을 만들게. 아주 많이 만들어야 할 걸세."

그 말의 의미가 그들의 가슴에 통렬하게 와 닿았다.

"얼마나 만들어야 할까요?"

벤이 침착하게 물어보았다.

"적어도 300개는 필요할 것 같군. 500개는 만들라고 하고 싶지만 말일세."

"그건 불가능해요." 지미가 딱 잘라 말했다. "그렇게 많을 리가 없어요."

"불사의 존재들은 목이 탄다네." 매튜가 간단하게 말했다. "그러니 준비하는 게 상책이야. 자네들 모두 함께 다니게. 낮 동안에라도 행여 갈라질 생각을 해서는 안 되네. 이 일은 일종의 보물찾기나 다름없네. 마을 한쪽 끝에서 시작해서 다른 쪽 끝으로 진행해야 할 걸세."

"우리가 그들을 모두 찾아내지는 못할 거예요. 첫새벽부터 일을 시작해서 어두워질 때까지 쉬지 않고 한다고 해도 말이에요."

벤이 이의를 제기했다.

"그래도 최선을 다해야 하네, 벤. 어쩌면 사람들이 자네들을 믿기 시작할지도 모르지. 자네 말이 사실이라는 것을 보여 주면 도와 주는 사람도 생길지 모르고. 그리고 다시 어둠이 내릴 때쯤에는 '그자'가 한 작업 상당수가 망쳐지게 되겠지." 매튜는 한숨을 쉬었다. "아무래도 캘러한 신부는 잃었다고 생각해야 할 것 같네. 좋지 않은 일이야. 하지만 그래도 공격을 늦춰서는 안 되네. 그리고 자네들 모두 조심해야 해. 언제든 필요하면 거짓말을 하게. 자네들이 감금되기라도 하면 '그자'의 의도에 부합하는 결과가 될 테니까. 그리고 지금까지 생각해 본 적이 없다면 이제부터라도 생각해 둘 일이 있네. 우리들 중 일부 혹은 우리 모두가 살아남고 승리를 거둔다고 해도 살인죄로 재판에 넘겨질 수도 있네."

그러고 나서 매튜는 그들 한 사람 한 사람을 똑바로 쳐다보았다. 그들의 얼굴을 본 그는 분명 만족한 것 같았다. 매튜가 다시 마크를 상대로 대화를 하기 시작했으니까.

"무엇이 제일 중요한 일인지 알겠니?"

"네. 발로우를 죽이는 일이죠." 마크가 대답했다.

그 말에 매튜의 입가에서 희미한 미소가 떠올랐다.

"그건 일의 순서가 바뀐 얘기 같구나. 먼저 그자를 찾아야 한단다." 매튜는 마크를 유심히 쳐다보았다. "오늘 밤에 뭐든 보거나 듣거나 냄새를 맡거나 만졌거나 한 것이 있니? 그자가 숨은 장소를 알려 줄 만한 실마리 말이다. 잘 생각해 보고 대답해야 한다. 이 일이 얼마나 중요한지는 누구보다도 네가 잘 알 테니까."

마크는 생각하기 시작했다. 벤은 이처럼 곧이곧대로 지시에 따르는 사람을 본 적이 없었다. 마크는 손으로 턱을 받치고 눈을 감았다. 그 애는 아주 조심스럽게 그날 밤 발로우를 만났을 때의 모든 과정을, 아주 사소한 것까지 하나하나 되짚어 생각해 보고 있는 것 같았다.

이윽고 눈을 뜬 마크는 그들을 잠깐 둘러본 다음 고개를 저었다.

"없어요."

매튜의 표정이 침울해졌지만 그렇다고 포기한 것은 아니었다.

"외투에 나뭇잎이 달려 있지는 않았니? 바지 자락에 부들 같은 것이 묻어 있지는 않았니? 구두에 흙이 묻지는 않았어? 그자가 간과한 아주 작은 단서라도 본 것이 없니?" 그러면서 매튜는 난감한 듯 침대를 두드렸다. "하느님, 그자는 달걀처럼 빈틈이 없단 말인가?"

다음 순간 마크의 눈이 갑자기 휘둥그레졌다.

"뭐지?" 매튜가 물었다. 그는 소년의 팔꿈치를 잡았다. "그게 뭐지? 무슨 생각이 났지?"

"청색 분필 가루예요. 그가 이런 식으로 제 목을 한 팔로 감았는데 그때 그자의 손이 보였어요. 희고 길쭉한 손가락 두 곳에 청색 분필 가루 얼룩이 나 있었죠. 아주 작은 것이긴 했지만."

"청색 분필 가루라……."

매튜는 생각에 잠겼다.

"학교에서 묻은 것이 분명해요." 벤이 말했다.

"고등학교는 아닐세. 우리 학교는 물품을 모두 포틀랜드의 데니슨 회사에서 공급받고 있네. 흰색과 노란색 분필만 들어오지. 내 손톱 밑과 겉옷에는 벌써 몇 년 동안 흰색과 노란색 분필 가루가 묻어 있다네."

"미술반의 경우는요?" 벤이 물어보았다.

"그곳도 아냐. 고등학교에서는 그래픽 아트만 수업한다네. 분필이 아니라 물감을 쓰지. 마크, 그게 정말……."

"분필 가루였어요."

마크가 고개를 끄덕이며 대꾸했다.

"과학 교사들 중에는 색분필을 쓰는 이들이 더러 있을 테지만, 그렇다 해도 고등학교에 숨을 곳이 어디 있겠나? 자네도 봤겠지만 단층에다가 사방이 유리였잖나. 물품 창고에는 온종일 사람들이 끊임없이 드나든다네. 보일러실의 경우도 마찬가지고."

"무대 뒤 분장실은 어때요?"

매튜는 어깨를 으쓱해 보였다.

"그곳은 어둡긴 하지. 하지만 로딘 여사가 나 대신 연극 반을 맡았다면 분장실을 자주 이용하고 있을 걸세. 아이들은 저 기상천외한 일본 SF 영화에서 본떠 로딘 여사를 로단 선생이라고 부른다네. 1968년에 제작된 '괴수 총진격'을 말함. 로단은 영화에 나오는 괴수 가운데 하나임 어쨌든 분장실을 쓴다는 것은 그자에게는 굉장한 모험일 걸세."

"그러면 중학교는 어때요?" 지미가 물어보았다. "중학교 저급 학년에서는 일반 미술을 가르칠 거예요. 장담하지만 색분필은 필수 품목일 겁니다."

"스탠리 스트리트 엘리먼터리 스쿨은 고등학교와 동일한 공채 자금으로 건축되었다네. 그 학교 역시 현대식 건물로서 건물 전체가 구석구석 사용되고 있고 역시 단층 건물일세. 온통 볕이 잘 드는 유리창으로 에워싸여 있지. 우리의 표적물이 빈번하게 드나들 만한 건물이 아니라네. 흡혈귀들은 시간의 때가 묻은 데다 어둡고 음침한 옛날 건물을 좋아하지. 마치……."

"브록 스트리트 스쿨처럼 말이죠." 마크가 말했다.

"그래." 매튜가 벤을 보고 말했다. "브록 스트리트 스쿨은 3층 짜리에다 지하실까지 있는 목조 건물이고 마스튼 저택과 같은 시기에 건축되었네. 공채 발행을 표결에 부쳤을 때 그 학교가 화재 위험이 있다고 해서 말들이 많았지. 바로 그 때문에 공채 발행이 통과된 셈이라네. 마침 그 2, 3년 전에 뉴햄프셔에서 학교에 화재가 난 일이 있었거든……."

"저도 기억나요. 콥스 페리에서였죠?"

지미가 중얼거리는 어조로 말했다.

"그래. 그때 학생 셋이 불에 타 죽었지."

"그 브룩 스트리트 스쿨은 아직 사용되고 있나요?"

벤이 물어보았다.

"1층만 쓰고 있네. 네 학년 가운데 한 학년만 있지. 그 건물은 앞으로 스탠리 스트리트 스쿨이 증축되는 것에 따라서 2년 사이에 단계적으로 폐쇄될 걸세."

"그곳에 발로우가 숨을 만한 곳이 있나요?"

"있을 것 같군." 매튜가 뭔가 꺼리는 듯한 어조로 대꾸했다. "2층과 3층은 빈 교실뿐일세. 아이들이 자꾸 돌을 던져서 창문들도 모두 널빤지로 막아 놓았고."

"그럼 그곳이겠군요. 거기가 분명해요." 벤이 말했다.

"그럴싸하군." 매튜도 인정했다. 이제 그는 정말 기진맥진해 보였다. "하지만 너무 간단해 보여. 너무 뻔하단 말일세."

"청색 분필 가루라……."

지미가 중얼거리는 투로 말했다. 그의 시선은 어딘가 먼 곳을 향하고 있었다.

"거기가 맞을지 모르겠네." 매튜가 혼란스럽다는 듯이 말했다. "정말 모르겠군."

지미가 검정 가방을 열어서 조그만 약병을 꺼냈다.

"이 약 두 알을 물하고 같이 드세요. 지금 바로."

"안 돼. 아직 생각해 볼 것이 많단 말일세. 아직 큰일이……."

"선생님을 잃는 일만큼 큰일도 없죠." 벤이 단호하게 말했다. "캘러한 신부가 정말 저쪽으로 넘어간 거라면, 이제 우리에게는 선생님이 가장 중요해요. 지미가 시키는 대로 하십시오."

마크가 욕실에서 물 한잔을 가져오자 매튜는 마지못해 그 약을 먹었다.

10시 15분이었다.

병실은 침묵에 싸였다. 벤은 매튜가 몹시 늙고 지쳐 보인다고 생각했다. 백발은 더 성기고 건조해 보였으며, 불과 며칠 사이에 평생 동안의 근심이 그의 얼굴에 흔적을 남긴 듯이 보였다. 어떤 의미에서는, 이왕 매튜에게 문제가, 그것도 엄청난 문제가 생길 것이라면 이렇게 몽롱하고 음침하면서도 환상적인 형태를 취하는 편이 어울릴지도 모른다고 벤은 생각했다. 어쩌면 그가 한평생 살아온 삶은 독서 등 아래에 튀어나왔다가 동틀 녘에 사라지는 상징적인 악을 처리하는 데 어울리니까.

"난 선생님이 걱정이오."

지미가 나지막하게 말했다.

"심장마비가 비교적 가벼웠던 것 같소. 사실 전혀 심장마비는 아니었던 것도 같고." 벤이 말했다.

"가벼운 혈관 폐색증이었소. 하지만 다음번에는 결코 가볍지 않을 겁니다. 생각보다 심각할 거요. 빨리 마무리되지 않는다면 이 일이 선생님을 잡을지 모르오." 그러면서 지미는 매튜의 손을 잡고 맥을 살짝 짚어 보았다. 그의 손길에는 애정이 깃들어 있었다. "그러면 정말 비극일 거요."

그들은 매튜의 병상 주위에서, 번갈아 잠을 자고 불침번을 서면서 기다렸다. 매튜는 그날 밤 꼬박 잠을 잤으며, 발로우는 나타나지 않았다. 발로우는 다른 곳에 볼일이 있었던 것이다.

미스 쿠간이 《실화 고백》이란 잡지에 실린 '우리 아기의 목을 졸라 죽일 뻔한 이야기'라는 기사를 읽고 있을 때 문이 열리면서 그날 저녁 첫 손님이 가게 안으로 들어섰다.

전에는 이렇게 가게 안이 한적한 적이 없었다. 루디 크로켓 패거리가 매점으로 소다수를 마시러 오지도 않았고(그렇다고 해서 미스 쿠간이 그 애들이 아쉬웠다는 얘기는 결코 아니다.), 로레타 스타처가 《뉴욕 타임스》를 사러 들르지도 않았다. 그 신문은 아직도 단정하게 접힌 채 카운터 밑에 놓여 있었다. 예루살렘스 롯에서 《타임스》(그녀는 늘 그 신문을 그냥 '타임스'라고만 발음했다.)를 꼬박꼬박 사는 사람은 로레타밖에 없었다. 다음 날이면 그 신문을 열람실에 내놓을 것이다.

라브리 씨는 저녁을 먹으러 나가서 아직 돌아오지 않았는데, 그런 일은 여느 때와 다를 것이 없었다. 홀아비인 라브리 씨는 스쿨야드 힐의 그리펜 농장 근처 큰 집에 살고 있었는데, 미스 쿠간은 그가 집으로 저녁을 먹으러 가지 않았다는 사실을 잘 알고 있었다. 그는 델 주점에서 햄버거로 저녁을 때우고 맥주를 마셨다. 만약 라브리 씨가 11시까지 돌아오지 않으면(그리고 지금은 11시 15분 전이었다.) 그녀는 현금 서랍에서 열쇠를 꺼내 가게 문을 닫을 것이다. 사실 그런 일도 처음은 아니었다. 그렇지만 누군가 급히 약을 사러 오기라도 하면 정말 난처해질 것이다.

그녀는 이따금씩 영화가 끝나고 이곳으로 몰려들었다가 길 건너에 있던 노르디카 식당에서 음식을 먹곤 하던 인파가 그리웠다. 주로 아이스크림소다와 프라페^{살짝 열린 과즙 음료}와 맥아음료를 먹었으며, 데이트를 즐기던 아이들은 서로 손을 잡고 숙제 이야기를 하기도 했다. 좀 어설프긴 했으나 그만큼 '건전'했다. 그 애들은 루디 크로켓 패거리들처럼 킬킬거리며 가슴을 과시하지도, 팬티 라인이 보일 정도로(팬티를 입기나 한다면 말이지만) 꼭 끼는 청바 지를 입고 다니지도 않았다. 이 과거의 단골들에 대한 그녀의 감 정에는 회고의 감이 어려 있었다.(잊고 있지만, 그녀는 그 애들 때 문에 그만큼 짜증스럽기도 했었다.) 그래서 문이 열리는 소리를 듣 고 그녀는 혹시 1964년도에 졸업한 아이와 그의 여자 친구가 들어 와 넛을 곁들인 초콜릿 캔디 선디라도 달라고 하지 않을까 하는 기대감을 품고 고개를 들었다.

하지만 가게 안에 들어선 사람은 나이가 듬직한 남자였고, 낯 익은 얼굴이기는 했으나 누군지 감이 잡히지 않았다. 그 남자가 여행 가방을 카운터에 내려놓을 무렵에야 비로소 걸음걸이라든지 고갯짓을 보고 그가 누구인지 깨달았다.

"캘러한 신부님 아니세요!"

그녀는 도저히 놀란 내색을 하지 않을 수 없었다. 미스 쿠간은 지금껏 단 한번도 사제복을 입지 않은 신부를 본 적이 없었다. 그 는 평범한 방직 공장의 일꾼처럼 수수한 까만 바지에다 청색 샴 브레이 셔츠샴브레이는 흰색 씨실과 유색 날실로 희끗희끗하게 짠 직물 차림이었다.

미스 쿠간은 문득 겁이 났다. 신부가 입고 있는 옷은 깨끗했고 머리도 단정하게 빗질되어 있었으나 그의 얼굴에서 뭔가가 느껴 졌기 때문이다…….

문득 20년 전 엄마가 갑작스런 뇌졸중(노인들이 흔히 뇌진탕이 라고 부르는)으로 세상을 떠나던 날 병원에서 돌아왔을 때 일이 기억났다. 그녀가 그 소식을 전했더니 그녀의 오빠가 바로 지금 캘러한 신부와 똑같은 표정을 지었던 것이다. 신부는 수척한 얼굴에 불운해 보이는 표정이었고, 멍한 두 눈에는 생기가 없었다. 그녀는 어딘가 몹시 지친 것처럼 보이는 그 눈빛이 마음에 걸렸다. 그리고 입 주변의 피부는 면도를 너무 심하게 했거나, 아니면 심한 얼룩을 지우려고 수건으로 한참 동안 박박 문지르기라도 한 것처럼 발갛게 성이 나 있었다.

"버스표 좀 주시오." 신부가 말했다.

아, 그 일이었군 하고 그녀는 생각했다. 딱하기도 하지. 신부관인지 사제관인지 하는 곳에 있다가 방금 누군가 죽었다는 소식을 들은 거야.

"물론 드리죠. 그런데 어느 곳으로……."

"지금부터 가장 먼저 오는 버스가 어디 가는 거요?"

"어느 곳으로 가시게요?"

"어디든 상관없소."

신부의 말에 그녀가 방금 했던 추측은 여지없이 무너지고 말았다.

"어…… 모르겠어요…… 한번 볼게요……." 미스 쿠간이 버스 시간표를 꺼내 몹시 당황해 하면서 들여다보았다. "11시 10분에 포틀랜드와 보스턴, 하트포드를 경유해서 뉴……."

"그것으로 주시오. 얼마요?"

"얼마나…… 아니 제 말씀은…… 어디까지 가시는데요?"

이제는 완전히 혼란에 빠지고 만 그녀가 반문했다.

"내처 갈 거요."

신부가 멍한 어조로 그렇게 말하고는 미소를 지었다. 인간의 얼굴에서 그런 무서운 미소를 본 적이 없었던 그녀는 움찔했다. '저 사람이 나를 건드리기라도 하면 비명을 지를 것 같아. 난 비명을 지를 거야. 쉬지 않고 비명을 지르게 될 거야.'

"그…… 그럼…… 뉴욕 시가 되겠군요. 29달러 75센트예요."

캘러한 신부가 힘겹게 바지 뒷주머니에서 지갑을 꺼냈는데, 그때 보니 오른손에 붕대가 감겨 있었다. 신부가 20달러짜리 한 장과 1달러짜리 두 장을 꺼내 놓았을 때 그녀는 버스표 더미 맨 위에서 한 장을 꺼내려다가 그만 행선지가 적히지 않은 버스표를 몽땅 바닥에 떨어뜨리고 말았다. 버스표를 모두 주워 올리고 보니 신부는 1달러짜리 다섯 장과 잔돈 한 뭉치를 더 꺼내 놓은 상태였다.

그녀는 할 수 있는 한 빠르게 버스표에 행선지를 기입했으나, 아무리 서둘러도 더딘 것 같은 기분이 들었다. 신부의 생기 없는 시선이 자신을 지켜보고 있다는 것을 느낄 수 있었다. 그녀는 버스표에 스탬프를 찍고 나서, 자신의 손이 신부의 손에 닿지 않도록 카운터 위로 버스표를 죽 내밀었다.

"그…… 그런데 밖에서 기다리셔야 할 것 같아요, 캐…… 캘러한 신부님. 이제 5분 있으면 가게 문을 닫아야 하거든요."

그녀는 지폐와 동전들을 헤아려 보려고도 하지 않고 그대로 현금 서랍에 쓸어 담았다.

"알았소." 신부는 버스표를 셔츠 가슴주머니에 집어넣었다. 그런 다음 그녀의 얼굴은 보지도 않은 채 이렇게 말했다. "주께서는 카인에게 표를 해 놓으셨다오. 누구든 카인을 본 사람이 그를 죽이지 않도록 말이오. 카인은 주의 곁을 떠나 도망자처럼 지상에서 살았소. 에덴의 동쪽에서 말이오. 성경 한 구절에 나오는 이야기라오, 미스 쿠간. 성경에 나오는 말씀 가운데 가장 어려운 부분이지."

"그런가요? 그런데 이제 나가 주셔야 할 것 같아요, 캘러한 신부님. 저는…… 라브리 씨가 이제 곧 돌아올 텐데, 제가…… 이러고 있는 걸 알면 별로 좋아하지 않거든요……."

"물론 나가겠소." 신부는 이렇게 말하고는 몸을 돌렸다. 그러다 나가려던 걸음을 멈추고 다시 그녀를 돌아보았다. 그녀는 그 무표정한 눈에 다시 한 번 움찔했다. "그런데 당신, 팰머스에 살죠, 미스 쿠간?"

"네……."

"당신 차가 있소?"

"네, 물론 있어요. 이제 정말 밖에서 버스를 기다리셔야……."

"그러면 빨리 차를 몰고 집으로 가요, 미스 쿠간. 차 문을 모두 잠그고 누구를 만나든 멈추지 말아요. 누구든 말이오. 당신이 아는 사람을 보게 되더라도 차를 세워서는 안 되오."

"전 절대로 길에서 사람을 태우거나 하지는 않아요."

미스 쿠간이 당연하다는 투로 말했다.

"그리고 집에 가면 예루살렘스 롯에는 얼씬도 하지 말아요." 캘러한이 말을 이었다. 그는 그녀를 뚫어져라 쳐다보고 있었다. "이곳 롯에서 몹쓸 일이 벌어지고 있소."

그녀가 잔뜩 주눅이 들어서 말했다.

"무슨 말씀을 하시는 건지 모르겠지만 버스는 바깥에서 기다리세요."

"그러리다. 알겠소."

캘러한 신부가 밖으로 나갔다.

그녀는 문득 가게 안이 조용하다는 것을, 너무나 조용하다는 사실을 깨달았다. 날이 저물고 난 뒤로 가게 안에 들어온 사람이 캘러한 신부 한 사람뿐이라는 사실이 과연 있을 수 있는 일일까? 그런데 실제로 그랬다. 그를 제외하면 단 한 사람도 오지 않았던 것이다.

'이곳 롯에서 몹쓸 일이 벌어지고 있소.'

미스 쿠간은 돌아다니며 전등을 끄기 시작했다.

롯에는 짙은 어둠이 깔려 있었다.

12시 10분 전, 찰리 로즈는 끊임없이 울리는 긴 클랙슨 소리에 잠에서 깨었다. 그는 정신을 차리자마자 침대에서 벌떡 일어나 앉았다.

'내 버스에서 나는 소리야.'

그리고 바로 그 뒤를 이어서 이런 생각이 떠올랐다.

'그 꼬마 놈들 짓이로군.'

전에도 아이들이 이런 짓을 시도한 적이 있었다. 그는 그 애들을, 그 야비한 도둑놈들을 잘 알았다. 한번은 그놈들이 성냥개비로 타이어 바람을 빼놓은 적이 있었다. 그런 짓을 하는 놈들을 눈으로 본 것은 아니었지만 누구의 짓인지 대충 짐작이 갔다. 그는 곧장 햇병아리 교장을 찾아가 마이크 필브룩과 오디 제임스가 한 짓을 일러바쳤다. 그는 그것이 그 애들 짓임을 알고 있었다. 그것은 볼 필요도 없는 일이었다.

'정말 그 애들이 한 짓이라고 확신하는 겁니까, 로즈?'

'내가 그럴 거라고 했잖소.'

그 빙충이가 할 수 있는 일은 아무것도 없었다. 그놈들을 정학시켜야 하는데도 말이다. 그런 다음 일주일이 지나 그 자식이 그를 교장실로 불렀다.

'로즈, 오늘 앤디 가비를 정학시켰소.'

'그래요? 놀랄 일도 아니죠. 그 애가 무슨 짓을 한 겁니까?'

'밥 토마스가 자기 버스 타이어에 바람을 빼는 그 애를 잡았소.' 그러면서 교장은 찰리 로즈를, 차가운 시선으로 한참 동안 유심히 바라보았다.

필브룩과 제임스가 아니라 가비였다고 해서 뭐가 다르단 말인가? 놈들은 모두 한데 어울려 다녔다. 하나같이 아니꼬운 놈들이고, 단단히 혼 구멍이 나도 괜찮은 놈들이다.

밖에서는 계속해서 버스의 클랙슨 소리가 연이어 터지면서 그의 속을 뒤집고 배터리를 닳게 만들고 있었다.

빠앙, 빠아앙, 빠아아아아앙…….

"이 빌어먹을 놈들."

그는 나지막하게 중얼거리며 침대에서 빠져나와 불도 켜지 않고 바지를 꿰어 입었다. 불을 켜면 저 못된 놈들을 쫓을 수도 있었는데, 그것은 그가 원치 않는 일이었다.

또 한번은 누군가 그의 버스 운전석에 소똥을 놔둔 적이 있었는데, 그는 이번 역시 누가 한 짓인지 알고 있었다. 그놈들의 눈을 보면 금방 알 수 있는 일이었다. 전쟁 당시 보충대에서 보초를

서는 동안 그런 것을 알았다. 그는 소똥 사건을 자신의 방식으로 처리했다. 그 못된 녀석을 사흘을 내리 버스에 태우지 않고 집에서 학교까지 6킬로미터씩 뛰게 만들었던 것이다. 이윽고 그 애가 징징거리면서 그를 찾아왔다.

'난 아무 짓도 하지 않았어요, 로즈 선생님. 그런데 어째서 제게 벌을 주시는 거죠?'

'운전석에 소똥을 놔두고도 아무 짓도 하지 않았다는 거냐?'

'제가 한 짓이 아녜요. 하느님에게 맹세코 제가 한 짓이 아니라고요.'

정말이지 놈들에게는 경의를 표하지 않을 수 없다. 놈들은 빤빤한 얼굴로 미소까지 지으며 자기 엄마한테 거짓말을 늘어놓을 수 있었다. 필시 놈들이 한 짓이었다. 그가 이틀 더 벌을 주고 나자 결국은 그놈도 실토를 하고 말았다. 찰리는 놈을 하루 더 뛰게 만들었는데, 그건 이를테면 키 크라는 의미인 셈이었다. 그러자 모터풀의 데이브 펠슨이 그에게 진정하는 게 좋겠노라고 말했다.

빠아아아아아앙…….

그는 셔츠를 낚아채고, 방구석에 세워 놓은 낡은 테니스 채도 집어 들었다. 어떤 놈인지 오늘 밤 혼 좀 날 터였다.

그는 뒷문으로 빠져나와 집을 한 바퀴 돌아서 노란 버스를 세워 둔 곳으로 다가갔다. 단호한 태도로, 냉담하면서도 노련하게 행동에 돌입할 수 있을 것 같았다. 흡사 군대 시절 침투 작전이라도 벌이는 기분이었다.

그는 협죽도 덤불 뒤에 멈춰 서서 버스 쪽을 바라보았다. 그렇다, 한 무리의 아이들, 어두운 유리창 뒤편에 있는 좀 더 까만 형체들이 보였다. 그동안 쌓였던 격한 분노와 증오심이 뜨거운 용광로처럼 솟구친 그는 테니스 채가 소리굽쇠처럼 떨릴 정도로 꽉 움켜쥐었다. 여섯, 일곱, 여덟…… 놈들은 '그'의 버스 유리창을 무려 여덟 장이나 박살 냈다.

그는 버스 뒤쪽으로 살그머니 다가간 다음 길쭉한 노란색 차체를 따라 승강구 쪽으로 향했다. 승강구는 열려 있었다. 그는 몸을 잔뜩 긴장시키고는 번개처럼 승강구 위로 뛰어 올라갔다.

"좋아! 모두 그 자리에서 꼼짝 마! 이 자식아, 클랙슨에서 당장 손을 떼지 못해! 그렇지 않으면……."

운전석에 앉아 양손으로 운전대에 붙은 클랙슨을 누르고 있던 아이가 고개를 돌리더니 미친놈처럼 웃어 보였다. 찰리는 뱃속에서 뭔가 철렁하고 떨어지는 느낌이었다. 그 애는 리치 보딘이었다. 그 애의 얼굴은 석탄 조각처럼 까만 두 눈과 루비처럼 진홍빛을 띤 입술을 제외하면 거의 백지장처럼 새하얬다.

그리고 그 이빨은…….

찰리 로즈는 통로로 시선을 돌렸다.

저놈은 마이크 필부룩인가? 오디 제임스? 맙소사, 그곳에 있는 것은 그리펜네 아들들이었다. 할과 잭이 머리에 건초를 붙인 채로 버스 뒤쪽에 앉아 있었다. '하지만 저 녀석들은 내 버스에 타는 놈들이 아니잖아!' 메리 케이트 그레익슨과 브렌트 테니는 나란히 앉아 있었다. 여자 애는 잠옷 차림이고, 남자 애는 청바지에 마치 옷 입는 법을 까먹기라도 한 듯 겉과 속이 뒤집힌 플란넬 셔츠를 입고 있었다.

그리고 대니 글릭이 있었다. 하지만, 맙소사. 저 애는 죽었잖아, 벌써 몇 주 전에 죽은 애라고!

"너희들 말이야." 찰리가 얼어붙은 입 사이로 가까스로 말을 이었다. "너희 놈들……."

그의 손에서 테니스 채가 미끄러지듯 떨어졌다. 여전히 미친놈처럼 웃고 있는 리치 보딘이 크롬 레버를 조작해서 승강구 문을 닫자 공기 새는 소리에 이어서 탕 하는 소리가 들렸다. 아이들이 일제히 자리에서 일어나고 있었다.

"아냐." 찰리가 애써 웃음을 지으며 말했다. "너희들……이 모르는 모양인데, 나라고. 찰리 로즈란 말이야. 너…… 너희들은……."

별 뜻 없이 씩 웃어 보이고 고개를 저으며 아무것도 없다는 듯, 그저 찰리 로즈의 결백한 손일 뿐이라는 듯 양손을 아이들에게 보여 주면서 뒷걸음질 치던 그의 등이 연한 색조가 들어 있는 널따란 버스 전면 유리창에 닿았다.

"그러지 마." 찰리가 속삭였다.

아이들은 싱글싱글 웃으며 다가왔다.

"제발 그러지 말라고."

아이들이 찰리를 덮쳤다.

앤 노튼은 엘리베이터가 병원 1층에서 2층으로 올라가는 짧은 시간에 죽었다. 그녀의 몸이 한 차례 떨리고 입가엔 가느다란 피가 한 줄기 흘렀다.

"됐어." 병원 잡역부들 가운데 하나가 말했다. "이제 경보기를 끄라고."

에바 밀러는 꿈꾸던 중이었다.

그것은 이상한 꿈이었지만, 그렇다고 해서 악몽이라고는 할 수 없었다. 1951년의 산불이, 지평선 부분은 연청색으로, 머리 바로 위쪽은 무자비하리만큼 달아오른 흰색으로 물들어 있는 냉담한 하늘 아래에서 격렬하게 타오르고 있었다. 마치 사발을 뒤집어 놓은 듯한 하늘에서 태양은 구리 동전처럼 반짝거렸다. 코를 찌르는 연기 냄새가 사방에 자욱했다. 마을의 모든 활동은 정지했고, 사람들은 거리로 나와서 남서쪽의 늪지와 북서쪽의 삼림지를 바라보고 있었다. 오전 내내 대기 중에는 연기가 자욱하게 끼어 있었지만, 오후 1시인 지금은 그리펜네 목장 서편 숲에서 춤추듯 일렁이는 밝은 산불 띠가 선명하게 보였다. 꾸준히 부는 산들바람 때문에 산불은 방화대를 건너뛰었고, 이제는 온 마을에 흡사 여름에 내리는 눈처럼 하얀 재를 뿌려 대고 있었다.

랠프는 살아 있었지만, 제재소를 구하러 나가고 없었다. 하지만 꿈의 내용은 온통 뒤섞여 있었다. 그녀는 지금 에드 크레이그와 함께 있었는데, 그녀가 에드를 만난 것은 1954년 가을이었기 때문이다.

2층 침실 창문을 통해서 산불을 구경하고 있는 그녀는 옷을 입지 않은 채였다. 양손이 등 뒤에서 그녀를 어루만졌다. 거친 갈색을 한 손이 매끄럽고 하얀 자신의 엉덩이에 와 닿는 순간 그녀는 창유리에 아무것도 비치지 않았음에도 불구하고 그것이 에드임을 알았다.

'에드.' 하고 그녀는 말하려고 애를 썼다. '지금은 아냐. 너무 일러. 채 9년도 되지 않았잖아요.'

하지만 그의 손은 집요하게 그녀의 배를 더듬으며 한 손가락으로 찻종처럼 오목한 배꼽을 만지작거리더니 이번에는 다 안다는 듯이 뻔뻔스럽게 두 손으로 그녀의 젖가슴을 잡았다.

그녀는 지금 그들이 있는 곳이 창문 앞이라고, 길에서 누구라도 어깨너머로 그들을 볼 수 있다고 말하려고 애썼지만, 말이 입밖으로 나오지 않았다. 이윽고 그의 입술이 그녀의 팔과 어깨를, 그리고 단호하고도 음탕하게 그녀의 목덜미를 집요하게 더듬었다. 그녀는 그의 이빨이 목덜미에 와 닿는 것을 느꼈다. 이어서 에드는 그곳을 깨물고 빨고 물어뜯고 피를 마셨다. 그녀는 다시 저항하려고 애썼다. '키스 자국을 남기지 마. 랠프가 볼지도……'

하지만 저항은 불가능했으며, 이제는 오히려 에드가 그렇게 해주기를 원했다. 그녀는 더 이상 누가 벌거벗은 채 뻔뻔한 짓을 하고 있는 자신들을 볼까 봐 걱정하지 않았다.

그가 입술과 이빨로 그녀의 목덜미를 어루만지는 동안 그녀는 몽롱한 눈으로 산불 쪽을 바라보았다. 이제는 거의 한밤중처럼 새까만 연기가 암회색 하늘을 가리며 낮을 밤으로 바꿔 놓았다. 그리고 불길은 그 어둠 속에서, 맥동하는 주황색 줄기와 꽃들(밤의 정글에 만개한 꽃들)로 자리를 옮겼다.

그런 다음 정말 밤이 되었고 마을은 사라졌지만 불길은 여전히 암흑 속에서 매혹적이면서도 변화무쌍한 형태로 격렬하게 타오르고 있었다. 이윽고 불길은 피에 젖은 얼굴 하나를 그려 놓은 듯이 보였는데, 그것은 매부리코에 쑥 들어간 채 이글거리는 눈, 콧수염에 살짝 가려진 풍만하고 관능적인 입술, 마치 음악가처럼 이마 뒤로 빗어 넘긴 머리를 한 얼굴이었다.

"웨일스제 찬장 말이오." 아득한 곳에서 목소리가 들려왔다. 그녀는 그것이 '그'의 목소리라는 것을 알았다. "다락에 있는 찬장 말이오. 그게 적당할 것 같소. 그런 다음 계단을 손봅시다…… 준비해 두는 것이 좋으니까 말이오."

목소리가 희미해졌고, 불길도 사그라졌다. 이제는 어둠뿐이었다. 그리고 그녀는 그 어둠 속에서 꿈을 꾸고 있었다. 아니, 꿈꾸기 시작했다. 그녀는 어렴풋이, 그 꿈이 달콤하고 길 것이라고, 그러면서도 레테의 강이 그러하듯 그 아래는 씁쓸하고 빛도 없을 것이라고 생각했다.

또 다른 목소리가 들려왔다. 이번에는 에드의 음성이었다.

"자, 여보, 어서 일어나요. 그가 하라는 대로 해야지."

"에드? 당신이에요?"

그의 얼굴이 그녀를 내려다보고 있었다. 그것은 불에 찡그린 얼굴이 아니라 무섭도록 창백하고 이상하리만큼 공허해 보이는 얼굴이었다. 하지만 그녀는 다시 그를 사랑했다. 아니, 그 어느 때보다 더 사랑했다. 그녀는 그의 입맞춤이 간절했다.

"어서, 에바."

"지금 꿈이에요, 에드?"

"아니…… 꿈이 아니오."

한순간 그녀는 두려웠으나 곧 더 이상 두려워하지 않게 되었다. 그 대신 뭔가를 알게 된 것 같았다. 그와 더불어 허기가 일었다.

그녀는 거울을 흘끗 쳐다보았으나 거기에는 아무것도 없었으며, 오직 고요한 침실만 비치고 있을 뿐이었다. 다락문은 잠겨 있었고 열쇠는 화장대 맨 아래 서랍에 들어 있었지만, 그것은 문제가 아니었다. 이제 열쇠 따위는 필요 없었다.

그들은 그림자처럼 문과 문설주 사이로 미끄러지듯 빠져나갔다.

새벽 3시. 피는 천천히, 뻑뻑하게 흐르고 잠은 어딘지 경쾌하지 않다. 이런 시간도 의식하지 못한 채 축복 속에 잠든 사람이 있는가 하면 깊은 절망에 빠져 자신의 영혼을 응시하는 이도 있다. 중간 지대는 없다. 새벽 3시, 짙은 화장이 벗겨진 늙은 매춘부는 코도 없고 의안(義眼)만 있을 뿐이다. 포의 소설에 나오는 레드 데스_{역병의 화신이며 가상의 존재}에 둘러싸인 성처럼 환락이란 공허하고 덧없을 뿐이다. 권태가 공포를 파괴한다. 사랑은 한낱 꿈에 불과하다.

사무실 책상에서 일어나 비실대는 걸음으로 커피 주전자를 향해 다가가는 파킨스 길레스피는 소모성 질병을 앓고 있는 바싹 여윈 원숭이처럼 보였다. 등 뒤로는 마치 카드가 시계처럼 펼쳐져 있었다. 밤중에 몇 차례의 비명과 간헐적으로 울려 퍼지는 자동차 경적 소리가 들렸고, 한번은 뛰어가는 발소리도 들렸다. 하지만 그는 그 어느 것도 조사하러 나가지 않았다. 주름이 잡히고 눈이 움푹 들어간 그의 얼굴에는 바깥에서 벌어지고 있는 일들이 눌어붙은 채 떠나지 않는 듯이 보였다. 그는 목에다 십자가와 성 크리스토퍼의 메달, 그리고 평화를 의미하는 장식물을 달고 있었다. 어째서 그것들을 걸고 있는지는 알지 못했지만 그러면 왠지 마음이 편해졌다. 오늘 밤만 무사히 넘기고 나면 내일 선반에 열쇠꾸러미와 배지를 놔둔 채 멀리 떠날 수 있을 것이라고 생각했다.

메이벌 워츠는 식은 커피 잔을 놓고 주방 탁자에 앉아 있었다. 그녀는 몇 년 만에 처음으로 블라인드를 내려놓았고 쌍안경 렌즈에는 덮개를 씌워 놓았다. 60년 만에 처음으로 보거나 듣고 싶은 마음이 사라진 것이다. 그녀가 결코 귀담아 들을 생각이 없는 무서운 소문과 함께 그날 밤이 깊어 가고 있었다.

전화를 받고(아직 아내가 살아 있을 때 온 전화였다.) 컴벌랜드 병원으로 가고 있던 빌 노튼의 얼굴에는 아무런 표정도 감정도 나타나 있지 않았다. 앞 유리 와이퍼는 찰칵대며 끊임없이 움직이고 있었다. 이제 비가 제법 거세게 쏟아지고 있었다. 그는 되도록 아무것도 생각하지 않으려고 애썼다.

마을에는 잠들어 있거나 별다른 해는 입지 않았지만 채 잠들지 못하고 있는 사람들도 있었다. 해를 입지 않은 사람들 대부분은 마을에 특별히 가까운 친지나 친구가 없는 독신자들이었다. 그들은 대부분 무슨 일이 벌어지고 있는지 알지 못했다.

그러나 깨어 있는 이들은 전등을 모조리 켜 놓았으며, 우연히 차를 타고 통과하는 사람이 있다면(실제로 자동차 몇 대가 포틀랜드 방향이나 남쪽을 향해 지나갔다.) 도중에 있던 여느 마을이나 마찬가지로 이 조그만 마을이 마치 아침의 공동묘지처럼 집집마다 불을 환히 밝히고 있다는 사실에 깊은 인상을 받았을 것이다. 어쩌면 그는 혹시 화재나 사고라도 나지 않았나 생각하며 속도를 늦추었다가 아무것도 없다는 사실을 알고 다시 속력을 내어 마을을 지나간 후 그 일에 대해서는 깨끗이 잊었을지도 모른다.

이것은 좀 기묘한 사실인데, 예루살렘스 롯에서 깨어 있던 사람 중에 사태의 진실을 아는 이가 하나도 없었다는 점이다. 몇몇 사람이 의심을 품었다 해도 그 의심이란 것은 석 달짜리 태아처럼 모호하고 형태도 갖추지 못한 것이었다. 그럼에도 그들은 주저하지 않고 옷장 서랍이나 다락에 있던 궤짝, 혹은 침실 보석함 등 자신들이 갖고 있던 것 중에서 부적이 될 만한 물건들을 닥치는 대로 찾아냈다. 그들은 마치 혼자서 장거리 운전을 하는 사람이 자신이 노래를 부른다는 사실도 의식하지 않고 노래를 부르는 것처럼 별 생각 없이 그런 물건들을 찾았다. 그러고는 왠지 몸뚱이가 흐리멍덩하고 기운이 빠지기라도 한 것처럼 느릿느릿한 걸음으로 방방마다 다니면서 전등이란 전등은 모조리 켜 놓고 애써 창밖을 내다보지 않았다. 특히 창밖을 내다보지 않았다.

그 어떤 소리나 무서운 가능성, 알지 못할 끔찍한 일이 있다고 해도 창밖을 내다보는 것보다는 나았는데, 그쪽으로 시선을 돌리면 괴물의 얼굴과 정면으로 맞닥뜨릴 수 있었기 때문이다.

그 소리는 흡사 묵직한 참나무에 못을 박는 것처럼 그의 잠 속을 파고들어 왔다. 세심하고도 느린 움직임으로, 한 가닥 한 가닥씩 파고들며. 처음에 레지 소여는 자신이 목수 일을 하는 꿈을 꾸고 있는 줄 알았다. 그리고 잠과 의식의 어렴풋한 경계선에 놓인 그의 머리는, 1960년 아버지와 함께 브라이언트 호숫가에서 야영장 양편의 미늘 벽 판자에 못질을 하고 있는 기억의 단편들을 느린 동작으로 반복했다.

그것은 다시, 자신이 지금 결코 꿈을 꾸고 있는 것이 아니라 실제로 망치질하는 소리를 듣고 있는 것이라는 혼란스러운 생각으로 이어졌다. 잠시 방향 감각을 잃었던 그는 잠에서 완전히 깨어났다. 그 소리는 현관 문에서 나고 있었다. 누군가 메트로놈처럼 규칙적으로 현관 문을 주먹으로 두드리고 있었던 것이다.

그의 시선은 먼저 보니 쪽을 향했는데, 그녀는 모포 아래에서 S자 모양의 둥그런 혹을 이룬 채 모로 누워 있었다. 그 다음 그의 시선은 시계로 향했다. 4시 15분이었다.

그는 일어나서 침실을 나온 다음 문을 닫았다. 그러고는 복도의 등을 켜고 현관 쪽을 향해 걸어가다가 멈춰 섰다. 그의 몸속에서 뭔가가 곤두서는 느낌이 들었기 때문이다.

소어는 말없이 고개를 갸웃한 채 호기심 어린 눈으로 현관 문을 유심히 바라보았다. 새벽 4시 15분에 현관 문을 노크할 사람은 없었다. 가족 중에 누군가 사망했다고 해도 전화를 했을 것이고, 일부러 여기까지 와서 노크를 하지는 않았을 것이다.

그는 베트남 주둔 미군들에게는 견디기 힘들었던 해인 1968년에 일곱 달 동안 베트남에 있으면서 전투 장면을 목격했다. 그 시절에는 손가락으로 딱 소리를 내거나 전등을 딸깍하고 켤 때처럼 순간적으로 잠을 깼다. 1분 전까지만 해도 돌처럼 잠을 자다가도 어둠 속에서 순간적으로 잠을 깨곤 했던 것이다. 그 습관은 본국으로 돌아오자마자 금방 사라졌으며, 그는 비록 입 밖에 내놓고 말하지는 않았지만 자신의 그런 점을 자랑으로 여겼다. 아무튼 그는 기계가 아니었다. 단추 A를 누르면 벌떡 일어나고, 단추 B

를 누르면 베트콩을 사살하는 기계가 아니었다는 말이다.

그런데 이제 아무런 예고도 없이 멍하고 묵직했던 잠이 뱀 허물처럼 떨어져 나가면서 정신이 번쩍 들었다.

누군가 문밖에 있었다. 그 브라이언트 녀석이 술에 잔뜩 취해서 권총을 들고 왔을 가능성이 있었다. 아름다운 연인을 위해 뭔가를 하거나 죽을 각오를 하고.

그는 거실로 들어가 총 걸이가 있는 모조 벽난로 쪽으로 가로질러 갔다. 그는 전등을 켜지 않고 감촉만으로도 자신의 일을 정확하게 수행할 수 있었다. 그는 엽총을 내려서 가운데를 꺾어 보았다. 복도에서 흘러드는 불빛을 받아서 황동 케이스가 희미하게 빛났다. 그러고는 다시 거실 문간으로 돌아가 현관 복도 쪽으로 고개를 내밀었다. 두드림은 단조롭게 이어지고 있었는데, 규칙적이기는 했지만 리듬은 없었다.

·"들어와요."

레지 소여가 소리쳤다.

두드림이 멎었다.

한동안 아무 일도 일어나지 않았다. 이윽고 문손잡이가 아주 천천히 돌기 시작해서 끝까지 완전히 돌아갔다. 문이 열렸다. 코리 브라이언트가 그곳에 서 있었다.

한순간 레지는 심장이 멎는 것 같았다. 브라이언트는 레지가 길로 쫓아냈을 때 입고 있던 옷차림 그대로였으며, 다만 그 옷이 여기저기 찢어지고 흙이 묻었다는 점이 달랐다. 바지와 셔츠에도 낙엽이 묻어 있었다. 이마를 가로질러 한 줄로 묻어 있는 진흙 때문에 창백한 얼굴이 한층 강조돼 보였다.

"그 자리에 서라." 레지가 엽총을 들고 안전장치를 풀면서 말했다. "이번에는 장전된 총이야."

그러나 코리 브라이언트는 증오보다 더 불길한 표정을 지으며 생기 없는 두 눈을 레지의 얼굴에 고정시킨 채 터벅터벅 걸어왔다. 그는 혓바닥을 쑥 내밀어 입술을 축였다. 비 때문에 구두에 시커멓게 눌어붙어 있던 진흙 덩어리가 그가 걸을 때마다 바닥에 떨어졌다. 그 걸음걸이에서 어딘가 용서할 수 없으며 냉혹한 느낌마저 들었다. 거기에는 보는 이로 하여금 차갑고 무서울 정도로 무자비하다는 느낌을 불러일으키는 뭔가가 있었다. 진흙 범벅이 된 구두 굽에서는 쿵쿵거리는 소리가 났다. 어떤 명령, 어떤 애원으로도 그 걸음을 제지할 수 없을 것 같았다.

"두 걸음만 더 오면 네 머리통을 날려 버리겠어."

레시가 말했다. 그 말은 뻑뻑하고 건조하게 들렸다. 저 자식은 술에 취한 것보다 더 나쁜 상태야. 완전히 미쳐 버린 거라고. 레지는 문득, 코리 브라이언트를 쏴야 한다는 것을 명확히 깨달았다.

"멈춰."

레지가 다시 한 번 말했지만 그것은 이제 의미와는 별 상관없이 나온 말이었다.

코리 브라이언트는 멈추지 않았다. 그는 박제된 사슴의 무감각하면서도 번쩍이는 눈알을 레지의 얼굴에 고정시킨 채 계속해서 걸어왔다. 쿵쿵거리는 발소리가 마룻바닥에서 무겁게 울렸다.

등 뒤에서 보니가 비명을 질렀다.

"침실에 들어가 있어."

레지가 말했다. 그러면서 레지는 복도로 나와 두 사람 사이를 막고 섰다. 이제 브라이언트는 두 발짝 앞까지 와 있었다. 그는 흐느적거리는 흰 손을 내밀어 스티븐스제 엽총의 2열 총신을 잡으려 했다.

그 순간 레지는 2단 방아쇠를 모두 당겨 버렸다.

좁다란 복도에 총성이 천둥처럼 울려 퍼졌다. 한순간 불꽃이 총열을 날름거리며 핥았다. 코를 찌르는 듯한 탄 화약 냄새가 허공을 채웠다. 보니가 다시 한 번 귀를 찢는 듯한 비명을 질렀다. 코리의 셔츠가 시커메지면서 갈기갈기 찢어지더니 양옆으로 벌어졌는데, 그저 총구멍이 난 정도가 아니라 거의 분해된 것처럼 보였다. 그런데 단추가 떨어지면서 양옆으로 벌어진 셔츠 사이로 드러난 가슴과 배에는 상처 하나 나 있지 않았다. 레지의 눈이 얼어붙었다. 거기에 있는 것이 살이 아니라 마치 얇은 망사 커튼처럼 비현실적인 어떤 것이 있다는 느낌을 받았다.

다음 순간 어린애 손에서 물건을 빼앗듯 누군가 탁 친 것처럼 엽총이 그의 손에서 떨어져 나갔다. 레지는 그의 손에 붙잡혀 이가 떨릴 정도로 힘껏 벽에 내동댕이쳐졌다. 양쪽 다리에서 힘이 쭉 빠지면서 레지는 멍한 상태로 풀썩 쓰러졌다. 브라이언트는 쓰러진 그의 곁을 그대로 지나쳐 보니에게로 다가갔다. 그녀는 문간에 붙어 있었지만, 브라이언트에게 고정된 그녀의 두 눈에 열기가 어린 것을 레지는 똑똑히 볼 수 있었다.

코리는 어깨너머로 레지를 돌아보고 히죽 웃어 보였다. 그것은 흡사 관광객이 사막에서 본 소의 두개골처럼 의미 없어 보이면서도 한편으로는 멍청해 보이는 웃음이었다. 보니는 두 팔을 코리에게 내밀고 있었다. 그녀의 두 팔은 떨리고 있었으며, 얼굴에는 공포와 욕정이 마치 햇빛과 그늘이 교차하는 것처럼 번갈아 스쳐 가는 듯이 보였다.

"여보."

보니가 코리에게 말했다.

레지는 소리를 질렀다.

"이봐요, 여기가 하트포드요."

버스 기사가 말했다.

캘러한은 널찍한 편광유리^{보통 선글라스에 쓰이는 유리}를 통해 낯선 시골을 내다보았는데, 아침의 첫 햇살 때문인지 풍경은 한층 더 낯설어 보였다. 롯에서는 이제 '그들'이 각자의 구멍 속으로 돌아갈 시간 이었다.

"알고 있소."

캘러한이 대꾸했다.

"여기서 20분간 정차할 겁니다. 안에 들어가서 샌드위치든 뭐 든 들지 그러오?"

캘러한은 붕대를 감은 손으로 주머니에서 지갑을 꺼내다가 떨 어뜨릴 뻔했다. 이상하게도 화상을 입은 손은 이제 그렇게 아프 지는 않았으며, 그저 감각이 좀 없기만 했다. 통증이라도 있다면 나았을 것이다. 적어도 통증은 현실감을 주니까. 입에서는 흡사 썩은 사과처럼 저능아가 된 것 같은 푸슬푸슬한 죽음의 맛이 났 다. 그것으로 끝인가? 그렇다. 그리고 그것만으로도 충분히 언짢았다.

캘러한이 20달러짜리 지폐를 한 장 꺼냈다.

"술 한 병 사다 주겠소?"

"선생, 그건 규칙상……."

"그리고 잔돈은 물론 당신이 가지시오. 1파인트짜리면 될 것 같소."

"난 내 버스에서 누구든 소동을 일으키는 건 원치 않소, 선생. 이제 두 시간만 있으면 뉴욕에 도착할 거요. 거기서 뭐든 당신 하고 싶은 대로 하구려. 뭐든 말이오."

그건 자네가 잘못 생각한 걸세, 친구 하고 캘러한은 생각했다. 그는 돈이 얼마나 더 남았는지 지갑 속을 들여다보았다. 10달러짜리가 하나, 5달러짜리가 둘, 1달러짜리가 하나. 그는 20달러짜리에다 10달러짜리를 얹어서 붕대 감은 손으로 내밀었다.

"1파인트짜리면 되오. 물론 잔돈은 당신 거요."

버스 기사는 30달러를 한 번 보고, 어둡고 눈이 움푹 들어간 상대 쪽을 한 번 더 쳐다보았다. 한순간 그는 자신이 살아 있는 해골, 그것도 웃는 법을 잃어버린 해골과 대화를 나누고 있는 것 같은 착각이 들었다.

"1파인트에 30달러나 낸단 말이오? 선생, 당신은 제정신이 아니군." 그러나 버스 기사는 돈을 받고 빈 버스 앞쪽으로 걸어가다 말고 고개를 돌렸다. 돈은 이미 보이지 않았다. "하지만 소동은 피우지 말아요. 누구든 내 버스에서 소동을 벌이는 건 원치 않으니까."

캘러한은 꾸지람을 듣는 어린 소년처럼 순순히 고개를 끄덕였다. 버스 기사는 한 번 더 캘러한을 쳐다보고 나서 버스에서 내렸다.

뭐든 싸구려 술이면 돼 하고 캘러한은 생각했다. 혀를 태우고 목구멍을 지글지글 끓게 만들 만한 것이면 충분해. 이 달착지근한 맛을 씻어 버릴 수만 있다면…… 적어도 본격적으로 술을 마실 만한 곳을 찾을 때까지 그 맛을 가라앉혀 줄 수 있기만 하다면. 그런 술집을 찾기만 하면 끝도 없이 마실 것이다…….

다음 순간 그는 자신이 금방이라도 자제력을 잃고 울음을 터뜨릴지 모른다고 생각했다. 눈물은 나지 않았다. 가슴속이 완전히 빈 것처럼 바싹 말라붙은 느낌이었다. 남아 있는 것이라고는…… 그 달착지근한 맛뿐이었다.

'기사 양반, 좀 서두르라고.'

캘러한은 계속 창밖을 내다보고 있었다. 길 건너편에 십대 소년 하나가 두 팔로 머리를 감싸 안은 채 현관 앞 층계에 앉아 있었다. 캘러한은 다시 버스가 떠날 때까지 그 소년을 계속 지켜보고 있었지만, 소년은 한번도 움직이지 않았다.

벤은 팔에 닿는 손길을 느끼고 수면으로 올라오듯 잠에서 깨어났다. 마크가 바로 그의 오른쪽 귓전에서 "아침이에요." 하고 말했다.

그는 눈을 두 번 껌벅여서 눈곱을 떼어 내고 창밖에 펼쳐진 세상을 내다보았다. 그렇게 거세지도 가볍지도 않은 꾸준한 가을비 사이로 새벽이 다가와 있었다. 병원 북쪽 병동 풀밭을 에워싸고 있는 나무들은 이제 반쯤 잎이 떨어졌고, 그 검은 나뭇가지는 흡사 알 수 없는 알파벳으로 이루어진 거대한 글자처럼 회색 하늘을 배경으로 뚜렷한 윤곽을 드러내고 있었다. 마을을 벗어나 동쪽으로 구부러지는 30번 도로는 물개 가죽처럼 번들거렸으며, 아직 미등을 켠 자동차 한 대가 쇄석 도로 위로 불길해 보이는 적색 잔영을 남긴 채 지나갔다.

벤은 일어나서 병실 안을 둘러보았다. 매튜는 아직 잠을 자고 있었는데, 규칙적이면서도 얕은 호흡에 맞춰 가슴이 오르내리고 있었다. 지미 역시 병실에 놓인 안락의자에서 다리를 쭉 뻗은 채 잠들어 있었다. 그의 뺨 양면에는 의사답지 않게 짧은 수염이 자라나 있었다. 그것을 본 벤은 한 손으로 자신의 얼굴을 어루만져 보았다. 그의 얼굴 역시 수염 때문에 거칠거칠했다.

"이제 일을 시작해야죠?"

마크가 말했다.

벤은 고개를 끄덕였다. 오늘 그들이 해치워야 할 그 모든 끔찍한 일을 생각하던 그는 애써 그 생각을 물리쳤다. 그 일을 무사히 완수하는 유일한 방법은 10분 이상의 앞일을 생각하지 않는 것이리라. 소년의 얼굴을 유심히 들여다본 그는 거기에 어린 싸늘한 열기를 보고 마음이 불편해졌다. 벤은 지미가 있는 쪽으로 가서 그를 흔들었다.

"이런!" 하고 지미가 말했다. 그는 깊은 물속에서 떠오르는 수영 선수처럼 의자에서 허우적거렸다. 그는 얼굴을 씰룩거리고 눈꺼풀을 파닥이다가 눈을 떴는데, 한순간 그 눈에는 형언할 수 없는 공포의 빛이 어렸다. 그는 두 사람을 알아보지 못하고 뭔가 이치에 닿지 않는다는 눈길로 빤히 쳐다보았다.

다음 순간 그들을 알아본 그는 비로소 몸에서 긴장을 풀었다.

"아, 꿈이었군."

마크가 무슨 뜻인지 이해한다는 듯 고개를 끄덕였다.

지미는 창밖을 내다보고는 흡사 구두쇠가 '돈'이라는 말을 발음할 때처럼 "아침이야." 하고 말했다. 그는 자리에서 일어나 매튜에게 다가가더니 맥을 짚어 보았다.

"선생님은 괜찮으세요?" 마크가 물었다.

"어젯밤보다 더 나으신 것 같군. 벤, 누군가 어젯밤 마크를 봤을지 모르니까 우리 세 사람이 직원용 승강기를 이용하는 게 좋을 것 같소. 쓸데없는 위험은 피하는 게 좋으니까 말이오."

지미가 말했다.

"버크 선생님을 혼자 계시게 해도 괜찮을까요?"

마크가 물었다.

"괜찮을 거야. 그분의 재간을 믿는 도리밖에 없을 것 같구나. 우리 셋이 또 하루 동안 꼼짝 못하게 되는 것이야말로 발로우가 바라는 바일 거야."

벤이 대답했다.

그들은 발끝을 들고 복도를 걸어가 직원용 승강기에 탔다. 병원 주방이 본격적으로 활기를 띠기 시작할 시각이었다. 거의 7시 15분이 가까운 시각이었기 때문이다. 조리사 한 사람이 고개를 들고 한 손을 들어 보이며 "안녕하십니까, 박사님." 하고 말을 걸었다. 그밖에는 그들에게 말을 붙이는 사람은 없었다.

"어디부터 가는 게 좋겠소? 브록 스트리트 스쿨로 갈 거요?"

지미가 물었다.

"아니오. 오후까지는 학생들로 북적댈 테니까. 저학년 학생들
은 일찍 끝나지 않을까, 마크?"

"오후 2시면 수업이 모두 끝날 거예요."

"그럼 시간이 충분하군. 먼저 마크의 집으로 갑시다. 말뚝을 만
들어야지." 벤이 말했다.

롯이 가까워지면서 지미의 뷰익 안으로 거의 손으로 만져질 것
같은 공포감이 몰려들자 대화는 뜸해졌다. 지미가 '예루살렘스
롯 12번 도로, 컴벌랜드 군 중심지'라는 대형 녹색 반사 표지판이
있는 곳에서 고속도로를 빠져나왔을 때 벤은 이곳이 그와 수잔이
첫 번째 데이트를 한 날 집으로 돌아가던 바로 그 길이라고 생각
했다. 그녀가 자동차 추격 장면이 나오는 영화를 보고 싶어 했던
그날이었다.

"상황이 악화되었소." 지미가 말했다. 창백해진 그의 동안에는
두려움과 분노가 어려 있었다. "맙소사, 코로 냄새를 맡을 수 있
을 정도라고."

그리고 물질적이라기보다는 정신적인 것이긴 해도 무덤이 내
뿜는 영기의 냄새도 맡을 수 있지 하고 벤은 생각했다.

12번 도로는 인적이 끊어졌다. 마을로 들어가는 중간 지점 길
에서 벗어난 곳에 주차되어 있는 퓨리턴의 우유 배달 차를 지나
쳤다. 그 차에는 아무도 없었다. 엔진이 공회전을 하고 있었으므
로 벤은 배달 차의 짐칸을 확인하고 나서 그 차의 시동을 껐다.

벤이 돌아와 뒷자리에 올라탔을 때 지미가 묻는 듯한 눈으로 그를 쳐다보았다.

"퓨리턴은 없소. 엔진 점검 등에 불이 들어와 있는데 연료가 거의 바닥난 상태요. 몇 시간 동안 저기서 공회전하고 있었다는 얘기지." 지미가 주먹으로 자신의 다리를 내리쳤다.

그러나 마을로 들어섰을 때 지미는 조금은 마음이 놓인다는 어조로 이렇게 말했다.

"저쪽을 봐요. 크로슨 상점이 문을 열었군."

정말이었다. 밀트가 상점 앞 신문 가판대 위에 비닐을 씌우면서 바지런을 떨고 있고, 레스터 실비우스가 노란 비옷 차림으로 곁에 서 있었다.

"하지만 다른 패거리들은 보이지 않는군." 벤이 말했다.

밀트가 시선을 들고 그들을 보며 손을 흔들었다. 그러나 벤은 왠지 두 사람이 잔뜩 긴장을 하고 있으며, 얼굴에 주름살이 깊게 잡혀 있다는 느낌이 들었다. 포어맨 장의사 출입문 안쪽에는 여전히 '폐점'이라는 표지가 붙어 있었다. 철물점도 문을 닫은 상태였고, 스펜서 상점 역시 굳게 닫힌 채 어두컴컴했다. 간이식당은 열려 있었으며, 그곳을 지나친 다음 지미는 뷰익을 새로 문을 연 상점 앞 갓길에 세워 두었다. 상점 진열창 바로 위에는 단순한 금박 글자로 '발로우 앤 스트레이커 가구점'이라는 간판이 붙어 있었다. 그리고 캘러한 신부가 말했던 것처럼 상점 문에는 유려한 필기체 글씨로 '별도의 공지가 있을 때까지 폐점함.'이라는 알림판이 테이프로 붙여져 있었는데, 바로 그들이 전날 보았던 그 필적이었다.

"왜 여기다 차를 세우신 거예요?" 마크가 물었다.

"만에 하나 그자가 이 안에 숨었을 가능성도 있으니까. 그자라면 우리가 이곳을 빠뜨리고 넘어갈 거라고 생각할 게 뻔해. 가끔 하는 생각인데, 세관 직원들은 자신들이 확인한 상자에 OK라고 적잖아. 분필로 말이야."

지미가 말했다.

그들은 상점 건물 뒤쪽으로 돌아갔다. 벤과 마크가 빗속에서 어깨를 웅크리고 있는 동안 지미가 코트를 입은 팔꿈치로 뒷문 유리 하나를 깨뜨렸다. 그들 모두 안으로 들어갔다.

유독성을 띤 실내 공기에서는 곰팡이 냄새가 났는데, 마치 며칠이 아니라 몇 백 년 동안 문을 닫아 두기라도 한 것 같았다. 벤은 전시실 안으로 고개를 내밀어 보았지만, 그곳에는 숨을 만한 장소가 없었다. 드문드문 가구가 배치된 그곳에는 스트레이커가 제품을 보충한 흔적은 보이지 않았다.

"어서 이리 와 봐요!"

지미가 목쉰 소리로 크게 부르자 벤은 심장이 튀어나올 만큼 놀랐다.

지미와 마크는 길쭉한 궤짝 옆에 서 있었는데, 지미는 들고 있던 망치의 끝으로 궤짝 한 부분을 벌려 놓았다. 그 속을 들여다보니 핼쑥한 손 하나와 시커먼 소매가 보였다.

벤은 다짜고짜 궤짝에 달려들었다. 지미가 망치 끄트머리를 손끝으로 더듬으며 말했다.

"벤, 그런 식으로는 손을 다칠 거요. 그러면……."

벤은 그 소리를 듣지 않았다. 그는 못과 뾰족한 끄트머리 같은 것은 무시한 채 궤짝에서 널빤지 몇 개를 뜯어 냈다. 그자를 잡은 것이다. 그 미끈거리는 밤의 괴물을 잡은 것이다. 이제 그자에게도 말뚝을 박을 것이다. 수잔에게 그랬던 것처럼 그의 손으로……

싸구려 궤짝에서 널빤지를 다시 한 조각 뜯어 내자 그의 눈에 달빛처럼 핏기 하나 없는 마이크 라이어슨의 죽은 얼굴이 보였다.

한순간 무거운 침묵이 흘렀다. 이윽고 그들 모두 숨을 토해 냈다. 마치 한 줄기 부드러운 바람이 방 안을 돌기라도 한 것처럼.

"이제 어쩐다지?" 지미가 말했다.

"우선 마크의 집으로 가는 게 좋겠소." 벤이 말했다. 그의 음성은 실망감으로 흐려져 있었다. "우리는 그자가 있는 곳을 알고 있소. 그런데 제대로 된 말뚝 하나 갖고 있지 않단 말이오."

그들은 뜯어 낸 널빤지 조각을 원래 위치에 되는대로 얹어 놓았다.

"당신 손을 좀 봅시다. 피가 나고 있잖소." 지미가 말했다.

"나중에 봐요. 자, 어서 갑시다." 벤이 대꾸했다.

그들은 다시 상점 건물을 돌아 나왔다. 그들 모두 말은 하지 않았지만 바깥으로 나온 일을 달가워했다. 지미는 조인트너 로를 지나 빈약한 상가 지구 바로 외곽에 위치한 주거 지역으로 뷰익을 몰았다. 그들은 생각했던 것보다 일찍 마크네 집에 도착했다.

페트리네의 순환형 진입로에는 캘러한 신부의 낡은 세단이 헨리 페트리의 날렵한 소형 핀토 오픈카 뒤쪽에 주차되어 있었다. 그것을 보자 마크는 숨을 크게 들이쉬며 외면을 했다. 그 애의 얼굴에서 일시에 핏기가 사라졌다.

"저는 집에 들어갈 수 없어요. 죄송해요. 저는 차에서 기다릴게요." 마크가 웅얼거리듯 말했다.

"죄송할 거 없단다, 마크." 지미가 말했다.

차를 세우고 시동을 끈 지미가 차에서 내렸다. 벤은 잠시 머뭇거리다가 마크의 어깨에 한 손을 얹었다.

"괜찮겠니?"

"괜찮아요." 하지만 그 애는 괜찮아 보이지 않았다. 턱은 떨고 있었으며, 두 눈은 생기를 잃었다. 하지만 다음 순간 벤에게로 고개를 돌린 마크의 눈에는 어느새 생기가 돌아와 있었다. 눈물을 잔뜩 머금은 그 애의 눈에는 고통 어린 빛만이 가득했다. "그분들을 덮어 주시겠어요? 그분들이 정말 죽은 거라면 무엇으로든 좀 덮어 주세요."

"그렇게 하마." 벤이 말했다.

"이렇게 된 것이 더 잘된 일일지 몰라요. 아버지는…… 굉장한 흡혈귀가 됐을 테니까요. 어쩌면 조만간 발로우만큼 탁월한 흡혈귀가 됐을 거예요. 아버지는…… 뭐든 잘하셨으니까 말이에요. 좀 지나칠 정도로 말이에요."

"너무 생각을 많이 하지 말거라."

벤은 자신의 어설픈 어조가 마음에 들지 않았다. 마크가 벤을 쳐다보며 힘없이 미소를 지어 보였다.

"뒤뜰에 장작 더미가 있어요. 지하실에 있는 아버지의 공업용 선반을 이용하면 작업이 훨씬 빨라질 거예요."

"알겠다. 마음을 편히 먹어라, 마크. 할 수 있는 한 마음을 편히 먹으렴."

하지만 소년은 고개를 외면한 채 팔로 눈가를 훔치고 있었다.

벤과 지미는 뒤쪽 층계를 통해서 집 안으로 들어갔다.

"캘러한 신부는 이곳에 없군."

지미가 단정하는 어투로 말했다. 그들은 집 안 전체를 모두 둘러본 뒤였다.

벤은 하기 싫었지만 그 말을 하지 않을 수 없었다.

"발로우가 신부를 데려간 게 분명하오."

그는 부러진 십자가를 들고 쳐다보았다. 어제 캘러한 신부의 목에 걸려 있던 그 십자가였다. 그것이 그들이 찾아낸 신부의 유일한 흔적이었다. 그 십자가는 페트리 부부의 시신 바로 옆에 있었다. 페트리 부부는 정말 죽어 있었다. 두 사람의 머리는 문자 그대로 두개골을 박살 낼 만큼 강한 힘으로 인해 으스러져 있었다. 문득 글릭 부인이 보였던 초자연적인 위력을 떠올린 벤은 속이 느글거렸다.

"자, 어서 움직입시다. 저 두 사람을 좀 덮어 줘야겠소. 내가 아이와 그러기로 약속했다오."

벤이 지미에게 말했다.

그들은 거실 소파에 씌워져 있던 먼지 방지용 커버를 끌어내 페트리 부부의 시신을 덮어 주었다. 벤은 되도록 그쪽으로 시선을 보내지도 않고, 자신이 하고 있는 일에 대해 생각하지도 않으려고 했지만 그것은 불가능한 일이었다. 그 일을 끝내고 보니 손 하나가(매니큐어를 바른 단정한 손톱으로 봐서 그 손의 주인이 준 페트리의 것임을 알 수 있었다.) 화려한 무늬의 커버 밑으로 튀어나와 있었다. 벤은 얼굴을 잔뜩 찡그리고 토하지 않으려고 애쓰면서 발끝으로 그 손을 커버 밑으로 밀어 넣었다. 커버에 싸인 형태가 시신이라는 것은 부인할 수 없을 만큼 명백했다. 그것은 벤으로 하여금, 전쟁터에서 죽은 병사들이 우습게도 골프 가방처럼 보이는 까만 고무 자루에 담긴 채 끔찍한 짐짝처럼 운반되고 있는 베트남 뉴스 사진을 떠올리게 했다.

두 사람은 알맞은 길이로 잘라 놓은 노란 물푸레나무 장작을 한 아름씩 안고 아래로 내려갔다.

헨리 페트리만의 영역이던 지하실은 주인의 개성을 완벽하게 반영하고 있었다. 작업대 바로 위에는 하나하나에 널찍한 갓을 씌운 고성능 전등 세 개가 일렬로 걸려 있어, 평삭반과 실 톱, 둥근 톱, 선반, 전동 연마기 위로 번쩍거리는 조명을 비추고 있었다. 헨리 페트리는 아마도 이듬해 봄 뒤뜰에 놓을 새장을 만들고 있었던 모양인데, 기계로 가공한 금속 문진으로 깔끔하게 펼쳐 놓은 작업 도면 네 귀퉁이를 눌러 놓았다. 그의 작업은 효율적으로 보이기는 했지만 독창성은 없어 보였으며, 이제 그 일은 영원히 미완성으로 남게 되었다. 바닥은 깨끗하게 청소되어 있었으나 공기 중에는 향수 어린 톱밥 냄새가 쾌적하게 감돌고 있었다.

"이 일은 별로 효과적이지 못할 것 같소." 지미가 말했다.

"나도 알고 있소." 그 말에 벤이 대꾸했다.

"장작개비라니."

지미는 콧방귀를 뀌고는 요란한 소리를 내며 안고 있던 장작을 내려놓았다. 장작들은 마치 인형들처럼 바닥 위를 제멋대로 굴렀다. 지미는 신경질적인 웃음소리를 냈다.

"지미……."

하지만 그의 웃음소리가 날카로운 피아노 줄처럼 벤의 말을 끊었다.

"이제부터 밖으로 나가서 헨리 페트리네 뒤뜰에서 가져온 장작 개비로 이 재앙을 끝장낼 참이라니 말이오. 의자 다리나 야구 방망이는 어떻겠소?"

"지미, 그밖에 우리가 할 수 있는 일도 없잖소."

지미는 벤을 쳐다보았다. 그가 자제력을 찾으려고 애쓰는 모습이 눈에 띄었다.

"게다가 보물찾기까지 해야 한단 말이오. 찰스 그리펜네 목장으로 40보 걸어가서 큰 바위 밑을 뒤져 보는 거요. 하, 맙소사. 우린 이대로 이 마을을 나가 버릴 수도 있소. 그럴 수도 있단 말이오."

"이 일을 중지하고 싶은 거요? 그게 당신이 원하는 거요?"

"아니오. 하지만 이 일은 오늘 하루로 끝날 수 없소, 벤. 우리가 정말 이 일을 다 마친다고 가정하고 그렇게 하기까지는 몇 주일은 걸릴 거요. 당신은 그 일을 참을 수 있소? 당신이…… 수잔에게 했던 그 일을 수백 번 반복해서 할 수 있겠느냔 말이오. 비명을 지르며 버둥거리는 그들을 모조리 벽장과 악취 나는 소굴에서 끄집어 내서 가슴에다 말뚝을 박고 심장을 찢을 수 있겠소? 미치지 않고 11월이 될 때까지 이 일을 계속할 수 있겠소?"

벤은 그 문제를 생각해 보았지만 어떤 대답을 해야 할지 망설여졌다. 도무지 짐작도 할 수 없었던 것이다.

"모르겠소." 벤이 대답했다.

"그럼, 저 아이는 어떨 것 같소? 저 애가 그 일을 감당할 수 있다고 생각하오? 기껏해야 참새나 잡을 수 있을 거요. 그리고 매튜는 죽을 거요. 그 점은 내가 장담할 수 있소. 또 주 경찰이 살렘스 롯에서 벌어진 일을 냄새 맡을 경우에는 어떻게 할 거요? 그들에게 뭐라고 말할 거요? '죄송하지만 이 흡혈귀에 말뚝을 좀 박아야겠다.'고 말할 거요? 그 일은 어떻게 생각하오, 벤?"

"그걸 내가 어떻게 알겠소? 이 일이 어떻게 될지 생각할 짬이나 있었소?"

두 사람은 동시에, 자신들이 코를 맞댄 채 상대방에게 소리를 지르고 있다는 사실을 깨달았다. "이봐요, 진정하라고." 지미가 말했다.

벤이 시선을 떨어뜨렸다.

"미안하오."

"아니, 이건 내 잘못이오. 우리는 지금 궁지에 몰려 있소. 이걸 알면 발로우는 분명 끝난 게임이라고 여길 거요."

그는 당근 빛 머리카락을 손으로 훑으며 멍하니 주위를 둘러보았다. 다음 순간 페트리의 작업 도면 옆에 놓인 물체를 본 그의 눈이 빛났다. 지미가 그것을 집어 들었다. 그것은 바로 검정 색연필이었다.

"어쩌면 이것이 최선책이 될지 모르겠군." 지미가 말했다.

"뭐가 말이오?"

"당신은 여기 있으시오, 벤. 여기서 말뚝을 만들고 있어요. 이왕 이 일을 할 거면 과학적으로 해 봅시다. 당신은 생산 파트를 맡으시오. 마크와 나는 조사 파트가 될 테니까. 우리가 마을을 돌면서 그들을 찾아내겠소. 마이크를 찾아냈던 그런 방식으로 말이오. 그러고는 이 색연필로 표시를 해 놓겠소. 그런 다음 내일 말뚝을 박는 거요."

"그들이 표시를 보고 지우지는 않을까?"

"그렇지는 않을 것 같소. 글릭 부인은 그렇게 조리 있게 생각하고 행동했던 것처럼 보이지 않았소. 내가 보기에 그들은 실제적인 생각보다는 본능에 의지해서 행동하고 있소. 한동안 잘 숨을지는 몰라도 결국 이 일은 누워서 떡 먹기가 될 거요."

"내가 가면 안 되는 이유라도 있소?"

"그건 내가 이 마을을 잘 알고 있기 때문이오. 마을 사람들도 우리 아버지를 잘 알았던 것처럼 나에 대해서도 잘 알고 있고 말이오. 롯에 살아 있는 주민들은 오늘 집 안에 꼭꼭 숨어 있을 거요. 당신이 가서 노크를 하면 응답하지 않을 테지만 내가 가면 대부분은 응답할 거요. 게다가 나는 그들이 숨을 만한 장소도 어느 정도 잘 알고 있소. 술꾼들이 늪지 어느 곳에 숨는지, 목재 운반로가 어디로 나 있는지도 잘 알고 있소. 하지만 당신은 그런 것을 모르오. 선반을 사용할 줄은 아오?"

"알고 있소." 벤이 말했다.

물론 지미의 말이 맞았다. 하지만 자신이 돌아다니며 '그자'들과 맞닥뜨리지 않아도 된다는 안도감이 마음에 걸렸다.

"좋소. 그럼 시작합시다. 벌써 정오가 지났소."

벤은 선반 쪽으로 몸을 돌리려다 말고 이렇게 말했다.

"반 시간쯤 기다린다면 말뚝 대여섯 개 정도는 만들어 줄 수 있소."

그 말에 지미가 멈칫하더니 시선을 떨어뜨리고 이렇게 말했다.

"어, 그 일은…… 아마 내일……."

"좋소. 어서 가시오. 그런데 3시쯤에는 돌아오시오. 그 시각쯤에는 학교가 조용해질 테니 한번 조사해 보자고요."

"좋아요."

지미는 페트리의 작업장에서 물러나 층계를 막 올라가려 했다. 그 순간 무엇인가가 그를 돌아보게 했다. 그것은 반쯤 만들어지다 만 생각이거나 혹은 영감 같은 것이었을지도 모른다. 그는 지하실 저편에서, 한 줄로 단정히 걸려 있는 세 개의 전등에서 쏟아지는 밝은 불빛을 받으며 일하고 있는 벤을 쳐다보았다.

뭔가가 있었는데…… 이제는 사라지고 말았다.

지미가 다시 돌아왔다.

벤이 선반을 정지시키고 지미를 쳐다보았다.

"뭔가 할 얘기가 또 남은 거요?"

"뭔가 할 말이 혀끝에 맴돌기만 할 뿐 거기서 더 이상 나오지 않아요." 지미가 말했다.

벤이 눈썹을 치켜세웠다.

"층계에서 고개를 돌리고 당신을 보았을 때 머릿속에서 뭔가가 찰칵했소. 그런데 지금은 없어졌다오."

"중요한 일이오?"

"모르겠소."

지미는 그것이 다시 생각나기를 기다리며 별 뜻 없이 발을 이리저리 움직였다. 벤이 작업등 밑에서 선반 위로 몸을 숙이고 있는 그 광경에 뭔가가 있었다. 그러나 기다려도 소용없었다. 그것에 대해서 생각하면 할수록 그 일은 점점 더 희미해져 가는 것 같았다.

지미는 층계를 다시 올라가면서 한 번 더 뒤를 돌아보았다. 그 광경은 이상하리만큼 낯이 익었는데, 좀 전의 그 느낌은 되살아나지 않았다. 지미는 부엌을 지나 차를 세워 둔 밖으로 나왔다. 빗줄기는 이제 가랑비 정도로 약해져 있었다.

로이 맥두갈의 차는 벤드 로의 이동 주택 진입로에 주차되어 있었다. 주중임에도 불구하고 그곳에 차가 주차되어 있다는 사실에 지미는 최악의 상황을 의심하지 않을 수 없었다.

지미와 마크는 차에서 내렸다. 지미는 자신의 까만 가방도 들고 내렸다. 현관 층계를 오른 다음 지미가 초인종을 눌러 보았다. 그러나 초인종이 고장 나 있어서 이번에는 문을 두드려 보았다. 하지만 문을 두드려도 맥두갈네 이동 주택뿐만 아니라 20미터 저편에 있는 이웃 이동 주택에서도 아무런 반응이 보이지 않았다. 그쪽 이동 주택 진입로에도 차가 한 대 주차되어 있었다.

지미는 방풍 문을 열어 보려 했지만 문이 잠겨 있었다. "차 뒷자리에 망치가 있어." 지미가 말했다.

마크가 망치를 가져오자 지미는 방풍 문의 문손잡이 바로 옆

부분 유리를 깼다. 그러고는 손을 안으로 집어넣어 걸쇠를 벗겼다. 다행히 방풍 문 안쪽에 있는 문은 잠겨 있지 않았다. 두 사람은 집 안으로 들어갔다.

집 안에 들어서자마자 예의 악취를 맡을 수 있었다. 지미는 콧구멍을 잔뜩 오므려 되도록 악취를 맡지 않으려 했다. 그 악취는 마스튼 저택 지하실에서처럼 강하지는 않았지만 기본적으로 불쾌하다는 점에서는 마찬가지였다. 부패와 죽음의 냄새였다. 축축하고 썩은 냄새. 지미는 어렸을 때의 일을 떠올렸다. 봄방학 때 그는 친구들과 함께 자전거를 타고, 눈이 녹으면서 드러난 회수용 맥주병과 음료수 병을 주우러 갔다. 그런데 그 가운데 한 병에서 (오렌지 크래시 병이었다.) 부패한 조그만 들쥐를 발견했다. 단맛에 끌려 병 속으로 들어갔던 들쥐가 미처 밖으로 빠져나오지 못하고 죽은 것이다. 그 병의 냄새를 맡아본 그는 그 자리에서 고개를 돌리고 토했다. 이 악취도 기본적으로는 그것과 비슷했다. 구역질 날 것처럼 달착지근하고 뭔가 한데 뒤섞여 지독하게 끓으면서 썩고 있는 것처럼 시큼한 냄새가 났다. 지미는 목구멍이 뒤집히는 느낌이었다.

"그들이 이곳 어딘가 있는 게 분명해요." 마크가 말했다.

두 사람은 부엌과 식당으로 쓰이는 한쪽 구석, 거실, 그리고 침실 두 개를 차근차근 뒤져 보았다. 중간 중간에 나오는 벽장문도 열어 보았다. 지미는 큰 침실 벽장에 뭔가 있는 줄 알았으나 그것은 헌옷 뭉치에 불과했다.

"여기엔 지하실이 없나요?" 마크가 물어보았다.

"없어. 하지만 사람이 기어들 만한 좁은 공간은 있을 거야."

주택 뒤쪽으로 가 보니 안으로 열리게 된 조그만 문이 있었다. 그것은 이동 주택의 싸구려 콘크리트 기초 안에 설치된 문이었다. 그 문에는 오래된 맹꽁이자물쇠가 달려 있었다. 지미가 망치로 다섯 차례 힘주어 내리치자 자물쇠가 떨어졌다. 그가 접이식 문 짝을 밀어 열자 그 속에서 잔뜩 무르익은 악취가 쏟아져 나왔다.

"그들이 여기 있군요." 마크가 말했다.

안을 들여다본 지미의 눈에 흡사 전쟁터에서 도열해 놓은 시체처럼 나란히 놓인 세 쌍의 발이 보였다. 한 쌍은 작업화를 신고 있고, 한 쌍은 편물 실내화를, 그리고 아주 작은 한 쌍의 발은 맨발인 채였다.

가족적인 풍경이로군. 지미의 머리에 그런 말도 안 되는 생각이 떠올랐다.《리더스 다이제스트》에 실리기에 꼭 맞는 풍경이야. 비현실감이 그를 엄습했다. 저 조그만 아기는 대체 어떻게 한다지?

그는 접이식 문짝에 검정 색연필로 표시를 하고 나서 부서진 자물쇠를 집어 들었다.

"옆집으로 가보자." 지미가 말했다.

"잠깐만요. 저 중에 한 사람을 끌어내 보고 싶어요." 마크가 말했다.

"끌어내다니…… 무슨 이유로?"

"빛이 저들을 죽일지도 몰라요. 그러면 말뚝을 박는 번거로운 일을 굳이 하지 않아도 되잖아요."

지미는 문득 희망을 갖기 시작했다.

"그래, 알았어. 어느 쪽을 끌어낼까?"

"아기는 하지 말아요." 마크가 즉각 대답했다. "저 남자로 해요. 아저씨가 한쪽 발을 잡으세요."

"좋아."

입 안이 바싹 말라붙은 지미는 침을 삼켜 보았지만 목구멍에서 껄떡거리는 소리만 날 뿐이었다.

마크가 땅바닥에 배를 대고 엎드려 꿈틀거리며 그 속으로 몸을 들이밀었다. 그 애의 체중 때문인지 바닥에 깔린 낙엽에서 바스락거리는 소리가 났다. 그 애가 로이 맥두갈의 작업화 한쪽을 잡고 끌어당겼다. 지미도 폐소공포증과 싸우며, 야트막한 천장에 등을 긁혀 가면서 그 곁을 비집고 들어갔다. 그도 남은 작업화 한쪽을 잡았다. 그런 다음 두 사람은 점점 가늘어지는 가랑비와 밝은 대낮의 빛 속으로 그를 끌어냈다.

그 다음에 일어난 일은 거의 참기 어려울 정도였다. 로이 맥두갈은 환한 빛을 전신에 받자마자 마치 깊은 잠을 자다가 방해를 받은 사람처럼 몸부림을 치기 시작했다. 털구멍에서는 김과 수분이 나오고 피부가 축 늘어지면서 노랗게 변색되었다. 엷은 눈꺼풀 뒤에서 구르는 눈알도 보였다. 그러더니 꿈이라도 꾸듯 두 발로 느릿느릿 축축하게 젖은 나뭇잎을 걷어찼다. 그의 윗입술이 안으로 말리면서 독일산 셰퍼드나 콜리 견처럼 큰 개와도 같은 위쪽 앞니가 드러났다. 그는 두 팔을 도리깨질이라도 하듯 느리게 움직이며 주먹을 쥐었다 폈다 했는데, 그러다 손 하나가 마크의 셔츠를 스치자 그 애는 욕지기가 난다는 듯 비명을 지르며 얼른 뒤로 물러났다.

로이는 몸을 뒤집더니 활처럼 구부리고는 팔과 무릎과 얼굴로 비에 젖어 부드러워진 부식토에 홈을 내면서 자신이 나왔던 좁은 공간을 향해 느릿느릿 움직이기 시작했다. 지미는 시신에 빛이 닿자마자 혼수에 빠진 환자 특유의 불규칙 호흡이 시작된다는 사실에 주목했다. 그 호흡은 맥두갈이 다시 완전히 그늘 속으로 들어가면서 멈추었다. 그와 동시에 몸에서 나던 물기도 멎었다.

예전의 안식처로 돌아간 맥두갈은 다시 한 번 몸을 뒤집고는 꼼짝도 하지 않았다.

"문을 닫아요." 마크가 목이 졸린 듯한 목소리로 말했다. "제발 문을 닫아요."

지미는 뚜껑 문을 닫고 망치로 부수었던 자물쇠를 되도록 원상태에 가깝게 만들어서 걸어 놓았다. 맥두갈이 몽롱한 뱀처럼 젖은 낙엽 사이를 꿈틀거리며 기어가던 영상이 그의 마음속에 남았다. 지미는 설혹 자신이 백 살까지 살게 된다 하더라도 그 영상이 기억에서 희미해지는 일이 있으리라고는 생각하지 않았다.

그들은 빗속에 서서 덜덜 떨며 서로를 쳐다보고 있었다.

"이제 다음 집으로 가나요?" 마크가 물었다.

"그래. 논리적으로 보면 맥두갈네 식구는 그 집을 맨 처음 공격 대상으로 삼았을 테니까."

두 사람은 옆집으로 건너갔는데, 이번에는 앞뜰에서부터 예의 악취를 맡을 수 있었다. 초인종 아래에 붙은 문패에는 에반스라고 적혀 있었다. 지미는 고개를 끄덕였다. 데이비드 에반스 일가였다. 그는 게이츠 폴스 시어스의 자동차 부서 정비공으로 일했다.

몇 해 전 낭종인가 하는 병으로 자신이 치료해 준 적이 있었다.

이번에는 초인종이 제대로 울렸으나 역시 응답은 없었다. 에반스 부인은 침대에 있었다. 두 아이는 곰돌이 푸를 그린 똑같은 잠옷 차림으로 별도의 침실에 마련된 2층 침대에 있었다. 데이비드 에반스를 찾는 데는 시간이 좀 더 걸렸다. 그는 작은 차고 위쪽 짓다 만 창고에 숨어 있었다.

지미는 현관과 차고 문에 원을 그리고 원 안에 체크 표를 했다.

"성적이 좋군. 두 집에서 두 건의 실적을 올렸으니 말이야."

마크가 머뭇거리는 어조로 말했다.

"잠깐만 기다려 주실 수 있으세요? 손을 좀 씻고 싶어요."

"그럼. 나도 손을 씻고 싶으니까. 에반스네 식구들은 우리가 자기들 화장실을 좀 쓴다고 해도 신경 쓸 것 같지 않구나."

두 사람은 집 안으로 들어갔다. 지미는 거실 의자에 앉아 눈을 감았다. 마크가 화장실에서 물을 트는 소리가 들려왔다.

망막의 어두운 스크린에 장의사에 있던 작업대가, 마조리 글릭의 시신을 덮고 있던 시트가 조금씩 들썩이는 것이, 아래로 툭 떨어진 그녀의 한 손과, 허공에서 춤을 추듯 섬세하게 꼼지락거리던 손가락들이 영상처럼 스쳐 지나갔다……

지미는 눈을 떴다.

이 이동 주택은 맥두갈네에 비하면 상태가 좋았다. 좀 더 말쑥하고 손질도 잘되어 있었다. 에반스 부인을 본 적은 없지만 그녀는 분명 자기 집을 자랑스럽게 여겼을 것이다. 이동 주택 판매 책자에는 세탁실로 표시되어 있는 조그만 창고용 공간에 죽은 아이들의 장난감이 가지런히 쌓여 있었다. 가엾은 아이들. 지미는 그 애들이 살아 있었을 때 환한 햇살 속에서 장난감을 갖고 즐겁게 놀았기만을 바랐다. 거기에는 세발자전거, 플라스틱 트럭들, 장난감 주유소, 캐터필러가 달린 탈것(필시 서로 그것을 차지하려고 아이들끼리 꽤 다투었을 것이다.), 그리고 장난감 당구대가 있었다.

그는 그곳에서 시선을 돌리려다 말고 화들짝 놀라면서 다시 그쪽으로 시선을 던졌다.

'청색 분필 가루.

한 줄로 나란히 걸려 있는 갓을 씌운 세 개의 전등.

밝은 조명을 받고 있는 녹색 테이블 주위에서 큐를 든 채 손끝에 묻은 청색 분필 가루를 닦으면서 돌아다니는 사람들······'

"마크!" 지미가 의자에서 벌떡 일어나며 소리쳤다. "마크!" 마크가 셔츠를 벗은 채 무슨 일이 났는지 알아보려고 뛰어왔다.

오후 2시 30분경 매튜의 옛날 제자 한 사람(1964년도 졸업반, 문학 A, 작문 C.)이 병실에 잠깐 들러서는 산더미처럼 쌓인 신비 문학작품들을 보고 이런저런 이야기를 하면서 매튜에게 신비학으로 학위를 따기 위한 공부를 하는 거냐고 물어보았다. 매튜는 그 제자의 이름이 허버트였는지 해롤드였는지 기억이 나지 않았다.

허버트인지 해롤드인지가 병실에 들어섰을 때 『이상한 실종』이라는 책을 읽고 있던 매튜는 방해를 달갑게 여겼다. 브록 스트리트 스쿨에 눈에 띄지 않게 들어가려면 오후 3시 정도는 되어야 한다는 사실을 잘 알고 있었으면서도 여태껏 전화벨이 울리기만 기다리고 있었기 때문이다. 매튜는 캘러한 신부가 어떻게 되었는지 몹시 궁금했다. 그날은 시간이 놀랄 만큼 빠르게 지나가는 것 같았다. 그는 지금껏 병원에서는 시간이 느리게 흐른다는 얘기만 들어왔다. 그는 왠지 기분이 저조하고 머리가 흐려진 것 같은 느낌이었다. 마침내 노인이 되고 만 것이다.

매튜는 허버트인지 해롤드인지에게 자신이 조금 전까지 읽고 있던 버몬트 주 몹슨이라는 마을에 대해 이야기하기 시작했다. 그는 그 이야기가 특히 흥미로웠는데, 그것은 만약 그 이야기가 사실이라면 롯의 운명에 대한 선례인 셈이라고 여겼기 때문이다.

"모든 사람이 실종되었다네." 매튜는 예의가 바르기는 해도 따분함을 감출 줄 모르는 허버트인지 해롤드인지에게 말했다. "그곳은 주간 2번 고속도로와 버몬트 19번 주도로를 통해서만 갈 수 있는 버몬트 주 북부 오지에 있는 조그만 마을이지. 1920년 통계에 의하면 주민 수는 312명이었네. 1923년 8월에 뉴욕에 있던 한 여인이, 두 달 동안 편지를 보내지 않고 있는 언니 때문에 걱정이 되었네. 그래서 그녀와 그녀의 남편은 차를 타고 그곳에 가 보았지. 그들 부부 때문에 비로소 이 사건이 세상에 처음으로 알려지게 된 셈인데, 내 생각에는 그 인근 지역 사람들이 이 실종 사건에 대해 얼마 전부터 알고 있었을 것 같네. 그 여인의 언니와 형부도 사라졌지. 몹슨의 다른 모든 사람들처럼 말일세. 주택과 헛간들은 모두 그대로 있었고, 어느 집에서는 식탁에 저녁 식사까지 차려져 있었다고 하네. 당시 이 사건은 세상 사람들을 무척 놀라게 했지. 나라면 그런 곳에서 밤을 보내고 싶지 않을 걸세. 이 책의 필자는, 이웃 마을 사람들이 이상한 얘기를 하고 있다고 주장하고 있네. 무슨 도깨비니 하는 얘기 말일세. 마을 언저리에 떨어진 헛간에는 무슨 부적과 커다란 십자가 같은 것이 그려져 있다네. 지금까지도 말일세. 여기, 잡화점과 주유소, 그리고 사료 가게 사진을 좀 보게나. 이곳이 몸슨의 중심가인 셈이지. 여기서 무슨 일이 일어났을 거라고 생각이나 하겠나?"

허버트인지 해롤드인지는 예의 삼아서 그 사진을 들여다보았다. 그저 상점 몇 개, 주택 몇 채가 있는 조그만 마을에 불과했다. 그 가운데 일부는 아마도 겨울에 내린 눈의 무게 때문인지 무너져 내리고 있었다. 시골에 있는 어느 마을이라도 해도 좋을 그런 사진이었다. 마을을 차로 통과하는 사람이라면 8시가 넘어서 보도에 차를 갖다 댄다 해도 살아 있는 사람이 있는지를 알기는 어려울 것이다. 이 노인은 나이가 들면서 머리가 좀 이상해진 것이 확실했다. 허버트인지 해롤드인지는 늙은 숙모를 생각했다. 그녀는 죽기 2년 전에 자신의 딸이 그녀의 애완 잉꼬를 죽여서는 미트로프 요리를 만들어 자기한테 먹였다고 굳게 믿고 있었다. 나이든 사람들은 이상한 생각을 하는 모양이었다.

"정말 재미있군요." 그가 시선을 들면서 말했다. "하지만 제 생각에는…… 버크 선생님? 버크 선생님, 무슨 일이죠? 선생님이…… 간호사! 이봐요, 간호사!"

매튜의 두 눈이 움직이지 않았다. 한 손은 시트 끄트머리를 움켜잡고 있었고, 다른 한 손은 가슴을 누르고 있었다. 얼굴은 아주 창백했고, 이마 한복판에서 맥이 뛰고 있었다.

'너무 일러.' 하고 매튜는 생각했다. '안 돼, 이건 너무 이르다고……'

통증이 파도처럼 계속해서 밀어닥치면서 그를 어둠 속으로 끌어내리고 있었다. 매튜의 머리에는 어렴풋이 이런 생각이 떠올랐다. '마지막 계단을 조심해. 그것이 사람을 잡는 거야.'

그런 다음 그는 숨이 끊어졌다.

허버트인지 해롤드인지가 의자를 둘러엎고 책 무더기를 동댕이치듯 하며 병실을 뛰쳐나갔다. 간호사가 벌써 뜀박질을 하다시피 해서 오고 있었다.

"버크 선생님이 이상해요."

허버트인지 해롤드인지가 간호사에게 말했다. 그는 아직도 버몬트 주 몹슨 마을의 사진이 실린 페이지에 집게손가락을 끼운 채로 그 책을 들고 있었다.

간호사가 짤막하게 고개를 끄덕여 보이고는 병실로 들어갔다. 매튜는 눈을 감고 고개를 침대 아래로 반쯤 떨어뜨린 채 누워 있었다.

"선생님이……?"

허버트인지 해롤드인지가 겁에 질린 어조로 물었다. 그것은 이미 답을 알고 있는 질문이었다.

"그런 것 같아요." 간호사는 이렇게 대꾸하면서 동시에 ECV팀을 호출하는 단추를 눌렀다. "이제 이 방에서 나가 주셔야 할 것 같군요."

이제 모든 사실이 분명해지면서 다시금 냉정을 되찾은 그녀는 이제 반쯤 먹다 만 점심을 아쉬워할 만큼의 여유가 생겼다.

"하지만 롯에는 당구장이 없잖아요. 가장 가까운 곳은 게이츠 폴스에 있어요. 그자가 그곳까지 갔을까요?"

"아니. 그러지는 않았을 거야. 하지만 자기 집에 당구대를 갖고 있는 이들도 있지."

"저도 그렇다는 건 알아요."

"그것 말고도 뭔가가 있어. 조금만 더 생각하면 알 것 같아." 지미가 말했다.

그는 등을 기대고 눈을 감은 다음 양손으로 눈을 가렸다. 다른 뭔가가 또 있는데, 그의 머릿속에서 그것은 플라스틱과 연결되어 있었다. 어째서 플라스틱이지? 플라스틱 장난감도 있고, 소풍 갈 때 쓰는 플라스틱 도시락도 있고, 겨울이 오면 보트에 씌우는 플라스틱 덮개도 있고……

다음 순간 문득 커다란 플라스틱 덮개에 싸인 당구대의 영상이 떠오르면서, 다음과 같은 말이 사운드트랙처럼 들려왔다. '펠트 천에 곰팡이가 피기 전에 팔아 치워야겠어요…… 에드 크레이그 말로는 곰팡이가 필지도 모른다고 하지만…… 그건 랠프의……'

그는 눈을 떴다.

"그자가 어디 있는지 알겠군. 발로우가 있는 곳을 알겠어. 그는 에바 밀러네 하숙집 지하실에 있어."

지미는 자신이 말을 해 놓고 나서야 그것이 사실이라는 것을 깨달았다. 그의 머릿속에서 그것은 부인할 수 없을 만큼 명백한 사실로 여겨졌다.

마크의 눈이 반짝거렸다.

"그럼, 그자를 잡으러 가요."

"잠깐 기다려 봐."

지미는 전화기가 있는 곳으로 가서 전화번호부에서 에바네 전화번호를 찾은 다음 재빨리 전화를 걸었다. 아무도 전화를 받지 않았다. 벨소리가 열 번, 열한 번, 열두 번 울렸다. 그는 두려움에 질린 얼굴로 수화기를 내려놓았다. 에바네 하숙집에는 하숙인이 적어도 열 명은 되었고, 그들 대부분은 은퇴한 노인들이었다. 언제나 전화를 받을 사람이 집에 있었던 것이다. 이 이전까지는 그랬다.

그는 시계를 보았다. 3시 15분이었다. 시간은 거침없이 흐르고 있었다.

"어서 가자." 지미가 말했다.

"벤 아저씨는 어쩌고요?"

지미가 단호한 어조로 대꾸했다.

"전화를 걸 수가 없어. 너희 집 전화선은 끊어졌어. 여기서 곧장 에바네 집으로 가면 우리가 한 생각이 틀렸다고 해도 아직 해가 지기까지 충분한 시간이 있어. 만약 우리 생각이 맞는다면 돌아와서 벤을 데려가면 돼. 그런 다음 그자의 숨통을 끊어 놓는 거야."

"셔츠를 입고 오겠어요."

마크는 화장실로 난 복도를 뛰어갔다.

벤의 시트로앵은 자갈이 깔린 빈 터 위로 그림자를 드리운 젖은 느릅나무의 나뭇잎으로 온통 덮인 채 에바네 주차장에 여전히 주차되어 있었다. 바람은 아까보다 좀 거세졌지만 비는 그쳐 있었다. '에바네 하숙집'이라는 간판이 흐린 오후의 바람에 흔들리며 삐걱거리는 소리를 내고 있었다. 집에는 무슨 일이 일어나기를 기다리는 것 같은 섬뜩한 침묵이 감돌았다. 마음속으로 두 집을 연결 지은 지미는 오싹했다. 그 집은 바로 마스튼 저택과 똑같았던 것이다. 그는 혹시 이 집에서 자살한 사람이 없었는지 궁금했다. 에바가 알고 있을 테지만, 이제 에바는…… 더 이상 이야기를 해 줄 수 없을 것이다.

"완벽하군." 지미가 자신이 하던 생각을 입 밖으로 내뱉었다. "변두리의 하숙집에 자리를 잡고 자기 자식들로 자신을 에워싸다니."

"벤을 데려오지 않아도 될까요?"

"나중에 데려오자. 자, 어서 들어가 보자."

그들은 차에서 내려 현관을 향해 걸어갔다. 바람이 그들의 옷자락을 당기고 머리카락을 날렸다. 블라인드를 모두 내린 그 집은 두 사람의 머리 위를 금방이라도 덮칠 것처럼 보였다.

"너도 냄새가 나니?" 지미가 물어보았다.

"네. 어느 때보다도 냄새가 지독해요."

"네가 이 일을 감당할 수 있겠니?"

"그럴 수 있어요." 마크가 단호한 어조로 대답했다. "아저씨는요?"

"내가 감당할 수 있기만 바라고 있단다." 지미가 대답했다.

그들은 현관 앞 층계를 올라갔다. 지미가 문을 열어보았다. 잠겨 있지 않았다. 너무나도 깔끔한 에바 밀러의 널찍한 부엌에 들어서자 마치 노천 급유장과도 같은, 그러면서도 건조한 악취가 해묵은 연기 냄새와 함께 두 사람을 엄습했다.

지미의 머릿속에 에바와 나누었던 대화가 떠올랐다. 거의 4년 전 그가 막 병원에서 근무하기 시작했을 무렵의 일이었다. 그때 에바가 건강진단을 받으러 왔었다. 그녀는 오랫동안 아버지의 환자였는데, 지미가 똑같은 컴벌랜드 병원, 똑같은 진료실에서 아버지의 자리를 이어받자 별로 거북해 하지 않고 그에게서 진찰을 받았다. 그들은 그 당시만 해도 벌써 죽은 지 12년이 된 랠프에 대해서 이야기를 했다. 그것은 남편의 망령이 아직도 집 안에 남아 있다는 이야기인데, 가끔씩 뭔가 새롭거나 잠시 잊고 있던 물건을 다락이나 옷장 서랍에서 보게 될 때마다 랠프의 생각을 하지 않을 수 없다는 뜻이었다. 물론 지하실에 있는 당구대도 마찬가지였다. 에바는 그 당구대를 정말 없애야 한다고, 그것은 다른 물건을 위해 유용하게 쓸 수 있는 공간만 차지할 뿐이라는 말도 했다. 하지만 그 당구대는 랠프의 소유물이었기에 그저 신문에 광고를 내거나 지방 방송국 물물교환 프로그램에 전화를 할 수도 없는 문제라고 했다.

이제 두 사람은 부엌을 가로질러 지하실 문으로 향했다. 지미가 문을 열었다. 그곳에서 나는 악취는 거의 견디기 힘들 정도였다. 지미가 전등 스위치를 눌러 보았지만 아무 반응이 없었다. 그 자가 물론 전등 스위치를 고장 냈을 터였다.

"한 번 뒤져 보렴. 에바에게 손전등이나 초가 있을 테니까."

지미가 마크에게 말했다.

마크는 서랍을 하나하나 열고 안을 들여다보면서 주변을 뒤지기 시작했다. 그는 싱크대 위의 칼 걸이가 비어 있는 것을 보았지만, 그것을 보고서도 별다른 생각을 하지 않았다. 그의 심장은 흡사 소리를 죽여 놓은 북처럼 고통스러울 정도로 느리게 뛰고 있었다. 그는 문득 이제 자신의 인내심이 가장 바깥쪽 한계선에 다다랐다는 사실을 깨달았다. 머리는 생각을 하지 않고 반응만 하고 있는 것 같았다. 끊임없이 곁눈질로 주변의 움직임을 살피던 그가 고개를 휙 돌려 주위를 돌아보았지만 아무것도 보이지 않았다. 전투 경험이 많은 노병이라면 그것이 전투 피로증의 시작을 알리는 증상임을 깨달았을 것이다.

마크는 복도로 나가 그곳에 놓인 찬장을 뒤져 보았다. 세 번째 서랍에 건전지 네 개가 들어가는 길쭉한 손전등이 있었다. 그는 손전등을 가지고 부엌으로 돌아왔다.

"아저씨, 여기 손……."

뭔가 덜거덕거리는 소리에 이어서 둔중하게 쿵 하는 소리가 났다.

지하실 문이 활짝 열려 있었다.

그리고 비명이 들려오기 시작했다.

마크가 에바네 부엌으로 돌아왔을 때는 5시 20분 전이었다. 그의 눈은 빛을 잃었고 티셔츠에는 피가 묻어 있었다. 초점을 잃은 두 눈은 흐릿해 보였다.

갑자기 마크는 비명을 질렀다.

뱃속에서 시작된 그 소리는 어두운 목구멍과 한껏 벌린 턱을 지나 밖으로 터져 나왔다. 마크는 머릿속에서 광기가 떨어져 나갈 때까지 비명을 질렀다. 목이 쉬도록, 부러진 뼈처럼 성대에 통증이 올 때까지 비명을 질렀다. 그리고 할 수 있는 한 모든 두려움을, 공포를, 분노를, 실망감을 밖으로 표출하고 있는 동안에도 지하실에서 파도처럼 올라오는 저 끔찍한 압박감, 저 아래 어딘가에 발로우가 있으리라는 사실은 여전히 남아 있었다. 이제 날은 저물어 가고 있었다.

그는 현관 밖으로 나와 바람 부는 대기를 몇 번이고 크게 들이마셨다. 벤. 벤 아저씨에게 가야 했다. 하지만 이상한 무기력감에 싸인 두 다리는 마치 납덩이처럼 무겁기만 했다. 그래 봤자 무슨 소용이 있을까? 발로우가 이기고 말 텐데. 그자와 싸울 생각을 하다니 미친 짓이었다. 그리고 이제 지미 아저씨가 그 대가를 톡톡히 치른 것이다. 수잔 누나와 신부님이 그랬던 것처럼.

몸속으로 싸늘한 기운이 솟구쳤다. '안 돼, 안 돼, 안 돼.'

그는 떨리는 다리로 현관 층계를 내려가 지미의 뷰익에 올라탔다. 시동 키는 그대로 꽂혀 있었다.

'벤 아저씨를 데려오는 거야. 그런 다음 한 번 더 해 보는 거야.'

다리가 너무 짧아 페달을 밟을 수가 없었다. 마크는 의자를 당기고 열쇠를 돌렸다. 엔진이 요란한 소리를 냈다. 그는 기어를 주행 위치에 놓고 한 발로 가속기를 밟았다. 차가 앞으로 불쑥 튀어나갔다. 다음 순간 급히 브레이크를 밟는 바람에 그만 운전대에 부딪쳤다. 경적이 울렸다.

'운전을 못하겠어!'

귓전에 예의 논리적이고 현학적인 아버지의 목소리가 들려오는 것 같았다. 운전을 배울 때는 조심해야 한다, 마크. 운전은 연방 법의 규제를 받지 않는 유일한 운송 수단이지. 그 결과 운전자는 하나같이 아마추어들뿐이야. 이들 아마추어들 대부분은 자살이라도 할 것처럼 운전한다. 따라서 극도로 조심하지 않으면 안 돼. 가속기를 밟을 때는 페달과 발 사이에 달걀이 있는 것처럼 생각해라. 그리고 우리 차처럼 자동변속기가 붙은 차를 몰 때는 왼발은 전혀 쓸 필요가 없어. 오른발만 쓰면 된단다. 처음엔 브레이크, 그 다음엔 가속기, 이런 식으로 말이야.

브레이크에서 발을 떼자 자동차는 천천히 진입로를 따라 내려갔다. 차가 쿵 하는 진동과 함께 갓길을 넘자 마크는 다시 차를 급정거시켰다. 앞 유리창에 뿌옇게 김이 서려 있었다. 옷소매로 유리창을 문질렀지만 더 뿌옇게 될 뿐이다.

"제기랄." 하고 그는 투덜거렸다.

마크는 다시 움찔거리며 차를 출발시켜, 술 취한 것처럼 크게 원을 그리며 유턴을 하다가 맞은편 갓길을 넘어섰다. 그는 자기 집을 향해 출발했다. 밖을 보기 위해서는 운전대 너머로 목을 길게 뽑아야만 했다. 마크는 오른손을 뻗어 더듬더듬 라디오를 틀고 볼륨을 높였다. 그는 울고 있었다.

벤이 조인트너 로를 따라 읍내로 걸어가고 있을 때 지미의 황갈색 뷰익이 경련을 일으키듯 마치 술 취한 것처럼 이리저리 흔들리며 도로 위에 나타났다. 벤이 손을 흔들자 그 차는 왼쪽 앞바퀴로 갓길 위를 뛰어넘으며 겨우 멈춰 섰다.

벤은 말뚝을 만드느라 시간이 흐르는 것도 잊고 있다가 시계를 보고는 화들짝 놀랐다. 4시 10분이 다 돼 갔던 것이다. 그는 선반에서 작업을 마치고 말뚝 두 개를 허리띠에 꽂은 다음 전화를 쓰려고 위층으로 올라왔다. 수화기에 손을 갖다 댄 순간에야 비로소 전화가 끊어졌다는 사실을 상기했다.

더럭 걱정이 된 벤은 집을 뛰쳐나와 캘러한 신부의 차와 페트리의 차를 들여다보았다. 두 차 모두 열쇠가 꽂혀 있지 않았다. 집 안으로 들어가 헨리 페트리의 주머니를 뒤져 볼 수도 있었지만, 그 일을 생각만 해도 견딜 수가 없었다. 결국 벤은 빠른 걸음으로 읍내를 향해 걸어가면서 눈으로는 계속해서 지미의 뷰익을 찾았다. 그가 곧장 브록 스트리트 스쿨로 쳐들어갈 생각을 하고 있던 참에 마침 지미의 차가 눈에 띄었던 것이다.

벤이 운전석 쪽으로 뛰어가 보니 마크 페트리가 운전대를 잡고 있었다. 그리고 그 애 혼자였다. 그 애가 무감각한 눈길로 벤을 빤히 쳐다보았다. 마크는 입술을 움직였으나 아무 소리도 나오지 않았다.

"무슨 일이지? 지미는 어디 있니?"

"지미 아저씨는 죽었어요." 마크가 멍한 어조로 대답했다. "이번에도 발로우가 우리 생각을 앞질렀어요. 그는 밀러 부인의 하숙집 지하실 어딘가에 있어요. 지미 아저씨도 거기 있고요. 제가 아저씨를 돕기 위해 갔지만 도저히 빠져나올 수가 없었어요. 겨우 기어오를 만한 널빤지를 잡았지만 처음에는 저도 그곳에 갇혀 버리는 줄 알았어요. 해…… 해…… 해가 질 때까지……."

"무슨 일이 있었던 거지? 대체 무슨 소리를 하고 있는 거냐?"

"지미 아저씨가 청색 분필 가루의 정체를 밝혀냈어요. 우리가 벤드의 어느 집에 있을 때 말이에요. 청색 분필 가루는 당구대에서 묻은 것이었어요. 밀러 부인의 지하실에 당구대가 있어요. 부인의 남편이 쓰던 것이에요. 지미가 하숙집으로 전화를 했는데 전화를 받는 사람이 없자 우리가 그쪽으로 갔던 거예요."

마크는 눈물을 흘리지 않았다. 그 애는 벤의 얼굴을 올려다보았다.

"아저씨가 저한테 손전등을 찾아보라고 했어요. 지하실 전등 스위치가 고장 났거든요. 마스튼 저택에서 그랬던 것처럼 말이에요. 그래서 전 손전등을 찾아 이곳저곳 뒤지기 시작했어요. 전…… 싱크대 위의 칼 걸이에 칼이 하나도 없는 것을 보았으면서도 그것이 무슨 의미인지를 생각하지 못했어요. 결국 어떤 의미에서는 제가 지미 아저씨를 죽인 셈이에요. 제가 죽인 거예요. 그건 제 잘못이에요. 모두 제 잘못이라고요. 모두……."

벤이 마크의 어깨를 꽉 잡고 두 차례 힘껏 흔들었다.

"그만해, 마크. 그만하라고!"

마크는 마치 히스테리 환자처럼 끝도 없이 주절거리려는 입을 틀어 막기라도 하듯 두 손으로 입을 막았다. 그러면서 휘둥그레진 눈으로 벤을 빤히 쳐다보았다.

이윽고 마크가 다시 말을 이었다.

"복도에 있는 찬장에서 손전등을 찾았어요. 바로 그때 지미 아저씨가 아래로 떨어져 비명을 지르기 시작했어요. 아저씨는…… 저도 자칫하면 떨어질 뻔했는데, 아저씨가 주의를 주었어요. 아저씨가 한 마지막 말은 '발밑을 조심해, 마크.'였어요."

"그게 무슨 소리냐?" 벤이 다그쳤다.

"발로우와 그 패거리가 지하실 층계를 모두 없애 버린 거예요." 마크가 밋밋하면서도 멍한 어조로 대답했다. "두 번째 계단 아래쪽을 톱으로 잘라 버렸어요. 난간은 일부러 좀 더 남겨 놓았죠. 그래서 꼭…… 마치……." 그 애는 고개를 저었다. "지미 아저씨는 그저 그자들이 그 어둠 속에 있다고만 생각한 거예요. 아시겠어요?"

"그래." 벤이 대답했다. 이제야 알았다. 그는 구역질이 날 것 같았다. "그리고 칼 얘기는 뭐냐?"

"그 칼들은 모두 지하실 아래 바닥에 고정되었어요." 마크가 속삭이는 듯한 어조로 말했다. "그들은 얇은 합판 조각에다 칼을 박은 다음 자루를 떼어 냈어요. 칼날이 위로 솟은 상태로 쓰러지지 않고 서 있을 수 있도록 말이에요."

"오, 맙소사." 벤이 무력감에 싸여 그렇게 말했다. 그는 팔을 뻗어 마크의 어깨를 잡았다. "지미가 죽은 게 확실하니, 마크?"

"네. 지미 아저씨는…… 대여섯 군데나 찔렸어요. 온통 피가……."

벤은 시계를 보았다. 5시 10분 전이었다. 다시 한 번, 시간에 쫓기는 듯한 느낌, 시간이 거의 다 된 것 같은 느낌이 들었다.

"이제 우린 어떻게 하죠?"

마크의 목소리가 멀리서처럼 희미하게 들려왔다.

"읍내로 가자. 전화로 매튜와 먼저 얘기하고 나서 파킨스 길레스피와도 얘기를 해 볼 거야. 어두워지기 전에 발로우를 끝장내 버릴 거야. 반드시 그래야만 해."

마크가 희미하고도 침울한 미소를 지었다.

"지미 아저씨도 그렇게 말했어요. 그자의 숨통을 끊어 놓아야 한다고 말이에요. 하지만 그자는 계속 우리를 앞지르고 있어요. 우리보다 나은 사람들도 분명 그자를 이기려다 실패하고 말았을 거예요."

벤은 소년을 내려다보았다. 하기 싫은 일을 해야 했다.

"겁먹은 것 같은 말이로구나." 벤이 말했다.

"정말 겁을 먹었어요." 마크는 벤의 말에 반발하지 않고 순순히 인정했다. "아저씨는 안 그런가요?"

"나도 겁이 나. 하지만 화도 났어. 나는 몹시 좋아하던 여자를 잃었단다. 아마 난 그 여자를 사랑했던 것 같아. 우리 둘 다 지미를 잃었지. 그리고 넌 부모님을 잃었고. 네 부모님은 지금 너희 집 거실에, 소파에서 벗겨 낸 커버를 뒤집어쓴 채 누워 있지." 벤은 잔인한 최후의 일격을 가했다. "집으로 가서 그 꼴을 보고 싶니?"

마크가 흠칫하며 벤에게서 떨어졌다. 겁에 질린 그 애의 얼굴에 상처를 입은 표정이 나타났다.

"난 너와 함께 있고 싶구나." 벤이 이번에는 한결 부드러워진 어투로 말했다. 자기 혐오감이 뱃속에서 꿈틀거리는 것이 느껴졌다. 그는 마치 큰 시합을 앞둔 축구팀 코치같이 말하고 있었다. "이전에 누가 그자를 막으려 했는지 따위는 아무래도 좋아. 훈족의 아틸라 왕이 그자와 싸우다가 패했다고 해도 상관없어. 나는 내 나름대로 시도할 거니까. 너하고 함께 그 일을 하고 싶다. 네가 필요해." 그것은 꾸밈없는 진심에서 나온 말이었다.

"알겠어요." 마크가 말했다. 그 애는 자신의 무릎에서, 심란한 듯 서로 팬터마임을 벌이며 꼬여 있는 자신의 손을 내려다보았다.

"물러서지 말거라." 벤이 말했다.

마크가 곤혹스러운 얼굴로 벤을 쳐다보았다.

"저도 그러려고 애쓰고 있어요."

조인트너 로 외곽에 있는 소니의 엑슨 주유소는 열려 있었고, 소니 제임스(그는 자기와 이름이 같은 컨트리 뮤직 가수의 컬러판 대형 포스터를, 피라미드처럼 쌓아올린 오일 캔 옆 창문에 붙여 놓고 이용하고 있었다.) 자신이 직접 밖에 나와서 그들을 맞았다. 그는 늙은 난쟁이처럼 생긴 조그만 사내였으며, 벗겨져 가는 이마 선이 사시사철 하고 있는 상고머리 안쪽을 파고들어 핑크색 머리 가죽이 훤히 드러나 보였다.

"어이, 미어스 씨, 안녕하쇼? 당신 시트로앵은 어쨌소?"

"탈이 났다오, 소니. 피트는 어디 갔소?"

피트 쿡은 소니가 파트타임으로 고용한 일꾼이었으며 읍내에 살고 있었다. 소니의 집은 읍내가 아니었다.

"오늘은 지금껏 상판이 보이지 않는다오. 뭐, 그런 건 아무래도 상관없소. 어쨌든 일이 꽤 한가해졌으니까. 마을이 완전히 뻗어 버리기라도 한 모양이오."

벤은 음울하고 신경질적인 웃음이 뱃속에서 끓어오르는 것 같았다. 그 웃음은 금방이라도 크고 고약한 파도처럼 입 밖으로 튀어나올 것 같았다.

"가득 채워 주시오. 그리고 전화를 좀 써야겠소."

벤이 가까스로 입을 열고 말했다.

"그러시오. 안녕, 꼬마야. 오늘 학교 안 갔니?"

"미어스 선생님과 견학을 나온 길이에요. 그런데 코피가 터졌어요." 마크가 말했다.

"그런 것 같구나. 내 동생도 툭 하면 코피를 터뜨리곤 했지. 그건 고혈압 징조란다, 꼬마야. 그러니 조심하는 게 좋을 거야."

소니는 어슬렁거리는 걸음으로 지미의 차 뒤쪽으로 걸어가 주유구 뚜껑을 열었다.

벤은 사무실로 들어가 뉴잉글랜드 도로 지도 판매대 옆에 놓인 공중 전화기로 전화를 걸었다.

"컴벌랜드 병원입니다. 어느 부서를 바꿔 드릴까요?"

"버크 씨와 통화하고 싶은데요. 402호실이오."

상대방은 별말 없이 잠시 머뭇거렸다. 벤이 병실이 바뀌었는지를 막 물어보려는 참에 다시 상대방의 목소리가 들려왔다.

"그런데 전화하신 분은 누구신가요?"

"벤자민 미어스입니다." 그 순간 매튜가 죽었을지도 모른다는 생각이 긴 그림자처럼 그의 머릿속에 드리워졌다. 그럴 수가 있을까? 그렇지는 않을 것이다. 그렇다면 그건 너무 심한 일이었다. "환자는 괜찮습니까?"

"환자의 친척이세요?"

"아니오. 가까운 친구입니다. 환자는……."

"버크 씨는 오늘 오후 3시 7분에 사망하셨습니다, 미어스 씨. 잠시만 기다리시겠어요. 코디 박사님께서 들어오셨는지 알아봐

드릴게요. 아마 박사님이라면……."

음성은 계속 들려오고 있었으나 벤은 수화기를 여전히 귀에 붙인 채 상대방의 말을 듣고 있지 않았다. 이 악몽 같은 오후 남은 시간 동안에 그들을 잡는 데 자신이 얼마나 매튜에게 의지하고 있었는지에 대한 깨달음이 속이 느글거릴 정도로 묵직하게 그를 엄습했다. 매튜가 죽었다. 울혈성 심부전증. 자연사. 그것은 마치 하느님이 그들을 외면하기라도 한 것 같은 사건이었다.

'이제 마크와 나만 남았군. 수잔, 지미, 캘러한 신부, 매튜. 모두 떠나고 말았어.'

그는 자신을 엄습한 낭패감에서 벗어나기 위해 조용히 몸부림쳤다.

벤은 상대방의 질문을 허리에서 자르면서, 그런 것에는 개의치 않고 수화기를 제자리에 걸었다.

그는 사무실에서 밖으로 나왔다. 5시 10분이었다. 서쪽 하늘에서는 구름들이 흩어지고 있었다.

"딱 3달러가 나왔구려." 소니가 유쾌한 어조로 그에게 말했다. "그런데 이건 코디 박사의 차가 아니오? 나는 의사 표시가 붙은 번호판을 보면 언제나 악당 패거리가 등장하는 그 영화가 생각나오. 그 가운데 한 놈은 언제나 의사 번호판이 붙은 차만 훔쳤는데……."

벤이 1달러짜리 세 장을 내밀었다.

"이만 가 봐야겠소, 소니. 미안하오. 문제가 좀 생겨서 말이오."

소니의 얼굴에 주름이 잡혔다.

"저런, 안됐소, 미어스 씨. 출판사에서 좋지 못한 소식이라도 들은 거요?"

"그렇다고도 할 수 있소."

벤은 운전석에 앉은 다음 차문을 닫고, 노란 우비 차림을 하고 눈으로 자신을 좇는 소니를 그곳에 남겨 둔 채 출발했다.

"매튜 선생님이 돌아가신 거죠?"

마크가 그러는 벤을 지켜보면서 물어보았다.

"그래. 심장마비야. 어떻게 알았니?"

"아저씨 얼굴에 그렇게 씌어 있거든요."

5시 15분이었다.

파킨스 길레스피는 덮개가 있는 조그만 읍 사무소 현관에 서서 펠멜을 피우며 서쪽 하늘을 바라보고 있었다. 이윽고 그는 마지 못한 듯 벤 미어스와 마크 페트리에게로 주의를 돌렸다. 그의 얼굴은 싸구려 식당에서 갖다 주는 물 잔처럼 어딘지 서글프고 늙어 보였다.

"잘 지내시오, 치안관?" 벤이 말을 걸었다.

"그럭저럭." 파킨스가 말했다. 그는 엄지손톱 가두리 반원 모양의 피질에 난 손거스러미를 들여다보았다. "당신들이 왔다 갔다 하는 걸 보았소. 좀 전에는 저 꼬마가 레일로드 가를 직접 차를 몰고 가는 것 같던데. 그랬니?"

"네." 마크가 말했다.

"하마터면 충돌할 뻔했더군. 맞은편을 가던 친구가 간발의 차이로 네가 모는 차를 비껴갔지."

"치안관, 이 마을에서 벌어지고 있는 일에 대해서 얘기를 좀 해야겠소." 벤이 말했다.

파킨스는 덮개가 있는 조그만 현관 난간에서 두 손을 떼지 않은 채 입에 물고 있던 담배꽁초를 뱉어 냈다. 그러고는 두 사람 쪽은 쳐다보지도 않은 채 침착한 목소리로 말했다.

"그 얘기는 듣고 싶지 않소."

그들은 어이가 없다는 눈으로 그를 쳐다보았다.

"오늘 놀리가 나타나지 않았소." 파킨스가 여전히 침착하고 스스럼없는 어투로 말을 이었다. "어쨌든 앞으로도 나올 것 같지 않소. 그 친구는 어젯밤 늦게 전화를 걸어서 디프커트 로에 호머 맥캐슬린의 차가 있는 것을 보았다고 했소. 아무튼 디프커트라고 했던 것 같소. 그런데 그 뒤로는 전화를 주지 않았소." 그런 다음 파킨스는 마치 물속에 잠긴 사람처럼 느리고도 서글픈 동작으로 셔츠 주머니에 손을 넣어 펠멜 한 개비를 꺼냈다. 그는 뭔가 생각에 잠긴 듯 손가락 사이로 담배를 굴렸다. "이 빌어먹을 일들이 나를 죽이고 말 거요." 그가 말했다.

벤이 다시 한 번 시도해 보았다.

"마스튼 저택에 살았던 그 남자 말이오, 길레스피. 그자의 이름은 발로우요. 그자가 지금 에바 밀러네 하숙집 지하실에 있소."

"그렇소?" 파킨스는 특별히 놀라는 기색이 없었다. "그자가 흡혈귀란 말이오? 20년 전 나돌던 만화에 나오는 것처럼?"

벤은 아무 대꾸도 하지 않았다. 그는 점점 더, 비록 눈에 보이지는 않아도 바로 사물의 이면에서 끊임없이 태엽이 돌아가는 어떤 거대하고 힘겨운 악몽 한복판에서 길을 잃은 사람이 된 기분이 들었다.

"난 마을을 떠날 거요. 차 뒤쪽에 짐을 다 꾸려 두었소. 총과 수갑과 배지는 선반에 놔두었소. 이제 경찰 일은 끝이오. 키터리에 사는 누이를 만나러 갈 생각이오. 그 정도 거리면 안전할 것 같소."

벤은 자신의 말이 아득히 먼 곳에서 들려오는 것 같았다.

"이런 겁쟁이 같으니. 당신은 비겁한 인간이야. 이 마을이 아직 살아 있는데 혼자만 도망치겠다는 거로군."

"마을은 살아 있는 게 아니오." 파킨스가 나무 성냥으로 담배에 불을 붙이며 말했다. "바로 그 때문에 '그자'가 이곳에 온 거란 말이오. 이 마을은 그자와 마찬가지로 죽어 있소. 죽은 지 20년도 더 되었다고. 온 나라가 그렇게 될 거요. 두어 주일 전에 나와 놀리가 팰머스의 드라이브인 영화관에 영화를 보러 간 적이 있소. 시즌이 끝나 문을 닫기 직전에 말이오. 그 서부극에서, 한국에서 보낸 2년보다 훨씬 많은 피와 살육을 보았소. 아이들은 팝콘을 먹으며 즐거워하고 있었고 말이오." 그는 애매한 몸짓으로, 이제 서쪽으로 넘어가는 단속적인 햇살 속에 마치 꿈속의 마을처럼 기이하리만큼 금박을 씌운 듯이 보이는 마을 쪽을 가리켜 보였다. "사람들은 아마 흡혈귀가 되는 일을 달갑게 여길 거요. 하지만 난 아니오. 오늘 밤 놀리가 내 뒤를 이을 거요. 난 떠날 거고 말이오."

벤은 난감한 얼굴로 그를 쳐다보았다.

"당신들 두 사람도 저 차를 타고서 이곳을 뜨고 싶을 거요. 이 마을은 우리가 없어도 돌아갈 거요. 당분간은 말이오. 그런 다음에는 어쨌든 상관없는 일이 될 테고."

'하긴, 그러지 말라는 법도 없잖은가?' 하고 벤은 생각했다.

마크가 그들 두 사람을 대신해서 해야 할 말을 했다.

"그건 그자가 악당이기 때문이에요, 경찰 아저씨. 그자는 정말 악질이에요. 그게 다라고요."

"그런가?" 파킨스는 고개를 끄덕이고는 펠멜 연기를 훅 하고 내뿜었다. "뭐, 아무튼." 파킨스는 연합 고등학교 쪽으로 시선을 돌렸다. "오늘 출석률이 형편없었소. 아무튼 롯에서 등교하는 아이들의 경우는 그랬소. 버스는 늦게야 운행되었고, 아이들은 병에 걸려 결석했소. 학교에서 집으로 전화를 걸어도 전화를 받지 않기가 일쑤고 말이오. 결석생 조사관이 내게 전화를 걸었기에 이런저런 말로 진정시켜 주었소. 그 대머리 친구는 자기가 할 일을 제대로 하고 있다고 생각하는 웃기는 친구요. 어쨌든 선생들은 학교에 나왔소. 대부분 마을 밖에서 온 이들이오. 뭐, 자기들끼리 가르칠 수도 있을 거요."

문득 벤의 머리에 매튜가 떠올랐다.

"선생들 모두가 마을 밖에서 오는 건 아니오."

"그건 중요한 게 아니오." 파킨스는 벤의 혁대에 끼어 있는 말뚝에 시선을 주었다. "그걸로 그자를 끝장낼 작정이오?"

"그래요."

"원한다면 내 진압용 산탄총을 써도 좋소. 그 총을 갖다 놓자는 것은 놀리의 생각이었지. 놀리는 무장하는 걸 좋아했다오. 마을에 털 만한 은행 하나 없는데 말이오. 하지만 일단 요령을 터득하면 놀리는 훌륭한 흡혈귀가 될 거요."

점점 더 역겹다는 눈으로 파킨스를 쳐다보는 마크를 보고, 벤은 이제 그를 떼어 낼 때가 되었다고 생각했다. 이것은 최악의 결과였다.

"자, 가자. 저 사람은 틀렸어." 벤이 마크에게 말했다.

"내 말이 그 말이오." 파킨스는 눈가에 주름이 잡힌 연한 빛깔의 눈으로 마을을 살펴보고 있었다. "확실히 조용하긴 하군. 메이벌 워츠가 쌍안경으로 마을을 엿본다는 걸 알고 있는데, 오늘은 별로 엿볼 만한 게 없을 것 같소. 오늘 밤이나 돼야 볼 만한 게 있을 거요."

두 사람은 차가 있는 곳으로 돌아갔다. 5시 30분이 가까운 시각이었다.

그들은 6시 15분 전에 성 앤드루스 성당 앞에 차를 세웠다. 교회의 긴 그림자가 길 건너 사제관을 무슨 예언이라도 하듯 덮고 있었다. 벤은 뒷좌석에서 지미의 가방을 끌어당겨 내용물을 쏟았다. 작은 주사액 병이 몇 개 나오자 그 안에 든 액체를 창밖에 쏟아 붓고 병만 따로 챙겼다.

"뭘 하시는 거예요?"

"여기다 성수를 담을 거야. 자, 어서 들어가자."

그들은 교회로 통하는 길을 따라 걸어간 다음 층계를 올라갔다. 마크가 중문을 막 열려다 말고 손가락으로 가리켰다.

"이걸 좀 보세요."

문손잡이가 마치 강한 전류가 흐르기라도 한 것처럼 시커멓게 변색되고 형태도 약간 일그러져 있었다.

"뭔가 생각나는 게 있니?"

"아뇨, 그런 것은 아니지만……."

마크는 고개를 저어 떠오르다 만 생각을 떨쳐 버렸다. 두 사람은 문을 열고 교회 안으로 들어갔다. 교회는 서늘하고 어둑했지만, 비어 있는 흑백의 모든 제단이 공통적으로 갖고 있는 무한하고 충일한 정지 상태로 가득 차 있었다.

두 줄의 신도석은 널찍한 중앙 통로로 분할되어 있고, 그 측면에 두 개의 석고 천사상이 침착하면서도 상냥한 고개를 숙인 채 마치 고요한 물에 비친 자신들의 상을 보기라도 하듯 성수반을 받쳐 들고 있었다.

벤은 주사액 병을 주머니에 넣었다.

"여기다 얼굴하고 손을 씻으렴."

마크가 혼란된 표정으로 그를 쳐다보았다.

"그건 신…… 신……."

"신성모독이 아니냐고? 이번엔 아냐. 어서 씻어라."

그들은 고요한 물에 양손을 담그고, 이제 막 잠에서 깬 사람이 정신을 차리기 위해 눈에다 찬물을 끼얹듯 얼굴에 물을 끼얹었다.

벤이 주머니에서 병을 하나 꺼내 막 물을 채우고 있을 때 날카로운 목소리가 들려왔다.

"이봐요! 이봐요! 거기서 뭘 하는 거예요?"

벤은 소리 나는 쪽으로 고개를 돌려보았다. 신도석 맨 앞줄에 앉아 어찌할 바를 모르고 손으로 묵주를 굴리고 있던 캘러한 신부의 가정부 로다 컬리스였다. 그녀는 까만 드레스를 입었는데 드레스 단 아래로 속옷 자락이 늘어져 있었다. 조금 전까지 손으로 머리를 마구 잡아당기고 있어서 머리는 온통 산발이었다.

"신부님은 어디 계시죠? 여기서 뭘 하는 거예요?"

거의 히스테리에 가까울 정도로 날카롭고 가는 음성이었다.

"당신은 누굽니까?" 벤이 물어보았다.

"컬리스 부인이에요. 캘러한 신부님의 가정부죠. 그런데 신부님은 어디 계세요? 그리고 지금 뭘 하고 있는 거예요?"

부인은 양손을 앞으로 모아 서로 맞잡고 비틀기 시작했다.

"캘러한 신부님은 떠나셨소."

벤이 할 수 있는 한 부드러운 어조로 말했다.

"오." 그 말에 그녀가 눈을 감았다. "신부님께서 이 마을에 들린 병을 쫓고 계시지 않았나요?"

"그렇소."

"저도 그렇다는 것을 알고 있었어요. 물어볼 필요도 없었죠. 그분은 강인하고 훌륭한 성직자세요. 그분이 버저론 신부님의 발치에도 미치지 못한다고 말하는 사람들이 있었지만, 그분은 능히 그럴 수 있는 분이세요. 아니, 오히려 버저론 신부님을 능가하는 분이시죠."

그녀는 다시 눈을 뜨고 두 사람을 쳐다보았다. 왼쪽 눈에서 나온 눈물 한 줄기가 뺨을 타고 흘러내렸다.

"그분은 돌아오시지 않겠죠?"

"그건 나도 모르겠군요."

"사람들은 그분이 술을 마시는 것을 가지고 말들이 많았어요."

컬리스 부인은 그의 말을 듣지 못한 사람처럼 계속해서 말을 이어 나갔다. "술을 마시지 않는 아일랜드 사제치고 쓸 만한 사제가 있는 줄 아세요? 그분은 저 뱅충맞고 나약한, 교회 빙고나 헌금 바구니만 챙기는 사제와는 다른 분이에요. 그 이상의 일이 어울리는 분이에요!" 거의 싸우기라도 할 것처럼 거친 그녀의 음성이 둥근 천장으로 솟아올랐다. "그분은 단순한 성직자가 아니라 진정한 사제이셨다고요!"

벤과 마크는 아무 말 없이, 별로 놀라지도 않은 채 부인의 말을 듣고 있었다. 비몽사몽으로 보낸 오늘 하루를 생각하면 이제 더이상 놀랄 것도 없었다. 아니, 놀랄 여력이 남아 있지 않았다. 그들은 이제 자신들을 모험가나 복수자, 혹은 누군가를 구원하는 사람으로 보지 않았다. 그날 하루에 벌어진 일이 그런 모든 생각을 빨아들이고 말았다. 그들은 그저 무력하게 삶을 영위하고 있을 뿐이었다.

"두 분이 마지막으로 뵈었을 때 그분은 강인하셨나요?"

부인이 두 사람을 빤히 쳐다보며 다그치듯 물었다. 눈물 때문에 부정을 용납하지 않겠다는 완강한 눈빛이 한결 도드라져 보였다.

"그러셨어요."

자기 집 부엌에서 십자가를 높이 쳐들고 있던 캘러한 신부를 떠올리며 마크가 대답했다.

"그리고 두 분은 이제 그분이 하시던 일을 대신하고 계신 건가요?"

"그래요."

마크가 다시 한 번 같은 대답을 했다.

"그렇다면 어서 그 일을 하세요." 그녀가 두 사람을 다그쳤다. "뭘 기다리는 거죠?" 까만 드레스 차림의 그녀는 두 사람을 남겨 둔 채 중앙 통로 저쪽으로 걸어갔다. 그녀는 이곳에서 거행되지 않은 장례식의 유일한 조객이었다.

다시…… 그리고 마지막으로 에바네 하숙집. 6시 10분이었다. 태양은 서쪽 소나무 가지에 걸린 채 핏빛 구름의 갈라진 틈으로 내다보고 있었다.

벤은 주차장으로 차를 넣으면서 호기심 어린 눈길로 자신의 방을 쳐다보았다. 블라인드가 내려져 있지 않아서 보초를 서고 있는 타이프라이터, 그 곁에 놓인 원고 뭉치, 그리고 그 위에 올려놓은 스노글로브 문진까지 볼 수 있었다. 이곳에서 그 모든 것을, 그것도 마치 이 세상 모든 일이 제정신이고 정상이며 질서 정연하다는 듯 저렇게 또렷하게 볼 수 있다는 것이 놀랍게만 생각되었다.

그는 뒤쪽 현관이 있는 곳으로 시선을 내렸다. 그와 수잔이 첫 키스를 나누었던 흔들의자가 변함없이 그 자리에 나란히 놓여 있었다. 부엌문 역시 마크가 아까 열어 둔 채 그대로였다.

"전 못하겠어요." 마크가 중얼거렸다. "못한다고요." 크게 뜬 그 애의 두 눈은 질려 있었다. 마크는 무릎을 끌어올린 채 의자 위에서 몸을 웅크렸다.

"이 일에는 우리 둘 모두가 필요해." 벤은 성수가 담긴 주사액 병 두 개를 내밀었다. 마크가 흡사 거기에 닿기만 해도 피부에 독이 묻기라도 할 것처럼 겁에 질린 태도로 몸을 피했다. "어서 받아." 벤으로서는 딱히 반박할 말이 없었다. "자, 어서 받으렴."

"싫어요."

"마크."

"싫다고요!"

"마크, 네가 필요해. 이제 남은 것은 너와 나뿐이야."

"전 질렸어요! 이 이상은 못하겠어요! 내가 그를 볼 수 없다는 걸 모르시겠어요?" 마크가 울부짖었다.

"마크, 이건 우리 둘이 해야 할 일이야. 그걸 모르겠니?"

마크가 주사액 병을 받아 천천히 가슴 쪽으로 가져갔다. "맙소사. 오, 맙소사." 마크가 나지막이 속삭였다. 그 애는 벤에게 고개를 끄덕여 보였다. 경련과도 같은 그 고갯짓은 몹시 괴로워 보였다. "좋아요."

"망치가 어디 있지?"

차에서 내리면서 벤이 물어보았다.

"지미 아저씨가 갖고 있었어요."

"알겠어."

두 사람은 세찬 바람을 맞으며 뒷문 층계를 올라갔다. 구름 틈으로 이글거리는 석양빛에 모든 것이 붉게 물들었다. 부엌 안으로 들어서자 더욱 뚜렷해지고 축축한 죽음의 악취가 화강암처럼 단단하게 그들에게 밀려들었다. 지하실 문은 열려 있었다.

"무서워요." 마크는 덜덜 떨고 있었다.

"마음을 단단히 먹으렴. 네가 말한 그 손전등이 어디 있지?"

"지하실에 있어요. 제가 그때 거기 놔두고……."

"알았어." 그들은 지하실 입구에 서 있었다. 마크가 말한 대로 석양빛에 드러난 층계는 온전해 보였다. "내 뒤를 따라오렴."

벤의 머리에 이런 생각이 아주 쉽게 떠올랐다.

'나는 죽고 말 거야.'

그 생각은 너무나 자연스러웠으며 거기에는 아무런 두려움도 뉘우침도 없었다. 내면의 감정들은 이곳에 자욱하게 떠도는 사악한 기운으로 인해 사그라지고 말았다. 마크가 지하실을 나올 때 받쳐 놓은 널빤지를 타고 미끄러지고 긁히면서 내려가는 동안에도 그의 마음은 이상하리만큼 냉정하고 평온하기만 했다. 그의 두 손은 마치 유령의 장갑이라도 낀 것처럼 붉게 타올랐다. 그런 일에도 그는 놀라지 않았다.

'존재를 가상의 끝으로 삼아라. 유일한 황제는 아이스크림 황제이니.' 그게 누구 말이었지? 매튜가 한 말이었나? 매튜는 죽었다. 수잔도 죽었다. 미란다도 죽었다. 월레스 스티븐스도 죽었다. '이봐, 나라면 그걸 보지 않겠네.' 하지만 그는 보고 말았다. 그것이 끝장났을 때의 모습이었다. 온갖 빛깔의 액체로 채워졌다가 으스러지고 부서진 뭔가처럼. 그렇게 나쁜 것은 아니었다. 어쨌든 '그'의 죽음만큼 나쁘지는 않았다. 지미는 맥캐슬린의 권총을 갖고 있었다. 그것은 아직 그의 겉옷 주머니에 들어 있을 것이다. 그 총을 가지고 있다가, 만약 발로우를 처리하기 전에 일몰 시각이 되면…… 먼저 아이를, 그 다음에는 그 자신의 순서로 처리할 것이다. 그렇게 좋은 계획은 아니지만, 지미가 이런 식으로 죽는 것보다는 나았다.

벤은 지하실 바닥으로 뛰어내린 다음 마크가 내려올 수 있도록 거들어 주었다. 바닥에 있는 시커멓게 구부린 형체에 눈이 닿는 순간 소년은 황급히 시선을 돌렸다.

"저쪽을 보지 못하겠어요."

마크가 목쉰 소리로 말했다.

"괜찮아."

마크가 외면하고 있는 동안 벤은 무릎을 꿇었다. 그는 용의 이빨처럼 반짝이는 칼날이 박힌 치명적인 합판 조각들을 치웠다. 그런 다음 조심스럽게 지미를 돌려 눕혔다.

'나라면 그걸 보지 않겠네.'

"오, 지미."

그 말은 그의 목구멍을 찢고 피를 흘리게 했다. 벤은 왼팔을 구부려 지미를 안은 자세로 오른손을 써서 발로우가 설치해 놓았던 칼날을 뽑아냈다. 칼날은 모두 여섯 개였고, 지미는 피를 많이 흘렸다.

지하실 구석 선반에 거실 커튼이 단정하게 개켜져 있었다. 벤은 먼저 권총과 손전등과 망치를 집어든 다음 그 커튼을 가져다 지미의 시신 위에 덮어 주었다.

벤은 일어서서 손전등을 켜 보았다. 플라스틱 렌즈 덮개는 깨져 있었지만 아직 불은 들어왔다. 벤은 손전등으로 지하실 안을 비춰 보았다. 아무것도 없었다. 이번에는 당구대 밑을 비춰 보았다. 그곳 역시 휑뎅그렁하기만 했다. 보일러 뒤쪽 역시 아무것도 없었다. 통조림 선반과 연장이 걸린 벽판. 부엌에서 보이지 않도록 맨 안쪽 구석에 치워 놓은, 잘라 놓은 계단. 그 계단은 마치 아무 곳으로도 통하지 않는 곳으로 올라가는 비계처럼 보였다.

"그자가 어디 있지?"

벤이 중얼거리면서 시계를 보았다. 시계 바늘이 6시 23분을 가리키고 있었다. 일몰 시각이 언제지? 기억이 나지 않았다. 기껏해야 6시 55분일 거야. 그렇다면 이제 겨우 30분 남짓한 시간이 남았을 뿐이다.

"대체 어디 있는 거야? 그자의 존재를 느낄 수는 있지만 보이지가 않잖아."

벤이 큰 소리로 말했다.

"저기요!" 마크가 역시 번쩍이는 한 손으로 가리키며 소리쳤다. "저것이 뭐죠?"

벤이 그쪽으로 손전등을 비추었다. 웨일스제 찬장이었다.

"크기가 맞지 않아. 게다가 벽에 붙여 놓았고." 벤이 마크에게 말했다.

"그 뒤쪽을 봐요."

벤은 어깨를 으쓱해 보였다. 그들은 웨일스제 찬장이 있는 곳으로 가서 각자 양옆을 붙잡았다. 흥분이 서서히 고조되는 느낌이었다. 이곳에서는 악취인지 영기인지 기운인지가 한층 강했으며 좀 더 역겨운 느낌을 주었다.

벤은 열려 있는 부엌문 쪽을 흘끗 올려다보았다. 빛이 아까보다 약간 흐릿했다. 금빛 기운도 많이 줄어들어 있었다.

"저한테는 너무 무거워요."

마크가 헐떡이며 말했다.

"괜찮아. 이걸 넘어뜨릴 거니까. 잘 잡으렴."

마크가 나무판에 어깨를 댄 채 허리를 잔뜩 숙였다. 그 애의 두 눈이 붉게 상기된 얼굴에서 이글거렸다.

"됐어요."

두 사람이 체중을 한데 실으려 힘을 쓰자 웨일스제 찬장이 뼈가 부서지는 것처럼 요란한 소리와 함께 넘어갔다. 그와 동시에 에바 밀러가 옛날 결혼할 때 사들인 자기 그릇들이 찬장 안에서 박살 났다.

"이럴 줄 알았어요!"

마크가 의기양양하게 소리쳤다.

웨일스제 찬장이 있던 자리에, 가슴 높이까지 오는 작은 문이 벽에 붙어 있었다. 문고리에는 새로 산 예일 자물쇠가 단단히 물려 있었다.

망치로 두 차례 힘껏 내리쳐 본 다음에야 벤은 그것이 쉽게 부서지지 않을 것임을 알았다. "제기랄." 벤이 나지막이 투덜거렸다. 목구멍으로 쓰디쓴 좌절감이 솟구쳐 올라왔다. 이런 식으로 막판에 가서, 겨우 5달러짜리 맹꽁이 자물통 때문에 막히다니……

아니다. 벤은 필요하다면 그 문짝을 이빨로 물어뜯을 각오도 되어 있었다.

그는 손전등으로 지하실 안을 비춰 보았다. 손전등 불빛에 층계 오른편으로 가지런히 정돈된 연장 벽판이 보였다. 쇠로 만든 걸이 못 두 개에 고무 덮개를 씌워 놓은 도끼가 걸려 있었다.

벤은 그쪽으로 달려가 벽판에서 도끼를 잡아챈 다음 날을 씌우고 있던 덮개를 벗겼다. 그러고는 주사액 병 하나를 꺼내다가 바닥에 떨어뜨렸다. 성수가 바닥에 흐르자마자 이글거리며 빛을 뿜기 시작했다. 벤이 주사액 병을 하나 더 꺼내 꼭지를 비틀어 딴다음 도끼날에 끼얹었다. 그러자 곧 섬뜩한 요정의 빛을 뿜으며도끼날이 빛나기 시작했다. 나무 자루를 움켜쥐자 손에 잡히는감이 믿을 수 없을 만큼 좋았다. 더할 나위 없이 딱 맞는다는 느낌이었다. 어떤 힘이 그의 살과 도끼 자루를 한데 용접시켜 놓기라도 한 것 같았다. 그는 도끼를 든 채 번쩍이는 날을 보며 잠시그 자리에 서 있었다. 한순간 그 도끼날을 자신의 이마에 대보고싶은 기묘한 충동을 느꼈다. 그는 어떤 확신에, 필연적인 정의라든가 결백함의 감정에 사로잡혔다. 몇 주 만에 처음으로 벤은 자신이 이제 믿음과 불신의 안개 속을 더듬을 필요가 없다고, 타격을 버틸 만큼의 힘도 없는 연약한 육신을 지닌 상대와 쓸데없이티격태격할 할 필요가 없음을 느꼈다.

힘이, 마치 전류처럼 웅웅 소리를 내며 팔뚝을 타고 올라왔다.

도끼날은 한층 더 이글거리는 빛을 뿜었다.

"어서 해요! 어서 서둘러요."

마크가 간절한 어조로 말했다.

벤 미어스는 양발을 벌리고 도끼를 뒤로 번쩍 치켜들었다가 내리쳤다. 도끼날이 그린 눈부신 원주가 눈에 잔영을 남겼다. 쾅 하는 무시무시한 소리와 함께 도끼날이 자루 밑동까지 깊이 박혔다. 나뭇조각들이 사방으로 튀었다.

도끼를 뽑을 때 쇠붙이에 닿은 나무에서 끼익하는 소리가 났다. 벤은 다시 한 번 도끼를 휘둘렀다. 그리고 또 한 번…… 또

한 번. 그는 등과 팔뚝의 근육이 구부러지고 맞물리면서, 과거에 한번도 없었던 확신과 통제된 열기로 움직이는 것을 느낄 수 있었다. 도끼를 내리칠 때마다 나무 부스러기와 깨진 조각들이 파편처럼 날아갔다. 다섯 번째 내리쳤을 때 비로소 도끼날이 문 저쪽 빈 공간으로 쑥 들어가는 느낌이 들었다. 그는 거의 광기에 가까운 속도로 난도질하듯 문에 난 구멍을 넓혀 나갔다.

마크는 그런 벤의 모습을 놀란 눈으로 빤히 쳐다보았다. 도끼자루에 스며든 차고 푸른 불꽃이 그의 팔을 타고 올라 마치 불기둥 속에서 움직이는 사람처럼 보였다. 고개를 한옆으로 꼰 벤의 목덜미 근육이 팽팽한 긴장감으로 인해 빳빳하게 곤두섰으며, 떠 있는 한쪽 눈은 불타듯 이글거렸고 다른 한쪽 눈은 질끈 감은 상태였다. 힘이 잔뜩 들어간 어깨뼈 때문에 셔츠 뒤판이 갈라지고 피부 아래로는 근육이 밧줄처럼 꿈틀거렸다. 벤은 뭔가에 사로잡히고 신에 들려 있었다. 마크는 그 신들림이 결코 기독교적인 것이 아니라는 것을 알지 못한 채(어쩌면 알 필요도 없지만) 그 광경을 바라보고 있었다. 선이 자연력에 근접할수록 세련된 맛은 덜한 법이었다. 그것은 흡사 대지가 원석 그대로 토해 낸 광석과도 같았다. 거기에서는 세련미 따위는 찾아볼 수 없었다. 그것은 에너지이고 힘이었다. 그것이 무엇인지는 몰라도 삼라만상의 거대한 바퀴를 굴리는 힘이었던 것이다.

에바 밀러네 땅광으로 통하는 문이 그런 힘에 맞설 도리는 없었다. 도끼날이 어지러울 정도의 빠른 속도로 움직이고 있었다. 그것은 벤의 어깨 위로부터 부서진 마지막 문짝을 향해 떨어지는 파동이고 원주이고 무지개였다.

그는 마지막 일격을 가한 다음 도끼를 집어던졌다. 그러고는 양손을 눈앞에 올려 보았다. 그의 손이 불꽃을 일으키며 번쩍거렸다.

벤이 그 손을 마크에게 내밀자 소년은 움찔했다.

"사랑한다, 애야." 벤이 말했다.

두 사람은 손을 꽉 잡았다.

땅광은 수도원에 있는 독방만큼이나 작은 곳으로, 먼지가 잔뜩 낀 술병 몇 개, 나무 상자 몇 개, 그리고 역시 먼지를 뒤집어쓴 채 온통 싹이 난 아주 오래된 감자가 든 두 말들이 바구니…… 그리고 시체들이 있었다. 발로우의 관은 맨 안쪽에 흡사 미라의 석관처럼 벽에 기대어 세워져 있었는데, 그들이 비춘 불빛에 관머리 장식이 성 엘모의 불_{폭풍 부는 밤에 선박의 마스트나 비행기 날개 등에 나타나는 방전 현상}처럼 차갑게 빛났다.

관 앞에는 그곳까지 철도 침목을 깔아 놓기라도 한 것처럼 벤과 한 지붕 아래에서 숙식을 같이했던 사람들의 시신이 도열해 있었다. 에바 밀러와 그녀 곁에 위젤 크레이그, 2층 복도 맨 안쪽 방에 살았던 메이브 멀리칸, 주 공무원이었다가 이제는 관절염 때문에 아침 식탁까지도 내려오지 못했던 존 스노우, 비니 업쇼, 그로버 베릴.

그들은 시신들을 건너 관 곁에 가서 섰다. 벤은 시계를 보았다. 6시 40분이었다.

"이 관을 여기서 끌어낼 거야. 지미 곁으로." 벤이 말했다.

"무게가 1톤은 나갈 것 같은데요." 마크가 말했다.

"그래도 끌어낼 수 있어."

벤은 주저하듯 손을 뻗더니 관의 상단 오른쪽 귀퉁이를 잡았다. 그 순간 관머리 장식이 감격이라도 한 것처럼 번쩍거렸다. 오랜 세월이 지나면서 돌처럼 매끄러워진 관의 나무판은 뭔가 기어다니는 것처럼 감촉이 불쾌했다. 거기에는 손가락을 넣을 만한 구멍도, 약간의 틈새도 없는 것 같았다. 하지만 관은 쉽게 흔들렸다. 한 손으로도 움직일 수 있을 정도였다.

벤은 눈에 보이지 않는 평형추가 있기라도 한 것처럼 뭔가 엄청난 무게의 저항을 느끼면서도 약간의 힘만으로 관을 앞으로 기울일 수 있었다. 그 안에서 뭔가 쿵 하는 소리가 들렸다. 벤은 한 손으로 관의 무게를 지탱했다.

"자, 이제 그쪽을 잡으렴."

마크가 관의 다른 한쪽 끝을 가볍게 들어올렸다. 소년은 몹시 놀라면서도 기분 좋은 표정이었다.

"한 손가락으로도 들 수 있을 것 같은데요."

"아마 그럴 수 있을 거야. 이제 우리 뜻대로 일이 될 모양이다. 하지만 서둘러야 해."

두 사람은 부서진 문짝 사이로 관을 운반했다. 관이 구멍에 걸릴 것 같았으므로 마크가 고개를 숙이고 힘을 주어 밀었다. 나무가 스치는 날카로운 소리와 함께 관은 구멍을 빠져나갔다.

그들은 에바 밀러의 커튼으로 지미를 덮어 둔 곳까지 관을 운반했다.

"여기 그자를 데려왔소, 지미. 그 못된 자식을 말이오. 자, 관을 내려 놓자, 마크."

벤은 다시 시계를 보았다. 6시 45분이었다. 이제 부엌문을 통해 들어오는 빛이 창백한 잿빛을 띠고 있었다.

"지금 할 건가요?" 마크가 물었다.

그들은 관 위에서 서로를 쳐다보았다.

"그래." 벤이 대답했다.

마크가 앞으로 돌아왔다. 두 사람은 관의 자물쇠와 봉인 앞에 나란히 섰다. 그들은 함께 허리를 굽혔다. 자물쇠를 건드리자마자 흡사 미늘 벽 판자가 부서지는 듯한 가느다란 소리를 내며 부서졌다. 그들은 관 뚜껑을 들어올렸다.

발로우가 그들 앞에, 두 눈으로 위를 노려보며 누워 있었다.

그는 이제 청년의 모습을 하고 있었고, 힘차고 윤기가 흐르는 검은 머리는 이 비좁은 숙소의 머리맡에 놓인 공단 베개 위로 흘러내려와 있었다. 피부는 생명의 빛으로 홍조를 띠었고, 두 뺨은 포도주만큼이나 불그스름했다. 흡사 코끼리 엄니처럼 뚜렷하게 노란 줄이 섞인 하얀 이빨이 구부러진 채 풍만한 입술 밖으로 삐져나와 있었다.

"그가……."

그렇게 입을 열었던 마크는 말을 끝맺지 못했다.

섬뜩한 생명의 빛과 의기양양한 조롱기가 한데 섞인 발로우의 붉게 충혈된 눈알이 눈구멍에서 굴렀다. 그 눈에 자신의 시선이 걸리자 마크는 입을 벌린 채 그 속으로 빠져들어 갔고, 그 애의 눈은 점점 초점을 잃고 멍해져 갔다.

"그를 보지 마!"

벤이 외쳤으나 이미 때가 늦었다.

벤이 마크를 떼어 냈다. 소년은 목구멍 안쪽에서 끙끙거리는 소리를 내며 갑자기 벤에게 달려들었다. 불시에 습격을 받은 벤이 뒷걸음질을 쳤다. 다음 순간 소년이 호머 맥캐슬린의 권총을 꺼내려고 그의 주머니를 뒤졌다.

"마크! 그러지 마……."

그러나 소년은 그의 말을 듣지 않았다. 흡사 씻어 낸 칠판처럼 그 애의 얼굴에는 아무런 표정도 없었다. 덫에 걸린 조그만 짐승처럼 끙끙대는 소리는 그 애의 목구멍 안쪽에서 계속 흘러나왔다. 마크는 두 손으로 피스톨을 감아쥐고 있었다. 두 사람은 서로 총을 빼앗으려고 했다. 벤은 소년의 손에서 권총을 빼앗으려고 하는 한편으로 총구가 그들 두 사람을 향하지 않도록 돌려 놓으려고 애썼다.

"마크!" 벤이 호통을 쳤다. "마크, 정신 차려! 제발……."

총구가 아래로 홱 내려오면서 그의 머리를 향한 순간 총이 발사되었다. 벤은 총탄이 관자놀이를 스치는 것을 느꼈다. 그는 자신의 두 손으로 마크의 손을 잡은 상태에서 한 발로 냅다 걷어찼다. 마크는 뒤로 비틀거렸고, 총은 철컥 하는 소리와 함께 두 사람 사이로 떨어졌다. 소년이 끙끙거리며 총을 향해 달려들자 벤이 있는 힘을 다해 그 애의 입을 주먹으로 후려쳤다. 치아에 부딪쳐 짓이겨지는 아이의 입술을 느낀 그는 마치 자기가 얻어맞기라도 한 것처럼 울부짖었다. 마크가 무릎을 꿇는 순간 벤이 총을 멀리 걷어찼다. 마크가 엉금엉금 기어서 총을 잡으려고 하자 벤이 다시 한 번 후려쳤다.

힘이 빠지는 것 같은 한숨 소리와 함께 소년이 쓰러졌다.

벤에게서는 어느새 힘이, 그리고 확신이 사라졌다. 이제 다시 예전의 벤 미어스로 돌아온 그는 두려웠다.

부엌으로 나가는 통로의 네모난 빛은 이제 엷은 자주색으로 희미해져 있었다. 그의 시계는 6시 51분을 가리켰다.

어떤 거대한 힘이 그의 머릿속을 써레질하듯 훑으면서, 바로 곁에 놓인 관 속에서 장밋빛을 띤 채 목에 올가미를 걸고 누워 있는 저 기생충 같은 존재를 쳐다보라고 명령하는 것 같았다.

'나를 쳐다보라고, 이 변변치 못한 인간아. 발로우를 쳐다보란 말이야. 그는 네가 책을 들고 난롯가에 앉아서 몇 시간을 보낸 것처럼 수백 년을 보냈다고. 네가 그 보잘것없는 말뚝으로 죽이려고 하는 저 탁월한 밤의 피조물을 쳐다봐. 나를 쳐다봐, 이 삼류 작가야. 나는 지금껏 인간의 생명 속에다 글을 써 왔어. 피가 나의 잉크인 셈이지. 나를 쳐다보고, 포기하란 말이야!'

'지미, 도저히 못하겠어. 너무 늦었어. 이 자는 내겐 너무 벅찬 상대야……'

'나를 쳐다봐!'

6시 53분이었다.

마크는 바닥에서 신음 소리를 냈다.

"엄마? 엄마, 어디 있어? 머리가 너무 아파…… 여긴 너무 어두워……"

'저 애를 거세시켜 내 신전의 소년 성가 대원으로 삼을 테다……'

벤은 더듬거리는 손길로 혁대에 꽂아 두었던 말뚝 하나를 뽑다가 그만 떨어뜨리고 말았다. 절망적인 심정이 된 그는 가련한 소리를 질렀다. 밖에서는 태양이 예루살렘스 롯을 버리고 사라질 태세였다. 마지막 햇살 한 줄기가 마스튼 저택 지붕에서 머뭇거리고 있었다.

벤은 재빨리 말뚝을 집어 들었다. 하지만 망치는 어디 있을까? '대체 망치가 어디 간 거지?'

땅광 입구였다. 자물통을 부수는 데 망치를 썼던 것이다. 벤은 황급히 지하실을 가로질러 바닥에 놓인 망치를 집어 들었다.

마크는 반쯤 일어나 앉아 있었다. 그애의 입은 온통 피투성이가 되어 있었다. 그는 한 손으로 입가를 훔치고는 멍한 눈으로 손에 묻은 피를 들여다보았다. "엄마! 엄마, 어디 있는 거야?" 하고 마크가 소리를 질렀다.

이제 6시 55분이었다. 빛과 어둠이 한 치의 양보도 없이 균형을 이룬 채 허공에 걸려 있었다.

벤은 왼손에 말뚝을, 오른손에 망치를 거머쥔 채 어둠에 싸여 가고 있는 지하실을 가로질러 뛰어갔다.

우렁찬 승리의 웃음소리가 터져 나왔다. 발로우가 징그러운 기쁨으로 눈을 빛내며 관 속에서 일어나고 있었다. 그 시선에 자신의 시선이 얽매이는 순간 벤은 몸에서 의지력이 빠져나가는 느낌이 들었다.

미친 사람처럼 발작적인 고함을 내지르며 벤은 머리 위로 치켜든 말뚝을 번개처럼 아래로 내리꽂았다. 예리하게 간 말뚝 끝이 발로우의 셔츠를 찢고 들어갔다. 벤은 말뚝이 살에 박히는 것을 느낄 수 있었다.

발로우가 비명을 질렀다. 길게 뽑는 늑대의 울음소리만큼이나 섬뜩하고 고통스러운 비명 소리였다. 가슴에 정통으로 박힌 말뚝의 힘 때문에 발로우는 다시 관 속으로 쓰러지고 말았다. 그는 발톱처럼 오므린 두 손을 쭉 뻗은 채 미친 듯이 허우적거렸다.

벤이 다시 한 번 망치로 말뚝 머리를 내리치자 발로우가 다시 비명을 질렀다. 무덤 속처럼 싸늘한 발로우의 한 손이 말뚝을 감아쥐고 있는 벤의 왼손을 움켜잡았다.

벤은 관 속으로 비집고 들어가 자신의 무릎으로 발로우의 양쪽 무릎을 움직이지 못하게 내리눌렀다. 벤은 가증스럽고 고통에 찬 발로우의 얼굴을 내려다보았다.

"놓아줘!" 발로우가 소리쳤다.

"자, 한 대 먹어라, 이 나쁜 자식." 벤은 흐느껴 울고 있었다. "맛 좀 봐라, 이 흡혈귀야. 너도 한 번 당해 봐."

벤이 다시 한 번 망치를 휘둘렀다. 분수처럼 솟구친 싸늘한 피 때문에 벤은 한순간 눈을 뜰 수가 없었다. 발로우는 공단 베개 위에서 미친 듯이 좌우로 머리를 흔들어 댔다.

"날 놔줘. 내게 감히, 감히, 이런 짓을 하다니……."

벤은 연거푸 망치를 휘둘렀다. 발로우의 콧구멍에서도 피가 터져 나왔다. 그의 몸뚱이가 칼에 찔린 물고기처럼 관 속에서 퍼덕거리기 시작했다. 그의 두 손이 벤의 뺨을 할퀴어 길쭉한 홈을 팠다.

"날 놓아주어어어어어……."

벤이 한 번 더 말뚝을 후려치자 발로우의 가슴에서 파동 치듯 솟아오르던 피가 검은색으로 변했다.

이윽고 해체가 시작되었다.

그 일은 불과 2초 사이에 벌어졌는데, 너무 순식간에 일어나서 그 이후 몇 년 동안 그런 일이 실제로 일어났으리라고는 도저히 믿어지지가 않을 정도였다. 어쨌든 환한 대낮에는 그랬다. 그러면서도 그의 악몽 속에서는 수없이 되새기게 될 만큼, 정지 영상처럼 끔찍하게 느리고도 긴 시간이었다.

피부가 노랗게 변색되고 거칠어지면서 오래된 캔버스 천처럼 물집이 잡혔다. 빛을 잃은 눈은 허연 막이 씌워지면서 움푹 꺼졌고, 백발로 바뀐 머리카락은 곧 푸슬푸슬한 한 줌의 털로 변했다. 검은 양복 속에 들어 있던 몸뚱이는 후들후들 떨리면서 움푹움푹 들어갔다. 입술이 점점 더 안으로 말려 코가 있는 곳까지 찢어지면서 입을 딱 벌린 형상이 되었는데, 잠시 후 그것마저도 불쑥 튀어나온 둥근 이빨만 남기고 모두 사라졌다. 검게 변색된 손톱은 하나하나 떨어져 나갔으며, 남아 있는 손가락뼈(반지들은 그대로 걸려 있었다.)가 쥐었다 폈다 하면서 캐스터네츠처럼 짤깍거리는 소리를 냈다. 리넨 셔츠의 섬유 사이로 먼지가 푹 일어났다. 벗겨지고 쭈글쭈글해진 머리통은 두개골이 되었고, 이제 속을 채울 것이 아무것도 없게 된 다리 부분은 까만 실크 천에 싸인 빗자루 모양이 되었다. 한순간 소름끼치게도 자신이 깔고 앉은 허수아비가 살아나 버둥거리자 벤은 공포에 목이 졸린 소리를 내지르며 관 밖으로 뛰쳐나왔다. 그러나 발로우가 보여 준 최후의 변신에서 시선을 뗀다는 것은 불가능했다. 거기에는 최면술과도 같은 힘이 있었다. 살이 모두 빠져나간 두개골은 공단 베개 위에서 좌우로 채찍질하듯 움직이고 있었다. 뼈가 모두 드러난 턱이 비명

을 지르듯 벌어졌지만, 이미 성대가 사라진 상태여서 아무 소리
도 나오지 않았다. 뼈만 남은 손가락은 꼭두각시 인형처럼 어두
운 허공에서 짤깍거리는 소리를 내며 춤을 추고 있었다.

여러 가지 악취가 엄습하면서 하나씩 사라졌는데, 그 각각의
냄새에는 독특한 농도가 있었다. 가스, 살이 썩는 불쾌한 냄새,
도서관 특유의 곰팡내, 쏘는 듯한 먼지 냄새…… 그리고 나서는
아무 냄새도 나지 않았다. 반발하듯 뒤틀리던 손가락뼈는 연필
부스러기처럼 조각조각 떨어져 나갔다. 두개골의 비강이 넓어지
면서 구강과 연결되었다. 살 하나 없이 놀라움과 공포의 표정을
담았던 텅 빈 눈구멍이 넓어지면서 한데 합쳐지자 더 이상 아무
런 표정도 지을 수 없게 되었다. 두개골은 오래된 명나라의 화병
처럼 함몰되었고, 옷도 납작해지면서 이제 더러운 빨랫감처럼 아
무런 의미도 띠지 않게 되었다.

그러나 세상을 움켜쥐려는 그 집요함에는 끝이 없어 보였다.
그것은 이제 관 속에 한낱 먼지로 남은 상태에서도 먼지 귀신이
라도 된 것처럼 너울거리며 몸부림치고 있었다. 다음 순간 벤은
뭔가가 강한 바람처럼 자신을 후려치듯 스치고 지나가는 느낌에
몸을 떨었다. 그와 동시에 에바 밀러네 하숙집의 유리창이란 유
리창은 모조리 터져 버렸다.

"조심해요, 벤 아저씨! 조심해요!"

마크가 소리를 질렀다.

몸을 빙글 돌린 벤의 눈에, 그들이——에바, 위젤, 메이브, 그
로버——땅광 밖으로 기어 나오는 모습이 보였다. 드디어 그들의
시간이 도래했던 것이다.

마크의 비명 소리가 그의 귓전에 화재 경보처럼 울려 퍼졌다. 벤은 마크의 양쪽 어깨를 잡았다.

"성수를 써!" 고통스럽게 일그러진 마크에게 벤이 고함을 쳤다. "그러면 저들이 우리를 건드리지 못할 거야!"

마크의 비명 소리는 훌쩍거리는 소리로 바뀌었다.

"널빤지 위로 올라가. 어서."

벤은 그 애를 널빤지 쪽으로 돌린 다음, 위로 올라가도록 엉덩이를 후려쳤다. 마크가 올라가는 것을 확인한 다음 벤은 몸을 돌려서 그 불사의 존재들을 바라보았다.

그들은 수동적인 자세로 5미터쯤 떨어진 곳에 서서, 도저히 인간의 것이라고 할 수 없는 증오심을 품은 얼굴로 그를 바라보고 있었다.

"네가 주인님을 죽였어." 벤은 에바의 목소리를 듣고 그녀가 정말 그 일을 슬퍼하고 있다는 착각이 들었다. "어떻게 주인님을 죽일 수가 있지?"

"나는 다시 돌아올 거요. 당신들 모두를 위해서 말이오."

벤이 그녀에게 말했다.

그는 양손을 써서 몸을 굽히며 널빤지 위로 기어 올라갔다. 널빤지는 그의 체중 때문에 삐걱하는 소리를 냈으나 부러지지는 않았다. 위로 올라간 벤은 마지막으로 그들을 돌아보았다. 그들은 이제 관 주위에 모여 서서 말없이 관 속을 들여다보고 있었다. 그것을 보자 문득 이삿짐 트럭과 충돌 사고가 난 후 미란다의 시신 주위에 모여든 사람들이 생각났다.

벤은 고개를 돌려 마크를 찾아보았다. 그 애는 현관 옆에 엎어져 있었다.

벤은 그 애가 그저 기절한 것뿐이라고, 별일은 아니라고 중얼거렸다. 정말 그럴지 몰랐다. 그 애의 맥박은 여전히 규칙적으로 뛰고 있었다. 벤은 그 애를 안아 들고 시트로엥이 있는 곳으로 데려갔다.

벤은 운전석에 앉아 시동을 걸었다. 레일로드 가로 들어선 순간 흡사 주먹으로 얻어맞기라도 한 것처럼 뒤늦은 반응이 그를 사로잡았다. 벤은 터져 나오려는 비명을 죽여야 했다.

그들이 거리에 있었다. 걸어 다니는 시신들이.

불과 얼음이 뒤섞인 듯 굉음이 머리를 가득 채웠다. 벤은 왼쪽으로 꺾어 조인트너 로로 들어선 다음 살렘스 롯 바깥쪽을 향해 차를 몰았다.

벤과 마크

마크는 한번에 조금씩 깨어났다. 시트로앵의 변함없는 엔진 소리를 듣고 있으면 아무 생각이나 기억도 떠오르지 않았다. 이윽고 창밖을 내다본 그 애는 공포의 거친 손길을 느꼈다. 창밖이 캄캄했기 때문이다. 길가의 나무들은 흐릿한 얼룩처럼 보였으며, 지나치는 차들은 주차 등과 전조등을 켠 상태였다. 마크는 입에 재갈이라도 물린 것처럼 불분명한 신음 소리를 내뱉으면서 목에 아직 걸려 있던 십자가를 움켜잡았다.

"긴장을 풀어. 우린 이제 마을을 벗어났어. 마을은 30킬로미터 저쪽에 있다고." 벤이 말했다.

소년이 그의 몸 위로 팔을 뻗어서(그 바람에 하마터면 도로에서 벗어날 뻔했다.) 운전석 쪽 문을 잠갔다. 그러더니 이번에는 몸을 돌려 자기 쪽 문도 잠갔다. 그리고는 좌석 위에서 천천히 공처럼 몸을 잔뜩 웅크렸다. 그는 무의 상태가 되돌아왔으면 했다. 무의 상태는 좋았다. 그 안에는 그 어떤 역겨운 영상도 들어 있지 않았다.

시트로앵의 안정된 엔진 소리는 마음을 달래 주었다. 우우우웅. 괜찮은 소리였다. 마크는 눈을 감았다.

"마크?"

대답하지 않는 게 더 안전하다.

"마크, 괜찮니?"

우우우우우웅.

"……마크……"

소리가 멀어졌다. 그건 괜찮았다. 무의 멋진 상태가 돌아온 것이다. 그는 회색 어둠 속으로 빠져들어 갔다.

벤은 뉴햄프셔 주 경계선 바로 건너편에 있는 모텔에 숙박하면서, 숙박부에는 벤 코디 부자(父子)라고 적어 넣었다. 마크는 십자가를 꺼내 든 채 방으로 들어갔다. 그 애의 눈이 마치 덫에 걸린 조그만 동물처럼 눈구멍 안에서 이리저리 재빨리 움직였다. 마크는 벤이 문을 닫자 얼른 문을 잠근 다음 들고 있던 십자가를 문손잡이에다 걸었다. 모텔 방에는 컬러 텔레비전이 있어서 벤은 한동안 텔레비전을 보았다. 아프리카에 있는 두 나라가 전쟁을 벌였다. 대통령이 감기에 걸렸지만 위중한 상태로 여겨지지는 않았다. 로스앤젤레스에서는 한 사내가 미쳐 날뛰며 열네 명을 총으로 쏴 죽였다. 일기예보에 의하면 메인 주 북부에 비가 오고 눈보라가 몰아칠 것이라고 했다.

살렘스 롯은 어둠 속에 잠들었으며 흡혈귀들은 악마의 기억에 남은 흔적처럼 마을의 거리와 시골 길을 돌아다녔다. 그 가운데 몇몇은 죽음의 그늘에서 벗어나 어느 정도 초보적인 잔꾀를 부릴 수 있을 정도였다. 로렌스 크로켓은 로열 스노우에게 자기 사무실에서 카드놀이나 하자고 전화했다. 로열이 사무실 앞에 차를 대고 안으로 들어서자마자 로렌스 부부가 그를 덮쳤다. 글리니스 메이베리는 메이벌 워츠에게 전화해서, 너무 무서워서 그러는데 남편이 워터빌에서 돌아올 때까지 저녁 시간을 함께 보내 달라고 했다. 메이벌은 동정심과 안도감을 동시에 느끼며 그러겠다고 했다. 10분 후 그녀가 가 보니 글리니스가 홀랑 벗은 채 팔에 핸드백을 걸치고 큼직하고 탐욕스러운 앞니를 드러내며 웃고 있었다. 메이벌은 비명을 지를 여유가 있기는 했지만, 단 한번뿐이었다. 델버트 마키가 8시가 막 지나서 손님도 없는 술집에서 나왔을 때 칼 포어맨과 싱글거리는 호머 맥캐슬린이 어둠 속에서 불쑥 걸어나오더니, 술을 한잔 마시러 왔노라고 했다. 밀트 크로슨은 폐점 시간을 막 넘긴 시각에 그의 가장 충실한 단골이며 가장 오래된 벗들의 방문을 받았다. 조지 미들러는 자기 상점을 드나들면서 언제나 모든 것을 다 안다는 경멸 섞인 눈길을 보내곤 했던 몇몇 고등학생들을 방문해서, 그동안 꿈꿔 왔던 가장 음험한 환상을 충족시켰다.

관광객과 그곳을 통과하는 여행자들은 여전히 12번 도로를 지나다녔지만 롯에서는 경계 안내판과 시속 56킬로미터를 알리는 제한속도 표지판 이외에는 아무것도 보지 못했다. 일단 마을을 벗어나면 그들은 다시 속도를 95킬로미터로 높이면서, 기껏해야 '정말 죽은 것 같은 마을이군.' 정도의 생각을 하는 것으로 그 마을을 잊어버렸다.

마을은 비밀을 간직했으며, 마스튼 저택은 몰락한 제왕처럼 마을을 굽어보고 있었다.

벤은 다음 날 새벽 마크를 모텔에 남겨둔 채 마을로 돌아왔다. 도중에 웨스트부룩의 북적거리는 철물점에 들러 삽과 곡괭이를 샀다.

살렘스 롯은 아직 빗방울이 떨어지지 않은 잔뜩 어두운 하늘 아래 조용히 잠들어 있었다. 거리를 지나는 자동차는 거의 없었다. 스펜서 상점은 문을 열고 있었으나, 엑설런트 카페는 녹색 블라인드를 모두 내린 채 문이 닫혀 있었다. 창가에 있던 메뉴판도 치우고 오늘의 특별 메뉴를 적어 놓곤 하던 조그만 칠판에도 아무것도 적혀 있지 않았다.

텅 빈 거리는 뼛속까지 한기를 느끼게 했는데, 까만색을 배경으로 이상하게 남성적인 얼굴에 붉은 립스틱을 바른 성도착자의 옆모습이 담긴 오래된 로큰롤 앨범 '그들은 밤에만 나온다네' ^{1972년} <small>에 발매된 에드거 윈터 그룹의 앨범을 말하는 듯함</small>를 떠올리게 했다.

그는 먼저 에바네 집 2층으로 올라가 자기가 쓰던 방 문을 활짝 열었다. 방은 그가 나왔을 때 상태 그대로였다. 침대는 정리되지 않았고, 라이프 세이버스 드롭스도 까 놓은 채 그대로 책상 위에 놓여 있었다. 벤은 책상 밑에 있던 텅 빈 양철 쓰레기통을 방 한복판에 갖다 놓았다.

그는 원고 뭉치를 쓰레기통 속에 처넣고 표지로 삼았던 종이를 불쏘시개로 삼았다. 그러고는 성냥으로 불쏘시개 종이에 불을 붙인 다음 불길이 오르자 원고 더미 맨 위에 던져 넣었다. 불꽃은 멈칫거리며 잠시 맛을 보더니 이윽고 맹렬한 기세로 원고에 옮아 붙기 시작했다. 원고 귀퉁이가 검게 변하면서 위로 말려 올라갔다. 휴지통에서 흰 연기가 무럭무럭 피어오르자 벤은 아무 생각 없이 책상 위로 몸을 기울여 창문을 열었다.

그의 손에 문진이 닿았다. 이 캄캄한 마을에서 보낸 어린 시절 이래로 줄곧 갖고 있던 유리 공이었다. 그것은 꿈을 꾸듯 저 괴물의 집을 찾아갔을 때 무심결에 집어 들고 나온 물건이었다. 그것을 흔들고 나서 눈발이 날리며 떨어지는 것을 지켜보는 것이다.

벤은 어렸을 때 그랬듯이 스노글로브를 흔든 다음 눈앞에 쳐들고 바라보았고, 그것은 어김없이 예전에 보여 주던 그 묘기를 다시금 보여 주었다. 흩날리는 눈발 속에 조그만 모형 집 하나와 그곳으로 난 길이 보였다. 모형 덧창은 닫혀 있었으나, 상상력이 풍부한 소년이라면(지금의 마크 페트리가 그렇듯이) 덧창 하나가 안으로 접히면서(실제로도 지금 덧창 하나가 안으로 접히는 듯이 보였다.) 길고 하얀 손이, 그 다음에 창백한 얼굴이 나와 길쭉한 이빨을 드러내며 히죽히죽 웃는 것을 머릿속에 그릴 수도 있었다. 시간이 신화가 되는 그곳, 거짓 눈발 속의 저 느리고도 무한한 환상의 세계에 있는 그 집으로 들어오라고 유혹하는 상상이었다. 그 얼굴이 지금 그를 내다보고 있었다. 창백하고 허기진 얼굴, 두 번 다시 밝은 대낮이나 푸른 하늘을 쳐다보지 않을 얼굴이.

그것은 그 자신의 얼굴이었다.

그는 문진을 방구석으로 집어던졌다. 문진은 박살이 났다. 그는 부서진 유리 공에서 새어 나올 것이 무엇인지도 돌아보지 않은 채 그대로 방을 나왔다.

벤은 지미의 시신을 가지러 지하실로 내려갔는데, 그것이 이번에 그가 할 일 중에서 가장 힘든 일이었다. 관은 그 속에 들었던 먼지까지 없어져 버린 상태로 전날 밤에 있던 그 자리에 그대로 놓여 있었다. 그런데 모든 것이 다 없어진 것은 아니었다. 그 안에는 말뚝이 있었고, 그것 말고도 뭔가가 또 있었다. 그는 구역질이 올라왔다. 이빨이었다. 발로우의 이빨. 그것이 발로우가 뒤에 남긴 모든 것이었다. 벤은 손을 뻗어 이빨을 집어 들었다. 이빨은 그의 손 안에서, 마치 그 손을 물어뜯으려는 작고 하얀 짐승처럼 구부러졌다.

벤은 욕지기가 난다는 듯이 소리를 지르며 이빨을 팽개쳤다. 이빨이 사방으로 흩어졌다.

"하느님." 그가 손을 셔츠 자락에 문지르며 나지막이 중얼거렸다. "오, 하느님, 제발이지 이것으로 끝이 되게 해 주세요. 이것으로 그자가 끝장나게 해 주세요."

벤은 여전히 에바네 커튼에 둘둘 말려 있는 지미의 시신을 겨우 지하실 밖으로 끌어냈다. 그는 시신을 지미의 뷰익 트렁크 속에 집어넣은 다음 곡괭이와 삽을 뒷좌석에 있는 지미의 검정색 가방 옆에 놓고 페트리네 집으로 차를 몰았다. 벤은 페트리네 집 뒤쪽, 나무가 우거진 빈 터, 졸졸거리며 흐르는 태거트 냇물이 가까운 곳에 남은 오전 시간과 오후의 절반을 써 가며 1.2미터 깊이의 널찍한 무덤을 팠다. 그러고는 그 속에다 지미의 시신, 그리고 아직도 소파 커버에 싸여 있는 페트리 부부의 시신을 함께 안치했다.

그는 2시 30분부터 이 오염되지 않은 시신들의 무덤에 흙을 채우기 시작했다. 구름 낀 하늘에서 빛이 이제 고갈의 그 긴 여정을 시작하자 점점 더 빠르게 삽질을 해 나갔다. 힘든 작업 때문에 생긴 것만이 아닌 땀이 그의 살갗에 맺혔다.

4시가 되자 구덩이가 채워졌다. 벤은 최대한 때를 잘 입히고 나서 흙이 묻은 곡괭이와 삽을 지미의 차 트렁크에 넣은 다음 차를 몰고 마을로 돌아왔다. 그는 그 차를 엑설런트 카페 앞에 주차시킨 다음 열쇠를 꽂아 두었다.

벤은 잠시 멈춰 서서 주위를 둘러보았다. 전면을 따로 붙인 채 사람이 보이지 않는 점포들은 거리를 향해 딱딱거리는 소리를 내며 기울어지고 있는 듯이 보였다. 정오경부터 시작된 비는 마치 죽음을 애도하기라도 하듯 부드러우면서도 천천히 내리고 있었다. 그가 수잔 노튼과 만났던 조그만 공원은 텅 빈 채 버려져 있었다. 읍 사무소에는 블라인드가 드리워져 있었다. 겉만 번지르르한 래리 크로켓의 부동산 사무실 창유리에는 '곧 돌아오겠음.'이라는 표지판이 걸려 있었다. 들리는 소리라고는 오직 나지막한 빗소리뿐이었다.

벤은 레일로드 가를 향해 걸어갔다. 그의 발소리가 보도에서 공허하게 울렸다. 에바네 집에 이른 그는 자신의 자동차 곁에 잠시 서서 마지막으로 주위를 둘러보았다. 움직이는 것은 아무것도 없었다.

마을은 죽어 있었다. 마치 도로에 떨어진 미란다의 구두 한 짝을 보고 아내가 죽었다는 확신이 들었을 때처럼 단번에 마을이 죽었다는 사실을 확신했다.

벤은 울기 시작했다.

그는 '당신은 지금 아름다운 마을 예루살렘스 롯을 떠나고 있습니다. 또 오십시오!'라고 적힌 경계 안내판 곁을 지나칠 때도 여전히 울고 있었다.

벤은 고속도로로 들어섰다. 지선 램프로 들어섰을 때는 나무에 가려서 마스튼 저택이 보이지 않았다. 그는 마크가 있는, 자신의 삶이 있는 남쪽으로 차를 몰았다.

에필로그

그대를 숨기고 있는 저 산맥의 끝자락,
남풍에 노출된 저 갑(岬) 위,
이 인적 끊어진 촌락들 사이에서,
누가 망각하겠노라는 우리의 결심을 믿어 줄까?
가을의 끝에 바치는 우리의 제물을 받아 줄 것인가?

— 게오르기아스 세페리아데스 —

·····························

이제 그녀는 눈멀었네.
그녀가 들고 있던 그 뱀들이
그녀의 손을 먹어 치우고 있다네.

— 게오르기아스 세페리아데스 —

벤 미어스가 보관한 스크랩북에서(스크랩 기사의 출처는 모두 포틀랜드《프레스 헤럴드》지임) :

1975년 11월 19일(p.27)

예루살렘스 롯 발—불과 1개월 전 컴벌랜드 군의 예루살렘스 롯 마을에 농장을 샀던 찰스 V. 프리쳇 일가는, 포틀랜드에서 그 마을로 이사했던 찰스와 아만다 프리쳇 부부의 말에 따르면 한밤중에 물건들이 계속 부딪치고 떨어지는 소동이 벌어져서 그곳에서 다시 이사를 해야 했다. 스쿨야드 힐 일대에서는 일종의 명물인 그 농장의 전 소유자는 찰스 그리펜이었다. 그리펜의 부친은, 1962년 슬루푸트 낙농 회사에 합병된 선샤인 낙농장을 경영했었다. 포틀랜드의 한 중개 업소를 통해, 프리쳇의 표현에 의하면 '거저나 다름없는 헐값'에 농장을 처분했던 찰스 그리펜은 기자와 연락이 닿지 않았다. 아만다 프리쳇이 남편에게 건초장에서 나는 '이상한 소리들'에 대해 처음 이야기한 것은······.

1976년 1월 4일(p.1)

예루살렘스 롯 발—어젯밤에서 오늘 새벽 사이에 메인 주 남부에 있는 작은 마을 예루살렘스 롯에서 기이한 자동차 충돌 사고가 발생했다. 경찰 추정에 의하면 현장 가까이에서 발견된 타이어 자국으로 볼 때 사고를 낸 신형 세단이 과속으로 주행하다가 도로를 벗어나 센트럴 메인 전력 회사의 송신 탑과 부딪쳤을 것이라고 한다. 자동차는 전파되고 앞좌석과 계기반에는 피가 묻어 있었지만 아직까지 승객은 발견되지 않았다. 경찰 조사 결과 그 차는 스카버 로에 거주하는 고든 필립스 씨의 소유였다. 이웃의 말에 의하면, 필립스 가족은 야머스에 사는 친척을 만나러 가는 도중이었다고 한다. 경찰은, 필립스와 그의 부인, 그리고 두 자녀가 정신이 없는 상태에서 그 지역을 배회하다 길을 잃었을 것으로 추정하고 있다. 실종자에 대한 수색은……

1976년 2월 14일(p.4)

컴벌랜드 발 ── 웨스트 컴벌랜드의 스미스 로드에 혼자 살고 있던 미망인 피오나 코긴스 부인이 오늘 아침 실종되었다고, 부인의 조카딸 거트루드 허시 부인이 컴벌랜드 군 보안관 사무실에 신고했다. 허시 부인은 경찰관에게, 숙모는 자폐증이 있고 건강이 좋지 않다고 말했다. 경찰이 이 사건을 조사 중에 있지만, 현 시점에서는 뭐라고 말할 수……

1976년 2월 27일(p.6)

팰머스 발 ── 평생 동안 팰머스에서 살아온 농부 존 패링턴 노인이 오늘 새벽 자신의 헛간에서 사위 프랭크 비커리에 의해 죽은 채로 발견되었다. 비커리의 말에 의하면, 패링턴 노인은 건초 더미 아래쪽에 엎어져 있었고 손 가까이에 건초용 갈퀴가 떨어져 있었다고 한다. 군의 검시관 데이비드 라이스의 말에 의하면, 패링턴 노인의 사인은 과다 출혈 또는 내출혈로 보인다고…….

1976년 5월 20일(p.17)

포틀랜드 발——메인 주 야생국은 컴벌랜드 군의 수렵 관리인들에게, 예루살렘스 롯-컴벌랜드-팰머스 일대를 돌아다니는 들개 떼를 감시하도록 지시를 내렸다. 지난 달, 양 몇 마리가 목과 배를 난자 당한 상태로 발견된 바 있다. 그중에는 창자가 적출된 경우도 있었다. 수렵 부관리인 업튼 프뤼트는 이렇게 말했다. "알다시피 이런 상황은 특히 메인 주 남부에서 현저한데……."

1976년 5월 29일(p.1)

예루살렘스 롯 발——최근 컴벌랜드 군 소재 예루살렘스 롯, 태거트 스트림 로의 주택으로 이사한 바 있는 다니엘 홀로웨이 일가의 실종 사건에서는 범죄 가능성이 의심되고 있다. 그들 일가 가운데 아무도 자신의 전화를 오랫동안 받지 않자 놀란 다니엘 홀로웨이의 조부가 경찰에 수사를 의뢰했다.

홀로웨이 부부와 두 자녀는 지난 4월 태거트 스트림 로로 이사했는데, 두 아이 모두 친구와 친척들에게 밤마다 '이상한 소리'가 들린다고 호소했다고 한다.

예루살렘스 롯은 최근 몇 개월 사이에 발생한 이상한 사건들의 진원지이며 많은 가정이…….

1976년 6월 4일 (p.2)

컴벌랜드 발——컴벌랜드 군 소재 예루살렘스 롯 서쪽 백스테이트 로의 조그만 집에 살고 있는 미망인 일레인 트리몬트 부인이 오늘 새벽 심장 발작을 일으켜 컴벌랜드 구급병원에 입원했다. 부인은 본사 기자에게, 텔레비전을 보고 있는데 침실 창문에서 뭔가 긁는 소리가 들려서 보니 누군가의 얼굴이 자신을 빤히 쳐다보고 있었다고 말했다.

다음은 트리몬트 부인의 말이다.

"히죽히죽 웃는 얼굴이었어요. 정말 끔찍했죠. 내 평생 그렇게 무서워해 본 적도 없었어요. 게다가 1.6킬로미터 정도밖에 떨어지지 않은 태거트 스트림 로에서 일가가 피살된 사건이 있고 난 뒤로 내내 덜덜 떨며 살았거든요."

트리몬트 부인이 말한 것은 다니엘 홀로웨이 일가의 사건으로, 그들은 지난 주 초반 예루살렘스 롯에 있는 자기 집에서 실종된 상태이다. 경찰은 두 사건의 관련성에 대해 조사 중이라고 했으나…….

9월 중순 포틀랜드에 도착한 키 큰 사내와 소년은 현지 모텔에서 3주 동안 체류했다. 두 사람은 더위에 익숙해 있었지만 로스 자파토스의 건조한 기후 속에 있다가 온 뒤여서 높은 습도에 무기력감을 느꼈다. 두 사람 모두 모텔 수영장에서 자주 수영을 했으며, 하늘도 자주 올려다보았다. 사내는 매일 포틀랜드의 《프레스 헤럴드》지를 보았는데, 이번에는 묵은 신문이나 개 오줌이 얼룩진 신문이 아닌 그날그날 발행된 신문을 읽었다. 그는 일기예보를 보고 예루살렘스 롯과 관련된 기사가 없는지 살펴보았다. 포틀랜드에 체류한 지 9일째 되는 날, 팰머스에서 한 남자가 실종되었고, 그의 개는 뜰에서 죽은 채로 발견되었다. 경찰은 그 사건을 조사 중이었다.

사내는 10월 6일 아침 일찍 일어나 모텔 앞마당에 서 있었다. 이제 관광객들 대부분은 뉴욕, 뉴저지, 플로리다, 온타리오, 노바스코티아, 펜실베이니아, 캘리포니아 등지로 돌아갔다. 관광객들은 쓰레기와 휴가비를 두고 떠났으며, 토박이들은 메인 주의 가장 아름다운 시즌을 맞았다.

오늘 아침에는 공기에 뭔가 새로운 기운이 감돌고 있었다. 간선도로에서 흘러드는 배기가스 냄새도 그렇게 심하지 않았다. 지평선에는 안개가 끼지 않았고 그 사이 들판에 서 있는 광고판 밑동을 감돌던 우윳빛 땅안개도 보이지 않았다. 아침 하늘은 아주 맑았으며 공기는 서늘했다. 인디언 서머_{보통 늦가을에 찾아오는 봄날같이 푸근한 날씨}는 하룻밤 사이에 끝난 것처럼 보였다.

소년이 밖으로 나와 사내의 곁에 섰다.

사내가 말했다.

"오늘이 그날이다."

그들이 살렘스 롯 램프에 들어선 시각은 거의 정오가 다 된 무렵이었다. 벤은 아픈 심정으로 자기에게 들러붙은 모든 마귀를 몰아낼 결심을 하고 자신만만하게 이곳에 도착한 그날을 상기했다. 그날은 오늘보다는 푸근했으며, 서풍도 그렇게까지 심하지 않았고, 인디언 서머도 이제 막 시작된 참이었다. 낚싯대를 메고 가던 두 소년도 기억이 났다. 오늘 하늘은 그때보다 더 짙푸르고 차가워 보였다.

차에 틀어 놓은 라디오에서는 산불 지수가 두 번째로 높은 5를 가리키고 있다고 했다. 9월 첫 주 이후로 메인 주 남부에는 이렇다 할 만큼 비가 오지 않았다는 것이다. WJAB 방송국 디제이는 담뱃불을 제대로 끄라고 주의를 준 다음, 어떤 남자가 사랑 때문에 급수탑에서 뛰어내린다는 내용의 음악을 틀어 주었다.

그들은 12번 도로를 타고 내려와 경계 안내판을 지난 다음 조인트너 로로 접어들었다. 그곳에 들어서자마자 곧 점멸 신호등이 꺼져 있는 것이 보였다. 이제 저런 경고등 따위는 필요가 없었던 것이다.

이윽고 두 사람은 읍내에 들어섰다. 두 사람은 천천히 읍내를 통과했다. 벤은 마치 다락에서 좀 끼기는 해도 아직 몸에 맞는 코트를 찾아낸 것처럼 예전의 두려움이 다시 엄습하는 것을 느꼈다. 마크는 로스 자파토스에서부터 가져온 성수 병을 손에 쥔 채 굳은 자세로 앉아 있었다. 그라콘 신부가 일종의 작별 선물로 그 애한테 성수 병을 주었던 것이다.

두려움과 함께 거의 가슴이 찢어질 것 같은 기억들도 되살아났다.

스펜서 잡화점을 라베르디에르로 상호를 바꾸었어도 장사가 되지 않았던 모양이었다. 닫힌 진열장 유리는 지저분하고 휑뎅그렁했다. 그레이하운드 버스 표지판은 없어졌다. 엑설런트 카페

유리창에 붙은 '판매함'이라는 표지는 비스듬하게 기울어져 있었고, 그곳 카운터에 있던 스툴은 모두 뽑혀서 장사가 좀 더 잘되는 다른 간이식당으로 실려 간 모양이었다. 거리 위쪽에, 한때 세탁소였던 건물에는 여전히 '발로우 앤 스트레이커 가구점'이라는 간판이 붙어 있었지만, 금박 글자는 흐릿하게 변색되었고 점포 앞길도 휑하니 비어 있었다. 쇼윈도는 텅 비었고 두툼한 카펫은 지저분해져 있었다. 벤은 마이크 라이어슨이 아직도 점포 뒤쪽 궤짝 속에 그대로 누워 있을지 궁금했다. 그 생각을 하자 입 안이 바짝 말라 왔다.

벤은 교차로에서 속력을 늦췄다. 언덕 위에 있는 노튼네 집이 보였다. 집 앞뒤로는 길게 자란 풀이 노랗게 시들어 있었는데, 뒷마당에는 빌 노튼이 벽돌로 만든 바비큐 설비가 있을 것이었다. 유리창 몇 장이 깨져 있었다.

거리를 따라 좀 더 거슬러 올라간 벤은 차를 갓길에 대고 공원 안을 바라보았다. 전몰자 기념비가 정글처럼 우거진 덤불과 풀숲 위로 우뚝 솟아 있었다. 유아용 풀장은 여름철에 자란 수초로 빽빽이 메워져 있었고, 벤치의 녹색 페인트칠은 벗겨져 나갔다. 그네의 쇠줄은 녹이 슬어서, 그네를 탄다 해도 귀에 거슬리는 삐걱 소리 때문에 흥이 깨지고 말 터였다. 넘어진 미끄럼틀은 다리를 뻣뻣하게 내밀고 있어서 흡사 영양의 시체처럼 보였다. 그리고 모래 상자 한구석에는, 어떤 아이가 잊어버린 헝겊 인형 앤디가 풀밭 위로 헐렁헐렁한 팔 하나를 늘어뜨린 채 앉아 있었다. 단추 알을 단 인형의 눈은 흡사 모래 상자에 장시간 앉아 있는 동안에 어둠 속의 모든 비밀이란 비밀은 죄다 알게 되었다는 듯 어둡고도 냉냉한 공포감을 그대로 반영하고 있는 것처럼 보였다. 십중 팔구 그럴 것이다.

그는 고개를 들어, 덧창을 여전히 닫아 둔 채 어딘지 불안정한 악의를 품고 마을을 내려다보고 있는 마스튼 저택을 쳐다보았다. 그 집은 이제는 별로 해롭지 않아 보였지만, 해가 지고 나서도 그 럴까?…….

캘러한 신부가 봉인해 둔 성체는 비에 씻겨 나갔을 것이다. 그 집은 그들이 원한다면 다시 그들의 차지가──그들의 사당이, 세 상을 등진 채 죽어 버린 마을을 굽어 보는 암흑의 등대가 될 수도 있었다. 그들이 저 집에서 집회를 열까? 창백한 얼굴로 그 컴컴한 복도를 따라 배회하며 잔치를 열고, 자기들의 신에게 예배라도 드릴까?

그는 냉담한 얼굴로 시선을 돌렸다.

마크는 주택들을 바라보고 있었다. 대부분은 블라인드가 드리 워져 있었고, 그렇지 않은 집들은 휑한 창유리 너머로 텅 빈 방들 이 보였다. 그것은 그저 문이 닫힌 집들보다도 더 나쁘다고 벤은 생각했다. 그 집들은 정신장애자 특유의 멍한 시선으로 대낮의 침입자들을 지켜보고 있는 듯이 보였다.

"그들이 저 집들 안에 있어요." 마크가 꽉 쥔 목소리로 말했다. "바로 지금, 저 모든 집 속에 말이에요. 블라인드 뒤에, 침대와 벽 장과 지하실에, 마룻바닥 밑에 숨어 있다고요."

"마음을 편히 먹으렴." 벤이 말했다.

이제 마을은 뒤로 멀어져 갔다. 벤은 브룩스 로로 접어들었고 마스튼 저택을 지나쳤다. 덧창은 여전히 주저앉았으며, 잔디밭은 무릎 높이까지 오는 위치그래스와 미역취로 온통 미로가 되어 있었다.

벤은 마크가 가리키는 곳을 보았다. 풀밭을 가로질러 발로 다져서 난 하얀 오솔길이었다. 그 오솔길은 도로에서 현관을 향해 잔디밭 사이로 나 있었다. 이윽고 마스튼 저택도 뒤로 하게 되자 벤은 가슴이 좀 편안해지는 느낌이었다. 이제 최악의 상대와 맞닥뜨렸고, 그 순간도 지나갔기 때문이다.

벤은 번즈 로를 한참 벗어나 하모니 힐 공동묘지에서 그리 멀지 않은 지점에 차를 세웠다. 두 사람은 차에서 내려 함께 숲으로 들어갔다. 발밑에서 덤불들이 요란하게 마른 소리를 내며 꺾어졌다. 노간주나무 열매에서 진처럼 톡 쏘는 냄새가 풍겼고 철 늦은 매미 울음소리도 들렸다. 그들은 나무숲 갈라진 사이로 한낮의 서늘한 바람 속에 반짝거리며 흔들리는 센트럴 메인 전력 회사의 전선이 보이는 야트막하게 돋아 오른 지면으로 나왔다. 벌써 물들기 시작한 나무들도 있었다.

"노인들은 이곳에서 산불이 시작됐다고들 하더군. 1951년에 말이야. 그때도 서풍이 불고 있었지. 사람들은 필시 어떤 친구가 부주의하게 담뱃불을 던진 것이라고 여기고 있어. 조그만 담뱃불 하나가 그런 엄청난 산불을 일으킨 거야. 산불은 늪지를 건너 번져 갔는데 아무도 막을 수가 없었지."

벤이 말했다.

벤은 주머니에서 펠멜 담뱃갑을 꺼내 거기에 그려진 문장을 유심히 들여다보았다. 그 문장에는 '이 징표를 사용하면 승리를 거두리라.'라는 구절이 적혀 있었다. 그는 셀로판지 뚜껑을 뜯었다.

그러고는 담배 하나에 불을 붙인 다음 성냥불을 흔들어 껐다. 몇 달 만에 피워 보는 담배는 놀랄 만큼 맛이 있었다.

"그들은 자기네 소굴을 만들었어. 하지만 그 소굴은 없어질 수도 있는 거야. 그들 대부분은 죽임을 당하거나…… 파괴될 수도 있어. 파괴된다는 쪽이 더 적당한 표현이겠군. 하지만 전부는 아닐 거야. 내 말을 이해하겠니?"

"네."

"그들은 그렇게 영리하지 못해. 숨을 곳을 잃어버리면, 다음번 숨을 곳을 찾아낸다 해도 어설플 거야. 두어 사람이 뻔한 곳을 몇 군데 뒤져 보기만 해도 충분할 정도일 테지. 어쩌면 첫눈이 올 때쯤이면 살렘스 롯에서 그 일을 마무리 지을 수 있을 거야. 아니면 영원히 마무리 짓지 못할지도 모르고. 어느 쪽인가는 장담할 수 없어. 하지만 그들을 몰아내고 뒤엎을…… 뭔가를…… 하지 않는다면, 그들을 없앨 기회조차 잃게 되고 말 거야."

"그래요."

"그렇게 되면 사태는 걷잡을 수 없이 위험해져."

"알고 있어요."

"하지만 불은 더러운 것을 씻어 낸다고들 하지." 벤이 생각에 잠긴 어조로 말했다. "정화는 뭔가 의미가 있는 거야, 그렇잖겠니?"

"그래요." 마크가 다시 대꾸했다.

벤이 일어섰다.

"이제 돌아가야겠다."

그는 연기가 나는 담배를 죽은 덤불과 바삭바삭하게 마른 낙엽

더미 위로 던졌다. 리본처럼 하얀 연기가 노간주나무 숲의 녹색을 배경으로 삼아 60센티미터에서 90센티미터 높이로 가늘게 피어오르다가 바람에 흩어졌다. 바람이 부는 방향으로 6미터쯤 떨어진 곳에 죽은 나무가 쌓인 큼직한 구덩이가 나 있었다.

그들은 홀리기라도 한 듯 그 자리에 꼼짝 않고 서서 연기를 지켜보았다.

연기는 차츰 짙어졌다. 이윽고 혓바닥 같은 불길이 나타났다. 잔가지에 불이 옮아 붙으면서 죽은 관목 더미에서 탁탁거리는 조그만 소리가 났다.

"오늘 밤에는 그들이 양 떼를 쫓거나 농장을 방문하지 못할 거야." 벤이 나지막이 말했다. "오늘 밤엔 그들이 쫓기게 될 거야. 그리고 내일이 되면……."

"아저씨하고 제가 나설 거예요."

마크는 주먹을 쥐었다. 그 애의 얼굴은 더 이상 창백하지 않았으며, 붉게 상기되었다. 마크의 눈이 빛나고 있었다.

두 사람은 도로로 돌아와 차를 몰고 그곳을 떠났다.

송전선이 내다보이는 조그만 빈 터에서는 덤불에 붙은 불이 서쪽에서 불어오는 가을바람을 타고 점점 거세게 타오르기 시작했다.

〈끝〉

옮긴이 | 한기찬

연세대학교 국문과를 졸업한 후 전문 번역가로 활동하고 있다. 우리말로 옮긴 대표적인 책으로는『뉴욕 삼부작』,
『플레이보이 SF 걸작선』,『반지의 제왕』등이 있다.

스티븐 킹 걸작선 12

살렘스 롯(하)

1판 1쇄 펴냄 2005년 1월 31일
1판 5쇄 펴냄 2018년 7월 16일

지은이 | 스티븐 킹
옮긴이 | 한기찬
발행인 | 박근섭
편집인 | 김준혁
펴낸곳 | 황금가지

출판등록 | 2009. 10. 8 (제2009-000273호)
주소 | 135-887 서울 강남구 신사동 506 강남출판문화센터 5층
전화 | 영업부 515-2000 **편집부** 3446-8774 **팩시밀리** 515-2007
홈페이지 | www.goldenbough.co.kr

© ㈜민음인, 2005. Printed in Seoul, Korea

ISBN 978-89-8273-811-8 04840
ISBN 978-89-8273-800-2 04840(세트)

㈜민음인은 민음사 출판 그룹의 자회사입니다.
황금가지는 ㈜민음인의 픽션 전문 출간 브랜드입니다.